でく

伊集院　静

集英社文庫

目次

でく

第一話　イギリス海岸

「もう私たちは、さほどの他人でもないでしょうに……」

姫木《ひめき》と名乗る、昨日の昼間、競輪場へむかうタクシーで相乗りになった男が、狐《きつね》に似た目を私にむけた。

せわしなくカウンターを叩《たた》く姫木の小指の先を見ながら、私は空になったグラスにウイスキーを注いだ。

「ほらその目だ。昨夜《ゆうべ》と同じ目だ。あんたは酒を飲みはじめると、目がおそろしく冷たくなる。冷血動物の目だよ、そりゃ」

私は黙ってグラスに手を伸ばした。

指の先から、数匹の地虫《じむし》が飛び出し、グラスのふちにへばりついた。ウィスキーの中に落ちて踠《もが》いているのもいれば、差し伸ばした私の指先に器用に戻ってきて爪の間に潜り込もうとしている虫もいる。私はうるさい虫どもにかまわず、グラスを握りしめ喉に浴びせるようにウィスキーを流し込んだ。

「そうやって飲んで、美味《おい》しいのかね」

私は目を閉じて、胃の中がゆっくりと波打つのを待った。アルコールが胃壁を揺らしながら甘い匂いをさせ口の奥に戻り鼻を抜けた。大きくため息をついた。

カウンターの中の女が水道の水を勢い良く流しはじめた。その水音が耳の奥にひろがって、先刻から続いていた耳鳴りを消して行く。ここ数ヶ月、午後になると耳の奥から誰かが泥水の中をゴム長靴を引きずって歩いているような音が聞こえはじめる。

最初は水気のある音で、さほど気にもかからないのだが、競輪が終り陽《ひ》がかたむくにつれて、その音から水気が失《う》せ、粘着性のある音に変わる。するとそれがただの泥水ではなく、養豚場の糞《くそ》の溜《たま》りに足を取られた少年のゴム長靴の音だとわかってくる。身動きが取れず汚泥《おでい》の中でシャベル片手に立ちすくんでいる少年の姿がはっきりと浮かんでくるのだ。あんなに仲の良かった少年の顔が今にも泣き出しそうに歪《ゆが》んでいる……。耳の奥に痛みが走り出す。中耳炎の、あの化膿《かのう》菌に冒された耳だれの液が少しずつ凝固して、やがて耳の穴全部を埋めつくしてしまう感覚。脳の中に膿《うみ》がひろがって行く。そう、中耳炎の末期の症状そのままに。

そうなると取り敢《あ》えず、どこでもいいから酒場へ入ってビールを飲む。立て続けに何杯も身体《からだ》の中へアルコールを含んだ水分を注ぎ込む。そうしないと耳の奥はおろか、眼底、鼻腔《びこう》、果ては脳髄の中までが凝固してしまう恐怖に襲われる。

眼《め》の玉が乾いている。何度となく瞼《まぶた》をこすりながら、チック症の患者のように目をしばたたかせてビールを飲み続ける。そうしていると、やがて耳鳴りの音も正常な水気のあるゴム長靴の音に戻る。

石化しかけた私の身体の中に潜り込もうとしていた地虫が訳のわからぬ鳴き声をさせながら指先や毛穴から這《は》い出てくる。一匹が出てくればしめたもので、そうなりゃ少し強い酒だ。

強い酒を、点滴のように丁寧に飲み続ける。粘土を捏《こ》ねる要領で、身体をアルコールの一滴一滴でやわらかくすればいい。

「ねぇ、話を聞いてくれてるんですか」

姫木が苛《いら》ついたようにグラスでカウンターを強く叩いた。

「聞いてるさ」

「そう、ならいいんだが、これからどこへ行くんですか」

「どこへって？」

「だから、次はどこの競輪場へ行くつもりなんですか」

「明日一日はゆっくり休むつもりだ」

「で、明後日《あさって》からは？」

「弥彦《やひこ》へ行こうと思っている」

「弥彦競輪場か……、新潟までは私は行けないな。どうだろう、このまま南へ下がって、熊本競輪場へ行くっていうのは」

「無理だ」

「どうして？　弥彦で面白いレースでもあるんですか」

「わからない。取り敢えず、小倉《こくら》から北へ上ろうということだけは決めてある」

「方角で博打《ばくち》を打ってるんですか」

「そうじゃない。途中で寄りたいところもあるんでね」

「家族ですか」

「そんなものはいやしない」

「おっ、ようやく話をはじめてくれましたね」

私は笑った。

「笑うんですね、あなたも」

「いけないいか」

「ちっとも……、ちょっと、ねえさん。この水道の蛇口、しっかり閉めろよ。ポトポトとうるさくてしょうがないじゃないか」

私は姫木を見返した。

姫木は不機嫌そうに眉を寄せて、カウンターの女が蛇口を閉めるのを見ていた。

「神経質とね、お客さんは」

女が笑って、姫木を見た。

「気安く口をきくんじゃねぇ」

姫木が鋭い目付きで女を見た。

「私は熊本でも、別府《べっぷ》でも久留米《くるめ》でもいいんです。しばらくは九州で遊んどきたいもんですから……。北の方へはしばらく足が向けられないんでね。ただ、あなたの競輪のやり方をもう少し見ていたい気がしましてね」

「俺の競輪を見ていても何の参考にもならないだろう」

「そうだね、たしかに参考にはならない。けど、何となく見てたいんです」

「迷惑だな」

「そうですか。そうでしょうね。昨日からあなたは勝負処《どころ》で目が落ちっ放しだものね」

「わかってるんなら、とっとと失せろ」

「隣りで飲んでるのも迷惑ですか」

「そうだな」

姫木がクスッと笑った。

「あなたが迷惑でもかまやしないんだ。私はあなたをしばらく見ていたいんだ」

「殴るかもしれないな」

「平気ですよ」

私はウィスキーをグラスに注いだ。一本が丁度空になった。虫どもはどこかへ失せていた。空瓶を振りながら、カウンターの女を呼んだ。

「強いとね、お客さんは。まだ一時間も経っとらんのに」

「気狂い水なんですよ、この人にとっては」

姫木が言った。

「そげんことはなか、酒の強い男はおなごにも強か言いよっからね」

女が科《しな》をつくりながら新しいボトルをカウンターに置いた。

「よう、ねえさん、この人に惚《ほ》れたか」

「うちはそう簡単に男には惚れんとね。その代わりいったん惚れると、九州のおなごは惚れ切りよっから。情が深い分だけ怖かよ」

「ほう、その情とやらを、今晩私とどうだね」

「私はお客さんみたいに神経質そうな男は好かん」

私は女の指を見た。

水をさわっている女たち独特の、指の関節が薄桃色に膨らんだ艶っぽい指だった。顔を見直すと、女の盛りなのか、頬の肉が下瞼を押し上げるように張りつめていた。

「お客さん、何か少し口にしとった方がええんと違うかね」

私は首を横に振った。

「そげんして飲んどると酒に殺《や》られるとよ」

私は笑って、グラスを女にかかげた。

「よしゃ、なら今夜はうちがとことんつきおうたげる」

女はカウンターの外へ出て、私と姫木の間に腰かけた。姫木は巧みに女のスカートの中へ手を差し入れていた。

裸電球の周りに、数匹の蛾《が》が舞っている。蛾の影が姫木の背中に映ると、汗に濡《ぬ》れたスジ彫りだけの鬼面の刺青《いれずみ》が鞴《ふいご》のように膨らんだり縮んだりする。その度に鬼は笑ったり、泣いたりする。私は姫木と女の交情を眺めていた。

姫木の荒い息遣《づか》いと、女の押し殺したような息遣いが、耳の奥で蒸気機関車の煙を吐き出す音に変わる。発作がはじまる気がした。三人で二階へ上った時、油虫一匹いなかった部屋に虫どもがあふれ、蛾が飛んでいるのも、その兆候だった。

「どうなんだ。気持ちがいいんなら、ちっとは、それらしい声を出せ」

姫木が口に当てた女の手を剝《は》ぎ取った。

「はあ、ええよ。ええけど下に聞こえよるから……」

女は喘《あえ》ぎながら、目をかたくなに閉じている。姫木の息遣いが段々と荒くなる。私は発作がはじまる気がした。酒が切れたせいだ。

私は立ち上って、二人を見下ろした。

「どこへ行くんだよ」

姫木が急に動きを止めて、私を見上げた。女も目を見開いて、私の顔を見た。

「酒を取ってくる」

「もう飲まんでよかよ」

私は黙って階段の方へ行き桟《さん》を握った。足元がおぼつかなかった。

「カッちゃん、お客さんにお酒あげてな」

女が大声で怒鳴った。

階下へ降りると、私たちが二階へ上った時に店番に来た若い男がひとり、カウンターの奥にしゃがみ込んでいた。客はもう誰もいなかった。暖簾《のれん》が内に仕舞ってある。

「酒をくれるか」

「そこん棚から勝手に取って下《くだ》っしゃい」

私はカウンターの中に入った。男は簀子《すのこ》を敷いた床に水道からゴムホースを伸ばして、何か作業をしていた。私は棚にあった酒を一本摑《つか》んだ。

「ボトルに名前が書いてあるのは困っからね。右の端の方にサラのがあんでしょう」

手にしたボトルを見た。白いマジックインキで女の名前が書いてあった。私は男を見た。男は庖丁《ほうちょう》を研いでいた。金盥《かなだらい》から水を掬《すく》って庖丁の刃にかけている。小刻みに震えるちいさな蛍光灯の明りの下で細い刺身庖丁を目の前に立てて眺める男の姿がひどく美しく映った。

「酒を持ったら早いとこ上へ上ってくれませんか」

私はウィスキーの栓を開けると、その場で一気にラッパ飲みした。

「酒を飲んで鳴る喉の音言うのんは、ドラム缶から出る重油の音に似とるんじゃねえ」

男が言った。

その時、二階から女の艶声がした。ボトルを置いた棚が揺れはじめた。

男はまた庖丁を研ぎはじめた。男の周囲に蛾が舞い降りてきた。私はカウンターの上に金を置いて、その店を出た。

外は時雨《しぐれ》ていた。

空を仰いで、口を開けた。舌先を出すと雨がかすかに口に流れ込む。

川沿いの道をしばらく歩くと前方に宿の目印の大木が見えはじめた。

――お客さん、酔っ払ってしもうてこの宿がわからんことなったら、川沿いを海の方へ歩きなさるんよ。そうしたらこの樟《くす》の木が見えるから
宿に泊って三日目の朝、競輪場へ出かける私に女将《おかみ》がそう告げた。

川は何も流れていないのか、水音がしなかった。私は樟の木の下に辿《たど》り着いた。

あらためて見直すと、驚くほど大きな木である。ここまで巨木だと、化け物に思える。

こいつは何年生きているんだろうか。百年か、いや二百年か……。こいつをここまで生きながらえさせている力は何なのだろうか。長く生きれば生きるほどたとえそれが木だとしても、かかえ込まなければならない厄介が増えているはずである。私は樟の木の前に立っていることが苦痛になった。

その時どこからか乾いた音が二度聞こえた。

私は周囲を見回した。こんな深夜に誰もいるわけがなかった。

――こういうとんでもないやつが案外と博打には効くもんですよ。ひとつこの樟の木の生命力のおこぼれをいただきますかな
と今朝方宿を出発する時、姫木が樟の木の下で柏手《かしわで》を打っていた音がよみがえった。

姫木はまだあの女と交情を続けているのだろうか。どのくらいの時間二人の交情を眺めていたのかはわからないが、姫木と女の快楽にむかう作業はまだ延々と続いている気がした。

姫木のような痩せた男が異常にセックスに執着心を持っていることがある。持続力があるというより、姫木は自分以外の何者かに寄生して震動し続けることで己を確認しているのではなかろうか。それが私でも、あの女でもよかったのだろう。そうした姫木の行動形態はどこかの部分で私に類似しているに違いない。

姫木と女の息遣いが耳の底から聞こえて来た。私は両耳を拳《こぶし》で叩きながら、口笛を吹いた。発作がはじまると、かなわないと思った。

雨音で目覚めた。

冷蔵庫からビールを出し飲みはじめた。

頭が重くてしかたがなかった。

指先を開こうとしても固くなったまま上手《うま》く開かない。ビール瓶を握っている方の指先だけがかすかに血が通いはじめた。ビールを二本飲み干すと、ようやく目が覚めてきた。

窓を開けた。宿の隣りは墓所だった。卒塔婆《そとば》が雨に濡れて栗《くり》色にかがやいている。梵《ぼん》字《じ》が浮き上って目の奥で膨らんでくる。

「もう起きてますかね」

男の声と、扉を叩く音がした。

黙っていると、扉がゆっくりと開いた。笑いながら姫木が顔を覗《のぞ》かせた。

「昨夜《ゆうべ》はとんだ不始末で……」

頭を掻《か》きながら部屋に入ってきた姫木は片手に握っていた金をテーブルの上に置いて、

「昨夜は私の奢《おご》りです。こっちだけがたっぷり楽しむ羽目になっちまったから」

私は皺《しわ》くちゃになった一万円札を見て笑った。

「今朝は機嫌がいいようですね」

「よく無事に帰れたもんだな」

「えっ、何の話ですか」

「いや、何でもない」

「ああ、あの店番で下に居た男でしょう。女はあいつが弟なんて言ってやがったが、ありゃ亭主に違いない」

「そうだろうな」

「たぶんそうでしょう。ああして手前の女房のいたぶられる声を聞いて、それが御馳走《ごちそう》になる男がいるんですよ」

「何事もなく引き揚げられたのか」

「ひと悶着《もんちゃく》ありましたが、たいしたことじゃありません。ところで熊本へ行きませんか」

　私は首を横に振った。

「やはり南はいけませんか」

「そうじゃないが、今日は一日ここにいる」

「朝からまた宴会をなさるんですか」

「酒が必要なら、そうするが、今日は天気の加減もいいからな」

「雨の日がいいんですか」

「晴れてるよりはな」

「奇妙な病気ですね」

「病気は皆奇妙なもんだろう。下の帳場へ降りる時にビールを頼んでくれ」

「私も当分ここに居ます。邪魔ですか」

「邪魔じゃないが、競輪へ行きたいなら一人で行ってくれ」

「今日は本当に機嫌がいいんですね。昨日の最終レースとその前の九レース。どうして落車《らくしゃ》があるってわかったんですか」

「そんなものわかりゃしない」

「だって、レースの前にそう言ったじゃないですか」

「言った憶《おぼ》えはない。だいいちそんな馬鹿げたことを口にするもんか」

　指先を動かしていると、爪の間から地虫がどんどん出てきた。顔の周りにも何十匹という数の地虫が飛びはじめた。

鼻先にとまった地虫を手で払いのけた。足の先からは回虫が這い出ている。その回虫を見つけて、地虫が群がりはじめた。

「おやおや、少し塩梅《あんばい》がいけませんかね。帳場へ言って、ビールを持ってこさせましょう」

姫木の声はすでに遠い場所から聞こえている。

私は足元の枕を蹴り上げて、回虫と地虫たちが蠢《うごめ》いている畳を四つん這いになって叩きはじめていた。

「あなたはもう来るところまで来てるみたいですよ。さあ支度をして熊本へ行きましょうや。今からタクシーで高速道路をぶっ飛ばせば午前中には熊本へ着きます。あなたがまともな時は、博打をやってる時と酒に酔ってる時だけなんですから」

姫木は喋《しやべ》り続け、私は狆《ちん》のように部屋の中を駆け回っていた。姫木は私の道化のような行動が可笑《おか》しいのか、笑い転げていた。その笑い声を聞いてるうちに、私も気持ちが高揚してきて同じように笑い声を上げながら、いつしか地虫から鼠《ねずみ》に変身した連中を追い回していた。私は知らぬあいだに間抜けな猫になってはしゃいでいた。

次に目が覚めた時、私は宿の広間にあおむけに寝ていた。いつの間に飲んだのだろうか、酒徳利《とつくり》が十数本卓袱台《ちやぶだい》の上に転がっていた。

「目が覚めましたか、お客さん」

宿の若い女が笑って私を見ていた。

「少しお酒を抜いた方がええですよ。風呂が入れてあるから」

女の声にうなずいてみたが、立ち上れそうになかった。

「風呂か……」

私は天井を見上げてつぶやいた。

「入れたばっかりで気持ちがええですよ」

「気持ちがいいか……」

「そう、天国ですよ。風呂は」

「天国か、けどそこまではずいぶん遠い気もするな」

「起きられないんなら、旦那さんに運んでもらいましょうか。旦那さんは昔相撲を取っていたから」

「相撲取りか、そりゃいいな」

「いいでしょう。力持ちなんだから。ちょっと待っててよ」

この宿に泊ってから、まだ旦那の顔を見たことがなかった。顔を合わせたのが女たちだけだったので、てっきり女ばかりが切り盛りしている宿と思っていた。

「小原庄助《おはらしょうすけ》さんじゃのう、朝酒なら朝風呂がよかですよ」

野太い声がした。なるほど私を見下ろしている宿の主人は大男であった。こんな角度で見上げるからかもしれないが、顔が異様に大きく思えた。大内山《おおうちやま》に似ていた。

主人は私の身体を軽々とかかえた。私とて決して小柄な方ではなかった。ここ半年酒ばかりを飲んで痩せてはいたものの、まだ体重は六十キロは下ってはいないはずだ。

「こりゃあんたの身体はほとんど病人ですよ、お客さん」

主人の髪につけたポマードの匂いが鼻を突いた。

「あんたほどの背丈と骨格で、この軽さじゃ、たいがいの人はもう入院しとるがの」

「病院が嫌いでね」

「そうじゃろうて」

他人に身体を抱きかかえられるのも初めてなら、抱いてくれている相手と目を合わせて話をするのも初めてだった。奇妙な会話だと思った。

廊下を主人にかかえられながら運ばれていると、自分の身体はすでに胴体だけになってしまい、手も足も誰かに持ち去られている気がした。

「ほれ、ゆっくり降ろすよ。タイルは滑るから気を付けてな。あれっ、足が伸びんかね」

私は主人の目を見て力なく笑った。

「湯に入りんさい。その方が楽じゃろうて」

「湯は駄目だ」

その時だけ咄嗟《とっさ》に声が出た。

「なして？」

「心臓が良くないんだ。このままタイルに降ろしてくれ」

タイルの上は冷たく気持ちが良かった。主人は寝巻の紐《ひも》を解こうとした。私は片手を上げて、大丈夫だからとうなずいた。

「妹に背中でも流させましょうか」

私は首を横に振ったつもりだったが、程なく女の声がして、私は女から乱暴に裸にされ、身体に湯をかけられた。

「おやまあ、お客さん。何日風呂に入っとらんかったんかね。首のつけ根は垢《あか》だらけだわ」

私は何となく女の荒っぽさが気に入って、目を閉じてされるがままにしていた。かすかに額から汗が滲《にじ》んでくる。汗が出はじめると急に身体の芯がふやけたようになり、ぐったりとしてきた。

「お客さんもお連れさんも、普通の勤めの人じゃないわね」

私は少し朦朧《もうろう》としながら、女の言う連れとは誰のことだろうかと考えた。

「あの人、宿に着きなさった夜に姉さんを口説いとったもの」

姫木のことだとわかった。

「ありゃ連れじゃない。競輪場で逢《あ》っただけだ」

「あれっ、本当に」

女が素っ頓狂な声を上げ、私の両肩を摑んでくるりと回した。タイルが石鹸《せつけん》で濡れていたせいか、私は人形のように女の正面に向き直っていた。

「ならどうして、あんたのコートを着て出かけたんじゃろうか。あれ、あの人泥棒かね」

私は女のはだけた胸元を見ていた。よく熟したメロンほどの大きさの乳房が目の前でうっすらと汗をかき波打っていた。四十歳前後だろうか、いやもっと歳《とし》を取っているかもしれない。この女はまだ子供を産んでないような気がした。

「あんたは呑気《のんき》そうに見えるから、あの男に騙《だま》されとるんと違うかね。姉さんを口説くなんてくだらん男よね」

女の言い方には姉に言い寄った姫木に対して妬《ねた》みのようなものが感じられた。

「はい、顎を上げて」

女は私の喉仏から鎖骨のあたりを洗い出した。糸瓜《へちま》に石鹼をこすりつけては、執拗《しつよう》に首の周辺を洗った。私は女の唇を見ていた。唇の間から大きな前歯と舌先が交互にあらわれた。

「競輪は面白いかね」

「まあな」

「結局は強い者が勝つんじゃろう? 競輪は」

「そうでもないよ」

「なら、まだ競輪がようわかっとらんね」

女は競輪がわかっているような言い方をした。

「ほおっ、どうしてだ」

「うちの姉さんは昔、競輪選手だったからね。競輪のことは家の者はよう知っとるのよ」

「そうなのか」

私は女将の顔と肉付きのいい身体を思い出して、彼女が女競輪の選手だということに合点がいくような気がした。

「女将は強かったのか」

「それは強かったよ。なにしろ私を高校まで行かせてくれたのは姉さんだから。足だけで稼いどった人だもの」

女子競輪は戦後競輪競技が誕生して程なく行なわれるようになったが、男子選手に比べて力量の差がはっきり出過ぎて、車券を買う側からは妙味がなくなり、選手の層の薄さもあって十六年間で廃止された。

「私がお腹空《なかす》かしとる時でも、姉さんは肉屋さんから、こんな大きなレバーを買ってきて、ひとりで食べとったもんね」

女は糸瓜を差し出して、その周囲にさらに大きな輪を指で描いた。

「そんな大きなレバーをか」

「そうよね。路地に七輪出して網を敷いて、その上にレバーを載せて醬油《しょうゆ》をゆっくり塗ってゆくんよ。これが美味しそうないい匂いがしてくるんよね。私もちょっとだけでも食べてみたかったよ。腹を空かした子供じゃったからね。でも姉さんはひとりで皆食べとったわ。うちの家は引き揚げ者で、父ちゃんはビルマで戦死してもうて母ちゃんは私を産んですぐに死んでしもうとったしね。姉ちゃんがひとりで家を支えとったから……」

幼い頃の食べ物への欲求は歳を取っても頭の中を離れないと言うが、女のレバーへの思いは、それかもしれない。

「お客さん、少し顔に赤みが出たわね。酒が抜けてきたんと違うかね」

酒が抜けたとは思わないが、顔が赤くなっているとしたら先刻から少し動悸《どうき》がしているせいだろう。

女は私の下腹部を洗いはじめた。時折勢い良く下げた女の指が性器に触れる。意識的に女がそうしているのかどうかはわからなかったが、今急にここで女に押さえつけられたら卒倒してしまいそうだ。仮に女が言うように私の身体の底に沈澱《ちんでん》していたアルコールと、身体のあちこちに潜んでいる地虫や回虫やうじ虫や羽蟻《はあり》のようなものがどこかへ失せたとしたら、それに替わるまっとうな欲望が湧いてきてもよさそうなものだ。しかし、豊満な肉体を曝《さら》して私の裸体を撫《な》でている目の前の女に対して性欲は起きなかった。

「悪いが、冷たい水をかけてくれないか」

「どうしたの、のぼせたかね」

「ああ、少し頭がぼやっとしてきた」

「子供みたいじゃね、お客さんは」

立ち上った女のうしろ姿を見ると、スカートがめくれて太腿《ふともも》があらわになっていた。熱気に当っていたせいか上等なロースハムのような桃色の肌である。それを見た瞬間に私は女を押し倒した。


夕刻まで眠っていた。

女将が夕食のことを聞きに部屋に入ってきても、私は鼾《いびき》をかいていたらしい。

夜の九時を回ってから、私は外に出た。

雨は止《や》んでいた。客引きの男が近寄ってきて、

「遊んで行きませんか、面白い子がおりますから」

と革製のキャップの鍔《つば》で顔半分を隠すようにして私を見た。

私は男の目を見た。

「出張で小倉へ見えたとですか」

「そんなもんだ」

「なら土産話になるようなおなごじゃから遊んで行かれるといい」

「酒は飲めるのか」

「飲みたいんなら、そういう店へ案内させますし」

「いくらだ」

「一万八千円。飲み代は別勘定で払ってやって下さい」

「女を見てから、値段を決めたいな」

男がかすかに口元をゆるめた。

「ここで待っとってもらえますか」

「そう長くは待てないが」

「すぐですから」

男は周囲にいた客引きたちに指を鳴らして弾むような足取りで路地に消えた。

「このおなごです。ほれ、もっとこっちこんかい」

若い小柄な女だった。肩からビニール製のやけに大きな黒いバッグを下げていた。緑色のスーツと中に着込んだブラウスの赤がアンバランスで、安手で間に合わせた商売用の服装に見えた。

私は女の目を見た。女の方も私の顔をじっと見ていた。

「何でもしよりますから、このおなごは」

男が耳元で言った。

「いいだろう」

「はい、じゃジュンちゃん、よろしく」

男は急にキャバレーの店員が指名を告げるような口調で大声を出した。

私たちは通りを歩き出した。女は私より半歩前を歩いて行く。女がどこへ行こうとしているのか察しはついたが、私は無性に酒が飲みたくなった。

「少し酒を飲みたいんだが……」

「ええけど、一時間半が時間の切りよ」

「どこでもいい、酒場へ入ろう」

すぐ先に酒場の灯が見えた。私は女を追越して、その店の方へ歩いた。すると女が背後から私の腕を摑んだ。

「そこはだめ。怖い人が多いから」

女は眉根に皺を寄せて言った。

「どこか知ってる店はあるのか」

「ねぇ、ホテルへ行こう」

女は私の腕を引くようにして、反対の路地の方へ導いた。

「一杯でいいから、酒が飲みたいんだ」

「ホテルの冷蔵庫のを飲めばいい」

三階建ての古いホテルだった。窓がなかった。息苦しい部屋だった。

「部屋を替えよう」

「どうして」

「息が詰まる」

「けど料金を払うてしもうたんでしょう」

「いいから、部屋を替わるんだ」

私は言葉を荒らげた。

女は急に両手を口元に当てて、壁際に立ったまま動かなくなった。女の目が焦点を失ったようにベッドの方にむいていた。

「どうしたんだ。部屋を替わるだけのことじゃないか」

女の肩から下げたバッグが音を立てて床に落ちた。両肩が小刻みに震えていた。

「わかった。じゃ好きにしろ」

私は冷蔵庫を開けて、ビールを取り出しグラスに注いだ。女は立ちつくしたまま追い詰められた小動物が獣の動きを怯《おび》えながら追うように目を動かしていた。

私はビールを飲み干した。二本目のビールを開けた時、女はようやくベッドサイドに腰を下ろした。

「おまえも飲むか」

女は首を横に激しく振った。

「お酒は飲まないの。すぐ気分が悪くなるから」

「ジュースでも飲むか」

「コーラ」

女は冷蔵庫を開けて、コーラを手に取ると瓶を握ったまま、私をじっと見ていた。

「どうしたんだ？」

女はコーラの瓶を私に差し出した。サイドテーブルの上の栓抜きでコーラの栓を開けてやった。

「ありがとう」

女が笑った。白い歯が見えると、女がまだ二十歳くらいの若さだとわかった。

「悪いが、フロントへ行ってビールを何本かとウィスキーをもらってきてくれないか」

女に一万円札を渡すと、スキップをするように部屋を出て行った。私は部屋を見回した。饐《す》えたような匂いがするのは、安いラブホテルに共通したものだった。見ると半開きになった扉のむこうに風呂場の小窓があった。風呂場へ行き窓を開けた。ホテルのすぐ下は川になっていた。風が抜けてきた。深呼吸をすると、頭がしゃんとしはじめた。女が酒を両手にかかえて戻ってきた。

女は裸になってベッドの上で彼女の性器をまさぐっていた。先刻まで怯えていた女と、耿々《こうこう》と点《とも》した照明の中で、椅子に座っている私へむかって快楽をむさぼるさまを誇示しようとする女はまったく別の人格に思えた。

女が尖《とが》った顎を天井にむけて、一度、二度、三度と声を上げた時、私は奇妙な安堵《あんど》を感じはじめた。女はそれから何度目かの声を尾を引くように長く発して、痙攣《けいれん》を起こしたように身体を震わせてから、動きを止めた。放心したように目を閉じている。肩から胸元にかけての肉付きや腰のくびれは若い張りのある身体をしているのに、無防備に開いた足の間から覗いている性器は驚くほど成熟している。体毛が薄いせいか女の性器だけが柘榴《ざくろ》のように割れて盛り上っていた。

「もう時間よ」

「しばらくいろ」

「そんなことしたら叱られる」

「金を払うから、心配するな」

「だめ、一度戻んなくちゃいけないんだもの」

「電話をしろ」

「じゃ前金で払って」

女は寝巻を着たままフロントへ降りると、しばらく戻ってこなかった。電話が鳴った。女からだった。

「一晩の料金にしてもらえって」

「わかったから早く上ってこい」

女は部屋に戻って料金を私に告げて、渡された金を手にまた部屋を出て行った。子供に小遣いを渡して駄菓子屋へ通わせているような変な気がした。

「これで安心だ」

女はベッドの上で飛び跳ねるような仕種《しぐさ》をした。

「ねぇ、お腹が空いた」

「もう外には出ない」

「ここでラーメンとかお寿司《すし》とか取れるんだよ」

「なら勝手に注文しろ」

「お客さんは食べないの」

「俺はこれがあればいい」

「うん、わかった」

ラーメンを女は美味《うま》そうに食べていた。汁を大きな音を立てて飲み干した。汗を掻いたのか顔を拭っている。女は空になったラーメンのうつわにむかって両手を合わせ、御馳走さまでした、と言った。

私は可笑しくなって笑い出した。いったん笑いはじめると、次から次に可笑しさがこみ上げてきて止まらなかった。

「どうしたの？　何が可笑しいの」

私は笑い続けていた。

「お酒が美味しいの？」

「どうかな……」

私が小首をかしげると、

「じゃ、どうして飲むの」

と私の方へ近づいてきた。

「どうしてだろうな」

女は私の手を引いた。

「ねぇ、こっちへおいでよ」

「おまえはこのあたりの訛《なま》りがないな」

「訛りって？」

「方言さ。小倉や博多《はかた》の独特の話し方のことだ」

「中学まで、横浜《よこはま》にいたから」

「そうか」

「ねぇ、こっちへおいでよ」

私は酔っ払って、立ち上れそうにもなかった。手の先も足の先も痺《しび》れて感覚が失せていた。

女は私の手を引いてベッドへ連れて行った。私はベッドの角につまずいて俯《うつぶ》せに倒れた。女の笑い声がした。顔を上げるのも億劫《おっくう》だった。私は目を閉じた。

また女の喘ぎ声がはじまった。薄目を開けると、女はベッドの上に立ち、両足を開いて性器に両手を当てていた。女の指の間からバイブレーターがのぞいている。女の顔を見ると、マラソンランナーのように口を尖らせて息を吐き出していた。女の足元に先刻食べていたラーメンの箸袋が落ちていた。

女の息遣いを聞きながら、私はここなら嫌な夢も見ずに眠れるだろうと思った。女の足の親指が箸袋を踏んだ。箸袋が右に左に動く。女が快楽を探ろうとする動きが、そのまま箸袋の動きのように思えた。

女が果てるように、私の隣りに倒れ込んだ。髪の毛が頬にかかった。熱い吐息がかかる。

「どうだ、気持ちいいか」

「いい。すごくいい」

「腹が空いたら、また何か注文して、それを食べたら、また気持ち良くなりゃいい」

「する、する」

女の指先が私の眉毛をなぞるようにした。

「お客さんはこれでいいの？　私がしてあげる」

「無理だって」

「不能なの？」

「そうだ」

「うそだ」

女は私の鼻をつまんだ。

「どうして」

「わかるもの。セックスのことはわかるの」

「たいしたもんだな。何歳《いくつ》なんだ」

「何歳に見える」

「わからないな」

「二十一歳って言ってるけど、本当は十九歳なの」

女が白い歯を見せた。

「若いんだな。なら何度も気持ち良くなりゃあいい」

「何度だって大丈夫だよ」

「セックスは好きか」

「大好き。けど怖いのは嫌だ」

「怖い？」

「うん、私、人間が怖いの」

「人間が？　おまえだって人間だし、俺だって人間じゃないか」

「今はいいの。外を歩いている人や大勢でいる人を見てるとすごく怖い」

女の目が怯えるように動いた。

「いつから、そんなふうになった」

「わからない。ちいさい頃から怖かった」

「父さんや母さんもか」

「うん、怖かった」

女は、いや女というより少女は私の胸元に鼻先を押しつけるようにして潜り込んできた。

フフフッ、と笑い声がした。少女は私を見上げて、

「今は怖くはないんだよ」

と言った。

私は少女の肩に手を回した。少女の体温がゆっくりと私の手に伝わってきた。

「お客さんはしないの」

「少し眠ってからだな」

「じゃ、私も眠る」

私は少女の身体を引き寄せて、髪に頬ずりをした。少女はじっと動かずに、私の胸の中にいた。

「これ以上はもう貸せないよ。いい加減にしたらどうだ。そんな惨めな恰好《かっこう》で俺の事務所にあらわれるのはやめてくれ」

佐々木《ささき》はソファーに足を組んで、煙草《たばこ》をふかしながらそう言った。

「そうか、わかった。ならこれっきりにしよう。おまえとは手を切るようにする。じゃ最後ということで、手切れ金をよこせ」

私の言葉に佐々木は目を剝《む》いて、組んだ足を解いた。

「それもできないとは言わせんぞ」

私は佐々木を睨《にら》みつけた。佐々木は私を見返してから煙草をもみ消すと、

「わかった。じゃこれが最後ってことで……。金輪際《こんりんざい》、俺の前に顔を出してくれるなよ」

と言って、背後の電話を取った。

「こっちへ一本持ってこい」

「しみったれたことを言うな。三百よこせ」

「馬鹿を言うな」

「それだけのことはしてやったつもりだ」

佐々木は唇を噛《か》んで私を見ている。

「最後だって言ってるだろうが」

佐々木は電話機を取って、床に唾を吐いた。

エレベーターを降りながら、私は次に行く場所を考えていた。

もうほとんどの知人が、私からの電話だと知ると居留守を使ったり、声を聞いただけで電話を切るようになっていた。

佐々木の事務所があるビルを出ると、青山学院《あおやまがくいん》のある方角に夕陽が落ちて行くのが見えた。

酒を飲みたかった。まだ酒場のオープンしている時刻ではなかった。ガソリンスタン

ドの手前に酒屋の看板が見えた。私は真っ直ぐ看板だけを見て歩きはじめた。

「あらっ、おひさしぶり」

立ちはだかるように女がひとり笑って立っていた。顔に見覚えがなかった。

「失礼」

私は女を押しのけるようにして歩きはじめた。肩先が触れただけで香水の匂いが鼻を突いた。

「酒は飲めますか」

店の中で言うと、若い店員が訝《いぶか》し気な顔で見た。

「今はもう店売りで飲んでもらうのは、やってないんですよ」

白髪の老女が笑いながら言った。

「警察がうるさいもんでね」

「じゃウィスキーをくれ」

「銘柄は何にしましょうか」

「何でもいい」

「この新しく出たのがいいでしょう」

「三本くれ」

「はい、承知しました。これつまみにして下さいな」

老女は目を細めて私を見た。私はぎこちなく笑い返した。

私はレジの前でそのうちの一本を開け、流し込んだ。店を出て、どこへ行こうかと周囲を見回した。たしか高樹町《たかぎちょう》の方角へ歩いて、青山墓地の方へ折れれば公園があった。骨董《こっとう》屋の並ぶ通りを歩いていると頭の隅で何か妙案が浮かんだような気がした。ようやく酒にありつけたせいで、興奮しているだけのことかもしれない。何かアイデアが浮かんだように思えたのだが、それが何のためのアイデアで、どんなアイデアなのか思い出せない。金を工面するいい手立てのような気もした。

ちいさな公園だった。

砂場には子供が三人遊んでいた。ブランコには母親と子供がいる。ベンチには砂遊びをしている子供の親か祖母なのか、女が四人話をしながら、じっと私を見ていた。居心地が悪そうだった。

私は土の中に半分埋めたタイヤの上に腰掛けた。女たちが黙って、こちらをうかがっている。

ポケットの中から、ウィスキーの瓶を取り出して栓を開けた。途端に砂場に女たちが駆け寄って、子供たちを抱き寄せるとベンチの方へ戻った。子供の泣き声が響いた。砂場には子供たちのプラスチックのシャベルやバケツが放置してある。

私は飲みかけたウィスキーの栓を締め、立ち上って、青山墓地の方へ歩き出した。

墓地に入ると、手頃な墓所を見つけて座り込んだ。

指の先が妙に長く伸びている。いつの間に爪がこんなに伸びてしまったのかと見直すと、指先から百足《むかで》がぞろぞろと這い出しているところだった。ついこの前までは地虫たちがごにょごにょと出ていたのに、知らぬうちに百足に成長している。

睫毛《まつげ》が痒《かゆ》いので、指先で引き抜くと蚯蚓《みみず》に似た山吹色の虫が手のひらの中に数匹落ちてきた。抜いても抜いてもあざやかなイエローの虫が出てくる。瞼を閉じると、眼玉の中で蠢いている虫たちの鳴き声が耳の方へ響いてきた。

ウィスキーを開けて、ラッパ飲みをした。飲んだ途端に胸元から回虫が勢い良く溢《あふ》れ出した。指先から出た百足は墓石へ這い上って行く。先頭を登っている百足はすでに形状を変えて、ちいさな蛇に変身していた。私は残りのウィスキーを喉を鳴らして飲み干した。目を閉じると、眼底にチリチリと針を刺したような痛みが走った。目の中に指を入れて、眼底をまさぐった。指先に付着して出てきたのは、足長蜂だった。こいつが眼の玉を刺していたのなら腫れるぞ、と思った瞬間から、右目がみるみる大きくなるのがわかった。頬骨のひび割れる音がする。急いで、もう一本のウィスキーを開けた。

――もう何本か買っておけばよかった
ウィスキーを飲もうとすると、墓石の上に何十匹という数の鼠が蛇とからみ合っていた。鼠も蛇も牙を剝き出してやり合っている。鳴き声が尋常ではない。蛇が鳴くとは思ってもみなかった。

「勝手に喰《く》い合え、殺し合え」

私は彼等を罵《ののし》った。

元はと言えば、私の身体の中から出てきた連中である。彼等が互いを喰い合ってくれれば、こっちの厄介も減るというものだ。

周囲の騒ぎがようやく静まった頃、すでに日は暮れていた。

頭もようやくはっきりとしてきた。風が強くなってきた。私は足元の三本の小瓶をもう一度口につけて舐《な》め回した。

その時、胡坐《あぐら》をかいた膝の上に何かがいるのを感じた。私はあわてて目を落とした。黒い影が、膝の上で何かを食べている。猿であった。私は思わず中腰になった。猿はその拍子に一、二歩前へ飛び出して、墓石の上にちょこんと座った。

——何を食べてるんだ？

見ると猿は先刻私が酒屋でもらったピーナツを袋の端を器用に裂いて、手のひらに数個落としながら口に入れていた。

私は猿がピーナツをひとつ残らず食べ終るのをじっと見ていた。猿は空になった袋を手のひらに載せると、紙飛行機でも吹くように袋を飛ばした。それから両手を叩くと、私に気付いて歯を剝き出し、ヒイーッと威嚇するように泣き、墓石のてっぺんに飛び乗って周囲を見渡した。

私は足元の石を猿に気付かれないように拾い上げると、この野郎、と大声を上げて石を投げつけた。すると猿は桜の木に飛び移り、枝を揺すりながらさも嬉《うれ》しそうに私の方に尻をむけた。

材木町《ざいもくちょう》の地下にある馴染《なじ》みのバーの階段を下りると、客が一斉に私を見た。カウンターに腰をかけてボトルを一本注文した。立て続けに数杯飲んだ。身体が揺れてくる。

弓枝《ゆみえ》が隣りにグラスを持って腰掛けた。

「どこをほっつき歩いてたのよ」

「あっちこっちだ」

「楽しくやってんの」

「まあ、ぼちぼちだ」

「少し痩せたみたいだね。ちゃんと食事をしてるの」

「あいつに連絡をしたいんだが」

「どうしたのよ。まさかよりを戻そうって言うんじゃないでしょうね」

「そんな気はない。ただ預けて置いたものがあるんだ」

「ネネはネネで、今はしあわせにやってるんだから、あんたが連絡を取るのはやめといた方がいいわよ」

「俺はあいつが誰と一緒に居ようが、そんなことはかまやしないんだ。ただ預けてあるものがあるだけだ。そいつを返してもらいたいだけだ」

「何を預けたのかは知らないけど、今更預けものって話もみっともないでしょう。あんたらしくもないわよ」

「連絡をしてくれないか」

「私は面倒に巻き込まれるのは嫌よ」

弓枝は苛立ったように煙草をもみ消した。

「面倒じゃないんだ。ただあいつに預けておいたものを返して欲しいだけだ」

「それって何なの？」

「直接俺の口から言わなきゃ、わからないものなんだ」

私は弓枝が飲もうとしたグラスを取り上げて、

「済まんが、今回だけ連絡をつけてくれ」

と彼女の目を見た。

「連絡がついたら、どうするの」

「Tホテルに俺はいるから、電話をくれるように言ってくれ」

「じゃ、一応連絡はしてみるけど、ネネが拒否したら、そのままにしておくからね」

「わかった。ウィスキーをくれ」

「もう一本空けたんでしょう。そのくらいにしとかないと、酒といくら喧嘩《けんか》したって相手の方は無尽蔵にあるんだから、あんたがくたばるだけだよ」

「わかった。もう少し飲んだら切り上げよう」

「あんたに酒を売らないって言ってるんじゃないのよ。昔のあんたならいくら飲んでくれたってかまやしないの。でも今のあんたじゃ駄目。ねぇ、坊や、あと一杯でこちらはお帰りだから」

弓枝はそう言って席を立った。

Tホテルの部屋はすでに一番安いタイプの部屋に変えられていた。

「何度もオフィスに連絡を差し上げているんですが、どなたもおいでにならなくて……」

Tホテルのマネージャーがチェックインの時にエレベーターホールまでついてきて言った。

「来月からまたオフィスは開くよ」

「もう八ヶ月分の部屋代が滞っています。私も上司へ説明をしなくてはならないものですから」

「わかってるよ。来月になれば、皆クリアーになるから。それと部屋にウィスキーを二本運ぶように言ってくれ」

「本当にお願いしますよ」

オフィスは半年前に閉鎖していた。

このホテルの未払いがいくらになっているのか興味もなかった。

チャイムが鳴った。

「開いてるよ」

「失礼します」

「そこへ置いてくれ。あっ、ボトルを一本こっちに放ってくれ」

「サインをお願いします」

「君がしとけばいいよ」

「はあ……」

「先週の中山《なかやま》競馬のオールカマーは何が来たんだ？」

「はあ……」

「競馬だよ。競馬はやらないのか、君は」

「はい」

「ベルキャプテンに訊《き》いてくれんか」

「わかりました」

私がウィスキーのボトルに口をつけて飲みはじめると、若いホテルマンはじっと私を見ていた。

「まだ何か用があるのか」

「いいえ」

と彼は言って、あわてて部屋を出て行った。

窓を開けると、冷たい風が入ってきた。窓辺にソファーを置いて、空を眺めた。

「ねえ、人間が怖くちゃ、生きて行けないのかな……」

少女の言った言葉が浮かんだ。

「そんなことはないさ。臆病な人間の方がちゃんと生きて行けるもんさ」

「どうして」

「怖がることを知らない奴は何だって平気で進んで行くだろう。俺たちの周りには気付かないほど危険なものが溢れてるんだ」

「一番危険なものは何なの」

「人間さ」

「やっぱり、そう」

「ただ怖がってばかりでもな……」

「そうね、人間はいつか必ず死んでしまうものね」

「死ぬことが怖いか」

「うん。お客さんは怖くないの」

「今は以前よりは怖くないのかもしれない」

「ねえ、少し散歩しようか」

私は少女を抱いてみたい気持ちになっていた。

「あっ、その目はセックスをしたがってる目だ」

「その通りだ」

「いいよ」

少女の中に入った時、彼女の身体の反応は思ったより淡白で、少女の意識が私以外の別のものに向いているような気がした。

「声を出そうか」

「そのままでいい。こうやって肌を合わせているだけでも人間の身体は感じるものだ」

あっけなく私が果てると、少女は嬉しそうに笑って、

「散歩へ行こうよ」

と言った。

ほどなく夜明けをむかえる空に星がかがやいていた。

「もう一度逢えるかな、お客さんと」

少女は川沿いの道を歩きながら言った。

「どうして」

「世の中には一度きりしか逢えない人と、必ず再会する人がいるんだって」

少女は立ち止まって空を見上げた。

「ほら、あの星の光があるでしょう。あれって何千年、何万年前にあの星から出た光なんでしょう。そうして私の目の中で消えて行くわけでしょう。なんか不思議だよね」

先刻までベッドの上で性器をまさぐっていた少女と星を見上げている少女が同じ人物だと思えなかった。

「あのね、私って人は世の中に二人いるって知ってる?」

「いや、知らないな」

「ほら、紙だって、表と裏があるでしょう。それと同じで、私がこの世に生まれた瞬間にどこかでもうひとりの私が生まれて同じようにこうして歩いているの。デジャ・ヴュってあるじゃない」

「既視概念のことか」

「その言い方はよくわかんないけど、生まれて初めて訪ねた場所なのに、前にたしかに見た覚えがあるって、あれね。あれって、もうひとりの私が先にその場所へ行っていたんだよ、きっと」

「あれはその人の前世で見たんじゃないかって言う人もあるけどな」

「前世か……、私、前世とか後世とかは信じないんだ」

「どうしてだい？」

　私は少女の話に興味が湧いていた。

「生きてる今のことしか、私にはわからないんだもの。お客さんはわかる？」

「俺も君と同じ考えだ」

「相性がいいんだよ」

「相性がか……」

「相性って、すごく大事なんだよ。親子だって相性が合わないことがあるもの」

「家族は最初の他人だからな」

「あっ、そうだね」

少女はふりむいて、白い歯を見せた。

「昨日、冬の帽子とコートを買ったんだ。この冬はいいことがありそうな気がするから」

「占いもするのか」

「占いは信じるよ。お客さんは」

「お客さんはよせよ」

「じゃ何って呼べばいいの」

「シュウだ。円周率の周だよ」

「変な名前だね」

「そうだな」

「私はジュン、純粋の純」

「いい名前だ」

「本当は純子っていうんだけど、ひとりでやってこうと決めてから純にしたんだ。純の方が幸が多いんだよ。ねえ、帽子とコート着て見せてあげようか」

「ああ」

少女は肩から下げていたバッグから大きな紙袋を出して、それを道端にしゃがんで開き、黒いコートを着て、可愛《かわい》いソフト帽子をかぶった。

へへヘッ、少女は恥じらうように両手をひろげた。インバネスのようなコートをひろげた少女が今にも空にむかって飛び立ちそうに見えた。

「夏からすぐに冬になればいいのに、きっとふたご座が私にいいことをプレゼントしてくれる」

その時少女のうしろ姿を、以前どこかでたしかに見た気がした。曖昧な記憶であったが、それは目の前であどけなく星に祈りを捧《ささ》げている微笑《ほほえ》ましいものではなく、私にとってはとてつもない恐怖をともなう記憶のように思えた。


黒いソフト帽子とコートを着た少女のうしろ姿が浮かぶと、鳥肌が立った。ホテルの部屋のカーテンが風に揺れていた。

ウィスキーはボトルの底が色付くほどの量しか残っていなかった。

電話が鳴った。受話器を取ると、ネネであった。

「何の用なの」

冷たい声だった。

「元気か」

「用件だけを話して」

「わかった。あの絵を、〝ＰＥＰＥ〟を返してくれないか」

「返せない」

「どうしてだ」

「あの絵はあなたのものじゃなくてよ。あの絵の持ち主は悠《ゆう》でしょう」

「悠は俺の弟だ」

「私の夫でもあったわ」

「とにかく返して欲しい」

「嫌よ。私はあの絵を手放せないわ」

「どうしてだ」

「あれは私の手元に残った悠なんだもの」

ネネの声が大きくなった。

「馬鹿を言うな、死んだものはもうどこにもいやしないんだ」

「そうかしら、じゃその死んだ人の亡霊に追われて逃げ回ってる人は誰なの？」

「俺はそんなものに追われちゃいない」

「私はあなたに何度も言ったでしょう。悠の死はあなたのせいでも何でもないって」

「そんな話はもういい」

「よくはないわ。あなたは悠が残して行ったものをこの一年ですべてドブに捨て続けてるじゃない」

眉を吊《つ》り上げたネネの顔が浮かんだ。

「俺が俺の家族のものをどうしようがおまえには関係ない」

「じゃもう連絡をしてくるのはやめて」

「これが最後だ。あの絵を返せ」

「お金なの、お金が欲しいの、ならそう言ってよ」

「…………」

「黙っているところをみると、そうなんでしょう。あの絵をどこかの画商に叩き売って、あなたはまたギャンブルと酒にうつつを抜かすんでしょう」

　ネネの荒い息遣いが聞こえる。

「じゃ、あの絵をおまえが買え」

「……最低ね、あなたは。で、いくら欲しいの」

「五百万円だ」

「そんなお金はないわ」

「明日の朝までにホテルのロビーへ、あるだけ用意してこい」

「とうとうあなたはただのゴロツキになったわね」

「生まれた時から、俺はそうだ」

「悪ぶるのはよしてちょうだい。あなたはただのろくでなしよ」

　電話が切れた。

　私は受話器を取って、ルームサービスにウィスキーを一本注文した。

　煙草が切れていた。上着のポケットを探した。名刺が一枚出てきた。名刺の裏に走り書きがあった。

コート拝借。どこかの競輪場へ出向かれる節は御一報を

姫木輝夫《てるお》

私は名刺の電話番号を回した。

――はい、只今《ただいま》外出しております。ご用件のある方は……

留守番電話の声はたしかに姫木の声だった。

「明日から青森へ行く」

それだけを言って電話を切った。

チャイムの音がして、ウィスキーが運ばれてきた。

どうせ眠れはしないのだから、朝まで飲んで出かけようと思った。もう東京へ戻ることはないような予感がした。

私は畔道《あぜみち》を歩いていた。

どこへ行こうという目的地はなかった。目の前に薄闇がひろがっていた。視界の中には町灯《あか》りも家灯りも見えなかった。あたり一面に草が揺れていた。風は前方から吹きつけたかと思うと、ふいに背後から背中を押すように吹き抜けた。その度に足元がふらつ

き、腰の高さあたりにそよぐ草を握りしめて歩き続けた。

目の高さには闇ばかりがひろがっているのに、天上を見上げると満天の星がかがやいていた。

ここはいったいどこなのだろうか。私は酔いつぶれたまま心臓が停止し、愚者たちが向かう暗黒の地をさまよいはじめたのだろうか。どうしてこんなに風が冷たいのだろう。姫木にコートを盗まれたことが少し悔まれた。

何かが聞こえた。

音のした後方の空を見上げた。一羽の鳥が悠然と夜の空を飛翔《ひしょう》していた。

――鳳凰《ほうおう》か
まさか、私がそんなところへ辿り着けるはずはない。

ヒュルルルー、鳥がまた鳴いた。鳶《とんび》か、いや鷹《たか》か、なら、ここはまだ酔いどれていられる場所だ。

耳の底から奇妙な音が聞こえはじめた。

――何の音だ
金属音に似た、とてつもなく高速で重量感のある音だ。どんどん近づいてくる。音の気配のする左手前方の空を見た。私は驚愕《きょうがく》した。百、いや千、いや万の数の星が私にむかって飛んでくる。ああ、これで私の生が終るのか。まだ死ねない。まだ死んでなるもんか。私は草の中にしゃがみ込んだ。何をまだ生きることに執着しているんだ。

いや、まだやり残していることがある。顔を両手でかかえて、草の中で震えていた。おそろしいほどの光が閉じた瞼を突き抜けて、私を燃え尽くそうとしている。

私は絶叫した。

「ねぇ、先生。こんなとこに人が眠っとる」

「あれ、ほんとに。この人どうしたんだべ」

遠くで子供の声がする。

「苦しそうな顔をして」

「先生、人が倒れてる」

草の上を走る靴音が耳元に響く。

「もしもし、大丈夫ですか」

澄んだ女の声だ。夢なら醒《さ》めない方がいい。

「もしもし、大丈夫ですか」

「おじちゃん、起きろ」

腕を誰かに摑まれた。

私は目を開けた。たくさんの顔の輪の真ん中に抜けるような青空が見えた。

「大丈夫ですか」

若い女が心配そうな顔で声をかけた。

「目を覚ましたぞ」

「泥だらけじゃなあ」

少年たちが笑い声を上げた。

私は上半身を起こして、周囲を見回した。真緑の水が流れる美しい河が見えた。水音が心地よくあたりに響いていた。私はほとりの草叢《くさむら》で眠っていたようだった。

「ここはどこですか」

私が訊くと、

「イギリス海岸だべさ」

と少年が大声で言った。

第二話　箒《ほうき》星《ぼし》

稲の穂を嚙《か》むと歯にかかるものがなく、ただ籾殻《もみがら》の乾いた苦味がするだけだった。

「こんなだもんな、最悪だべ」

タクシーの運転手が背後で言った。

「この気象のせいかね」

「そうだ、こんたな夏は俺だって初めてのことだ」

私は小水を終え、閂《かんぬき》を上げながら周囲の稲田を見回した。稲の実りというものがどんなものかは知らないが、雨の気配のする風に揺れている稲穂は一見豊穣《ほうじょう》の秋を迎えているように映った。

「さあ、雨が来る前に高速道路に乗るとすべか」

運転手がドアを開けて、私に笑いかけた。上前歯の欠けた笑顔が人なつこそうに見えた。

「俺にはありがてえけど、なして花巻《はなまき》まで行くんだね、お客さんは」

「なんとなくな……」

私が言うと、

「気楽な旅ってとこかね。競輪が終ったわけじゃねえよな。あと四日もあるもんな」

青森競輪場の前から拾ったせいか、運転手はこれから競輪が佳境に入ることをよく知っていた。

「ちょっと約束があってな」

「仕事すか」

「仕事じゃ動かんよ」

「そうだべな」

運転手は勝手に納得したようにうなずいていた。

「これすか？」

運転手が小指を立てた。バックミラーに映った目を見ると、意味あり気に笑っている。

私はコートのポケットからウィスキーを出して、ひと口飲んだ。喉を流れる液体がどくどくとリンパ腺の周辺で脈打っている血液に勢いをつける。

「女ならいいんだが……、まあ女のようなものかもしれんな」

「そうだば急いだ方がいいな」

アクセルを踏み込んで速度が上った車のシートに、私は沈むように身体《からだ》の力を失って行く。ウィスキーの瓶をくわえた。飲んでいなければ眠ってしまいそうである。ここ数日、自分でも驚くほど眠り続けている。それがたしかに眠っているかどうかは定かではないのだが、競輪場のスタンドで打鐘《ジャン》の音に目覚めることが何度もあった。ずっと眠っていなかったことはポケットのあちこちに入っている車券でわかる。しかし肝心のレース自体を見た記憶がないのだ。案の定ポケットの中から取り出した車券はどれひとつ脈絡のない買い方をしていた。

雨が落ちてくると、どんなふうにして屋根のあるスタンドの片隅まで移動したのかもわからないまま、ちゃんとそこでうとうととしているのだから始末が悪かった。

賭場に不可欠な丁寧さに欠けているのだから、どこかで仕切り直すか、いったん賭場を去ればいいのに、目覚めたと気が付いた時は蘇生《そせい》したように安堵《あんど》してしまう。

それは二日目も同様で、たまたま顔を合わせた名古屋《なごや》の男に、

——どうだね、調子は？　ところで宿はどこだぎゃ

と聞かれた時に、宿泊した場所さえ思い出せなかった。

煙草《たばこ》を吸いたくなって上着のポケットをまさぐっていると、紙片が出てきた。開くと、

賢治《けんじ》記念館、9・1、午後4時
彌吉《やきち》　待ち合わせ

と殴り書きしてあった。

少年の顔はすぐに浮かんだ。それも鮮明に、左目の下にあるふたつの黒子《ほくろ》までが思い出された。

少年の小指に小指をからませた。外に歪《いびつ》に曲がった少年の指の感触が私の指先に残っていた。
がなかった。その目の表情が私には魅力的に映った。
くらいはしそうなものだが、少年の目は彼と話をしていた半日の間、ほとんど笑うこと
少年は右手の小指を差し出して指切りをしろという仕種《しぐさ》をした。約束事なら愛想笑い
「わかった」
「それじゃ必ず来るんべな」

「この分だば四時までにゃ、花巻さ着くべ」

運転手が高速道路を走り出して言った。

「なら頼む。眠っていたら起こしてくれ」

「花巻で降りたら、どこさ行ったらいいんかな」

運転手の声が遠ざかって行く。

少年に逢《あ》ったのは十日程ばかり前のことだった。
いつものごとく酒に酔いどれてそこかしこに眠ってしまう病気のせいで、どんなふう
にして少年のいる町にやってきたのかは憶《おぼ》えていなかった。
何か得体の知れない恐怖から逃亡しようとして草叢《くさむら》を狂ったように駆け回っていたの
はかすかに憶えているのだが、目覚めた時に、ここはどこですか？　と尋ねると、少年

が大声で、イギリス海岸だべさ、と返答した。

何を言い出したのかと思った。

酔いどれの男が川岸の草叢でふいに目を覚まして、自分をのぞき込む子供たちの顔を見て面《めん》喰《く》らったような間抜け面をしていたからだろうか、一斉に子供たちは笑い出した。

私は頭を数度振って周囲を見回した。耳の底に響く水の音に気付いて左手に目をやると真緑の水をたたえた川がゆっくりと流れていた。

「大丈夫ですか」

女の声にふりむくと、白いブラウスに紺のスカートを穿《は》き髪をうしろで束ねた、ひと昔前の映画にでも登場しそうな、いかにも田舎の女教師という若い女が立っていた。

私は女にうなずいて、ふらふらと立ち上った。

「おう、立ったぞ」

背後で子供たちの声がした。

私は足元のぬかるんだやわらかい川岸を水辺までよろよろと歩き、しゃがみ込んで川の水に手をつけた。片手で水を掬《すく》い上げ頬を濡《ぬ》らすと、水は予想以上に冷たくて心地良かった。両手を器にして水を掬い顔を浸した。胸元に滴り落ちた水が身体を目覚めさせた。

「こりゃ気分がいい」

と私は大声で言って、水に濡れた手で首のうしろを叩《たた》いた。何が可笑《おか》しいのか、背後で子供たちの笑い声が続いていた。

その時誰かに尻を叩かれた。それは叩かれたというより子犬か何かがじゃれついてきたような感触だった。ふりむくと、

「ほれっ」

とひとりの少年がハンカチを手に立っていた。彼は私の目をのぞき込むように見上げていた。私は少年の顔を見返した。ここ数年子供の顔をこんなふうに見つめたこともなかったし、見られたこともなかった。

少年の目を見ているうちに息苦しくなった。握りしめたハンカチが震えていた。私は彼の手からハンカチを取ると、それを首のうしろに当てて拭った。すると少年は満足したようにうなずいてから、急に走り出し、仲間の待つ畔道《あぜみち》へ去って行った。

私は少年にハンカチを返そうと声をかけようとした。が、ふいに立ちくらみがした。あわてて傾きかけた方角へ足を出して踏ん張った。頭を振り目を閉じて、眉根に力を入れた。後頭部から背中にかけて痛みが走った。生唾を飲み込んで目を開けると、蜻蛉《とんぼ》に似た虫が眼玉《めだま》の中から飛び出し水面に降りると、そのまま水澄《みずすまし》に姿を変えて下流の方へ泳いで行った。

酒が切れたのだと思った。それにしては喉は渇いてもいず指先に震えも来ていなかった。私は右手に握ったハンカチを見て、少年の走り去った方をふりむいた。

子供たちはすでに堤《つつみ》へ続く坂道を、先刻の女教師に先導されて列車のように繋《つな》がって

歩いていた。

おーい、しっかりした声にはならなかったが、私はハンカチを少年にむかって振り上げた。声に振りむいた少年がかすかに笑ったような気がした。子供たちの中で彼だけがひどく背が低かった。私は少年の羞《は》じらうようなやわらかい表情に妙な温《ぬく》もりを感じた。

再び少年に逢ったのは、その日の午後の駅舎でだった。

彼は老婆と一緒だった。

老婆は駅舎の中で働いているのか、首に手拭いを巻き手に大きな段ボールをかかえて待合室を横切ろうとしていた。少年は老婆のうしろを、やはり段ボールを手にして黙って歩いていた。足元に目を落としたままの横顔がひどく憂鬱そうに見えた。

ただ私の方も駅の売店で買った酒が身体に回りはじめて、厄介な状態になりはじめていた。それでもハンカチのことを思い出して、

「おーい」

と大声を出した。

その声に待合室にいたほとんどの人間がこちらをむいた。私はあわてて下をむき、手にした小瓶の酒を一気に飲み干した。喉を鳴らして酒を流し込むと、私は目を閉じ、それからゆっくりと目を開けた。目の前に少年が立っていた。

少年は先刻の目で私をじっと見ていた。私はハンカチを返そうとポケットの中をまさぐったが、どこへ仕舞ったのか肝心のハンカチが見つからなかった。あわててハンカチ

を探している私を少年は珍獣でも見ているかのように目を見開いてから、一度可愛《かわい》らしく小首をかしげた。

「君のハンカチがね……」

私が言うと、少年は私のコートの左ポケットを指さした。ハンカチがコートのポケットからはみ出していた。

「さっきは……」

ハンカチを差し出すと、少年は素早くそれを取って鼻先につけ、顔をしかめた。

その時改札口の方から大声がした。

「ヤキチ、ヤキチや」

少年は声にふりむき、改札口からこっちを見ている老婆にむかって走り出した。礼を言い忘れたと、少年の姿を目で追っていると、彼は老婆に何事かを告げて私の方へ戻ってきた。私は少年を見てから、老婆の方を見直した。すでに老婆の姿はなかった。それが少年と私の面会を老婆が承諾したのだと私は思った。

「イギリス海岸さ行かないか」

少年が言った。

彼は驚くほど速く歩いた。橋をふたつ渡って先刻の川岸へ着くまでの小一時間、私たちは一言も言葉を交わせなかったほどせわしなく歩き続けた。ハンカチ一枚のことで何を息を切らして歩いているんだと、途中何度か歩くのを止《や》めようかと思ったが、子鹿のような少年の背中に引かれて行くうちに、私は川岸に立っていた。

喉が渇いた。私は水辺に寄って川の水を飲んだ。水は匂いもなく美味《うま》かった。

「腹が痛くなるぞ」

「酒で消毒してあるからな……」

「イーハトーブさ来たの」

「何と言ったんだ？」

「イーハトーブ」

私は酒が切れて、少し苛立《いらだ》っていた。しかし私を見る少年の目には、私の苛立ちなど容赦しない強靱《きょうじん》な意志のようなものがうかがえた。

「君、悪いが、この近くに酒屋はないか。酒屋でなくとも、スーパーでもいいんだが」

「ないべ」

私は生唾を飲み込んで、後方にある鎮守のような森のむこうの家らしきものが見える方角へ歩き出そうとした。

「イーハトーブは嫌いだか？」

少年が強い口調で言った。

「さっきから何だって言うんだ。そのイーハとか言うのは」

私は声を荒らげて言った。

すると少年は後ずさりし唇を噛んで私を見上げた。ハンカチを握った右手がかすかに震えていた。

「悪かった。きつい言い方をして。俺は少し喉が渇いてるだけなんだ」

　少年は眉根にしわを寄せて口を真一文字にしたままでいる。

「君……俺がここに来たのは別に何も理由はないんだ。ただ酔っ払ってあそこに寝てしまっただけだ……。それにここが花巻という町だと知ったのも、つい今しがたなんだ」

「イーハトーブさ、来たんでないのか」

「そうだ」

　私は河岸に腰を下ろした。

　傾いた陽《ひ》が水面に当り、黄金色にかがやいていた。少年は私のそばに立って川面《かわも》を見つめていた。

「ヤキチと言うのか、君は」

　少年がうなずいた。

「どんな字を書くんだ」

　少年は足元の土に左手の指で弓という字を書いて右隣りに爾の文字を丁寧に記し、吉を書いて見せた。旧字体の文字を見て、私は賢明な子供なのだと思った。

「難しい字をよく知っているんだな」

　少年は少し自慢気にゆっくりとうなずいた。それはいかにも若い彼の自尊心のようなものを満足させているふうに見えた。

私は少年の書いた文字を見ながら、

「どうしてここはイギリス海岸と言うんだ?」

と尋ねた。

「学校で教わらなかったのか?」

少年の目が少しひややかに変わった。本当に教わらなかったのかと少年はくり返した。

私はポケットから煙草を取り出して吸いはじめた。彼といることが煩わしく思えてきた。

見ず知らずの大人に安易に声をかけてハンカチを手渡した行為までが、子供の卑しい計算のように感じられた。それに迂闊《うかつ》に乗った自分に呆《あき》れた。

「君、学校で教わることに、たいしたことなぞありはしないんだよ。それより誰かわからない他所者《よそもの》とこんな場所へのこのこ来る方が危ないと教わらなかったのか」

「どっから来たんだ」

「どこからって、決ったところはない」

「これからどこさ行くんだ」

「それも決めていない。君はいつも知らない大人にこうして話しかけるのか」

「んでね、こったらこと初めてだ」

私は少年を見た。少年は川面を見たまま、

「おじさんはほんとは電信柱の男じゃないのすか」

とぽつりと言い、さらに続けて、

「ケンジは好きだか？」

と消え入りそうな声で言った。その言い方にはどこかせつないような響きがあった。少年の顔が青冷《あおざ》めていた。

ケンジ……、と言われた時に私は初めて先刻から彼が私に投げかけていた奇妙な言葉の羅列に合点がいった。しかし私は早逝したその詩人に興味がなかったので、

「好きでも嫌いでも……」

と言いかけたが、彼の様子を見て、

「そういえば昔学校で習ったことがあるな。本も少し読んだな」

と言ってしまった。

するとみるみるうちに少年の顔に血の気が戻った。目元に星のように浮かんだ黒子が浮き上り、

「誰でも皆ケンジのことは教わるべ」

と胸を張って言ってから、

「木偶《でく》の坊《ぼう》だ」

と大声で叫んだ。

西陽を肩先に受けて背伸びしたように立って叫び声を上げた少年の姿には、かすかな狂気が感じられた。たぶんそれは誰しもが少年期に通過しやがて枠組の中に組み込まれることで失っていく狂気なのだろうが、特定の土地や人や事象にこだわり揺さぶられて

いる人間を見ると寒気がしてしまう私には、目の前のちいさな生き物はひどく厄介な存在に思えた。

けたたましいクラクションの音とともに身体が急激に前方へつんのめった。私は目を開けた。次の瞬間、私は前方席の背もたれに顔を打ちつけていた。口元に痛みが走ったが、車はまだ尻を振りながら左へ滑って、ガードレールにぶつかる寸前でようやく停車した。

「あの野郎」

何が起こったのかと前を見た。タクシーの運転手はクラクションを鳴らしながらギアを入れ直して車をバックさせると、何かを追うように水しぶきの上る高速道路を走り出そうとした。

「おい、どうしたんだ」

「あのトラックの野郎が……、お客さん、大丈夫だったべか」

アクセルを踏み込んだ運転手に、

「いいからゆっくり走れ」

と言って、口元に手をやると指先に血がついた。

「どこだ、今」

「いや、もうすぐ花巻のインターだがね、いきなり車線を変更してきやがって」

た。

「ぶつかったのか」

「ぶつかるとこだったんだわ」

「ならいい。放っとけ」

窓の外はひどい雨だった。

窓ガラスにつたう雨水を見ていて、雨ならあの町へ行く必要がなかったのではと思った。

——銀の笛を吹く星を見せてやるから

少年はあの日の夕暮れ、別れ際に私に告げた。

——そんな星が本当にあるのか

私は少年の長い夢の話を川岸で聞いていた。二人して急ぎ足で新花巻駅へ歩いた。道すがら少年は立ち止まって、まだほの白い黄昏《たそがれ》の空を見上げかすかにかがやきはじめた夏の星座を私にさししめし、星の話を続けようとした。

「悪いが、俺は先へ行く」

「どこさも行くとこはないんじゃないの」

日暮れまで聞いた少年の話は興味深いところもあったが、それ以上にうんざりする話が多かった。ただ星をさししめした右手の短い小指をあらためて見ると、少年に対するあわれみが湧いてきた。

川岸で少年の指をちらりと見つめた私の視線に彼は気付いて、

「生まれた時からこんなに指が短かった」

と指を見せながら言った。

「見てみろ。俺の指もこんなだ」

私も変形した右手の小指を見せてやった。少年はじっと私の右手の小指を観察してから、

「そんなぐらい誰にもわからないよ。僕のは誰にだってわかるもの。タテ笛のドの音がおさえられないんだ」

少年に比べるとまだ正常に映る私の指を見ながら、彼は私の陳腐な指との差異を叱責するように大声で言った。

「ないよりは増しだろう」

「んでも皆あるじゃないか」

「君と同じ歳で腕のない子だってたくさんいるさ。その程度の指はたいしたことじゃないよ」

「………」

少年は黙って私を睨《にら》んでいた。

「あとはどこか嫌なところがあるのか」

「ううん」

少年が首を横に振った。

「なら気にすることはない。誰だって……」

「誰だって何だ？」

「何でもない。そのうちわかるさ」

「何がわかるのさ？」

「君のその指が短いくらいは何でもないってことがだ」

「んだかな……」

「たぶんな。そんなことより俺はもう列車に乗らなくちゃならない」

「どこさも行くところはないんだろ」

「用事を思い出した」

新花巻の駅舎へ着くと、少年は、

「おじさん、今度二人で星を見ないか」

と言った。

「また逢えればな……」

「約束すればまた逢えるべ」

「俺は約束をしないんだ」

私は駅舎の中の時刻表を見ながら言った。すると背後で、おじさんは悪い人だ、と囁《ささや》くような少年の声が聞こえた。私はふりむいて、そうだ、俺は悪い奴だ、と言って少年を睨んだ。少年はまたあののぞき込むような目で、

「うそ、ほんとは善い人《い》だ」

と言った。

「善い人なんかいやしないんだ。善い人は悪い奴より、狡《ずる》いんだ。よく覚えとけ」

少年の目がうるんでいた。大人げないと思ったが、しかたがなかった。私はこの少年に関わってしまった自分に腹を立てていた。しかし最後には執拗《しつよう》な少年の言葉に根負けした恰好《かっこう》で再会の約束をして青森へむかったのだ。

タクシーは花巻のインターチェンジを降りて市中に入った。

雨は先刻より勢いを増していた。

「ここまで台風が来てんだもんな。たしかに今年は異常気象だわ。そんで、お客さん、どこさ行けばいいのさ」

「ケンジ記念館だ」

「ああ、宮沢賢治《みやざわけんじ》の記念館だな。ええと、ありゃたしか新幹線の駅の方だったな。うん、思い出した。山の上さあったわ」

横殴りの雨のせいか、車窓に映る風景に見憶えのあるものはない。ハンドルの脇のデジタル時計は四時二十分前である。私は上着のポケットから少年との約束の日時を記した紙片を取り出した。

――何とか間に合いそうだな
私は少年のあの目付きを思い出し、間に合えば合ったで厄介な渦の中に巻き込まれるような気がした。

記念館は想像していたより立派な建物だった。駐車場でタクシーを降りて記念館の前へ急いだ。

少年の姿はなかった。

こんな雨の中を行きずりで出逢った男との約束のために少年がやってくるとは思えなかった。第一、私たちが約束したのは星を見ようという話だった。

雨を避けようと館の中に入ると、こんな天候にもかかわらず数十人の見学者が訪れていた。数人の子供がロビーのようなところで遊んでいた。少年を探したがやはり見当らなかった。

私はロビーの片隅にあるちいさな喫茶店のカウンターに腰をかけた。

喉が渇いていた。ビールを注文すると、アルコール類はないと言われた。コーヒーを注文して館の外を見た。少年の姿はなかった。私はその時初めて、少年の苗字《みようじ》も知らなければ年齢も定かにわかっていないことに気付いた。彌吉《やきち》といういまどき時代遅れのような名前だけしか知らなかった。少年に逢った記憶さえが不確かなものに思えてきた。

展示物が置いてあるだろう館の奥から子供を連れた家族が出てきて、ロビーでこれから行く先のことを話したりしていた。

「この町には温泉か何かあるのかね」

カウンターの中の女性に聞くと、

「温泉はたくさんありますよ。花巻、台《だい》、大沢《おおさわ》、志戸平《しどたいら》、松倉《まつくら》……」

と温泉の名前を挙げた。

「一番近いのはどこだろう」

「花巻温泉です」

「タクシーを呼んでくれるか」

私はしばらく館の前に立っていた。立派な蔵が右手の方に建っていた。蔵の外壁をぼんやりと眺めているうちに、蔵の中に詩人の遺体が安置されている気がした。しかしそんな話は聞いたことがない。たぶん貴重な資料が保存してあるのだろう。そうだとしてもそれはそれでやはり遺体と同様のものに思えた。

――死んだ時点で肉体はただの肉塊でしかなくなるのだろう
以前ロシアの革命家の遺体を眺める見物客の表情をテレビで観《み》たことがあったが、その目付きのほとんどが猟奇的だった。

花巻温泉はそこだけが区画整理された町のように別の空間をこしらえていた。

「何だかどの宿も外観が違っているだけで同じように見えるね」

「そうだべか。そんだばお客さんは勘がいいのよ。この一区画は同じ経営者だからな。ほら……」

タクシーの運転手が口にしたのは十数年前に世間を騒がした男の名前だった。

「あそこなら空室もあるべ」

運転手が案内してくれた宿は古い木造の旅館だった。

私を部屋に案内してくれた宿の女は四十歳を過ぎたあたりの肉付きがいい、いかにも今が女盛りという女だった。

「旅行ですか」

「まあね……、悪いがすぐにビールを二、三本持ってきてくれないか」

「冷蔵庫に入ってますが」

「ならいい」

「夕食は何時にしましょうか」

「酒の肴《さかな》程度のもんでいい。それとウィスキーだ。一本まるごとでいいから」

「はい」

女が去って、ビールを二本飲むとようやく人心地がついた。女が戻って来た。

「夕食は六時でいいですかね」

女の手からボトルを取るようにしてコップ一杯に注いだウィスキーを飲み干すと身体が軽くなった。

「窓を開けてくれないか」

窓を開けると雨音が聞こえてきた。先刻より雨足は弱っていた。

「台風はもう通り過ぎたみたいですね」

女は空を仰ぎ見て言った。

「姐《ねえ》さんは土地の人じゃないね」

「どうしてですか」

「訛《なま》りがないよ」

「こっちで生まれてすぐに東京へ行きましたから……」

女の言い方にはそれを自慢しているようなところがあった。

「おひとりだと淋《さび》しいですね」

私は女の方を見た。女はうなじのあたりを別にほつれ髪もないのにおさえていた。

「あら、コートが泥だらけですよ」

そう言ってから女はふいに笑い声を洩《もら》した。艶っぽい声だった。床の間の柱のそばに立った女はコートを抱くようにして笑っていた。どうしたのか、と女を見ていると、

「いやだお客さん。コートに値札が付いたままですよ」

と言った。

「独り暮らしなんですね」

私は黙ってウィスキーを飲んだ。

別の女が夜具を用意しにきた頃には、二本目のウィスキーが半分近く減っていた。

「お料理にぜんぜん手をつけてないんですね。お酒だけじゃ身体に良くないですよ」

膳を下げにきた先刻の女が言った。その時分には私はどうでもいい状態になっていた。

膳を下げる女の白い足袋が畳を右に左に動く。それがいつのまにか口を大きく開けた白蛇になっていた。よく見ると蛇は双頭で畳の中に潜り込もうと適当な穴を探して動き回っている。

「雨戸を閉めときましょう」

私は白蛇を摑《つか》まえたい衝動にかられた。蛇の鎌首を握りしめてその本性を曝《あば》いてやりたかった。いつも早口で喋《しゃべ》る蛇の言い訳を聞きたかった。蛇は窓の縁にじっとしている。

「あら、もう星が出てるわ。こんなの初めて見るわ」

蛇が私の目の前をゆっくりと通り過ぎようとした。見るともう蛇は窓辺で何か獲物を飲み込んだらしく、胴回りが何倍にも膨れ上っていた。私は蛇が隙を見せるのをじっと待っていた。しかし相手はとっくにこっちの思惑をわかっているのか、桃色の舌先を私にむかってからかうように出して襖《ふすま》の向こうに消えていった。舌先に蛇の別の頭がのぞいていた。ひるんだこっちも情ないが、蛇が部屋から失《う》せると白い闇が窓辺からひろがってきた。

私は急に不安になった。

北へむかいはじめてから、地虫《じむし》、蚯蚓《みみず》、羽蟻《はあり》、蟋蟀《こおろぎ》、蟷螂《かまきり》、鼠《ねずみ》、蜥蜴《とかげ》、猿……と言った厄介な連中が少しずつサイズを膨張させて秩序よく変化していた。それが先刻の白蛇のようにいきなり目の前にあらわれるようになった。今までの生き物たちに対しては、少しずつではあるが私の方も飼い慣らしたという意識が目覚め、こちらの予測通りの行動と変身をするのでさして恐怖心もなかった。彼等と私はすでに同棲《どうせい》しているに等しかったし、たまに私の眼球に飛び込んだり性器を締め上げたり程度のいたずらはするものの、私を含めて皆が時折笑い転げるようなユーモラスな行動もとっていた。

ところが数日前から彼等は突然拡散をはじめた。白い闇が私の周囲にたちこめていた。闇を形成しているひとつひとつの粒子は、地虫や鼠や猿の細胞が分裂したものであることは朧《おぼろ》げにはわかるのだが、それらが何に変化しようとしているのか予測がつかなかった。白い闇につつまれるたびに漠然とした不安が湧いてくる。

ただ私はその得体の知れない相手とはもうすでに遭遇していた。これだという確信はないが、青森のホテルで目覚めた時、部屋の中の異様なありさまがそれを証明していた。私がそうしたのかどうかまったく記憶は喪失してしまっていたが、狭いホテルの部屋の一角に冷蔵庫からベッド、テーブル、椅子、スタンド、電話機に至るまで部屋にあったすべての備品を積み上げげて巣穴のようなものができあがっていた。冷蔵庫、電話、スタンドのコードを引き抜いて、それらでテーブル、椅子、芥《ごみ》箱をくくりつけて、何とも奇態な防御壁を組み立てていた。

よほどの相手があらわれたのだろう。しかしそのことには知らんふりをすることにした。

そしてこの宿でも白い闇がゆっくりと私の周囲を取り巻きはじめた。

私は床の間に這《は》い寄って電話機を取った。

光の粒子が湧いている。

じっと見つめていると、次から次に絶え間なく光が溢《あふ》れているのがわかる。あおむけになって眺めているのだが、煮えたぎる火山の火口をのぞき込んでいるような錯覚に襲われる。

新しい光があらわれると、その光に反応して周囲の光が渦を巻きはじめる。誕生したばかりの光の群れは、星座に似た粒子の結合体に変化した光の群れにむかってゆっくりと運動を起こす。

光が動くたびに耳の底で乾いた音が聞こえる。時折その音を掻《か》き消すように尾根を吹き抜ける風音がする。

宿の部屋に渦巻いていた白い闇から逃げ切れた安堵感と、目の前にひろがる星座の美しさが私の意識を少しずつ回復させていた。

左手の雑木林のむこうから金属音に似た硬い音が届いた。

見ると赤銅《しやくどう》色の星がひとつかがやいている。その星のすぐ南手にふたつの青い星が寄り添うように光っている。

何かに似ている。

少年の目元にあった黒子だ。

——銀の笛を吹く星を見せてやるから

少年の声が聞こえた。

「そんな星が本当にあるのか」

「あるさ。天の川の西の岸にふたつ並んで光って見えるよ。チュンセとポウセと言う名前でさ、一晩中二人で銀の笛を吹いてるんだ」

星の話をしている時の少年の目はかがやいていた。

「その笛の音を聞いたことがあるのか」

「もう何度もあるよ。おじさんは一度もないのか」

「残念ながらな……」

「んなら僕が聞かせてやるよ」

「ああ、いつかな」

「そうじゃないって、双子の星の笛の音が一番良く聞こえるのは一年中で今なんだから」

少年はむきになって言った。彼は話に夢中になると童話の主人公のいる星を指さしたり、その星の大きさを両手をひろげて身振り手振りで伝えようとした。そうして話が途切れるのは、彼が自分の歪《ゆが》んだ指を見てあわてて左手でその指をつつむ時だった。

「もうすぐ流れ星が見られるよ。たくさんの流れ星が早池峰《はやちね》の山に降ってくるのさ」

「流れ星か……、そりゃ綺麗だろうな」

「そうだ、けど流れ星は悪い奴等なんだ」

「ほう、どうして」

「流れ星は、ほうき星は王様にうそをついて双子の星を海の底に沈めたんだ。けど双子の星は海の底で星の形をした青いヒトデに身を替えていたから、海蛇の王様の力で竜巻に乗せてもらって天に帰ることができたんだ。うそをついたほうき星はばらばらにされて、悲鳴を上げながら海の底へ落ちて行くのさ」

「へぇ、ほうき星は海の底からは帰れないのか」

「うん、ほうき星は海鼠《なまこ》になってしまったから誰からも見つけてもらえないんだ」

私が笑い出すと、少年が私を見た。

「僕の言ってることがうそだと思ってるんだべ」

「いや悪かった。そうは思ってないが、俺は星のことはよくわからないんでな。それに海鼠は好物なんだ」

「気味が悪いだけさ、あんなの。ねぇ、星を見に行こうよ。月が変わって最初の夜にきっと双子の星の笛の音が聞こえるから……」

少年の話を思い出すと、かたわらで風に葉音を立てている杉の木の下に夜空を見上げている少年の姿があらわれた。彼の目は見つめる星の光を映してかがやいていた。

――どうしてそんなに星が好きなんだ、おまえは
私は片手を杉の幹に置いて星を仰いでいる少年の姿につぶやいた。

すると少年の肩をうしろから抱くようにしてひとりの少女があらわれた。

——誰だろう？　どこかで見たことがある
少女は固い唇を閉じて星を眺めている。

——ああ、あの少女だ
九州の小倉で逢った少女だった。

「ほら、あの星の光があるでしょう。あれって何千年、何万年前にあの星から出た光なんでしょう。そうして私の目の中で消えて行くわけでしょう。なんか不思議だよね」

少女の言葉が聞こえた。

ラブホテルのベッドの上で性器をまさぐっている少女の裸体が浮かんだ。性器の間から垂れて揺れていたバイブレーターのコードと足で踏みつけられた空の箸袋の揺れ動くさまが鮮明に思い出された。

「もう一度逢える気がする」

少女はたしか別れ際に言った。

——逢えたじゃないか
と私は二人がいる杉木立の方を見た。

「ほうき星だ。ほうき星の大群だべさ」

少年が叫んだ。

東の空を見ると、空の四分の一余りの星の群れが一斉に流れ出していた。ほうき星だ、ほうき星だ、少年の叫び声に私は上半身を起こした。群衆がいちどきに大声を上げたような叫び声が聞こえてきた。地面が揺れはじめた。私は立ち上って周囲を見回した。逃げろ、逃げろ、と叫ぶ声に重なって耳の奥から金属音が聞こえ出した。巨大なモーターが回り出したような恐ろしい音だった。見上げるともう空の半分が真昼のように光って、あちこちに光の群れが落下していた。隕石《いんせき》の群れが山の斜面に次から次に落ちている。山の裏手に大きな隕石が落ちたのだろうか、地響きを立てて山全体が揺れた。少年の姿を探したが、彼はすでにどこかの森へ逃げ失せたのか、私ひとりがとり残されていた。

その時東の方の空がさらに明るくなって、山吹色の光の塊が私の方へむかって飛んでくるのが見えた。私は空を真昼のようにかがやかせ尾を引いて近づく光を見つめた。こちらに真っ直《す》ぐむかっている。

——どこか安全な場所へ逃げなくては

私は雑木林にむかって走り出した。しかし雑木林に足を踏み入れた途端に、そこだけがサーチライトで照らされたように明るくなった。

——この雑木林に落ちてくる

私は雑木林を抜けて灌木《かんぼく》のひろがる平原を駆けた。前方によく生長した杉の植林が見えた。あそこまで辿《たど》り着けば……、走りながら空を見上げると光はさらに大きくなってこちらにむかっていた。何度か岩に躓《つまず》いて転びながらようやく杉林に身を隠した。林全体が揺れていた。耳をつんざくような音が近づいてくる。杉の葉をつき抜けて光が容赦なく差し込む。強烈な光がしがみついている杉の幹も私の手も透きとおして、指先などは骨だけが見える。私は大声を上げて杉林の奥へ走り出した。背中が熱かった。木々の裂ける音が背後でした。杉林が切れるとそこは見上げるような崖になっていた。私はシダの葉を握りしめて崖をよじ登った。周囲はすでに白い光の海になっている。音はもう聴覚の限界を越えているのか、何も聞こえない。衣服を剝《は》ぎ取るような熱風に背中を押されて数歩登った途端に、私の身体は得体の知れない白い闇の中に落ちて行った。

鼻を突く匂いで目を覚ました。

起き上ろうとすると背中に痛みが走った。黒土に半ば埋まった右手を抜くと、手の甲に水滴がついていた。裏返すと黒い手袋でも嵌《は》めたように泥にまみれている。空にかすかに茜《あかね》色に染まった雲が見えた。両手に力を込めて上半身を起こそうとすると、ずるりと身体が下方に下がった。どうやら傾斜地に倒れてしまっているらしい。寝返りを打つように身体を転がしてあおむけになった。薄青い空と朝焼けにかがやく雲がひろがっていた。足首を回した。骨折はしていないようだ。膝を曲げて慎重に上半身を起こした。そこはちいさな窪地《くぼち》だった。右足のズボンがめくれて、臑《すね》のあたりが傷ついていた。血糊《ちのり》に泥がつきすでに固まっていた。

——助かったのか……

しかしいったい何から助かったのかが思い出せない。恐ろしいものから逃げていたことはぼんやりと憶えているのに、肝心の相手が何者なのかわからない。

立ち上ると激しい痛みが背中から腰にかけて走った。ひどく打ちつけたのだろう。岩を摑《つか》みながら斜面を這い上ると、眼下に山々がひろがり遥《はる》か下方に霧に浮かぶように点在する村落が見渡せた。

——いつの間にこんな高地まで登ったんだ
そう思って摑んだ岩を引き寄せるようにして窪地を出ようとすると、岩が転がり出し、また窪地の底へずり落ちて行った。

——なんてこった
コートについた泥を払いのけながら足下を見ると、きらきらと光る濃灰色の石が目に入った。思わず拾い上げた。うずらの卵ほどの大きさの石はざらついた表面が手のひらに馴染《なじ》んで、妙に心地が良かった。コートのポケットに仕舞って、傾斜のゆるい方から窪地を出た。すると風が背後から吹き抜けて山麓《さんろく》へ流れて行った。風に背中を押されるようにして山を下りはじめた。途中で頂きをふりむくと、ひどくのんびりした山景《さんけい》をしていた。杉林を抜けた頃、立ちこめていた霧も晴れて平野部にぽつぽつとある家のかたちがはっきりと見えた。

一条の煙が一軒の家から上っていた。

青森競輪場へ戻ってからの私は数ヶ月ぶりに博打《ばくち》の目が出はじめていた。

朦朧《もうろう》としてレースを見つめていた初日、二日の自分が別人のようだった。睡眠をとることができたし、目覚めも良かった。ひと昔前の体調に戻ったような気がした。食欲も出てきた。酒量も制御することができた。

競輪場に到着すると、自分が何をしなくてはならないのかが先々に見えて、しかもそれに対応できた。

競輪という競技はシンプルな競技である。自転車はペダルを速く回転させれば速度を増す。一周四百メートルを基準とした楕円《だえん》形の走路は遠心力によって自転車が外へむかう力を防ぐように擂鉢《すりばち》状にできている。スタートして四周ないし五周ほど走路を走り一番最初にゴールを駆け抜けた者が勝者となる。要は自転車を速く走らせることに専念し、それに必要な体力と技術を持ち合わせた選手が数日間の戦いをくり返して頂上に登る。

自転車競走は古代アテネで開催されたオリンピックの競技にあったことが壁面に残っている。原始的な競技なのだろう。人間は二千年以上自転車に乗っていたことになる。

賭けの対象としては各レース毎《ごと》の一位と二位を見つけて投票し、それを胴元が発行する投票券、いわゆる車券に替えて結果を待てばいいのである。

ギャンブルの前提として不可欠な要素は、チャンスの平等性である。あらゆるギャンブルに人間が何かしらの物を賭するのは、そこに平等性があるように思い込み、選択した対象が賭者の思惑通りに勝つであろうと予測するからだ。

競輪はレースを勝って賞金を得なければ生計がなり立たない選手の勝とうとする欲を

前提にして、人間が人間の思惑を買うゲームなのである。

違う側面から見ると、走路の中で戦っている人間も、それを見物して賭する人間も、数分後には決定してしまう事象を想定して奔走しているのである。そこだけを見ると、私たちの日常にひどく似ている面がある。

未来を選択するのは人間であり裁定を下すのは人間以外の何者かなのだ。


五日目の後半レースを二レース的中し、六日目の最終日も午前中は順調だった。

賭博の運は性悪女のように気まぐれで非情な面を持っているから、まれに幸運がこちらを向いてきたと感じたなら、その運をしっかりと摑まえることだ。交尾を続ける蛇たちのように一分一秒でも長く幸運の女神に抱擁され、抱擁し続けることだ。

私は昼食を摂《と》りに競輪場の片隅にある屋台の食堂へ入った。

「よう、ひさしぶりだな。まだ生きてたのか」

野太い声にふりむくと、小太りの野球帽を目深に被《かぶ》った男が笑って立っていた。

見憶えがなかった。

私は男を無視した。

「冷たいじゃないか、俺だよ」

男は煙草の匂いがするほど近くまで顔を寄せて、帽子を脱いだ。丸坊主頭だった。

「霧生《きりう》だよ。新宿《ジュク》の霧生だよ」

まるで顔付きが変わっていたが、ちいさな丸い目はたしかに新宿《しんじゆく》で数軒の酒場を経営していた霧生だった。

霧生は自分の経営する店にフィリピンや韓国の女性を入れ、数年前はひどく繁盛しえらく羽振りが良かった。

霧生とはその頃、新宿の雀荘《ジャンそう》で出逢った。レートの高い麻雀を打っていた。金離れも良く新宿の雀荘で生計を立てている麻雀《マージャン》打ちからは珍重されていた。

「わからなかっただろう、俺が」

霧生は嬉《うれ》しそうに笑った。

「頭も鬚《ひげ》もこの通り剃《そ》っちまったのさ。おまえさんにわかんなきゃ、しめたもんだ」

見憶えがなかったはずである。長髪の上に鬚面だった霧生がまるで別人のような顔立ちになっていた。

霧生はまた顔を近づけると、

「えらい追込みをかけられててな……」

と囁くように言った。

そんな事情だと思ったが、高価そうなスーツを着て酒落者《しやれもの》を気取っていた男がここまで身なりを変えるのは、よほどの相手が彼を探しているのだろうと思った。

「最後は関西で借りまくってやったのさ」

その時だけ霧生の目の奥が光った。

私は別の気配を感じて背後を見た。女がひとり立って、私たちをじっと見ていた。

「アキコ、周《しゅう》さんだ。ちゃんと挨拶しろ」

霧生が言うと、

「こんにちは、アキコです」

とたどたどしい日本語で挨拶した。

「この女のお蔭《かげ》でチキンになっちまったよ。俺は」

美しい女だった。会釈する私の目をのぞき込むように見た切れ長の目が、驚くほど煽《せん》情《じょう》的だった。

「台湾《たいわん》から引っ張ってきたんだが、とんだ厄介事をかかえていやがった。この俺の背骨まで舐《な》めつぶしやがったんだからたいした女だぜ、こいつは」

私はスタンドに戻ろうとした。霧生が私の腕を強く摑んだ。

「今夜は青森なのか」

目が異様に光っていた。

「いや、決めちゃいないが」

私は霧生の手首を取って睨んだ。

「悪いが、時間があるならつき合ってくれないか」

霧生の目から光が失せた。

「生憎《あいにく》だな」

私は素気なく言って歩き出した。

午後からのレースの第八、第九レースが的中した。東京からの金が倍にふくらんでいた。残った二レースは曖昧な要素が多かった。考えた挙句に最終の決勝戦に持ち金の半分を賭けた。躊躇《ちゆうちよ》したレースはたいがい外れてしまうのだが、レース中に落車《らくしや》があり、一着でゴールした選手が失格になって狙っていた選手と同枠の選手が一着に繰り上り、私の買った車券は的中した。

珍しいケースだった。とはいえ勝ちは勝ちである。私は払い戻しの人波が空《す》くのを見計いながら通路で煙草を吸っていた。

「そっちもはまったのか」

見ると、霧生が立っていた。

「取りがみだ」

「外れるよりは増しだろう」

女の姿がなかった。払い戻しの列に目をやると、女が立っていた。遠目にも女は目立っていた。あの女を連れて歩いている限り、霧生が彼を探している連中の網にかかるのはそう遅くはない気がした。

「あの女、金とこれが好きでよ」

霧生が交情を示すように指間から親指を突き立てた。

「どうだい、こっちは最終レースで浮き上ったから、祝い酒でもやろうじゃないか」

霧生の口振りには彼を追っている連中を、逆に待ち受けているような大胆さが感じられた。おそらくもう彼には奪われるものは何も残っていないのだろう。

私は返事をせず払い戻し所の方へ歩き出した。女がこちらへ歩いてきた。うしろにいた連中が女の方を見ている。女は両手で紙袋をかかえていた。それが赤児《あかご》を抱いているふうに見えた。

私の顔を見ると、女は片目をゆっくりと閉じて、舌先で上唇を舐める仕種をした。払い戻しの金を受け取って歩き出すと、階段の手前に霧生と女が立っていた。わずかに差し込む西陽に二人が淡いシルエットになり、幽霊のように揺れていた。

第三話　文昌鶏《ウエンツアンチ》

女は恐ろしい勢いで目の前の料理を平らげていった。

取り澄ましていれば、すれ違う男たちが立ち止まるほどの美形で、品のいい女性に思えなくもないのだが、料理を口にしはじめると恐怖感を覚えるほどグロテスクな女に変わった。

青森競輪場で出会《でくわ》した新宿の霧生《きりう》が連れていたアキコというこの女性には、中間点がなかった。

真向かいに座る霧生が時折テーブルの下でアキコの下半身をまさぐるようにすると、彼女は素早くそれに反応し艶やかな表情をして、霧生の顔を今すぐにここで交情してくれという目で見つめた。偶然に入ったこの中華料理店の店員にさえ媚《こ》びを売るように科《しな》をこしらえる。どこでこの女がこんな所作を身につけたのかはわからないが、瞬間、瞬間で発情する才能には、

――この女のお蔭《かげ》でチキンになっちまったよ。俺は

と言っていた霧生の言葉がうなずけた。

「よく喰《く》うだろう、こいつ」

霧生が煙草《たばこ》をくゆらせて言った。

「この食べ方はまるっきり養豚場の牝豚《めす》だよな。初めてこいつに逢《あ》った時、三日間食べっ放しだったよ。食べて、俺を舐《な》め回して、糞《くそ》をしてまた食べて、また舐め回しやがる。最初はこの俺もさすがに驚いたぜ。これじゃ上と下の口からものを入れっ放しじゃねえかってな」

霧生は自分の言った言葉が気に入ったのか、ククク ッと鶏のような声を出して笑った。しかし女の方は霧生の顔を一瞥《いちべつ》しただけで、皿の中の茄子《なす》と挽肉《ひきにく》をスプーンから溢《あふ》れるほど載せて口へ入れた。

「なあ、見てるだけで気味が悪いだろう」

霧生は可笑《おか》しくてしかたがないふうに、ヒヒヒッと顔を猿のように赤くして笑っている。

今度はスープの入ったカップに口をつけて、音を立てて飲んでいる。目が料理にしかむいていない。カップのスープを飲み干した女の口元に黄白の卵が垂れ下がっていた。

「ほら、豚だよ、こりゃ」

霧生が首を横に振って笑いながら涙を流している。女は霧生の様子に気付いたのか、喉を鳴らして水を飲んだ後、霧生と私を交互に見て笑った。それでまた霧生が笑い出した。

「酒、好きか?」

急に女が私に言った。

「そう言やあ、おまえさっきから酒ばかり飲んでるな。おまえそんなに酒を飲んでたかな」

霧生が私の目の前の空になりかけた紹興酒《しようこうしゆ》のボトルを見て言った。

「好きで飲んでるかどうか、わからんよ」

私が言うと、

「酒の飲み過ぎ、駄目よ、インポになるよ」

と女は真顔で言って、うなずいた。

「そうか、アキコはインポは嫌いか」

霧生がからかうように言った。

「インポ、駄目。嫌い」

私は黙って、ボトルの残った酒をグラスに注ぎ、空ボトルを振って店員を呼んだ。

「まだ飲むのか。河岸《かし》を変えようぜ。どこか女のいるところへ行こう」

私は霧生の顔を見ないでグラスの酒を一気に飲み干した。

「こんなところで飲んでもしようがないだろうが、田舎町でも飲み屋はあるだろう。おい、もうその酒はいらん。行こうぜ」

霧生が店員を手で払うようにした。私は店員の持ってきたボトルを摑《つか》んだ。

「俺はここが気に入った。しばらくここで飲んでる」

霧生が私の顔を見た。

「そう言うな。奢《おご》らせてくれよ」

女が私の手からボトルを取り上げた。私は女を睨《にら》んだ。女はいたずらっぽく大きな目を動かして、

「もっと美味《おい》しい酒を飲みに行こうよ」

と口をすぼめるようにして言った。

霧生が会計をしにレジに行くと、女は私の手を取って出るようにうながした。手を払いのけると、女はかたわらの椅子に置いていた私のコートを取った。その時、コートの内ポケットから背広の中に入りきらなかった競輪で儲《もう》けた金が床に落ちた。女は金の束を見た瞬間、嬉《うれ》しそうに笑った。それからゆっくりと私の顔を見て、意味あり気な目でじっと睨んだ。

私たちは料理屋を出てタクシーに乗った。

「運ちゃん、この街で一番上等のクラブに案内してくれ」

霧生が言うと運転手は、

「お客さん、ここにゃそんな上等なもんはないべ。キャバレーなら二、三軒あるけんど。そこでいいべか」

と言った。霧生は鼻で笑って、

「キャバレーか、まあいい。そこへ案内してくれ。ところで運ちゃん、この街だ

が……」

霧生が運転手から街のヤクザのことを聞きはじめた。女は身体を支えるように私の太腿《ふともも》に手を置いた。車がカーブした。女が私の方へかたむいてきた。女は私の太腿を強く摑みその指先を微妙に動かしはじめた。それはいかにも偶然に触れたように見えたが、女は私の太腿を強く摑みそうしてさり気なく脚を組み直すと、霧生に見えないように指先を股間に伸ばしてきた。

競輪場で逢った時も料理屋を探して三人で街の中を歩いている時も、私は女にまったく興味がなかった。顔立ちが整い、チャイニーズ特有の均整のとれたプロポーションをしている女はたしかに美しかったが、それは逆に女の性的な欠落に繋《つな》がっている気がした。ただ料理店で女が食事をする姿を目のあたりに見て、少し考えが変わった。

キャバレーに入ると、女は奇声を上げて店の中央にある踊り場に駆けて行き、ひとりでダンスを踊りはじめた。ボーイもホステスも皆驚いて、女を見ていた。

「どこに行ってもあの調子だ」

霧生は広いボックス席のソファーに腰を下ろすと、

「若い女を呼んでこい」

とボーイにチップを渡した。ボーイはチップの金額に目を丸くしてから、おまかせ下さい、と嬉しそうに言った。店には先客がひとり隅のボックス席にいるだけだった。あらわれた女たちは皆若くはなかった。私は女たちを見回している霧生の顔を見て笑った。

「おい、馬鹿野郎。マネージャーを呼んでこい」

と霧生が怒鳴った。

「どうかしたんだべか、お客さん」

不似合いなピンクのドレスを着た女が言った。

「うるさい」

霧生が出てきたマネージャーに文句を言うと、若いフィリピンの女が二人席に着いた。ひとりの女が踊り場で踊っているアキコを指さして霧生と何事かを話していた。霧生が自慢げにうなずいた。

アキコは感心するほど激しく身体《からだ》をくねらせて踊り続けていた。肉感的な彼女の動きはたしかにセクシーだった。

その時ボーイの大声がして、別の客が入ってきた。霧生の目がそちらを凝視した。ひとつボックスを空けて四、五人の男たちが座った。男たちはアキコに声をかけた。チンピラ風の男たちだった。

「おい、うちの女を呼んでこい」

と霧生がかたわらのフィリピンの女に言った。女がアキコを呼びに行ったが、アキコは呼びにきた女と二人で踊りはじめた。霧生がアキコを見てから、ボックスの男たちを睨んだ。男たちのひとりが立ち上って、アキコと女のところへ行った。霧生は眉根にしわを寄せてグラスのビールを飲んだ。

「おまえ、高橋《たかはし》を覚えているか」

霧生が言った。私は首を横に振った。

「一度一緒に麻雀《マージャン》を打って、その後で新宿のクラブへ行ったろう。ほらその時他の客と悶着《もんちやく》を起こした男だ」

そう言われて私は、小柄なひとりの男の顔を思い出した。人の顔色をうかがうような目付きをする男で、初対面の時のおどおどした目が印象に残っていた。しかし相手が彼にとって安全で、自分よりも下の人間だと見切りをつけると、態度が一変する男だった。

霧生の話によると、株相場を張る人間を相手に金融業をしているということだった。高橋にはその後二度ばかり六本木《ろつぽんぎ》の雀荘《ジャンそう》で逢った。妙に人なつこいところがあり、さして親しくはないのに酒場へ誘われたことがあった。

——一億、二億の金ならいつでも言って下さいね
そういう言い方を平気でする男だった。

しかしそれはあながちホラ話でもなく、株相場の金融は十億、百億円の単位で金を貸し付けるらしかった。高橋の金の出処《でどころ》は知らないが、霧生も彼になんらかの世話になっているようなところがうかがえた。

「三年前にあの男が台湾《たいわん》の女と結婚したんだよ。その時に俺はアキコをしょい込んじま

ったんだ。あいつ今どうしてるか知ってるか」

私は別に興味がなかったので黙っていた。

「あいつたいした額の金をパンクさせたまま外国へ逃げちまってよ。こっちにまで追込みがかかって、えらい目に遭ったよ。フィリピンに逃げてたんだが、危なくなって俺のところへ連絡をよこしやがった。こっちも頭にきてたから、そっくり連絡先を追込みの方へ送ってやったよ。それっきりだ」

私は女にウィスキーをもう一本持ってくるように言った。

「よく飲むな。体はまいんないのか。まあいいが、どっちみちまともにゃ死ねそうにない身体だものな。高橋みたいにわかんなくなる方が楽かもしれないしな」

その時むこうのボックスで何かが割れた音がして、女の悲鳴が聞こえた。見ると男が立ち上ってテーブルを蹴り上げていた。アキコが大声でわめいた。

「あの馬鹿」

霧生が舌打ちをして立ち上った。

男の怒鳴る声がした。霧生は黙って、男たちに近づいて行く。アキコの声が聞こえる。私は新しいボトルの封を切った。男たちの声の調子が変わった。霧生の低い声が届く。事の成り行きがどうなろうと、私には無関係なことだが、厄介はなるたけ避けたかった。

二杯目のウィスキーを飲み干しても、まだ片付かない。

指先から虫がゆっくりとあらわれた。この二日間どこかへ失《う》せていたはずの厄介が爪の先から這《は》い出してきた。ぽとりぽとりと虫けらどもがテーブルに落ちて行く。酒のつまみの載ったステンレス製の皿の縁に落ちた蛆虫《うじむし》が、チェリーに攀《よ》じ登りメロンの中に入り込んで行く。メロンの中に入った幼虫はたちまち白い蛹《さなぎ》に成長したかと思うと次には殻を破って飛び出しテーブルのあちこちを動き回っている。

「すまんが……」

声に顔を上げると霧生が立っていた。

「すまんが、アキコを連れてホテルへ行ってくれないか」

霧生は少し青冷《あおざ》めた顔で言った。

「どうした？」

「チンピラかと思っていたら、顔を知ってるのがひとりいた」

「そうか……」

アキコは怒ったような顔をして霧生を見ていた。

女を連れてホテルへ行くのも面倒な気がした。

「すぐには片付かないのか。俺は夜行列車で今晩引き揚げるつもりだ」

霧生は私の顔をじっと見つめてから、薄笑いを浮かべた。

「そう言うな。ここにはおまえさんしかいないんだ。埋め合わせはするから……。それに……」

「わかった。じゃ女だけ送っておくよ」

「いや、アキコを好きにしていいから」

「………」

私は黙って霧生の顔を見返した。霧生が唇を噛《か》んだ。私は立ち上った。霧生がアキコに小声で囁《ささや》いた。アキコは私を見てうなずいた。私は先に歩きはじめた。アキコのハイヒールの靴音がついてくる。

「まあ、年貢の納め時にならないように踏ん張ってみるさ。頼んだぜ」

背中で霧生の声がした。私は振り返らずに店を出た。表通りに出ると、アキコは、

「馬鹿みたい」

と言って、大きなため息をついた。

「タクシーを拾ってやるから、ホテルの名前を言え」

「知らないもん」

「うそをつけ」

「本当に知らないもん」

「部屋のキーは持ってるのか」

「何よ、それ？」

「キーだよ。部屋のキー。ホテルのルーム・キーを持ってるだろう」

女は首を横に振った。

「どんなホテルだった？」

「わからない」

「じゃ、店の中へ引き返せ。俺はどこかへ行ったと、霧生に言え」

「いやだ。店の中は喧嘩《けんか》してるよ」

勘の働く女だと思った。

「ねぇ、もう少し遊ぼうよ」

「霧生はどうするんだ」

「見つけにくるよ。お酒飲みたい」

アキコは私の脇に手をすべらせて身体を預けてきた。

「俺は厄介は嫌いなんだ」

「何？　そのヤッカイって」

「トラブルが嫌いってことだ」

「大丈夫。霧生はトラブル好きだから」

私は歩き出した。


その旅館に入って女中が部屋に案内すると、

「ジャパニーズ・スタイルね」

とアキコは言った。

私は冷蔵庫を開けてビールを取り出した。栓抜きが見つからなかった。窓の桟に栓を引っかけて引き下ろした。音を立てて木の桟が欠けた。何度かくり返すと泡がこぼれ出して栓が取れた。

「あなたのドリンクは、クレイジーね」

と言ってアキコは座卓に腰を下ろして脚を組み、湯飲み茶碗を手に取って、

「私にも一杯ちょうだい」

と差し出した。

「おまえも酒を飲むのか?」

「セックスの前に少しアルコールを飲むのはいいのよ。霧生はいつもセックスの前に私に酒を飲ませるわ」

襖《ふすま》越しに女中の声がした。

「ウィスキーを持ってまいりました」

「入ってこい」

女中はアキコが座卓に腰を下ろしていたので驚いた声をした。

「ちょっと待って、ウィスキーは私にちょうだい」

アキコは女中の持ってきたウィスキーのボトルを手に取って栓を開けた。

「あの、お代金をお願いします」

「これで足りるか。じゃ釣りは取っとけ」

「あっ、ありがとうございます。それで、御休憩でしょうか、お泊りでしょうか」

「泊りでいい」

「そちらも前金でお願いします」

私が女中に金を渡していると、

「リッチマン」

とアキコがからかうように言った。

女中が引き揚げると、アキコはウィスキーを私のグラスに半分注いで、

「シャワーをしてくるから、それまではこれだけね」

と言ってボトルを持ったままバスルームへ行った。

アキコがバスルームに消えると、急に耳鳴りがはじまった。耳の奥でざわざわと虫たちが蠢《うごめ》いている音だった。

耳を叩《たた》いた。何度叩いてもざわめきは消えない。目を閉じて頭を振り続けた。少しずつ音がちいさくなって行った。やがてざわめきが消えかけた時、それに代わるように金属音に似た無気味な音が遠くから近づいてきた。

私は耳を手で塞いで背中を丸めた。音が近づいてその後にやってくるものが怖かった。息を潜めて部屋の中を見回した。天井の蛍光灯の光度が異様に上っていた。部屋の中が光の粒子で溢れていた。粒子はゆっくりと一定方向へ渦を巻くようにして部屋の中で膨張して行く。私は粒子のひとつひとつが、あの地虫《じむし》や、蛹や、鼠《ねずみ》や、蛇や、猿の細胞が進化しようとする前兆のような気がした。

──おまえたちはいったい何に変身しようとしているんだ
私はおろおろと立ち上った。部屋の中央に進み、渦の中心に身を置くと、金属音がはっきりと聞こえた。渦はすでに子供の胴ほどの太さになって、波のようにうねりながら回りはじめている。
「白蛇か……」
私が声を出すと、どこからともなく鐘の音が聞こえてきた。チンチンチンと乾いた音色が響いた。聞き覚えのある音だ。何かが近づいてくる警告の音だ。
──踏切の鐘の音だ。そうだ列車がくるんだ。このままここにいては危険だ
ほどなく列車が壁を突き破って、この部屋に突進してくるにちがいない。足元を見ると、私は線路の枕木の上に立っていた。枕木の下に水が音を立てて流れていた。
──いかん。ここは鉄橋の上だ
枕木の隙間から見える河は濁流がしぶきを上げて流れていた。かすかに汽笛の音がした。
──どうすればいいんだ。ここにいては轢《ひ》き殺されてしまう
私は天井を見上げた。
一本のロープが垂れ下がっていた。私はロープを摑んだ。ざらざらした太いロープの感触が手の中にあった。
「何をしてるの？」

女の声がした。

私はかまわずロープを引いた。一瞬の内に周囲に暗闇がひろがった。

「どうして暗くしたの」

女が叫んでいる。しかし私はその一瞬に女の声よりも不安なものをたしかに見ていた。暗闇がひろがる寸前に渦まいていた白いかたまりが何かに変身して私の目の前を横切った。それは黒い大きな鼯鼠《むささび》のようなかたちをしていた。いや濃い赤紫の鱏《えい》にも似ていた。

――ひょっとして、蝙蝠《こうもり》か……

蝙蝠にしては大き過ぎる。

――いったい今横切ったものは何だったんだ
私は部屋の隅を注意深く見回した。

「ねぇ、大丈夫。ねぇ、どうしたの」

私は背後から肩を掴まれて身体をゆさぶられた。

「静かにしてくれ」

「何を見てるの」

「何かわからないから見てるんだ」

私は肩を握りしめた女の手を取って、むこうへ行けと押し戻した。手のひらにやわらかな肉の感触がした。女の方をむくと、アキコが素裸で立っていた。

アキコは私の顔を見て白い歯を出し、

「ジョークなの？」

と笑って言った。

私は頭を振って、大きくため息をついた。アキコは私の手を引いて襖を開け、蒲団《ふとん》が敷いてある部屋へ招き入れた。

「もうお酒駄目よ。お酒よりセックスね。気持ちのいいことしてあげるから。そのままここに立ってるのよ」

アキコは私を蒲団の上に立たせると、ゆっくりと唇を合わせて舌先を口の中に入れ、歯を舐め回すようにしながら器用に私の衣服を脱がしはじめた。

「酒をくれ」

「駄目」

「こんなことをしてもどうにもならんよ」

「インポ？」

「そうだ」

「うそ。私にはうそは駄目よ。すぐにわかるから」

私はすでに素裸にされ、アキコの愛撫《あいぶ》を受けていた。

耳を噛んでいる。まるでスペアリブか何かを食べるように歯の先を丁寧に動かしながら、耳を噛み舐める。舐めるたびに唾を飲み込むような音がする。ごくりと喉が鳴る音を聞くと自分の耳が喰い千切られて細く噛みくだかれ唾液で溶かされているような感覚になる。

「男は女が好き、女は男が好きね」

アキコが耳元で囁いた。

「男は気持ちいい。女も気持ちいい」

また耳を舐めはじめた。恐ろしいほどの執着力である。

私は足元がふらついてきた。

「悪いが疲れた。座らせてくれ」

「駄目」

私は後ずさった。アキコがいきなり私の髪を鷲掴《わしづか》んで顔を引き寄せた。

「いい加減にしろ」

私が怒鳴ると、

「わかった。ちょっと待ってて。このままよ」

と言って隣りの部屋へ行った。明りが背後からこぼれてきた。何かがひっくり返って割れる音がした。私は蒲団の上にしゃがみ込んでうしろを振りむいた。アキコは座卓の上の盆やら急須を畳の上にぶちまけて、大きな座卓の片側を持ち上げたまま部屋に入ってきた。その恰好《かっこう》が狩りに出かけた猟師が大鹿を引きずって帰ってきたようで可笑しかった。

「力があるんだな」

アキコは私の言った言葉などまるで気にしない様子で、

「ここに座りなさい」

と目をかがやかせて言った。

隣室の蛍光灯の光がアキコの裸体をあざやかに照らし出していた。少し距離を置いて眺めると、衣服を着ていた時よりもアキコの身体はさらに肉感的だった。

私は寝室に三角形に割り込んだ座卓の上に座った。臀部《でんぶ》と睾丸《こうがん》に触れるひんやりとした座卓の温度が妙に心地良かった。

アキコは私の両膝を摑んで脚を広げさせると唇を舐めながら私を見上げて笑った。

「おまえの本当の名前は何と言うんだ」

私が聞くと、

「何だって？」

と小首をかしげて大きな目を見開いた。愛嬌《あいきよう》のある表情だった。霧生がこの女にいれ上げたのは、案外とこんな仕種《しぐさ》のせいではないのだろうかと思った。

「おまえの台湾での名前だ。何と言うんだ」

フフフッとアキコは笑って首を横に振った。それから彼女は私の右の膝の上に股間をこすりつけるようにして股がり、右の二の腕を摑み肩先を嚙みはじめた。肩から鎖骨、鎖骨から首筋へと、嚙んでは舐め、舐めては吸いつき、頰ずりをし鼻を鳴らし、また嚙む作業を休むことなくくり返した。やわらかい身体をしていた。背後から差し込む光に時折照らし出される彼女の背中や臀部が汗に濡《ぬ》れて光っていた。いつの間にか彼女は左の膝に股がり、右半身にした行為と同じ愛撫をはじめていた。

——この俺の背骨まで舐めつぶしやがったんだからたいした女だぜ

競輪場で霧生が言った言葉が浮かんだ。

そうなのかもしれない、と思った。左の脇の下を舐めているアキコをあらためて見直すと、彼女が身体をくねらせる度に動く臀部の上にある尾骨から長い尻尾が伸びていた。身体に触れる感覚は蛇のようにぬめりがあるのだが、動きをみると牝豹《めひょう》のように大胆でしなやかだ。

初めて経験するアキコの執拗《しつよう》な愛撫に、私は性的興奮を覚えるよりもむしろ観察者のようにその動きを見つめることを悦《よろこ》んでいた。

アキコは私の性器を刺激しはじめた。両手で睾丸と性器を包むようにして噛んでいる。噛むというより歯を当てていると言った方が正確かもしれなかった。しかし彼女の丁寧な作業にもかかわらず、私の性器はまるで反応しなかった。それでもアキコはそんなことは少しも気にかけていないふうに舌で、歯で、唇で、鼻で、指先で、手のひらで刺激し続けた。

——この粘着質はどこからきてるのだろうか

私はふと中国の宮中の奥で毎夜くりひろげられた閨房《けいぼう》での饗宴《きょうえん》を思った。王を悦ばせるためにあらゆる国から女を招集し、歌舞音曲を催し王の退屈を快楽の中に慰めた無数の女たちの裸身が浮かんだ。

それは思わぬきっかけで、私の身体の芯のような部分を覚醒させた。アキコが私の足の裏を噛んでいた時だった。それは昼間沼の葦《あし》にからみついて釣り人の竿《さお》から切り放されたうきが、深夜むっくりと浮かび上ったような感じだった。

アキコがそれを見逃すはずがなかった。彼女はかすかに変化した私の性器を先刻より慎重に刺激して行った。果してそれが性的興奮のせいなのかどうかは私にもわからなかったが、私の身体は少しずつ彼女の刺激に反応しはじめていた。

「好東西《ハオトンシ》、壊東西《ホワイトンシ》、好《ハオ》、好《ハオ》、好色《ハオソウ》！　来《ライ》、来《ライ》！　色鬼《ソウクエイ》、給你爛貨《ケイニーランフォ》！　要吃好《ヤオチハオ》、好《ハオ》！好《ハオ》！」

アキコがその時艶のある声で言った。言葉の意味はおよその想像がついた。しかしそれは卑語と言うより呪文のようなものに聞こえた。

私の性器はひどく怠慢な速度ではあるが彼女の期待にこたえようとしていた。私は股間に顔を埋めているアキコの髪に指を入れた。片手で頭皮を撫でながら耳に触れると、口に含んだ私の性器を刺激する度に、彼女の耳は膨らんだり縮んだりしていた。

またアキコは何事かを囁いた。私は目を閉じて、奇妙な呪文を聞いていた。性器があきらかに膨張して行くのがわかった。亀頭に何かが当った。オエッという奇妙な声を彼女は発した。私は両手をテーブルにつけて身体を反らした。また亀頭に何かが当る。オエッと嘔吐《おうと》するような声がする。私はさらに身体を弓なりにした。オエッとアキコは鶏のように鳴く。その行為をくり返す内に私の性器は確実によみがえって行った。彼女の手が私の胸板を押した。私は座卓の上に倒れた。アキコは私の性器を握りしめたまま起き上ると座卓に片脚を乗せ、下腹部を合わせるようにして私に股がった。蛍光灯の明りに浮かび上った白い裸体は油の壺《つぼ》から出てきたように光っていた。それが汗なのか、それとも彼女の皮膚から滲《にじ》み出たリンパ液のようなものなのかはわからないが、球型の乳房の先に桃色の乳頭が真珠に似た光を放っていた。あれほどの量の料理を平らげたはずの腹部は臓器以外の何も入っていない細さで無駄な肉は微塵《みじん》もなく、括《くび》れたウエストからゆたかに肉の盛り上った腰がゆっくりと揺れていた。アキコはすぐに私の性器を迎え入れようとはせずに彼女の陰部の先を私の亀頭に触れさせては離し、離しては触れさせていた。彼女の口からまた卑猥《ひわい》な言葉が出た。それは淫行にこの上なく合致する抑揚を持った言葉に聞こえた。

私の性器は少しずつ彼女の性器の奥へ入っていた。ペニスの根元のあたりを締めつけているのが、アキコの指なのか性器の筋力なのかわからなかった。

かすかに息を吐く音が聞こえてきた。アキコの顔を覗《のぞ》くと、突き上げた顎の裏側に浮き上った喉の管がゆっくりと収縮しているのが見えた。その動きに合わせて、歯の隙間からもれるような吐息が続いた。火山の岩漿《がんしよう》から熱い蒸気が噴き出す音に似ていた。アキコの身体の奥ではマグマが音を立てて煮え滾《たぎ》っているのかもしれない。私の性器が彼女の性器の奥まで入った時、アキコは初めて性的な声を上げた。

眠りから覚めた私は天井の古ぼけた蛍光ランプを見つめながら、今しがたまで見ていた夢のことを考えた。

私と弟の悠《ゆう》とネネの三人でボートに乗って湖の上にいた。ボートの舳先《へさき》に私は座り、弟とネネが私にむかい合うように中央に腰を下ろしていた。湖の上を滑る心地良い風が弟の前髪を跳ね上げ、ネネの長い髪を彼女の白い胸元にからませていた。三人とも笑っていた。二人の肩越しに向こう岸の白樺《しらかば》の林が見えて、その林の真ん中にぽつんと赤い屋根の山荘があった。どこかで見たことがある山荘と周囲の風景だった。夏の終りだろうか、白樺林の上に積乱雲がひろがっていた。ネネの肩にかかった白いカーディガンのボタンが、時折陽差《ひざ》しに反射して光った。

——周《しゅう》さんが悪いのよ。だからこんなふうに三人で置いてけぼりになって……

ネネが悠に言っていた。しかしそれは私を責め立てるふうではなく、むしろ三人でこうして湖の上で漂っていることを喜んでいるようだった。悠が笑ってうなずいていた。弟のこんな穏やかな顔を見るのはひさしぶりのことだった。

——あれっ、誰かがこっちに合図をしてるわ
ネネが山荘の方角を見て言った。私も弟も山荘を見た。たしかに山荘の方から私たちのボートにむかって、光が規則的に送られていた。

——子供が鏡かなんかでいたずらをしてるんだよ。ねえ兄さん、僕たちもよくやった

よね……

弟の声が耳の奥に響いた。

──うん、たしかにそんなことをした憶《おぼ》えがあるな。あれはどこだったっけな……

「たしかにあった」

私は声を出してうなずいた。自分の声で夢から醒《さ》めていた。

物音がした。

寝返りを打って音のする方を見た。わずかに開いた襖の間から隣室の様子がうかがえた。

女が両手で口を被《おお》うようにして何かを食べていた。アキコだった。座卓の上にどこから買ってきたのか、テイクアウト用の紙箱がふたつみっつ転がっている。骨をしゃぶるようにしてチキンを食べている。鶏の足の関節の部分を顔を歪《ゆが》めて嚙んでいた。食べると言うより骨まで嚙み砕いている。草原の獣に似ている。ジャッカルのようだ。目をかがやかせて、時折舌舐めずりをする顔は先刻までの執拗なセックスを求めた妖《あや》しい女とは別の女に思えた。大きなコーラの瓶にそのまま口をつけて飲んでいる。大きな曖気《おくび》が出た。次の紙箱を開けている。

──食べて俺を舐め回して糞をして、また食べて、まるで豚のようだよ、この女は

霧生の言葉が聞こえた。

蛍光灯の明りの下で油だらけになった指先と口の周りが濡れたように光っていた。

私は寝返りを打って天井を眺めた。喉が渇いていた。ひどく汗を掻《か》いたのだろうか。アキコの両脚を広げた煽情《せんじょう》的な姿が浮かんだ。どのくらいの時間アキコと交情していたかわからなかったが、身体は楽だった。

「インセキか……」

私はふとつぶやいた。

――何のことだ？　インセキとは……

私は予測もしなかった言葉が自分の口から出て戸惑った。夢の中で何かそんな会話をしていたのだろうか。

――弟かもしれない。そうだ悠に違いない

少年時代から天体のことに夢中になっていた弟のことを思い出して、私はうなずいた。たしか弟が隕石を拾ってきたことがあった。それはただの石ころだと私が言うと、弟が泣き出した。弟の泣き顔が浮かんだ。

――悪いことをした……

そう思ってから、私は死んだ弟のことで自分が感傷的になっていることに嫌悪を感じた。

私は目を閉じた。

――今夜はどうしたというんだ

ふたたび目覚めたのは、私の身体の上にアキコが乗ってセックスをはじめていたからだった。尾を引くような嬌声《きょうせい》で目を開けた。私にそんな体力があるはずがなかった。

なのに私とアキコを接合させているものはしっかりとしている。

私が目覚めたことに気付いてアキコは、

「どう気持ちいい？　気持ちいい？」

と聞いてきた。

「喉が渇いた。水をくれ」

「いや、駄目」

「いいから水をくれ」

声を荒らげると、アキコは身体を離して隣室へ行った。

「水ないよ」

「ビールでいい」

「ビール駄目。ジュースにしなさい」

「いいからビールを持ってこい」

アキコはコーラとビール瓶を手にして戻ってきた。

「身体が元気になる薬をあげるよ。ちょっと待って」

隣室へ行きハンドバッグをかかえてきたアキコは、ハンドバッグをひっくり返して化粧道具や財布を枕元に散らした。

「あれっ、どこへ行ったのかな？」

「薬は飲まないんだ」

私はビールを飲みながら言った。煙草に火を点《つ》けようと枕元を探すと、カード式になったホテルのルーム・キーがあった。青森××ホテルと印刷してある。私はハンドバッグの底を覗いているアキコの横顔を見た。

「あった。これこれ」

五角形に折りたたんだハトロン紙を指先でつまんで、アキコは嬉しそうに笑った。彼女はそれをグラスのビールの中で溶くようにして私に飲ませた。コカインのようでもあった。

アキコはビールを飲み干した私をあおむけにすると股間に顔を埋めて性器を刺激しはじめた。驚いたことに私はすぐに回復して自分からアキコの上に股がった。

身体を動かしながら、

――まさかこの女に取り込まれたんじゃあるまいな……

とアキコの欲情した顔を見た。アキコは脚を私の膝に巻きつけるようにして私の動きに反応していた。焦点を失った目が痴呆《ちほう》のように見えて、私の興奮をいっそう駆り立てる。アキコのヴァギナは強靱《きょうじん》だった。

「ハオ、ハオ、ハオ、ハオ……」

彼女の口からまた中国語がこぼれ出した。私は息が切れて静止した。

「そのままにして、私が動くから」

アキコは器用に仰向けのまま身体を弓なりにし、腰を動かした。痺《しび》れるような感覚が襲った。私は目を閉じた。

「目を開けてろ」

アキコが命令口調で言った。私は小刻みに息をしながら、自分を抑制しようと懸命になった。アキコは私の表情を見ながら腰の動きに強弱をつけていた。私が頭を振ると、彼女は満足そうに微笑を浮かべた。私は気を逸《そ》らそうとアキコの顔から目を離した。

その時開け放った襖の向こうから、誰かがこちらを見ているのに気付いた。

——霧生か

私は咄嗟《とっさ》に霧生の顔を思い浮かべた。先刻私が寝入った間にアキコが霧生に連絡を取ってここへ呼んだのではなかろうか。ホテルのルーム・キーのこともうそをついていたから、それくらいのことは平気でやってのけるような気がした。

私は注意深く隣室の気配をうかがった。たしかに誰かがそこにいる。押し黙ったまま、こちらの様子を観察している。襖の間から見える視界の中には誰もいない。私は身体をよじらせて隣室の隅を覗いた。冷蔵庫がぽつんとあるだけだった。逆方向に身体を傾けた。

男がひとりこちらに背を向けて座っていた。壁の前でじっとしたまま動かずにいる。黒いソフト帽を被《かぶ》りインバネスのような外套《がいとう》を着たまま座っていた。

——誰なんだ、こいつは

霧生とはまるで体軀《たいく》が違っている。もっと若い気がする。男なのか女なのかもわからない。外套をとおした肩先の大きさで男のように思えた。なぜ壁を見つめたまま座っているのかわからなかった。

「どうしたの？」

アキコが言った。

私は手でアキコの口を塞いで、黙るようにひとさし指で唇をおさえた。アキコが怪訝《けげん》そうな目をした。私は目線を隣室に送った。

「誰かいるの？」

私はうなずいて、アキコから身体を離した。アキコは起き上って、そっと隣室を覗いた。

「誰もいないよ」

「いや、たしかにいた」

私は素裸のまま隣室へ行き部屋を見回した。男の座っていた壁のあたりを見た。ここに今しがたまでソフト帽を被った男がじっと蹲《うずくま》るようにしていたのだ。

バスルームの中を見て、トイレを開けた。部屋の鍵は閉じてあった。私が洋服簞笥《だんす》を開けて中を覗いていると、アキコがけらけらと笑い出した。

「うそついたな」

私は男が座っていた壁際の窓を見た。わずかに隙間が空いて、そこから風が吹き込んでいた。

——ここから逃げたんだな

窓を開けるとそこは生垣になっていて、人間ひとりが出入りできる隙間が見えた。顔を出すと、冷たい風が音を立てて吹いているのが聞こえた。

列車は闇の中を走っていた。

先刻ちいさな駅で降りた男が車窓を開け放ってから吹き込んでくる冷たい風の中に、稲田特有の匂いがした。

大凶作だと、青森のタクシーの運転手は言っていたから、この鼻を突く匂いはひょっとして死滅してしまった稲の匂いなのかもしれない。

——死臭が漂っている闇を走っているのか

私は手の中の小石を見つめた。私の体温を少し吸収したのか、石は先刻より温《ぬく》もりがあるように思えた。

「変な石ね。どうしてこんなもの持ってるの？」

アキコの声と、小石を見つめた時の小首をかしげた少女のような表情が浮かんだ。

「ただ何となく持っているだけだ」

「わかった、お守りでしょう。霧生も首にお守りをぶらさげてるのよ」

「そんなんじゃない。山の中で拾っただけのことだ」

「ちがう。私、ちゃんとわかる。これはきっ[illegible]たのギャンブルのお守りよ。ギャンブルする男は誰でも自分を守るものを持ってる。中国の三本足のケロッグと一緒よ」

アキコは小石をベッドサイドの明りに透かすようにして眺めていた。

私はあれからアキコと二日間一緒にいた。青森の旅館を出てタクシーを拾い、霧生のいるホテルでアキコを落とそうとすると、彼女は嫌だと言い出した。

「あなたともう少し一緒にいる」

「霧生はどうするんだ。おまえを待ってるだろう」

そう言うと、アキコは、

「大丈夫よ。霧生はいつまでも待ってるから」

とあっけらかんと言って笑った。

私は首を横に振って、降りろと顎をしゃくった。

「私が嫌い？」

アキコはすがるような目をして、私の右手を両手で包んだ。

「面倒が嫌なだけだ」

「霧生が怖いの？」

「別に……」

私が首を振ると、アキコは握った私の右手を素早く引っ張り、親指を口に含んだ。指の腹を舌の先が蛞蝓《なめくじ》のように這った。痺れるような感覚の中に、アキコとの交情の感触がよみがえった。

一日だけだぞ、とアキコに言ったものの、青森の街で二人きりでいると目立ちすぎると思った。私たちはそのままタクシーで盛岡《もりおか》へむかった。

盛岡のホテルに入って、私とアキコはまた交情を続けた。アキコの身体の中に入っていると、私の体内に沈澱《ちんでん》している何かが吐き出される奇妙な感覚を覚えた。

それは私の持ち時間のようなものかもしれないし、ひょっとしてまだ残っていたら、幸運のようなものかもしれない。身体が軽くなって行く。このままアキコと交情だけを続けて、何者かが私を迎えにくるのを待っていればいいように思えた。霧生が逃亡を続けながらもアキコを手放そうとしない理由は、彼の前途に待ち受けている破滅的な終《しゅう》熄《そく》をこの女の身体の中に見つけたせいのような気がした。

アキコは性技に長《た》けていた。

先天的なものも後天的なものを含めて、セックスの良し悪《あ》しは才能が大半を占めるものだとすれば、アキコは稀《まれ》にみる才能の持ち主だった。勘がいいのである。アキコの交情には相手に反応して変化する特異な才能があった。悦楽に対する執着が貪欲《どんよく》なほど感じられた。それは淫乱とか性欲異常者と呼ばれるものとは違っていた。彼女の動きには自由な解放されたものが伝わってきた。解放されるという表現はある部分であてはまっているのだが、快楽が積み重なって行き、朦朧《もうろう》とした意識の中でアキコが果てる間際の表情には恐ろしいほどの苦悶《くもん》が見えた。その表情[illegible]ことで私は愉楽《ゆらく》に身を置くことができた。

交情を重ねれば重ねるほど快楽は深まって行くのだが、逆に私とアキコは離反して行く気がした。

セックスが終ると、アキコはよく食べた。気味が悪くなるほどの量だった。意外に思えたのは彼女が美食家であったことだった。

盛岡の街へ出て食事をする場所を探した時、店の構えを見るだけで、三度の外食を三度とも美味な店を見つけ出した。

「この店がいい」

二度目に食事に行った中華料理店は中国人の夫婦でやっている店だった。

アキコは彼等と中国語で早口にしゃべり、

「ラッキーよ。文昌鶏《ウエンツァンチ》が二羽あるって」

と小躍りしてテーブルに戻ってきた。

「何だ、その文昌鶏というのは」

「中国の文昌県の鶏よ。中国で一番美味しい鶏。最高だから」

店の夫婦が香港《ホンコン》から帰ってきたばかりで、その鶏を持ち帰ってきたらしい。

やわらかくて美味い鶏だった。

「なぜこんなふうに美味いんだ？」

「文昌の鶏は木の実を食べて大きくなるのよ。椰子《やし》の実とか落花生をね。だから香りもいいし身もやわらかいの」

「椰子の実が中国にあるのか」

「文昌は中国の一番南の果てにあるの。海南《ハイナン》という島だから」

アキコはその鶏をほとんど丸ごと二羽食べつくした後、五品余りの料理を平らげた。そうしてホテルに戻ると衣服を脱ぎ捨てて交情する。それが異様に映らないのは彼女の男を悦楽へ誘い込むひたむきさの故だった。

二日目の夜、私は酒を飲みはじめた。驚くほど早く酒が回った。私はアキコに霧生のところへ戻るように言った。どう反応するかと思っていると、彼女は素直にそうすると言ってから、

「霧生に電話をして」

と笑った。

「そのまま帰ればいいだろう。俺はおまえたち二人とは関係ない」

「あなたと一緒だったら霧生は怒らない。電話だけして、お願い」

アキコは両手を合わせて拝むようにして、ホテルのルーム・キーを差し出した。

私は霧生に電話を入れた。霧生は部屋にいた。

「おい、アキコはどうした?」

霧生が低い声で言った。

「今からそっちへ戻るそうだ」

「おまえ、アキコと寝たのか」

「そんなことを話す必要はないだろう。知りたきゃ本人に聞け」

フフッとかすかに霧生が笑った気がした。

「すぐに戻ってくるんだな？」

私は電話を切った。

アキコはしばらく部屋を去らずに、私が酒を飲むのをソファーに座ってじっと見ていた。

「死ぬよ、おまえ」

唐突にアキコが言った。アキコの目には私に対する憎悪が見えた。

「そうかもしれんな……」

私は窓に映る盛岡の夜景を見て言った。

「二日前の夜、おまえが見たのはきっと死神だよ。それを私が追っ払ってやろうと思ったのに、駄目だね。おまえは死ぬよ。生まれかわりもできないところへ、おまえは行くよ」

アキコは眉を吊《つ》り上げて、私を睨んでいた。

「死ぬのは馬鹿のすることよ」

「いいから出て行け」

「言われなくとも行くよ」

アキコは立ち上ると、カーペットに唾を吐いて出て行った。

私はウィスキーを一本飲み干してから、駅へ向かった。

夜行列車に乗り込んだ。

アキコが私のコートの中の金を盗んだのはわかっていた。それがアキコの肉体の値段なら仕方がない。その方が楽な気がした。


列車の車輪の音が変わった。

河を渡っている。長い鉄橋である。闇の中で水面が鉱石のように光っていた。

コートからウィスキーの瓶を出すと、もう空になっている。昨晩から酒をいくら飲んでも耳鳴りもしないいし、厄介な連中もあらわれなかった。それが不気味な気もした。

私の車輛《しやりよう》には乗客はいなくなっていた。

煙草を吸おうとしてライターを探すと、ポケットの中からマッチが出てきた。

〝蓮香楼〟と函《はこ》に印刷の文字がある。アキコと行って鶏を食べた中華料理店のものだろう。

――木の実を食べてるから身が美味いのよ
アキコの言葉と彼女が手羽の骨を噛む音が聞こえた。

あの女は今頃、霧生の骨を嚙み砕いているに違いない。霧生はあの女とどこへ行こうとしているのか。おそらく目的地などないのだろう。霧生は骨を溶かされながら得体の知れない迎えを待っているのだ。どんなに抗《あらが》っても足掻《あが》いても徒労にしか終らない生をくり返すに違いない。

列車がゆっくりとカーブして行く。

左手にちいさな街灯りが見えてきた。次の駅で降りて、酒にありつこうと思った時、私は車輛の一番前方の席に誰かが座っているのに気が付いた。

黒いソフト帽がのぞいていた。私は息を飲んで、その乗客を見つめた。

第四話　贋《にせ》首《くび》

おぼろに瞼《まぶた》を開けると、目の前に光る虫が舞っていた。

大きさは定かではないが、羽根や胴体から白い光を放ちながら飛んでいた。真っ直《す》ぐ私の眼球に飛び込んでくるものもいれば、睫毛《まつげ》にはね返されて尾から光を吐き出して離れていくものもあった。よく見ると、六方晶形の雪の結晶に似た虫もいれば杉葉のような羽根を振動させている虫もいた。それらの虫が白い闇のむこうから私にむかって無数に飛んでくる。

大きな三角形の発光体がゆっくり近づいてきた。やわらかな飛行は水中を遊泳する鱏《えい》に似ている。先刻まで周囲を飛び交っていた虫たちが次から次にその魚体の腹に似た部分に吸収されていく。そこから棒状のものが出てきた。吸収された虫の数だけ、触角のようなものが伸びていく。糸蚯蚓《いとみみず》にも似ているが、豚の性器にも似ていた。どうやらそれはこの生物の足らしい。足からは夥《おびただ》しい数の光の粒が発散されている。

不可解な生物が私の目の前でゆっくりと一回転した時、それが海月《くらげ》だとわかった。

ということは、私は水の中にいることになる。

フィー、フィー、ツィー、フィー、ツィー、フィー……、奇妙な音がした。喘息《ぜんそく》持ちの男が発作を起こしている時の息苦しい呼吸音に聞こえる。

フィー、フィー、音の調子が変わると、急に目の前が闇になった。と同時に膝のあたりに物が落ちたような感触がした。痛みはなかったが、ひどく重かった。

「あっ、すみません」

女の声がした。

私は頭を振りながら目を開いた。女が私を見ていた。女の視線が私の膝元に落ちた。

私は両手で黒い鞄《かばん》をかかえていた。

「大丈夫でしたか」

女の声に返事ができないままちいさくうなずくと、キャキャキャキャと足元で笑い声がした。

――猿だ
と私は思わず身を固くした。少女が私を指さして立っていた。

「どうもすみませんでした」

女は私の膝の上の鞄を取り、丁寧に頭を下げてから少女の手を引き列車を降りていった。

曇った窓ガラスを指で拭いた。

大きな駅舎の中で列車は停車していた。足元には二本のウィスキーの空瓶が転がっている。

私はなにやらおぼろな不安を抱いて車輛《しやりよう》の中を見回した。数人の乗客が乗り込んできて荷物を網棚に置いていた。

列車は停車したまま動こうとしない。

ハンチングをかぶった男が、斜め前方の席に、私の方をむいて座った。男は新聞をひろげて読みはじめた。男の靴が濡れていた。外は雨なのだろう。

列車が動き出した。駅舎を出るとどしゃ降りの雨である。たちまち窓ガラスは曇り、白い雨霧のむこうに街並みが溶けて行く。

また虫たちが飛びはじめた。私は目を閉じた。瞼がピクピクと痙攣《けいれん》する。それでも私はかたくなに目を閉じていた。足元が急に冷たくなった。

――誰か窓を開けたのだろうか

思いあぐねているうちに私の足首を誰かが摑《つか》んだ。

私は薄目を開けて足元を見た。先刻の男が列車の床に這《は》いつくばるようにして、私の靴を脱がせようとしていた。私は足を踠《もが》きながら靴を脱ぎ捨てた。男は嬉《うれ》しそうに私の靴を両方のポケットに仕舞うと前の方の車輛にむかって駆け出した。男は下半身が裸で、赤い尻の上から長い尾が出ていた。猿だったのか、あのハンチングは……。

私は不意に誰かのことを思い出しそうになり、不安をかかえたまま立ち上って車輛を見渡した。乗客は誰もいなかった。窓という窓は白い霧におおわれていた。

――あいつがいない。いや、どこかに隠れているはずだ黒いソフト帽の男の元へ、あのハンチングが私の靴を持って行ったに違いないと思った。私は素足のままひとつひとつ座席を隈《くま》なく探した。

——この車輛じゃないのかもしれない
私はハンチングの男が消えて行った車輛へ移った。その車輛にも乗客はいなかった。次の車輛も同様だった。一番前の車輛へむかった。窓の外は大雪の中を走っているように白い闇が続いていた。

ハンチングの男もソフト帽の男もいなかった。席へ戻った私は、足元のウィスキーの瓶を手にして底に溜《たま》ったわずかな酒を吸った。一滴の酒も舌の先に落ちなかった。息苦しくなって、私はまた窓にもたれた。

次に目覚めた時、車輛には男が二人座っていた。

目覚めた私を通路際に座った若い方の男がじっと見ていた。窓際に座った白髪頭の男は缶ビールを手に外を眺めていた。若い方の男も缶ビールを持って膝の上に載せていた。

喉がひどく渇いていた。

通路をのぞくと、売り子の姿が隣りの車輛に見えた。私は立ち上った。妙だと思って足元を見ると靴下のままで、脱ぎ捨てた靴が隅に揃《そろ》えてあった。私は靴を履いて売り子の方へ歩き出した。

席に戻ると、男たちは新聞をひろげて何やら話をしていた。

私は缶ビールを開けて一本目を一気に飲み干した。二本目のビールを半分飲んだところで、ウィスキーの小瓶の栓を開け、ラッパ飲みした。喉が鳴った。

「美味《うま》そうに飲むもんだね」

白髪頭の男が言った。

私は男の顔をじっと見て、うなずいた。すると幕が落ちるように瞼が閉じた。私は頭を振ってから、

「ここはどこいらあたりですか」

と聞いた。

「さっき敦賀《つるが》の駅を出たところだ。ずいぶんとよく眠っていたよ。起き抜けの一杯にしろ、ずいぶんと威勢のいい飲みっぷりだね、お兄さん」

「喉が渇いてたものでね」

私は小瓶の残りを飲み干し、三本目の缶ビールを開けた。

「敦賀というと次はどこで停まるんだろうか」

「京都だよ」

若い男が言った。私は男の脇にあるスポーツ新聞に気付いて、

「ちょっと、その新聞を見せてもらえるか」

と言った。

競輪のレース欄をひろげた。

京都・向日町《むこうまち》でS級と呼ばれる一線級の選手を集めたレースをやっていた。

「競艇《ボート》をやるのかね」

若い男が私の顔をのぞくようにした。

「いや、競輪の方だ」

「チャリンコか、ありゃあ、ラインだ、同期だ、先輩・後輩ってややこしいだろう」

「そうでもないさ」

私が言うと、

「何だって身を入れりゃ、厄介になるものな」

白髪頭が言った。すると若い男が笑いながら、

「このおやじさんもいっときこっちの方に身を入れ過ぎたらしいから……」

と鼻の先をひとさし指で掻《か》いた。

「敦賀の前はどこの駅だったのかね」

「福井だよ。あんたずっと眠ってたのかい」

私は首をかしげて、

「いや、えらく長いトンネルを通っていた気がしたからな。それに雪が積っていたようにも思った」

と独り言を言った。

「あんた今は夏が終ったばかりだぜ。大丈夫かい、こっちは」

若い男が頭に指を当てて笑った。

私は男の顔を一瞥《いちべつ》して、車輛の中を見回した。酒を飲んだせいか、車輛の中の乗客もはっきりと確認できた。そこはごく当り前の列車の風景だった。

次に目を覚ますとガラス越しに競走路の中で疾走する競輪選手が見えた。打鐘《ジャン》の音が響いた。周囲で怒声が飛んだ。

どんなふうにしてこの競輪場へ辿《たど》り着いたのかはわからなかった。それでも私の手はちゃんと競輪新聞と赤鉛筆を握っていた。

4コーナーを回って七番車の黄、黒縞の勝負服と二番車の黒い勝負服が自転車をぶつけ合うようにしてゴールにむかっている。二番車が蹴落とされた瞬間に大外からもう一車の黄、黒縞の勝負服が突っ込んできた。

「あかん、またゾロ目や」

隣りの男が机を叩《たた》いた。その振動で私は手にしていた鉛筆を落とした。鉛筆は床に転がり男の方へ消えた。

「あっ、兄ちゃん、すまんな」

男は鉛筆を拾い、机の上に置いた。

「またゾロが出よったわ。兄ちゃん、眠ってて大正解や。こりゃ万車券《マンコロ》や。何が地元や、しょうもないレースをしくさって」

男は持っていた競輪新聞をまるめて机を叩いた。電光掲示板に、7、6、2の数字が並んで⑤—⑤の車券番号が表示され、九千円の配当金が点《とも》った。歓声が上った。すでに八レースが終っていた。

九レースに出場する選手が顔見世の周回をはじめた。

「三番車はなんであんなところに競《せ》りに行っとんのや」

隣りの男の声に競走路を見ると、赤い勝負服を着た小柄な選手が地元のラインの二番手にいる選手の横を並走していた。

私は戦いの前のデモンストレーションをしているみっつの塊の選手を見つめた。九人の選手の戦いが、本来の三対三対三から二対二対五の人数に分れている。五人の選手が一つの塊になろうとしているのは、彼等の先頭を走る逃げ戦法を取る若手選手の力量が群を抜いているからだろう。しかしその選手の最近の成績をみるとたしかに一ヶ月は好調であるが、えらく波がある。見上げたオッズ表示にあらわれているほど信頼度があるとは思えなかった。

——見《ケン》か……

私は無理にこのレースに気を向ける必要もないと思った。今日が初日である。大切なのは三日目のどこかのレースで自分の賭けパターンと符合するレースと出会《でく》わせばいいのである。

私は敢闘門《かんとうもん》と呼ばれる選手の出入口へゆっくりと引き揚げる二人の選手の姿を目で追った。その時、敢闘門のすぐ脇の金網の隙間に黒い人影がじっと佇《たたず》んでいるのが見えた。

最後に門に入ろうとした選手がその人影の方をふりむいた。その選手は一度自転車を旋回させて、立ち止まった。二人は何事か言葉を交わしているように見えた。私は目を凝らして選手と人影を見つめた。

「あっ」

と私は声を上げた。

「ちょっと悪いが、今最後に敢闘門に入る選手が何番車かわかるか」

と私は隣りの男に聞いた。

「六番車や、あいつはあかんで、毀《こわ》れてっさかい。この間の岸和田《きしわだ》競輪で肋骨《ろっこつ》と鎖骨を折りよって。ただ賞金の底銭《そこぜに》を目的で走っとる奴やさかい」

たしかに勝負服の下にギプスでも当てているかのように異様に上半身が膨らんでいた。

六番車は敢闘門に消える寸前にまた人影を見た。私は彼が視線を注いだ方角を見直した。しかしそこには葉桜の木が一本あるだけで、人影はすでに失《う》せていた。

「兄ちゃん、やっと目が覚めたらしいな」

隣りの男が言った。

「けど、あの六番車はほんまにやめとき。しょうもない選手やから」

私は先刻見た男の周囲を見回した。六番車と話していた人影が黒いマントを着て帽子もかぶっていたような気がした。すると周回を見終えて車券売り場へ流れ出した人の群れの中を水の上を滑るように駆けて行く黒い人影が目に止まった。

——あいつだ。たしかにあいつに違いない
昨夜、列車の中でじっと座っていた黒いソフト帽の男に違いなかった。

「兄ちゃん、何をぶつぶつ言うとるねん。買うんなら早うせんと締切ってしまうで」

私は六番車の車券で好配当のものから厚目に流した。席に戻って、コートのポケットからウィスキーを出して飲んだ。

「兄ちゃん、あんたえらい勝負をすんのやな」

隣りの男が小声で言った。

「わし少しのらさしてもろうたわ」


「お客さん、えらいこと飲まはりますな、よっぽどお酒がお好きなんどすな」

カウンターの中から老婆が言った。

私は二本目のボトルを飲みはじめていた。

「それにしても、家《うち》のぼんちゃん遅いな……」

半分開け放した表戸から老婆は外をのぞいて言った。

私もちらりと外を見た。表にもうひとりの老婆が椅子を持ち出して座っていた。表通りの店灯《あか》りに老婆の影がガラス戸に映り込んでいた。

「お客さん、表は雨降ってへんでっしゃろ?」

カウンターの中の老婆が聞いた。

「気い付けんと、雨が降りだしても、おはなはんは、ああしてじっとしてはりまっさかいな。風邪でも引かれたらかなわんし。それにしても、ぼんちゃんは遅いな。お客さん待たして何してはんのやろ」

私はグラスにウィスキーを注いだ。

「大丈夫でっか。えらい飲み方やけど……」

老婆が目を細めて私の手先を見た。その顔は表の椅子に座っている老婆と瓜《うり》ふたつだった。双子らしかった。

ぼんちゃんと呼ばれているその男は、夕暮れ競輪を終えると、場内にあるちいさな公園のベンチに座っていた老婆の所へ行き、

「おはなはん。競輪終ったで。ほな帰ろか」

と声をかけ、老婆の膝の上に載せていた杖《つえ》と紙袋をかかえて、彼女の手を引いた。老婆はこくりとうなずいて立ち上った。

「おはなはん、今日は大勝ちやで。えらい福の神に出逢《でお》うたからな」

男は老婆の耳に顔をつけるようにして大声で言った。

老婆の顔がかすかに笑ったように見えた。男は彼女の手を引いて先に歩き出した。手を引かれている彼女のうしろ姿が七五三か何かに連れて行かれる稚児のように映った。老婆の着物の帯からのぞいている赤い帯紐《おびひも》がどこか愛らしくて、ぞろぞろ歩いている周囲の男たちがいなければ、ここが競輪場ではなく、どこかの神社の境内のような錯覚を

起こしそうだった。

私が競輪場の外で白タクを拾うと、男は彼女を先に乗せて、

「ええことが重なる一日やな、おはなはん。今日はお大尽《だいじん》さんやな」

と言った。

すると老婆は、

「ええお客はんをつかまえはったな、ぼんちゃん」

と驚くような大声で言った。

途中道が混みはじめて車が長い橋の上で停《と》まった。

「ぼんちゃん、五条《ごじよう》の橋を渡っとるのか？」

と老婆はまた大声を出した。

「ちゃう、ここは桂川《かつらがわ》の上や、久世橋《くぜばし》を渡っとるんやで」

男が大声で言った。

「元気なお婆はんでんな」

白タクの運転手がバックミラーに目をやりながら言った。

「そんなんちゃうて、もう目もあかんし耳もあかんのや」

男が小声で言った。

「目も見えんのにどうして橋の上やとわからはるんでっか。水音も車のエンジン音で聞こえへんちゃいますの」

運転手がうしろをふりむいた。

「鼻がよう利きはんねん」

私は老婆の横顔を見た。

――水の匂いがするのだろうか
「失礼ですが、お婆はん、おいくつにならはるんでっか」

運転手が聞いた。

「九十五歳や」

「九十五歳でっか?」

運転手が素っ頓狂な声を上げた。

「えらいお元気でんな。けど九十五歳いうと、大正やない……」

「明治三十二年や」

「明治でっか。そんで競輪がお好きなんでっか」

「競輪なんかわからへん。外へ遊びに行くのが好きなんや。これでも若い頃はちゃんとした芸妓《げいこ》はんやったんやで」

運転手がまたうしろをふりむいた。

「おい、ちゃんと前見て運転せんかい。せっかく勝った日に車ぶつけられたら、かなわんさかいな」

「今日は勝たはったんですか。よろしゅおしたな」

「勝たな、車で戻るかいな。あんたら白タクは勝った人ばかり乗しとるから別に珍しいことあらへんやろう」

「それがそうでもないんですわ。勝っとる人は早いうちに帰らはりますわ」

「なんやそれ？」

「最終レースまで残っとる人に勝ってはるお客さんは少ないんですわ。手早に勝負を仕舞える人が勝ってはりますな。前半レースで戻るお客さんで大勝ちしてる人が結構いてはりますわ」

「ふうーん、そんなもんか。なあ、あんたどう思う」

男は私の顔を見た。私は喉が渇いていたので、

「運ちゃん、悪いが、近くにビールの販売機か何かあったら停めてくれないか」

と運転手に言った。

「あんた、アル中かいな」

男が大声で言った。

「うちもビールが飲みたい」

突然老婆が言った。

「ほんまに元気なお婆はんでんな」

運転手が笑い出した。

夜の十一時を回って男は店へ戻ってきた。

途中電話が入って、祇園《ぎおん》へ出てこないかと言われたが、私はこの店の方が気楽だった。

「おはなはん、もう店仕舞いやで」

表で大声がして、夕暮れから数時間椅子に座りっ放しだった老婆の影が立ち上った。

「ちょっと待っててや。婆さん送ってくさかい」

男が顔をのぞかせて言った。

「ちゃんと着物を脱がして寝かせるんやで」

カウンターの老婆が言った。

二人の足音が遠ざかっていった。

「おはなはんはもうぼけとっさかいね。着物を脱がさんといつまでも起きてはんのんや。お客はんが来はる思うてな。あれでまだ色気が残っとおうんさかい、気色悪うおすやろう」

おはながいなくなると老婆は急に彼女の悪口を言いはじめた。

この店に入る前に男から、

「おはなはんと双子の婆さんが中におるからびっくりせんといてな。まあ両方しわくちゃやさかいどうってことはないと思うけどな」

と言われていたが、店に入ろうとせずにすぐに表の椅子に座った老婆とカウンターの中で割烹着《かっぽうぎ》を着ていた老婆は気味が悪いほど似ていた。

店で飲んでいると、私には奇妙な安堵《あんど》感がひろがった。宵の口から夜中まで店にやってきた客は私を除いて二人しかいなかった。二人とも常連のようだったが、共通していたのはひとり言のように愚痴をこぼす点だった。老婆も客の愚痴に相槌《あいづち》を打つようなことはせず、カウンターの中の椅子に腰かけて黙って煙草《たばこ》を吸っていた。

男が戻って来て、私の隣りに座った。

「おさきはん、そろそろ時間やろ、休んでかまへんで」

「そやし、このお客はん、なんぼでも飲まはるから、勘定できへん」

老婆は急に甘えた口調で男に言った。見ると彼女は男に対してすがるような目をしていた。

「それはわてがやっとくさかい。早う支度しいな。おさきはん」

老婆はまだぶつぶつと言いながらカウンターの中を片付けはじめた。

「ほな、ちょっと送ってくっさかい」

男はまた店を出て行った。

私は店の中を見回した。壁にかかった錦絵《にしきえ》も柱に張り付けたお守りも天井からぶらさがっている訳のわからない数本の紐までが得体の知れないものに見えた。

人通りの途絶えた表通りを風だけが流れていた。時折ガラス戸が揺れて音を立てる。

厄介な虫も獣も、そして黒いソフト帽の男もあらわれる気配はしなかった。この店の中には彼等の闖入《ちんにゅう》を拒絶する強い磁力のようなものがある気がした。

しばらくして戻ってきた男は先刻より赤い顔をしていた。

「いや、婆さんたちの相手も疲れるわ」

男が老婆を送った先で何をしてきたかはわからなかったが、そんなことは、私にはどうでもよかった。

私は立ち上った。

「どこへ行くんや」

私は金をカウンターの上に置いた。

「そんなん、いらんて。今日はあんたに勝たせてもろうたみたいなもんや。こんな時間からどこへ行っても遊ぶとこなんかないで。それよりあんたこんだけ飲んだらもう何もできんやろう。どうせ明日また競輪へ行くのやさかい、ここに泊っていきい。二階が空いとっさかい」

私は椅子にかけ直した。

「今夜はここで休んでって、明日二人で競輪へ行こう。あんたは福の神やさかい」

その夜私は冷泉《れいぜい》修《おさむ》と名乗るその男が敷いてくれた寝具で休んだ。

黴《かび》臭い蒲団《ふとん》の匂いを嗅ぎながら、私は目を閉じた。狭い四畳ばかりの部屋へ上った時、この建物全体が斜めにかしいでいるのがひどく不安定に感じられた。柱も壁もいつ崩れ落ちてもなんら不思議はないほど朽ちかけているのに、目を閉じた瞬間から私の肉体は巨大な石櫃《せきひつ》の中に安置されたような安堵感に包まれた。

深い闇だった。暗黒よりもさらに深い闇がそこにあった。何度となく塗り続けた漆のような黒い闇の中で私の肉体は浮遊していた。音もしなければわずかな空気も流れる気配さえしなかった。

私は自分の耳の穴、鼻の穴、口、目、臍《へそ》、肛門《こうもん》、そしてあらゆる毛穴にまで真綿を詰められた気持ちだった。

――木乃伊《ミイラ》か……

そう思った途端に私はこれまで味わったことのない悦楽に浸っていることに気付いた。

ただ朝方、誰かの手が私の首を丁寧に切り落としてどこかへ運び出す夢を見た。


翌朝、私は冷泉に起こされて表へ出た。

冷たい風が足元を攫《さら》った。雨が降っていた。霧雨のような雨だった。歩き出すと、私はいつもより自分の身体《からだ》がはっきりと目覚めていることを自覚できた。

「うどんでも食べてから競輪場へ行こか」

冷泉はそう言ってから、私の衣服の匂いを嗅ぐように、鼻をくんくんと犬のように鳴らした。

「なんや白粉《おしろい》みたいな匂いがするな。お紅《べに》やろか」

私には匂わなかった。冷泉は首をかしげてからさっさと先に歩き出し、路地を抜けて五条大橋の袂《たもと》に出ると、

「えらいさぶいな」

と声を出して橋を渡りはじめた。

私は橋の中央で立ち止まって、霧雨に白く立ちこめる鴨川《かもがわ》の上流を見た。遥《はる》か北の峰の上空に濃灰色の雨雲がひろがっている。ふりむくと水が流れ去って行く南の空にはかすかに雲間から陽《ひ》の差す気配があった。三方を山で囲まれた地形の中で、南方へむかう方角にだけ解放感があった。水も風も、あらゆる気配が南へむかっているのだが、ここへ棲《す》む生き物だけが奇妙な地形の中心地から動こうとしていない。

うどんを食べている間中、冷泉は昨日の競輪の話をしていた。

「どうしてあの六番車やと思わはったん？　なんか理由があんのやろう。そうでないとあのレースの前までずっと寝てはったあんたが……、ところであんた名前なんですの？」

私は黙ってうどんの汁をすすっていた。朝からこれほど食欲があることに驚いていた。

私は汁を底まで飲んでため息をついた。

「そんなことはどうでもいい」

「水臭いこと言わんといてな。あんたには一晩泊めてもろうた恩義いうもんがあるやないか。別にあんたが人殺しやとしてもわいはそんなことかまへんのや。なら福の神の、福《ふく》さんでもええがな。けどなんで六番車を狙うたんや、教えて欲しいわ。こう見えても競輪はもう三十年からやってんのや。十レースの車券といい、あんたは他の連中とちょっと違《ちご》うとる。いや、ちょっとどころやあらへん」

私は向日町競輪場で見たソフト帽のことは話さなかった。

「ただなんとなくだ。競輪は後から理屈をつけたらなんとでも辻褄《つじつま》が合うようできるからな」

「そりゃそうだ。けどあんた普段は何をして暮らしてんのや」

「別に何もしちゃいない」

「気楽でええな。けどまさか競輪だけで……、そんなことないわな。競輪はそんな甘うないもんな。まあ、そんなことはどうでもええわ」

喉が渇いた。

「おい、ビールをくれ」

「そなあかんて、真っ直ぐ競輪場へ行こう。おねえさん、キャンセルや」

路地の入口に、傾きかけた看板があり、〝楽園地〟と拙《つたな》い文字が描いてあった。

「あそこを入ったどんつきを左に折れると店はあるから」

冷泉は私を大通りで車から降ろし、顎を突き出し道を示すように言った。

私は路地を歩き出した。ひと昔前はずいぶんと賑《にぎ》わった遊廓《ゆうかく》だったと彼は言っていたが、店々の造りはどう見ても赤線か青線の印象がした。どんつきを左に折れると、店の前には、あの老婆のおはながまるで地蔵様のように座っていた。

彼女は私の顔を見ても表情ひとつ変えなかった。まるで憶《おぼ》えていない様子だった。

店の中には誰もいなかった。私はカウンターに腰かけた。シャツの下が汗で濡《ぬ》れていた。競輪場へ出かけた午後あたりから心臓の具合がおかしかった。

カウンターの棚へ手を伸ばしてウィスキーの瓶を取った。そのままラッパ飲みして動《どう》悸《き》がおさまるのを待った。しかし動悸はますます速くなっていく。

私は階段を上って二階の部屋へ行った。足元がおぼつかなかった。

そのまま敷きっ放しの蒲団に倒れ込んだ。

右手の指先に温《ぬく》もりを感じて、私は目覚めた。いつの間にか夜になっているようで、天井の板に貼った古い手紙がぼんやりと視界に入った。ゆっくりと右を見ると黒い影が浮かんだ。

一瞬ソフト帽かと思った。手を引こうとしたら、右手を引き返された。薄闇に目が慣れると、黒い影の正体が老婆だとわかった。彼女は私の右手を両手で包むようにして撫《な》でていた。この老婆がおはななのか、それともうひとりの老婆のおさきなのかはわからなかった。彼女は私のかたわらで長い時間丁寧に手をさすっていてくれた。

動悸はおさまっていた。

「婆さん、もう大丈夫だ。えらく面倒をかけたな」

私はそう言って彼女の手から自分の手を抜こうとした。すると思わぬ力で手はまた引き戻された。

「もういいんだって」

老婆は私の声に返事をしなかった。それで彼女がおはなだとわかった。私はどうしたものかと彼女の顔を見上げた。笑っているようにも私のことを哀れんで見つめているようにも思えた。階段を駆け上ってくる足音がした。

「目が覚めたかい」

冷泉が階段から顔をのぞかせて言った。

「ああ、胸の具合もずいぶんと良くなった。悪いが婆さんに俺の手を放してくれるように言ってくれないか」

「金をやるといい。そうしたらすぐに手を放すから」

冷泉が笑って言った。

私はポケットから札を一枚取り出しておはなの手に渡した。彼女はその札を両手で摑み、目の前でひろげると二度三度とうなずいて、

「おおきに」

と大声で言った。

「下で一杯やろうな。待ってるわ。おはなはん、行きまっせ」

冷泉はおはなの手を取って階段を下りて行った。

カウンターの中には若い女がいた。女は私の顔を見ると、

「よう休めました？」

と明るい声で言った。

おはなはもう表の椅子へ座っていた。

「わいのこれで、おさき言います」

冷泉が小指を立てて女を指さした。

「変な呼び方せんといて、私、おさき婆さんとは違うんやから」

「今日の昼間、婆さん同士で大喧嘩《おおげんか》をしよったんや。おさき婆さんの方はもう血だらけや。ほんまにもうかなわんわ」

冷泉はうんざりした顔で言った。

「だからどっちか連れ出しとかなあかん言うたやないの。この婆ちゃんたちは一緒にしといたら必ずやり合いになるんやから」

「おまえのとこの親戚やろうが、ほんまにどないな血をしとんのんや。空怖ろしいわ」

「お客さん、水割りにしますか」

「ビールをくれないか」

「はい。昨日は競輪勝たはったんやてね。今日はどないでしたん?」

私はビールを一気に飲んだ。話しかける女の目が誰かに似ていたが、それが誰なのか思い出せなかった。

「けど所詮博打《ばくち》は勝てへんでしょう。どうぞ」

ビールを差し出した時の少し首をかたむけた表情が六本木《ろっぽんぎ》のバーの弓枝《ゆみえ》に似ていた。

「いらんこと喋《しゃべ》らんでええ」

冷泉が吐き捨てるように言った。

「あんた、店の方へ戻らんと」

「今夜はもうええわ。また雨が降り出しよったさかい、客なんか来《き》いへん」

「なら私が戸締りだけでもしてくるわ」

「かまへんから、おまえはここにおれ」

「なにをきついこと言うてんのや。競輪に負けたからいうて私に当らんといてな」

女の眉が吊《つ》り上った。

「ウィスキーをくれるか」

「水割りにしますか」

「いや、ストレートでいい」

私はウィスキーを立て続けに数杯飲み干した。女がじっと私を見ていた。

「福さん、ちょっとつき合うてくれへんか」

冷泉が言った。

「俺はここでいいよ」

「そう言わんと、一軒だけ案内したいんや」

冷泉は私に目くばせした。

外はまた霧雨だった。おはながじっと軒先に座っていた。

「さきこ、おはなはんをもう休ましたれ」

「いやよ、私できへんもん。あんたがやってから行って」

「ちょっと待っててくれるか。いや行く道すがらやから……」

私はおはなの手を引いて歩く冷泉のうしろをついて歩いた。おはなの家はすぐ先にあった。

「休ませてくっさかい。待っててな」

路地に立って表通りの方を見ると、数軒先の店の前に、おはながしていたのと同じ様に女が座っていた。店灯りの下にぼんやりと浮かび上った女の姿は地蔵様のように見えた。女が煙草に火を点《つ》けた。顔の表情は定かではなかったが、ほんのりと頬が浮かんだ光景は、そこだけ夏の花が咲いたようだった。

——朝顔に似ている……

そう思った時、雨の匂いの中に白粉の匂いが漂ってきた。煙草を吸っている女の匂いにしては距離があり過ぎた。私はもう一度鼻を利かすように息を吸った。

「待たせてしもうたな」

冷泉が傘を手にしてあらわれた。

そこは川沿いにある静かなバーだった。頭を剃《そ》り上げたバーテンダーがひとりでやっていた。

「マスター、昨日話した人や。ここのマスターでわいの遊びのお師匠さんや」

「師匠ちゃうで、わしは修みたいなギャンブルはしいへん」

私は棚に並んだウィスキーのボトルを見た。

「注意した方がええで、一見《いちげん》さんには高い酒を飲ましよるから」

「何か好みの酒がありますか」

「別に酔えれば何でもいい」

「酔い心地はそれぞれ違いますよ」

「俺には酒は何だって同じだが」

「福さんはえらい酒飲みや。安いのにしとき」

私は出されたグラスの酒を飲み干した。

「あの婆さんたち双子なのに、なんであんないつもやりおうてしまうのやろうな。恋《こい》仇《がたき》いうもんはあんなに憎しみ合うもんかな」

冷泉の話ではおさきとおはなは若い頃に同じ旦那に引かされて、二人が旦那を自分だけのものにしようとやり合ったらしい。その結果刃傷《にんじよう》沙汰になって旦那を死なせる羽目になった。

「どっちが刑務所に入るようになったかは聞いとらんけど、その話かてもう七十年も前のことやろう。普段ひとりひとりはおとなしいのに、二人になると何かの拍子にやり合うんやな」

冷泉が言った。

「あそこまで歳取《とし》ると、もう赤ん坊と一緒やからな。面倒見てる方が気い付けてやらんと、火の中でも水の中でも平気で飛び込みよるもんや」

カウンターの中から主人が言った。

「そんなんマスター、そばにいいへんからそうやって言えんのや。わいなんか、初めてあの婆さんを見た時なんか二人して料理作っとったんやで。さすがに顔もよう似てるから仲がええんやなと思うとったら、手に持ってた庖丁《ほうちょう》でいきなり斬り合いや。どんだけびっくりしたか」

「そりゃそうやろ、旦那の首を落としたいう話やからな」

「阿呆《あほ》言わんといてくれ。ならとっくに二人とも死刑になってるがな。あれでもさきこの曽祖母《ひいばあ》さんやからな。人聞きの悪い話をせんといてな」

「そない言うとる人もいるいうことや」

「誰がそないなこと言うとったんや」

冷泉がむきになって言った。

「さきこが自分で言うとった」

冷泉が顔を上げて主人を見た。

「さきこは殺された旦那かて、どっちに殺されたかわからんかったんと違うやろか言うてたで」

「あの阿呆んだらが、いらんこと言いくさって……」

冷泉が憎々しげな顔をして言った。

「お客さんはどう思われますか」

主人は私のグラスにウィスキーを注ぎながら言った。鋭い目付きだった。

「そんな話、俺には関係ないよ。ああやってなんとか生きてんだからそれでいいんじゃないか」

「ずいぶんと冷たいんですね」

主人が言った。

「所詮は他人の話だ」

「そうですね。他人の話ですもんね。けど新聞を開くと毎日どこかで誰かが殺されとるでしょう。それがいつ自分に回ってこないとは限らないんと違いますか」

「それでも他人の話だ。いずれ死ぬんだから。その恰好《かっこう》がどうであろうとたいした違いはないよ」

「でも殺す方と殺される方じゃ、えらい違いがあるでしょう」

「たいした差はないと思うけどな」

「けど片一方は生きてるわけでしょう。よくはないでしょう」

「殺した方も殺された方もそこへ真っ直ぐ進んでいただけのことだ。善いも悪いもありゃあしないし、生き残った方はそのまま生きていきゃいいだけのことだ」

「お客さんは生に執着はないんですか」

「おい、二人ともやめときや、そんな辛気臭い話すんのは」

冷泉が言った。

「執着はあるさ。執着がない奴はいやしないよ」

「そうですよね。一杯頂いてもいいですか」

「かまわんよ」

「ずいぶん競輪に勝たれたそうですね」

「今日は負けた。そのくり返しだ」

「いや福さんは負けてへんわ。わいはずっとあんたの張りを見てたんや」

冷泉が強い口調で言った。

「他人の勝ち負けはどうでもいいことだ」

「お客さんの言う通りや。修、おまえは本場で周りを見過ぎるんや」

「そんなもんわいの勝手やないか。気にくわんな。二人ともわかったような言い方しよって」

冷泉がグラスでカウンターを叩いた。

「おい、修、壊したらあかんど……。お客さん、あんたの目は死んでるで。その目は人を殺したことのある目やで」

「二日前に盛岡《もりおか》で女から同じことを言われたよ。しかしそれがどうしたんだ。おまえさんには何の関わりもないことだろう」

「そうやな。長う生きるいうことは少なからず誰かの命を削らなあかんしな」

私はグラスの酒を飲み干して立ち上った。

「いくらだ？」

「怒ったんですか」

「俺は自分に関わりのないことではいちいちとんがりやしないよ」

「そうでしょうね」

私は金をカウンターに置いて店を出た。

雨足が強くなっていた。

「ま、待ってくれ」

冷泉が傘を手に走ってきた。

「あの悪党、勘定までぼりよって。験《げん》直しに別の店へ寄ってこうな」


夜半に目覚めた。

目を開けると、手の届く距離に天井があった。ずいぶんと窮屈な場所で眠ったものだと思ってから、昨夜冷泉に二階はおさき婆さんの寝所に替えたからと、三階の天井裏のようなところに案内されたのを思い出した。

「さきこが子供の頃、よくここで寝かされた言うてな。時々、わいもここで休むことがあるんや」

と少年のような顔をして言った。

まだほんのわずかしか眠っていない気がした。もう一度目を閉じた。すると階下から人の話し声がした。女の声だった。

「そんなあかんて、おねえさん」

はっきりとした女の声がした。

私は耳を澄ました。枕元の脇から光がこぼれていた。見ると床板のふし穴から一条の光が洩《も》れていた。

私はそっと穴から階下をのぞいた。昨日私が寝ていた二階の部屋が俯瞰《ふかん》図を見るようにひろがっていた。少年の頃に天井裏に隠れて同じような行為をしたことを思い出した。あの時はたしか母親が叔父に抱擁されているのをのぞき見てしまった……。不快なことを思い出してしまったと、ふし穴から目を離そうとして、私の目は部屋の中央に横たわっている男に釘付けになった。

蒲団の中に仰向けになっているのは、なんと私だった。目を閉じているが、まぎれもなく私が眠っていた。その枕元に紺絣《こんがすり》の着物を着た若い女が二人で話をしていた。

「なら、そうした方がよろしゅおすな。おはなはんの言うとおりにしまひょ」

「おねえさん、嬉しいわ」

そう言って女のひとりが立ち上り、視界から消えた。残った女は私の顔を両手で包むようにして頬ずりをしている。階段を駆け上る足音がした。弾むような足音だった。頬ずりをしていた女はあわてて私から離れた。

女はかかえてきた手桶《ておけ》を枕元に置いた。それから小皿に白い絵具のようなものをだし、刷毛《はけ》で私の首を丁寧に白塗りにした。

「まあ綺麗《きれい》や、おなごはんみたいどすな」

彼女たちに頭を左に右に動かされても私は目覚めなかった。

――死んでいるのか
私は目を凝らして、もうひとりの私を見つめた。かすかに寝息が聞こえた。

――眠っているだけなんだ
「このくらいでよろしゅおすやろ」

「そうですね」

二人の話し声にはどこか感情の昂《たか》ぶりを抑えているような奇妙な抑揚があった。

「ほな、おはなはんはそっちで」

「はい、おねえさん」

二人は私を挟んで左右に別れた。

「ほんまに可愛《かわい》い顔をしてはるわ」

そう言ったかと思うと、二人は銀鼠《ぎんねず》色に光る紐を私の首に巻きつけて、一気に締め上げた。その瞬間、もうひとりの私の首は目と口をぽかんと開けたまま、胴体から離れてごろりと枕の横に転がった。一滴の血も吹き出していない。ただ私の顔は驚いた表情をしたまま斜めに転がっていた。

私は唾を飲み込んだ。

「おはなはん、早う持ってきて」

「はい、おねえさん」

妹の方が立ち上ると、白い布の包みを持って戻ってきた。布を取ると、そこには別の首があった。その首を妹は用心深く私の胴体に当てた。

「こんなもんでっしゃろうか」

「もうちいっと左向き。そうそう」

私はその顔を見て息を飲んだ。顔は弟の悠《ゆう》のものだった。

「ちゃんともっといてな」

姉の方が付け替えた首の周りに先刻の刷毛で白塗りをしていた。首を隈なく白く塗り終えると、弟はゆっくりと目を開いた。

「お目覚めやすか」

二人が声を揃えて言うと、弟はこくりとうなずいた。

「うちらのことどう思われます？」

姉が顔をかぶせるようにして聞いた。

「どうもこうも僕は君たちのことを何も知らないんだから、何とも思わないよ」

悠のぶっきらぼうな言い方は昔のままだった。

「いけずやわ、この人、ほんまに弟はんかしら」

「おねえさん、うちこの人嫌いやわ」

「そうやね」

「君たち何をごちゃごちゃ言ってんだ」

悠が上半身を起こした時、二人は弟の首に紐を巻くなり、えいっと声を出して締め上げた。

首は見事に転げ落ちた。フフフッと二人が笑った。胴体は起きたままだった。床に転がった弟の顔は目を閉じていた。

――死んだ時と同じ顔だ
私は転がった弟の首が哀れに思えた。弟の首を布にくるんだ妹が別のものをかかえて戻ってきた。それは丸い筒型の箱だった。中を開けると、黒いソフト帽が出てきた。妹は慎重にソフト帽を取り出した。

「ほんまに、賢そうな顔してはる。これならきっとええ人やわ」

私の位置からは帽子しか見えなかった。

どうやら帽子の下には別の誰かの首がついているようだった。二人は起き上ったままの胴体にソフト帽をかぶった首を繋《つな》ぎ合わせた。姉の方が刷毛で首を塗った。

ほどなく首が繋がったようで、二人はソフト帽の下の顔をのぞき込んでいた。

「うちらのことどない思わはります」

「ずっと大事にしてくれはりますか」

「別《わ》け隔てないようにでっせ」

ソフト帽がかすかにうなずいて両手を二人に伸ばし、それぞれの手を取った。二人はソフト帽の手に頬ずりをしていた。ソフト帽は二人を抱き寄せて、その手を二人の着物の襟元に差し入れた。艶やかな声が二人の女の口からこぼれ出した。乱れた裾から若い女の足先が床に伸びていた。私は部屋の隅にある屏風《びょうぶ》の前に、もうひとりの私の首が目と口を開けたまま無造作に放ってあるのを見つけて、思わず咳込《せきこ》んでしまった。女たちが同時に天井を見上げた。

「そこにおいやすのはどなたはんどすか」

「何を見はったんどすか」

「どなたはんですか」

二人が紐を手に立ち上った。せわしない足音と階段を駆け上る音が響いた。私はあわてて立ち上った。凄《すさ》まじい形相をした女が二人襲いかかってきて、私の首を締め上げた。女の顔はみるみるうちにしわがよって、老婆の顔に変わった。

「やめろ、やめるんだ」

私は大声で叫んだ。

首を振りながら歯を食いしばると、開いた目に黄金色にかがやく銀杏《いちょう》の大樹が見えた。

開け放った簾格子《すだれごうし》のむこうに青空がひろがっていた。

「おばあちゃん、おいさん、起きはったえ」

少女の声がした。

私は部屋の中をゆっくりと見回してから、自分の首をそっと撫でた。

「まあ、やっとお目覚めやして、まる一日半お眠りやしたえ」

上品な着物を着た老婆が襖《ふすま》を開けて笑っていた。

「お湯の用意もできておりますよって、ゆっくり入って下さい」

私は頭を振ってから、

「すみませんが、ビールを飲ませてくれませんか」

と言った。

「よろしゅおます。すぐ用意をしまっさかい浴衣にでも着替えておくれやす」

老婆が去ると、私は窓辺に寄って外を眺めた。どこからか水音が聞こえてきた。

宿の隣りは神社になっていて、大きな銀杏の樹が風に葉音を立てていた。子供たちが数人遊んでいた。

「おいちゃん」

朝顔の柄の浴衣を着た少女が私にむかって手を振った。私は笑おうとしたが、ぎこちなく顔が歪《ゆが》むだけだった。

ビールを飲んで、風呂につかっていると、汗がふき出してきた。浴衣に着替えて二階へ上った。蒲団は片付けられて食事の準備がしてあった。

老婆が新しいビールをかかえて上ってきた。

「すみませんが、新聞はありますか」

「昨日と今日の新聞をお持ちしまひょう」

私はビールを飲みながら新聞を開いた。競輪の結果も知りたかった。ところが新聞のレース欄には向日町の競輪の結果なぞ掲載されていなかった。

私は昨日の新聞をひろげた。そこには一昨日終った向日町競輪の決勝戦の結果が掲載してあった。

——とするとこの街へきて一日の空白があることになる

私は老婆を呼んで、ここへ泊りにやってきた日を尋ねた。

「へぇ、一昨夜、東京の早坂《はやさか》さんとおっしゃるお方にご予約をいただきましてお迎えにあがりました」

「早坂？」

「へえ、女性の方ですが」

——ネネのことだ。早坂ネネに私は連絡を取ったのか……

「それがどうかしましたか」

「いや、何も」

私はビールを飲み干して出発の準備をした。金屛風にかかっているコートを取ると、その下には二人の芸妓が紐を引き合っている錦絵が描かれてあった。

　私は思わず目を見開いた。


　タクシーに乗り込み、京都駅と行き先を告げた。

　車は五条坂を右に折れた。

「運転手さん、このあたりに楽園地と名の付く昔遊廓か何かがあった場所はありますか」

　私は運転手に聞いた。

「ああ、それなら〝五条楽園《ごじようらくえん》〟のことどすやろう」

「そこは今でも盛っているの？」

「いいえ、今はもう淋《さび》しいもんどすわ」

「悪いが、そこに回って行ってくれますか」

「へぇ」

　車は信号を右折して細い路地に入って行った。

「このあたりですけどね」

　運転手が車のスピードをゆるめた。

　周囲は高い建物もなく瓦礫《がれき》を積んだ空地がぽつぽつとあるばかりだった。ふと見ると角地になった空地に少年がひとり、崩れかけた壁にむかってボールを投げていた。半ズボンにランニングシャツのうしろ姿が妙に懐かしく思えた。少年の細い肩が陽差しに光っていた。ボールが壁に当る乾いた音がした。その音とともに、

──ねぇ、どんなふうにカーブは投げるの

と言う声が耳の底に響いてきた。

悠の声だった。どうして私と弟に無関係な場所で、失われた時間がよみがえったのだろうか。

窓を閉めようとすると、路地を抜ける風が首にまとわりながら流れて行った。

「もういい、京都駅へ行ってくれ」

私は運転手に告げた。

第五話　連なる月

沼の水が月光にかがやいている。

風も止まったせいか、水面にまったく動きがない。ぬめった表面が重い油に覆われているように映る。水際に影をこしらえている蒲《がま》の穂や枯れ葦《あし》がなければ、沼は獲物の侵入を待ち受けている生物に思える。

水際から七、八メートルのところに杭《くい》が一本だけ朽ちかけたまま顔をのぞかせて、その杭のむこうに歪《いびつ》なかたちに月が映り込んでいる。

杭には憶《おぼ》えがあった。

たしかあの杭のあるあたりまで板を渡した船着き場があったはずだ。

沼の大きさは当時と比べて、半分の大きさに……、いやもっと狭くなってしまっているかもしれない。対岸に見える住宅の影を見直した。あの場所にたしかもうひとつ沼があったから、すでにこの沼は死に絶えているのだろうか。

杭を見ているうちに、耳の底から音が聞こえた。乾いた音だ。その音が妙に懐かしい気がする。何の音だろうか……。

――沼へ行くんなら、葦のねえ水際には近づいてはいけんよ。底へ引っ張り込まれる

でのう
祖母は沼へ遊びに行こうとする私と弟にむかっていつもそう怒鳴っていた。
弟は東京弁とまるでイントネーションの違う祖母の広島弁の言葉が可笑《おか》しくてたまらないらしく、白い歯を見せて私の顔を見ていた。
私たちは真夏の陽差《ひざ》しが容赦なく照りつける祖母の家の裏手の道を走り出し、黄櫨《はぜ》の木の下を避けながら沼へ辿《たど》り着いた。
——葦のねえ水際へは近づいてはいけんよお
弟は祖母の口調を真似《まね》ながら、ちいさな身体《からだ》を器用に蹴上げて岸から船着き場へ飛び移った。朝の早いうちなら蜆捕《しじみと》りの老人がべか船を着けて、籠の中から蜆を選《よ》り分けていた。私と弟は老人の作業をしゃがんで見物した。老人の赤茶けた指先が笊《ざる》の泥を掻《か》き分けると、時折源五郎虫《げんごろうむし》や鮒《ふな》の稚魚があらわれた。
——それ、ください
と弟が老人に言うと、彼は私たちの方を見むきもしないで、稚魚や甲虫《かぶとむし》を船着き場へ投げた。板のはざまから沼へ落ちるものもあった。その度に弟は、
——こっちです、こっちです
と板を叩《たた》いていた。
笊から船の舳先《へさき》に置いた木箱に投げられる蜆の音が、私の耳の底にまだ残っていた。カランカランと乾いた音色は、音の大きさといい調子といい、蜆と木箱でしか出せな

い音だった。それに似た音を、他で聞いたことがなかった。

耳の底に響いている音はたしかに三十数年前に聞いた音だ。

私は杭を見直した。

水に映った月が杭の先にかかって、水面から突き出した街路灯のように見える。その灯《あか》りの中から、陽差しに弱かった弟の頭に母が無理矢理かぶらせていた麦藁帽子《むぎわら》が浮かび上ると、麻のシャツとグレーの半ズボンでしゃがみこんでいる弟のうしろ姿があらわれた。

別にさほどの酒を飲んでいるわけではなかったが、弟の幻影は私を戸惑わせた。私はコートのポケットから空の酒瓶を取り出して、杭にむかって投げつけた。空瓶は鋭角に水の中に沈んで、水面を波立たせた。水に映った月が海月《くらげ》のように揺れた。ゆっくりとひろがる波紋は怠惰な速度で、私の立つ水際へ寄せてきて消えた。

泡がひとつ音を立ててあらわれた。空瓶の中の空気が抜けたのだろうか。私は沼の底に着地している瓶の姿を想像した。

——あの沼にはいろんなもんが引っ張り込まれとるからの。悠のようなこんまい子供はいっぺん引っ張り込まれたら、二度と生きては帰ってこれんからのう
祖母は弟にむかってそう言っていた。

夜になって、夏蚊帳の中で母の隣りに横臥《おうが》した弟は、

——ねぇ、おばあちゃんが言ってたけど、裏の沼には何人も子供が引っ張り込まれて

るって本当なの？

と聞いていた。

――おばあちゃんがそう言ってたのなら本当でしょう

――それって、死んだわけでしょう

――そうね……

――ねぇ、死ぬって苦しいの？

――それは苦しいでしょう。けどおばあちゃんが行ってはいけないって場所に行かなければ、そんなことはないんだから……

私は三十数年前の母と弟の会話を聞きながら水辺に立っていた。

京都を発《た》って、すぐに大阪で下車した。大阪で降りる理由はなかったのだが、京都を早く立ち去りたくて八条口《はちじようぐち》から飛び乗った列車が下りだった。デッキに立って車窓を眺めていたら向日町《むこうまち》の競輪場のスタンドがちらりと見えた。

向日町・奈良・西宮《にしのみや》・甲子園《こうしえん》・岸和田《きしわだ》・和歌山……と関西の競輪場を思い浮かべているうちに、私はどこかで自分に合った競輪のレースが組まれていそうな予感がした。

取り敢《あ》えず新大阪駅で降車して、プラットホームの売店でスポーツ新聞を買った。甲子園競輪と和歌山競輪が開催されていた。

時計を見ると、午後の一時を回っている。これから和歌山へ行っても間に合わない。

甲子園なら最終レースとその前のひとレースはできるかもしれないが、すでに最終の三日目である。知っている選手も出走しているが、補充選手が多い。関東の競輪と比べて、関西の競輪の方が選手間の情の繋《つな》がりが濃い。走り出して思わぬレース展開に驚く時がある。あとで推理をすると、なるほどと合点がいくのだが、その推理を立てる情報の量が今の私には乏し過ぎた。

どうしたものかと、出走選手表を眺めていると、富田悠勝《とみたゆうしよう》という活字が目に止まった。

——富田が復帰したのか……

私は富田の名前の印刷された出走選手表を見返した。ひさしぶりに見る懐かしい文字だった。

私は富田の戦績を見た。初日は一着にきて、二日目は四着である。それでも富田が準優勝戦を戦ったということは、それなりに彼が復帰をしているということである。

私は売店で専門紙を探したが生憎《あいにく》そこには専門紙は置いてなかった。

取り敢えず甲子園まで行ってみることにした。

甲子園駅からタクシーで競輪場にむかうと、

「決勝だけ買わはるんでっか。今日は地元のラインがえらい気合が入っとるらしい言う情報でっせ」

と運転手が言った。

「九レースを見たいんだ。急いでくれ」

「もう締切ったんちゃうかな」

「締切っていてもいいんだ。急いでくれ」

「そうでっか。競輪が好きなんでんな」

私は富田がどんなレースをするのか見てみたかった。

練習中の交通事故で彼が大怪我《けが》をしたのは一年半前の春のことだった。富田はさほど有名な選手ではなかったが、その事故はスポーツ新聞にも一般紙にも掲載された。というのは、彼の練習の誘導をしてワゴン車を運転していた妻と子供が死亡したからだった。

私は一度競輪の遊び友だちに誘われて、彼が中国山脈の山径《やまみち》で黙々と練習する姿を見学に行ったことがあった。真夏の炎天下の山径を喘《あえ》ぎながら疾走する富田の姿は銀輪が陽差しにかがやき美しくもあったが、私には苛酷《かこく》な練習に耐えている富田が痛々しく映った。その姿を見たせいか、競輪場の走路に立つ彼の姿がまぶしく思えた。競輪を賭博という側面で見ると、選手は一枚の札でしかない。特別な情を特定の選手に抱くことは不利になる。しかし富田は或《あ》る期間私の賭博に十分な利をもたらしてくれた。

富田の存在を見つけてきたのは、山口の新南陽《しんなんよう》市に住む競輪狂の富樫《とがし》満《みつる》であった。富樫は金融のブローカーで、隣り町で雀荘《ジャンそう》を経営していた。私が富樫と知り合ったのはその雀荘だった。

私が富田を知った頃、彼はS級に昇級したばかりでまだ独身だった。普段は無口な選手で、新妻は彼がよく通うスーパーマーケットで働いていた女性だと富樫から聞いた。富田はよく肥えた大地に根を下ろした若い樹が成長するように確実に地力を付けて行った。彼が結婚し男児を得てからの一年数ヶ月、私と富樫は彼を追いかけて日本中の競輪場を回った。

今から競輪選手としての花が咲こうという時に事故は起きた。

「周さん、富田がパンクしちまいやがった」

四国の松山《まつやま》競輪場のそばのホテルに富樫から電話が入った。

「どういうことだ？」

「今朝方、街道練習の時に飛び出してきたトラックに誘導車が正面衝突してもうた」

「で、怪我は」

「それが無茶苦茶じゃ」

「どうしたんだ」

「女房が誘導しとって助手席の子供も一緒に即死いうこっちゃ。富田の方は下半身がバラバラらしい。病院に電話して知り合いの看護婦に様子を聞かしたんや」

「本当に女房と子供は駄目だったのか」

「本当だ。何しろ相手が大型のトラックやったからな。運転席なんぞ跡形もなかったらしい。富田が生きとったのが不思議なくらいや。なんでも女房の運転しとった車にぶつかってから五、六メートル下の田圃《たんぼ》に落ちたらしい。せっかくの金の生《な》る木がこなごなになってしもうたぞ……。なんかある思うとったわ。昨日の晩はえらい満月やったからな」

私はその夜、松山の市街に飲みに出て富田のことを考えた。酒場から引き揚げようとすると松山の夜空に富樫の口走った十六夜《いざよい》の月が皓々《こうこう》とかがやいていた……。

甲子園競輪場のスタンドに上ると、レースはすでにはじまっていた。

青板《あおばん》を過ぎて残り三周だった。私は六番車の黄色のユニフォームを着た富田の位置を確かめた。富田は最後方から二番目、前から八番手の位置にいた。両脇を極端に絞り込んで背中を豹《ひょう》のように丸め前方の一点をじっと見据えた走行フォームは、一年半前の富田そのままだった。後方に岡山のベテラン選手を従えて、発進するタイミングが来るのをじっと待ち構えている。

私は自分が興奮してくるのがわかった。ここしばらく競輪を見ていて、こんなふうに感じたことはなかった。

中団《ちゆうだん》の四番手に位置していた地元の近畿ライン四人が動き出した。スタンドの観客が立ち上った。三人の選手を引き連れた大阪の若手の先行屋はいかにも競輪学校で学んだようなバランスの取れたフォームで走路の上段へ昇った。富田も近畿ラインに付いて上昇して行く。内側を走っていた関東ラインの先頭の選手が誘導員をどかして近畿ラインと並走をはじめた。打鐘《ジャン》の音がゆっくりと聞こえた。

私の目は彼がこれから前を並走するふたつのラインを鮮やかに抜き去り先頭を疾走する姿を思い浮かべていた。富田が尻を上げて、一、二度両肩を捻《ひね》りながら背中を丸くした。

——発進するぞ

私は胸の中でつぶやいた。それは彼が相手を一気に抜いて先頭に立つ時の仕種《しぐさ》だったからだ。

「行け、富田、今だ」

私が叫んだ時、発進したのは近畿ラインの先頭を行く若手選手だった。一瞬、富田が千切れた。それでも彼は必死に追い上げようと前傾姿勢のまま近畿ラインにせまって行く。

「よし、そこから捲《まく》り上げろ」

私の口走った言葉とは逆に富田と岡山の選手の外側を関東ラインが一気に追越して行った。負けじと富田も並走をしようとするが、スピードが違っていた。

富田は最後、後方にいる岡山の選手にコースを空けてやり、どん尻の九着でゴール板を通過した。

私は富田の姿を見ていた。ゆっくりと退場口へむかう富田はじっと何かを堪えるように下をむいていた。岡山の選手が彼に近寄って何事か声をかけた。彼はそれにこたえて一度こくりとうなずいた。退場口に着くと、彼は自転車を降りてスタンドに一礼した。

丁寧な礼の仕方だけが以前と同じだった。

——この分ならやれるんじゃないか……

私は今しがた終った富田のレースを浮かべながら思った。

最終レースに出走する選手たちが敢闘門《かんとうもん》からあらわれていた。スタンドはすでに彼等に対する声援や怒声に変わっていた。スタンドの声はひとりの選手に集まっていた。一番車の白いユニフォームの選手だった。今売出し中の兵庫の若手選手だった。場内のオッズを見ると、スタンドの声援がそのまま数字にあらわれていた。専門紙を見ると、なるほどとうなずける戦績でほとんどのレースを一着で勝ち上っている。十五戦のうちわずかに三戦ほど、二着と着外があった。見るだけのレースにしようと思っていたが、この若手選手ひとりに人気が集中していることが気になった。たしかに他のメンバーの中に、彼と対抗できる先行選手は見当らない。固くおさまりそうなムードだ。私はじっとオッズ表の動きを見つめていた。

その時誰かが私を見ている気配がした。咄嗟《とっさ》にその相手があのソフト帽子の男に思えた。向日町の競輪場で人混みの中を巧みに走り抜ける影を見て以来、ここ数日彼の姿は失《う》せていた。

ゆっくりと背後をふり返ると、

「来てたのかよ。あらわれるんじゃないかと思っていたよ」

派手な縦縞《たてじま》の上着に黒のタートルネックのセーターと黒のズボン、それにトレードマークのいつも風呂上りのように濡《ぬ》れて見える髪に丁寧に櫛《くし》を入れたヘアースタイルの男が笑って立っていた。富樫満だった。

「ひさしぶりだな、周《しゅう》さん」

私はちいさくうなずいた。

「見たかよ、今のレース」

富樫の右手に車券の束があった。彼はそれを足元に叩きつけて、

「見てのとおりだ。初日は四千円もつきやがったが、あとはこのざまだ」

と笑って言った。

「それでもよく戻ってきたな」

私が言うと、

「まったくだ。あいつは競輪しかやることがないからな。ここしか生きて行けるとこはないってことよ」

と富樫は少し顔を歪《ゆが》めて言った。

私も富樫も最終レースは見《ケン》にした。

「出口の方のスタンドで見ようか。あいつと同じ列車で引き揚げたいんだ」

私は富樫のうしろを歩きながら、この男と二人して競輪場の中を早足で歩くのはひさしぶりだと思った。

「おい、悪いが少し詰めてくれるか」

富樫はスタンドの客に言った。相手を威嚇するような喋《しゃべ》り方は以前と同じだった。富樫がちらりと腕時計を見た。今頃宿舎で帰り支度をしているはずの富田が気になっているのだろう。

レースがはじまった。

「あの一番車の走り方じゃ、レースがバラバラになっちまう。決勝戦になるとほとんどが捲りだ。金を入れ込める野郎じゃねぇよ」

私は富樫の横顔を見た。額に垂れた数本の髪が彼のこの三日の戦いを象徴しているように思われた。

打鐘が鳴っても一番車は動かなかった。痺《しび》れを切らしたように中部ラインが動くと、それに合わせて一番車は仕掛けるモーションを起こして巧みに三番手を取り、バックで捲りあげた。二着の選手を三車身も離して彼は優勝した。スタンドからどよめきが起こった。

「馬鹿な走り方をしやがる」

富樫が車券を捨てた。

新幹線のプラットホームのベンチに座って、私たちは缶ビールを飲みながら富田があらわれるのを待った。ほどなく若手の選手と二人で富田は自転車の入った輪行《りんこう》バッグを抱えてあらわれた。

グレーのスーツを着た富田は輪行バッグに片手を置いて立っていた。若手の選手が自動販売機からジュースを買って戻ってきた。彼はその缶を受け取って飲んでいた。富樫も富田を見ていた。

プラットホームで富田の様子を見ていることがひどく懐かしい気がした。

その時富田がスーツの上着の内ポケットから何かを取り出した。遠目にもそれが煙草《たばこ》だとわかった。私は驚いて、富樫を見た。

「入院中に吸いはじめたらしい……」

富樫は不愉快そうに言った。

「今でもまだ痛みがあるはずだと医者が話していた」

富田が吐き出した煙草の煙がプラットホームに流れていた。

「野郎、一度病院で夜中に医務室から薬を盗んで死のうとしやがった」

「痛みでか」

「違うだろう。女房と子供のことを考えたらそうしたくなったんだろう」

富田は無造作に煙草を線路に捨てた。かつて私が知っていた彼はそんなことをするような若者ではなかった。飲んだ缶ジュースでさえ芥箱《ごみばこ》を探して始末する礼儀正しい青年だった。

列車がホームに入ってきて富樫が先に乗り込んだ。私は気になってホームに立ち止まった。

「どうした？　乗らないのか」

富樫が訝《いぶか》しげに私を見た。

「いや、そうじゃない」

私がホームの左右を見回すと、

「誰か連れでもいるのか」

と彼は聞いた。私は首を横に振って列車に乗った。

「玉野《たまの》、小松島《こまつしま》、別府《べっぷ》、と追いかけて、甲子園の初日でやっと一着《アタマ》に来やがった……」

富樫はシートに身体を埋め込むようにして言った。

「周さんは煙草のことを言ったが、野郎はまだ競輪を諦めちゃいねえよ。俺にはわかるんだ。ここ何ヶ月かの野郎の暮らしぶりを俺はじっと見てきてるんだ」

私はコートのポケットからウィスキーを出して飲みはじめた。ひさしぶりに富田を見たせいか、身体が熱くなっていた。喉が渇いて仕方なかった。背後から人が歩いてくる気配がした。私は行き過ぎる影を見た。着物を着た女がひとり切符を手に席を探していた。

「周さん、野郎の走るところを見てどう思ったよ」

「うん、まだ時間がかかりそうだな」

「踏み出すと、自転車がぶれるんだよ。小郡《おごおり》の駅で降りたら、野郎の歩き方を見てみるといい。左足を引きずるようにして歩いてるから……。股関節に入れた骨代わりのプラスチックがずれてるんだよ。俺の見たとこじゃ、三センチは足の長さが違ってる。野郎はそれを靴敷きを重ねて誤魔化しているんだ。普段歩いてる分にゃわかりゃしねぇが、自転車に乗ると覿面《てきめん》にそいつがわかる」

私は富樫が町の靴屋まで行って、その情報を摑んだのだろうと思った。いったんこの選手だと決めて追いかけると、その選手の私生活まで調べ上げる彼の執念深さは変わっていなかった。

「ほれいつか周さんを連れて野郎の街道練習を見物に行ったじゃないか。あの俵山《たわらやま》の山径を野郎は今湯治場に籠《こも》って走ってるんだ。その練習を見て俺は思ったんだ。野郎はまだ競輪を諦めちゃいないし、あん時以上に何かを賭けてやがるってな」

富樫の目が異様に光っていた。

私は通りがかった売り子を呼び止めて、缶ビールを買った。

「よく飲むなあ。そんなチャンポンにしておかしくはならないのか。周さん、ちょっと痩せたか？」

「変わりはしない」

私は紙コップにウィスキーを注いで、そこへビールを足した。一気に飲み干すと、腹の中がようやくひと心地ついた気がした。

「周さん、あんた目つきが少し危なっかしいぜ」

「それはお互いさまだろう」

私が言うと、富樫はククッと喉を鳴らして笑った。

私は富田があの山里に籠ってどんな練習をしているのかを見てみたくなった。

小郡駅で降りると、私は富田の歩く様を観察した。富樫の言う通りに一見は普通に歩いているが、富田の左肩は弥次郎兵衛《やじろべえ》が揺れるようにぎこちなく傾いていた。私たちは新幹線の各駅に乗り換えて、徳山《とくやま》で下車した。

「けどよく飲めるもんだなあ」

富樫は鮨《すし》屋のカウンターで赤貝を口に入れながら言った。

私は黙ってウィスキーを飲んでいた。

「見ていて気持ちがいいですね。けどお客さん、毎晩それじゃ、失礼ですが身体を毀《こわ》すことはないんですか」

カウンター越しに店の主人が言った。

「前は、周さん、こんなに飲んでたかな……そりゃ、酒は人一倍好きだったが」

「はい、お待たせしました」

奥から女将《おかみ》が火で焙《あぶ》った貝を出してきた。

「まて貝か……」

私がつぶやくと、

「お客さん、こっちのお生まれですか」

と主人が聞いた。まて貝は祖母に教わったこの土地特有の貝の名称だった。

「周さんのお袋さんが、この先の福川《ふくがわ》の出身なんだよ」

富樫が言った。

「ほう、福川のどのあたりですか」

主人が興味ありげに私を見た。

「新津《にいつ》の方だ。たしか大きな沼がふたつあったな……」

「ああ、瓢箪《ひょうたん》沼でしょう。あの沼ならもうないんじゃなかったかな。あのあたりは皆新興住宅地になっちまったから。私もちいさい頃に瓢箪沼に鯰《なまず》を捕りに行った憶えがありますよ」

瓢箪沼という言い方は祖母から聞いたことがなかった。

「瓢箪沼？　そんな沼があのあたりにあるのか」

富樫が首をかしげながら言った。

「沼がふたつ繋がってて、それが瓢箪の形に似てるからですよ。へえー、そうですか。お母さんの実家がね」

主人は感心したような顔をして私を見直した。私は空になったウィスキーのボトルを振った。

「もうよした方がいいんじゃないか。牛が水を飲んでるわけじゃあるまいし」

私は富樫の顔を見た。

「ああ、わかったよ。好きなようにしてくれ。そうだ、周さんの宿を取らなきゃな」

富樫が立ち上ると店の電話が鳴った。女将が富樫に電話だと告げた。彼は電話口に出た。

「周さん、麻雀《マージャン》できるかね。いいお客さんなんだけど」

私は首を横にふった。

「で、実家の方にはどなたかいらっしゃるんですか」

店の主人が沢庵《たくあん》を出しながら聞いた。私は黙ってウィスキーを注いだ。話をすることが億劫《おっくう》になっていた。酒はどんどん身体に入って行くのだが、いっこうに酔えなかった。地虫でも羽蟻《はあり》でもいいから、身体のどこかから這《は》い出してくれれば楽になりそうな気がした。

「で、富樫さん、大阪《カミ》の方での競輪の成績はどうだったの」

「今ひとつ調子が上らないな」

「S級戦は何が飛び込んでくるかわからないものね。私はA級戦の方が性に合ってるな」

富樫と主人は競輪の話をはじめていた。

表戸を女将が開けた。

「何だか生暖かい夜ね。雨でも降るのかしら。でも大きな月が出てるわ」

私は表の方を見た。すると女将の背中に隠れるように、人影が立っているのが見えた。

私は持っていたグラスを置いて、人影を見据えた。ソフト帽子の男に似ている気がした。

女将が表戸を閉めた。私は立ち上って、表戸のガラス越しに通りを覗《のぞ》いた。

「どうかしましたか？」

女将の声に、

「今しがた戸を開けた時、人がひとり立っていたろう。そいつ黒い帽子を被《かぶ》っていなかったか」

と私は通りを見回しながら聞いた。

「いいえ、誰もいませんでしたよ」

私は勘定をしてもらって表へ出た。富樫がついてきた。

「どうしたんだよ、急に」

私は早足で歩いた。

「誰か知り合いでも見かけたのか」

しばらく歩くと胸の動悸《どうき》が激しくなった。喉が渇いた。私は目の前にあったバーのドアを押した。

「よしなよ、そんなちんけな店。俺がもっといいところを案内するから」

私はかまわず店に入り、カウンターに座ってビールを注文した。富樫はため息をついて隣りに腰をかけた。

「変わっちまったな、あんた」

ウィスキーのストレートを注文してビールのグラスに入れた。

「お客さん、強いのね」

カウンターの女が言った。

「うるさい、黙ってろ」

富樫が怒鳴った。女が怯《おび》えたように富樫を見た。

「とにかく富田のことだが、そっちがかまわなければ、野郎が籠ってるところへ連れて行くが、どうするよ」

私は返事をしなかった。

「じゃ勝手にしてくれ。おい、この客が宿のことを口にしたら、そこらのビジネスホテルを紹介してやれ」

富樫は金をカウンターに叩きつけるように置いて店を出た。しばらくその店で飲んで、私はタクシーを呼び福川へ行った。

「新津のどのあたりですかの、お客さん」

タクシーの運転手が聞いた。沼があるあたりだと言うと、運転手はうなずいて走り出した。

祖母の家は朽ちかけたまま残っていた。

台所があった方の南側の屋根が半分崩れていたが、玄関や居間のあった方はちゃんとしていた。門戸だった花崗岩《かこうがん》の石柱が草の間からにょきっと立っている。

石柱に触れると、ざらっとした感触は昔のままだった。玄関のガラスは子供が石でも投げたのかこなごなに割れていた。中は闇に紛れて様子がわからなかった。

祖母が死んだのは弟が死んでから半年後で、まだ二年と少ししか過ぎていない。借家だったから、地主が放ったままにしているのだろうか。家は人が住まなくなるとたちまち荒れると聞くが、この家は二年経《た》ってもなんとか家の態《てい》をなしている。それが頑固だった祖母の性格と重なって不気味に感じられた。祖母は原爆で夫と他の子供と家を失いひとりだけ生き残った私の母を連れて、この町へ移り住んだ。

——ある日突然、何もかも失《な》くなるのが世の中じゃからの。人間はたるいことしとったらいけんよのう

東京から母に連れられてきた私と弟にむかって祖母はよくそう話していた。

私は祖母がこの廃屋の中に居るような気がした。

「たったひとりっきりの兄弟があげな死に方をして、周よ、おまえも不幸よの」

弟の葬儀が終って、祖母を東京駅へ送りに行った午後、祖母は私とネネの前でぽつりと言って、列車に乗り込んだ。

訃報は入院先の病院から電報で知らされた。

祖母は弟を可愛《かわい》がっていた。原爆で死んだ母の兄に弟が瓜《うり》ふたつだと言っていた。気難しい少年だった私に比べて、弟は素直で周囲の人間に好かれるような愛嬌《あいきよう》があった。弟が結婚した時、祖母は満期になった郵便貯金を弟に送ってよこしたほどだったから、よほど気に入っていたのだろう。

私はあの古い卓袱台《ちやぶだい》に祖母と弟がじっと座っている気がして、祖母の家の前から立ち

去ろうとした。その時ふいに沼のことを思い出した。

私は裏道を歩きながら、沼もすでに失せているように思った。

沼にぽつんと一本突き出た杭《くい》だけが以前私と弟がそこで時間を過ごした証拠のように残っていた。

蜆捕りの老人の姿と木箱に投げられた蜆の音がよみがえった時、私は奇妙なことを思い出した。

それは或る夏の真昼のことで、私と弟は鮒の稚魚を二人して捕っていた。長い竹竿《たけざお》を手に腰まで沼につかって、用心深く稚魚の泳ぐ水域を浅瀬にむかって水を叩きながら追い込むと、驚いた稚魚が水の干上った沼地に飛び出して行く。それを私たちは摑んで魚籃《びく》に入れる。

その日は一匹の大きな鮒が干上った沼地に飛び出した。見事な大きさだった。私も弟も夢中で、腹を横にしながら逃れようとする相手を追い続けた。鮒はとうとう泥地にはまり込んだ。弟は走り出した。その時、弟の動きが急に止まった。見ると弟の膝頭が沼に埋まろうとしている。そこは祖母が注意していた葦のない水域だった。

兄ちゃん、助けて。引っ張りこまれるよ。弟が大声を出した。私は咄嗟にどうしてよいのかわからなかった。弟の身体が少しずつ沈んで行く。私は弟の方へ近づき、手にしていた竹竿を差し出した。これにつかまるんだ。しかし竹竿の先は弟のいる場所まで届かなかった。兄ちゃん、兄ちゃん、弟の声が泣き声に変わった。私は周囲を見回した。

蜆捕りの老人の姿を求めたが、私たち二人以外に誰も沼の水辺にはいなかった。弟の半ズボンが濡れはじめた。私は弟の顔を見た。弟も私の顔を見ていた。私はわけもわからぬまま水の中に飛び込み、弟にむかって泥の中を泳ぎはじめた。しかし私の身体もすぐに沈みはじめた。引き返そうと反転した時、弟の手が私の靴を摑んだ。弟の体重がかかったせいか、私の身体が大きく沈んだ。私は恐怖心でがむしゃらに手と足をばたつかせた。その手を放してくれと焦った。弟の手が離れた。私はうしろをふりむきもせずに手で泥を掻き浅瀬へ辿り着いた。ふりむくと弟も私と同様に手と足で泥を叩きながらついてきていた。しばらく私と弟はどろだらけの顔で笑っていたが、急に弟が、

「お兄ちゃん、ありがとう」

と言って泣き出した。

月の浮かぶ沼に弟の泣き顔が重なった。

——あの時すでに、私は弟を見捨てたのではなかろうか

私は胸の中でつぶやいた。

富田がまだ練習から戻っていないことを確かめて、私と富樫は彼が寝泊りしている湯治宿を覗いてみた。

温泉街から少し離れた場所に平屋造りのその建物はあった。宿とは名ばかりで、一見すると農家の納屋に見えた。

入口に漢数字の三と黒文字で書かれた表札がぶらさがっていた。

富樫が木戸を押すと、木戸は赤児《あかご》が泣くような音を立てた。

「野郎の荷物が、ほらあの隅にあるだろう」

富樫が薄暗い二十畳余りの板張りの窓際を指さした。壁に競輪選手の練習着が干してあった。その下に大きなスポーツバッグと、林檎《りんご》箱のようなものを逆さにして机替わりにしているのか、粗末な台がひとつ置いてあり、食事用なのか丼《どんぶり》鉢《ばち》と湯吞み茶碗が載っていた。

「野郎、新婚の時に買った家も売り払いやがったんだ」

富樫は何度か、この湯宿を偵察に来ているふうに言った。土間の方を見ると、七輪《しちりん》に歪んだ鍋がひとつ載っていた。

「こんなところ誰ももう利用しやしないんだ。一泊三百円だって話だ。昔は独り者の年寄りがここで湯につかりながら往生したって聞いたがな……」

どうやら鍋釜は客持ちで、ただ寝るだけの自炊の宿らしい。

私は板の間に上ろうとした。

「おい、靴は脱げよ」

私は靴を脱いで窓際に行き、富樫の荷物を見た。鉄アレイがふたつ壁際に置いてあった。どんぶりも湯吞み茶碗も綺麗《きれい》に洗ってある。富樫が背後から近づいてきた。床板がきしむので、ひとつところに二人が立っていると板が抜けそうな気がした。

「金に困ってるわけじゃないだろう」

「当り前だ。家を売って借金が残っているのかどうか調べたが、ちゃんとツーペーにはなっていた。医療費は保険でほとんど出せたし、競輪の賞金だって今は入ってる。俺も最初、野郎気でも違ったのかと思った。ほら、看護婦から野郎が死のうとした話を聞いてたからな。けど野郎の練習を見て考えが変わった。何か魂胆があるに違いねえと……」

富樫が天井からぶらさがっている裸電球を点《つ》けた。壁に富田のレース配分表だろうか、セロテープで貼りつけてあるのが見えた。私は甲子園競輪場で見た富田の姿を思い出した。大勢の観衆の前にいる富田と、ここでじっと次のレースまでの日々を送っている富田にはギャップがあり過ぎる。たしかに富樫が言うように、何か彼には考えがあるのかもしれない。

「ここはもういいだろう。野郎が急に戻ってきちゃあ事だ」

電球のスイッチを捻る音がした。

私は明日の朝富田の練習風景を見てみることにして、その夜はこのちいさな湯治場に泊ることにした。

「あらお客さん、また見えたの」

温泉旅館に入ると、太った女中が富樫の顔を見て言った。

「おう、姐《ねえ》さんの酌が忘れられなくてよ」

「まあ上手《うま》いこと言って、旦那さん、お客さんですよ」

眼鏡をかけた主人が出てきて富樫に愛想を言った。

「一番いい部屋にしてくれよ。部屋はふたつだ。ついでに芸者衆と言いたいところだが俵山にはそんな気のきいた衆はいないやな」

私は部屋に入るとビールを注文して飲みはじめた。窓を開けると、先ほどの湯治宿が欅《けやき》の木に半分隠れるようにして見えた。

「ここで見張ってりゃ、野郎が帰ってきても出て行ってもわかるってことだ。野郎は練習から戻るとまず湯に入る。どうだい、どんな身体になっているか見たくはないか」

富樫は傷を負った獲物の様子を検分するかのように言った。私は二階の窓の桟に手を置いて欅の方を見下ろす富樫の横顔を見た。富樫の目が異様に光っていた。私は富樫から以前のような快活な面が失せているような気がした。富田の不運な事故が一番こたえているのは富樫かもしれない。

女中が両手にウィスキーの瓶を握って入ってきた。

「誰がそんなに持ってこいと言った」

富樫が怒鳴った。

「いくらだ」

私が女中に言うと、富樫は、

「酔っ払っちゃ、明日は見物できないぞ」

と不満気に言った。

「お客さんたちは福の神だよ。お客さんたちの後にすぐ二組客が飛び込んできたよ」

「そうかい。なら宿賃を少しまけろって主人に言っとけ」

「そりゃ、無理だよ。旦那さんはしみったれだもの。氷か何かいらないの」

私がコップにウィスキーを注いでいると、へぇー酒飲みなんだね、と女中が言いかけたのを、水と氷を持ってこい、と富樫が不愉快そうに言った。

ウィスキーが半分空になったところで、富田が戻ってきたと富樫が立ち上った。私も窓辺に寄った。

富田は自転車を建物のむこうに置き木戸を開けて中へ入った。

「湯に行くぞ。どうする？」

私はうなずいた。

私たちは浴衣に着替えて旅館を出た。百メートル先に元湯の共同湯があった。脱衣場で老人がひとり体操をしていた。

「ちょうどいいや。他の客もいる。俺の顔を野郎は知ってやがる気がするんだ」

私たちは湯屋の中に入った。富田は湯屋の隅で身体を洗っていた。石鹸《せっけん》の泡だらけになった背中はそれでも普通の人間と比べると異様に筋肉がついているのがわかった。

富田が立ち上って、シャワーをかけはじめた。富樫が小声で、足を見ろと囁《ささや》いた。

見ると富田の左足の踵《かかと》が少し浮き上っている。見落としてしまいそうな程度の高さだが、富田が身体を捻《ね》じると彼の左足の踵は振り子のように左右に揺れていた。それよりも私には左足の膝の裏から大腿部《だいたいぶ》へ斜めに走る傷痕の方が痛々しく映った。富田が横向きになった。左の脇腹から胸部にかけても大きな傷痕があった。まるで一度分離した左半身を縫いつけたような傷痕だった。

富田が湯船にむかって歩いてきた。富樫は曇り硝子《ガラス》のある天窓の方を見上げた。私はじっと富田を見ていた。彼の目には私も富樫も、他の客の存在さえ映っていないようだった。富田は頭の上に手拭いを載せて目を閉じていた。よく見ると顔にも無数の傷があった。鼻も歪に曲がっている。しかし閉じた目と真一文字に結んだ唇からは他者を近づけない拒絶の表情が漂っていた。

私は湯船に入った。もっと近くで富田の顔を見たかった。

富田はなかなか湯から上ろうとしない。私は額からこぼれる汗を拭っているうちに意識が薄れて行った。

背中の痛みで目を覚ました。

私は横臥していた。背中に鋭い痛みが走り、私は思わず身体を反らした。

「おう、気が付いたかね」

女の声が背後でした。ふりむこうとすると肩を手でおさえこまれた。

「そのままにしときなさえ」

顔だけをうしろにむけると老婆がじっと私を覗き込んで、前歯の抜けた口元に笑みをこしらえた。

「あんた、いっとき心臓が止まりかけたんだで……、まあもっとも、そのまま往生した方がよかったかもしれんがな。しかしなんでこんなになるまで身体を痛めつけるんかね」

また背中に痛みが走った。

「こりゃ心配はいらん。温灸《おんきゅう》よ。これで何人もの命を救うとるんだから、わしは」

老女はそう言って銀色の電球のようなものを見せた。

「おっ、目が覚めたかよ」

富樫の声が背後でした。

「いや、ぶったまげた。一時はお仕舞いかと思って胆《きも》をつぶしたよ。心臓が止まったり動いたりでよ。ここに周さんをはこんだのは俺と富田だったんだぞ」

「そうじゃ。あんたの身体はあの口無しの競輪選手の最初の頃とよう似とるわ。ただひとつ違うとるところがある」

「何だい、それは婆さん」

富樫が聞いた。

「あの口無しは、執念があるわ。それも普通の人間の何十倍もな。この人の身体にはそれがひとかけらもないわ」

「ハハハッ」

富樫が笑い出した。

私はゆっくりと起き上った。老婆の手が制そうとしたが、私はその手をふり払った。

私は素裸だった。

「着るものはどこだ」

富樫が籠を放った。

「あんたこのままじゃ長くは生きられないかもしれんよ。それでもいいんかね」

私は下着をつけてシャツのボタンをかけた。

「俺のことは俺が一番よく知っている」

「死にたいわけじゃあないだろうね」

私は老婆の顔を見た。老婆はじっと私の目を覗き込んで、

「その目には疫病神がついとるよ。あんた何を見てきたんかね」

低い声で言った。

「何も見てやしない。しかし俺が何を見ようが、婆さん、あんたには関係のないことだ。死にたいとは思っていないし、長生きをしたいとも思っていない。助けてもらった礼は言うよ」

「もう少し温灸をして帰ったらどうかね」

「治療なら、あの競輪選手にしてやれ」

「あれはもう今以上には治らないわ。毀れとるもんを騙《だま》し騙し繋いで生きとるみたいなもんじゃ。いつこなごなになっても何の不思議はない身体じゃもの」

「本当かよ、婆さん、その話」

富樫が身を乗り出して、婆さんを見た。

「ああ、わしの温灸の診たところはの」

「突然バラバラになるって言うのか」

「そうじゃ。じゃがの、人間の気の力というもんは恐ろしいもんで、胡坐《あぐら》をかいたまま天井まで飛び上る人もおる。あの口無しの執念はえらい力を出しとるて」

私は老婆の家を出た。

「ほら見ろ、満月じゃないか。周さん、あんた危なかったよ。死んでも当り前の夜じゃったで。気色の悪いほど透き通った月じゃ」

富樫は山の稜線《りょうせん》の上に浮かんだ月を見上げて言った。私も立ち止まって月を仰いだ。

「富田が事故に遭った夜明けも、満月がかかっとったし、俺のおやじが死んだのも満月だった……。周さん、あんた命拾いをしたよ」

「命拾いならいいけどな」

私が笑うと、富樫も釣られて笑った。私は富樫の昔の顔を見たような気がした。

宿に戻り、私は早朝起きて富樫の運転する車で山の中へ入った。

「ここにいりゃよく見える。あと五分もしないうちにあのカーブの登り坂を上ってくるぞ」
　富樫が腕時計を見ながら言った。
　まだ周囲には朝霧が立ち籠《こ》めていた。私は寒さで身震いした。コートのポケットから
ウィスキーを出して口に含んだ。
「やるか？」
　富樫に差し出すと、彼は、
「それが周さんの寿命を縮めてるんだと思うぜ。けどあんたがすることに口はもう出さ
ないがね」
　と一瞬口元をゆるめて、登り坂を見た。
「ほれ来やがった」
　富田は雨用の黒い合羽《カッパ》を着て自転車に乗っていた。合羽の裾が揺れている。登り坂を
スピードを落とすことなく上昇して行く。やがて下り坂に入ると、彼は前傾姿勢になっ
てペダルをさらに踏み込んだ。合羽がふくらんだ。白いヘルメットが光った。杉林の陰
に入った。その時、私は思わず声を上げた。
「あいつだ」
「何だって？」
　杉林の陰に入った瞬間、富田がソフト帽子の男に変身していた。まぎれもなく坂道を
下って行く人影はソフト帽子の男であった。

「どうしたんだよ、周さん」

富樫の不安げな声がした。

「あれは本当に富田か」

「そうだ、野郎しか、こんなところを走る奴はいない」

程なく富田の姿はちいさな沢の方へ消えた。


「しかしとんでもない時間まで飲んじまったもんだ。この分じゃ嬉野《うれしの》温泉に着く頃にゃ夜が明けちまうんじゃないか」

高速道路を走りながら富樫が言った。

私は目を閉じて車のエンジン音を聞いていた。博多の中洲《なかす》の酒場でかなりの量を飲んだつもりだったが、いっこうに酔うことはなかった。富樫は私が飲んでる最中に一度女を抱いてくると言って出かけたが、戻ってきて私の顔を見るなり、

「何だ、ちっとも酔っちゃいないじゃねえか」

と不服そうに言った。

私はあの湯治場を引き揚げてから、門司《もじ》競輪場へ向かった。

夜のうちいくら酒を飲んでも、ソフト帽子もあらわれなければ、幻覚が飛び交うこともなかった。それが極めて普通の状態にも思えたし、少しずつ自分の神経が異常な方へ偏向している気もした。

門司のホテルに富樫から連絡が入って、富田が武雄《たけお》競輪のS級戦に追加出走するから一緒にどうだと誘われた。

あの夜以来私は数度富田の夢を見た。奇妙な夢だった。ジェットコースターのレールのような夜の街道を彼は黒い合羽を着て疾走していた。道の両サイドは絶壁になっていて、彼がほんの少しでもハンドルを切りそこねれば真っ逆さまに落ちて行きそうだった。崖の底がどうなっているのかは夜の闇に紛れて定かではなかった。

彼が走ろうとする先々を一筋の光が導いていた。その光の出処《でどころ》を見上げると、月が富田の速度に合わせて夜空を走っていた。月は富田と走りながら欠けては満ちることをくり返していた。スピードの緩む登り坂になると月は次第に欠けて行き、彼が峠の頂点に立って急降下をはじめると月は満ちていく。下り坂が終りしばらく平らな道になると彼はペダルを踏まずに風に身をまかせていた。遠目にも富田の気持ち良さそうな表情がわかった。しかし私にはその満月の瞬間が一番危険なものに映った……。

車は久留米《くるめ》を過ぎて山径に入っていた。

「半月じゃ何も起こりゃしないわな」

富樫が独り言を言っているのが聞こえた。

「ねえ、周さん、眠ってるのか。富田の野郎今回はどうかな？　上手いこと走らねぇもんかな。いい配当になるんだが」

「そうだな」

「起きてたのか。さっきからよ、このあたりの地名を見て奇妙だと思うんだが、背振《せぶり》とか鳥栖《とす》とかよ。日本語じゃないみたいだな……」

「九州はそんな名前が多いんだ。大陸の方からそのまま持ってきたのかもしれないな。邪馬台国《やまたいこく》の九州説もこのあたりだろう」

「へえー、周さんは学があるんだな。あれっ……」

と素っ頓狂な声を上げて、富樫が車のスピードを落とした。富樫は車を路肩に停《と》めて窓を開けると顔を出して前方の山頂を見上げた。

「どうしたんだ？」

「周さん、あの月おかしいぞ」

「何がおかしいんだ」

「さっき半月だったのに、もう三日月になってやがる。それとも俺が酔ってるのか」

私も月を見た。たしかに先刻より月は欠けて細くなっていた。私たちは車の外へ出て、佐賀《さが》平野の上に浮かぶ月を見上げた。

富樫は小首をかしげていた。よく見ると、その三日月はどこか変だった。欠けた月の縁が妙にぼやけて夜空に溶けているふうに見えた。

「昔、ガキの頃に学校の教科書に月の満ち欠けの図があったろう。俺はそれぞれ皆違う月だと思ってたんだ。そのことを口にしたら、お袋が情なさそうな声で、月はひとつしかないんだって言ったことがあったっけ……」

私たちは途中何度も月を見直した。たしかに月はさらに細くなり、やがてまた丸くなりはじめた。

「気味が悪いな。俺は死ぬんじゃないだろうか」

富樫が不安げに言った。

私は夢と現実の境がつかなくなっていた。その夜が数年振りの皆既月蝕《かいきげっしょく》の夜だったことを知ったのは、武雄競輪を終え温泉宿に戻り、夕刊紙を見てからのことだった。

不安がっていた富樫は富田が負けたにもかかわらず大勝した。

夕刻から雨になった。

私は酒を飲みながら夜空を見ていた。月は見えるはずはなかったが、富樫の言った、月がひとつきりではないという説が案外と愚説ではないように思えた。月は連続をくり返しているようでいて、実は無数の惑星が地球をかすめていてもおかしくはない気がした。

するとふいに三日月や半月や満月を手に抱いた弟や祖母が、私の目の前に浮かび上って来た。

第六話　蒙《もう》古《こ》斑《はん》

女は尖《とが》った顎の先を天井に突き出すようにして、コップの中の酒を空にした。

見事な飲みっぷりだった。

「ああ、よかねぇ。この喉元を通る時の気分がなんともたまらんとよ」

そう言って、女はコップをカウンターの上に置くと、店の主人に次の酒を催促するように顎をしゃくった。

「今夜は、ごっつ入っとるですね。姐《ねえ》さん」

カウンターの中の主人が日本酒の一升壜《いっしょうびん》を片手で摑《つか》んで注いだ。

「はい。今夜は酒がことのほか美味《うま》かよ。こげん気持ちのよか酒はひさしぶりたい。こん人も負けとらんけんねえ」

女は私を見て笑った。私も空になったグラスにウィスキーを注いだ。

愉快だった。

宵の口から二人で飲み続けて、かれこれ五時間が過ぎようとしていた。女は最初の一升壜を空にした頃、頬をかすかに赤くしたが、その肌の色はそれ以上赤くも青くもならなかった。むしろ女の肌は酒が入れば入るほど艶を増していた。

小一時間、私たちとつき合っていた富樫《とがし》満《みつる》は、ちょっと遊びに行ってくると告げて出て行ったまま店に戻って来なかった。

「お連れさん、遅いですね」

主人の言葉に、私は笑っていた。たぶん富樫は嬉野《うれしの》あたりに女を探しに出かけたのだろう。

その日私と富樫が武雄《たけお》競輪場を出た頃はもうすっかり日も暮れてバスもタクシーもなかった。仕方なく二人でてくてくと歩きはじめると、白タクの運転手が声をかけてきた。私も富樫も最終レースで少し勝負に出た車券が上手《うま》い具合に嵌《はま》り込んだ。払い戻し所が混んでいる間の換金は避けようと、二人してスタンドに座っているうちに払い戻し所が終っていた。富樫は閉じたばかりの払い戻し窓口のガラスを勢い良く叩《たた》いた。閉じたカーテンの中にまだ従業員がいることはわかっていたから、富樫は少し荒っぽく窓口を開けさせた。

「何をそそくさと閉めやがって」

富樫が怒鳴ると、

「もう時間だったんですよ」

と奥から眼鏡をかけた市の係員が迷惑そうに言った。

「馬鹿野郎、金を取るだけ取って払い戻しをしない博打場《ばくちば》があるか。こんなもん換金しなきゃただの紙っ切れじゃないか」

富樫が的中車券を出すと、払い戻しの額が多かったので係の女たちがもたつきはじめた。

「おいおい、早くしろって。そんな小銭でがたつきやがって。うしろのおにいさんはもっと多いんだぞ」

富樫の声を聞いて、先刻の係の男が電話をかけはじめた。

「もたもたしてやがると叩き壊すぞ」

「すみません。うしろの方はいくらの払い戻しなんでしょうか」

係の女が聞いた。

私は黙っていた。

「とにかく先に俺の金をよこせっての。うしろのおにいさんはそれから的中車券を見せてもらえばいいだろうが。それとも何か、この競輪場は車券を売る時は金を取っても、的中した車券に払い戻す金はないってのか」

富樫の声が周囲に響いた。ガードマンが数名走ってきた。

「おう、何だよ。手前等《てめえら》いちゃもんつけようってのか」

ガードマンたちは皆年寄りで富樫のように一見して素人には見えにくい男を相手にしようというつもりは端《はな》っからない。

警察官が二人走って来た。

「何を大声を出してるんだ」

「払い戻しの金が出ないんだ」

私が言うと、

「それくらいのことで大騒ぎをするな」

警官が威嚇するように私たちを睨《にら》んだ。

「別に騒いじゃいないってんだよ」

富樫が吐き捨てるように言った。

警官が払い戻し所を覗《のぞ》いた。係の男が警官に会釈するのが見えた。

私は窓口に寄って、

「おい、どのくらい時間がかかるんだ。いい加減にしないか。こんな手際の悪いことをしてるから客が怒るんだ。早くしろ」

「はい、申しわけありません。で、お客さんの方はいくらの払い戻しなんでしょうか」

私は窓口に的中車券を入れた。

窓口の女が機械に車券を一枚一枚入れていった。女が金額を係の男に告げた。残りの女たちが私と富樫をあらためて見た。警官は押し黙ったまま、私たちのそばを離れようとしない。それはガードマンたちも同じだった。

「すみません。一階の払い戻し所へ行ってもらえませんか。失礼ですが、お名前は？」

係の男の言葉に私は、

「どういう意味だ。車券を買うのにここじゃいちいち名前を言うのか。それとも車券が当った人間だけ名前が必要なのか」

と怒鳴った。

「名前を教えちゃ都合の悪いことでもあるのか」

警官が私を見た。

「おい、その言い方はどういう意味だ。ここは遊び場だろう。しかも万度《ばんたび》二割五分のテラ銭払って遊んでるんだ。遊び場に来て、なんで俺がおまえたちに、そんな口のき方をされるんだ。それとも何か？　俺が盗っ人か、人殺しだとでもいうのか」

「周さん、そのくらいにしときなよ」

富樫が小声で言った。

「おい、とにかく金を出せ。一階で金が出るなら案内しろ。それと俺の車券を返しな」

返された車券を私は一枚一枚丁寧に数えた。

「おばちゃん、足元に一、二枚落ちてないだろうな」

富樫が窓口を覗いて言った。

「そんなことはありません」


白タクの運転手に富樫が宿の名前を告げると、

「えらい遅うに出てきんしゃったとですが、お客さんは競輪の関係の人ですか」

とバックミラー越しに言った。

「喋《しゃべ》ってないで、早く行け」

富樫が怒鳴った。

車が国道を走りはじめると、私はいらぬ争いをしたと思った。どうせ明日もう一日、この競輪場へ足を向けるのだから、その時に換金してもよかったような気がした。

「しかし周さんも怒りはじめると半端じゃないな。やっぱりあんたはただの遊び人じゃないんだ」

私は黙って、風にそよぐ稲田を見ていた。野中に居酒屋の看板があった。

「ちょっと停《と》めてくれ」

運転手は急ブレーキを踏んだ。その弾みで富樫が窓ガラスに頭を打ちつけた。馬鹿野郎、殺す気か、富樫が怒鳴ると運転手は青い顔をして頭を下げた。

「そこの飲み屋に寄って行くが、おまえはどうする？」

私が言うと、

「水臭いことを言うなよ。二人で祝杯くらいは上げようじゃないか」

と富樫が五千円札を一枚前の座席に投げた。

〝有明《ありあけ》〟と書かれた看板が酔っ払いにでも蹴られたのか、半分割れて傾いている。

「やってるかい？」

富樫が顔を覗かせると、どうぞと男の声がした。富樫は私をふりむくと、左手の小指を立てて笑った。

中に入ると、女がひとり座っていた。ビールを注文した。

「どうだい姐さんも飲まないかい？」

富樫が女にむかって言うと、

「何かいいことでもあったとですか。けど私に飲ませると、底無しですから、高いことつきますよ。ね、大将」

と女は笑いながらカウンターの奥の主人を見た。

「かまわねえよ。酒代くらいでぐらつく身上じゃねえよ。なんならどんだけ飲めるか飲んで見せてくれよ」

富樫が言った。

「ほんとに、よかですか」

女はまた主人の方を見た。

「お客さん、姐さんはごっつ強かとですよ」

「店中の酒飲んだって、こっちは驚きゃしないって」

女が急に大声で笑い、

「いやあ、ひさしぶりにええ男衆に逢《お》うたけん、うちの酒お見せしますわ」

とカウンターの中に入って一升壜を一本片手で摑んで戻ってきた。

女の所作が可笑《おか》しかった。ここ数日、酒を飲んでいても妙に中途半端になり、本能的に身体《からだ》が危険信号を出しているようで腹が立っていた。

「さあ、やりましょう」

女が富樫に向かって一升壜を突き出した。

「おいおい、酒の飲み比べなんかはできやしないぜ。ただどれだけの飲みっぷりか見てやろうと言うのさ」

「ウィスキーを一本くれ」

私は大声で主人に言った。

「こっちのお人は飲めるの？」

「この人は底無しだ」

「なら一緒にやりましょう」

女が嬉《うれ》しそうに私の顔を見た。

「俺はウィスキーだ。酒は苦手なんでね」

私が言うと、

「へぇ、周《しゆう》さんでも酒に苦手があるのかい」

と富樫が笑い出した。

十一時を過ぎたあたりで、女の目が少しうるんできた。

私は酒を飲むうちに身体が軽くなっていった。ここ数日間背中にのしかかったままの不気味な重さに疲れを感じていた。

あざやかな女の飲みっぷりに触発されるように、ひさしぶりに酒がスムーズに身体の中に沁《し》み込んで行った。

女は酒を飲む時の喉を過ぎる感触が何とも言えずにいいと私に言った。私も身体全体の力が抜けて、頭がはっきりとしてくるのがいいんだと、女に告げた。初対面の女とこんなふうに酒を酌み交わすことは初めてだったが、三升程の酒を一滴もこぼさずに飲み干して行く女の飲みっぷりは見ているだけで気持ちが良かった。

「お二人ともそれだけ飲んで飲みつくして、その先はどうなるんですか？」

主人が興味あり気に聞いた。

「あとは気持ちよう寝るとですよ。そりゃええ夢を見られるもんですよ。大酒の後は。ねえ、おにいさん。おにいさんはどうなっとですか」

「俺も同じようなもんだ」

「ほら言わんこっちいなかでしょうが、酒飲みは皆同じとよ」

私の酒が飲み重ねた先にどうしようもない厄介ごとが襲ってくることは口にしなかった。女と飲む酒には沈澱《ちんでん》するようなものがなく、よく肥えた土地で育つ樹《き》に水をどんどんかけているような爽快感があった。

「少しピッチが落ちたね。この辺が仕舞い頃でしょう」

女はこくりとうなずいた。

「ねぇ、やっぱりおにいさんの方が酒が上手だわ」

「おまえは酒に正直過ぎるんだよ」

「じゃ、おにいさんはどうなの？」

「俺は酒がなくちゃ、やっていけないから飲んでるんだ」

「アル中なの？」

「中毒でも依存症でも、何だっていいんだ。酒を飲んでりゃ、気持ちが落ち着くんだ」

「酒以外は？」

女の目が宵の口よりうるんで、どこか艶っぽかった。

「あとは博打ってとこかな……」

「じゃ、女の方は？」

「女も巡り合わせりゃあ、やるよ」

「巡り合わせって、家族はないの？」

「ない」

「じゃご両親とか、兄弟は」

「いない。気楽だろう」

「気楽だけど、淋《さび》しくはないの」

「そんなふうに思ったことはないな」

「なら、それはおにいさん、一番淋しいってことなのよ」

「そうなのか」

「そうよ。私の家はじいちゃんがお坊さんなの。そのじいちゃんが、何が悲しいかって、ひとりっきりになって淋しさも悲しさもわからなくなった人が一番悲しい人だって言ってた。煩悩が失《な》くなった人間ほど哀れな顔をした生き物はないんだって」

　女が言うと、主人が、

「それって逆なんじゃないの。坊さんは煩悩を捨てるために難行苦行を積み重ねるって聞いたけどな」

　と言った。

「ねぇ、送ってってよ」

　女が私を見た。

「そうだな。俺もそろそろ河岸《かし》を変えよう。家はどこだ？　おやじさん車を呼んでくれ」

「姐さんの家はこのすぐ裏手の山の麓だよ。歩いても十分もかからないよ」

「そうかい、じゃ送って行こう。勘定をしてくれ」

　私は女と店を出た。外はもうすっかり闇で、ほんの少し歩くと足元さえはっきりとしなくなった。ひと雨来そうな生ぬるい風が吹いていた。道はすぐに畔道《あぜみち》に変わった。稲穂の匂いが周囲から漂ってきた。

「家はどっちだい？」

　女はうつむいたまま正面の闇を指さした。

「真っ暗だぜ。このまま進んでいいのか」

「じゃまだうちの宿六は戻ってないんだ」

女はケケケッと笑い声を上げた。

「よし、ならもう一軒行こう。飲み直そうよ」

「その様子じゃ、無理だ。明日でもまたつき合ってやるさ」

私もウィスキーを二本空けたのだが、どうやらアルコールは皆この女の身体へ流れてしまったらしい。

「駅前の店にきっとおるとよ。うちの宿六のこれが働いとるから」

女は小指を憎々し気に立てて言った。

「ねえ、見物に行く？」

「俺はかまわないが、趣味としちゃあ良くないな。今夜は静かに寝た方がいい」

女はどうしても亭主のいる店へ行くと言ってきかなかった。私は女を肩に担ぐようにして先刻の店へ戻った。

「おや、飲み直しですか」

「そうじゃない。車を呼んでくれ」

「一度今しがた連れのお客さんから電話が入りました。この店にいるそうですから、寄って下さいとのことです」

主人は私に伝言を渡した。

「そうか、じゃ二台呼んでくれ」

「姐さんはどこへ？」

女は店の名前を呂律《ろれつ》の回らない口調で告げた。

「珍しかね。姐さんが酒に飲まれるなんて」

「うちは飲まれとらんたい。まだ一升や二升はいけるとよ」

私はじっと床を見据えている女を見て、少し哀れに思った。しかし男と女はどんなかたちを取っても、繋《つな》がっているものが離れることはなく、離れているものは隣り合わせていても繋がることはないのだろう。

私たちは別々の車に乗って駅の方へむかった。タクシーは並んで停まった。女が先にタクシーを降りて、ピンクのネオンが点《とも》った店へ入っていった。

「こっちの行く店はどこなんだ？」

「あのお客さんが入った二軒先ですよ」

狭い街なのだと思った。

派手なブルーのドアを開けると、いきなり歌声が聞こえてきた。一番奥のボックス席で富樫は女たちに囲まれていた。

「おう、周さん、こっちだよ」

富樫が大声で手を上げた。席に着くと、東南アジア系の女たちが富樫に肩を抱かれるようにして座っていた。

「どうだったい、周さん。あの大酒飲みの女は？」

「亭主を探して、この界隈《かいわい》に出てきたよ」

「なんだ、亭主持ちか、大酒飲みの女はあそこが飛切り上等か、大口かに相場は決ってるんだ。あの女がどっちかと思ってな」

「なら、この先の店にいる。試してみりゃわかるだろう」

「今夜はもういい。嬉野で遊んでから、ここに来たからな。周さん、この女たち皆喜んで寝るらしいぜ。なあおまえたち、エブリボディ、セックス、オーケーだな？」

と富樫が大声を出すと、女たちはニヤニヤと笑い出した。私は立ち上った。

「もう帰るのか」

「いや、もう少し飲んで行く」

「いい加減飲んだんだろう。昨日の夜みたいに壁を叩いたり、わめきちらされちゃかなわないからな」

「ならここで別れるか」

私が言うと、富樫はじっと私の目を見返して、

「いや、そのくらいは我慢をしよう。せっかくコンビで博打運が上手く運んでるんだ。ここで割れると困るからな」

富樫が白い歯を見せた。

店を出ると、先刻までネオンが点っていた両隣りの店の灯は消えていた。やっているのは女が入っていった店だけだった。私はその店のドアを開けた。

雑木林を抜ける風があたり一面から吹き寄せていた。私は方形の石の上に座っていた。山風にしても海風にしても、風の吹いて流れる方角は一定のはずなのだが、雑木林に囲まれたこの小さな山の中に、古代ローマのコロシアムのようなそこだけが低い灌木《かんぼく》さえ生長することを拒絶している長方形の舞台《ステージ》があり、そこに周囲からの風が渦巻きながら集まっていた。

何かここには地の力が宿っているのかもしれない。

見上げれば秋の星座が天上をゆっくりと巡っている。激しい夜半の驟雨《しゅうう》が先刻の酒場での悶着《もんちゃく》を洗い流したように、重く鬱陶《うっとう》しかった空気を一掃し、あざやかな星景を見せてくれている。

ずぶ濡《ぬ》れになった衣服が夜風にたちまち乾かされた。いつもの幻覚が起こりそうだった。

十四、五メートル先にある岩の上に重なり合っている影が声も立てずに妖《あや》しくうごめいている。

姫木輝夫《ひめきてるお》と貝賀雪矢《かいがゆきや》と名乗る男だった。

あれからあの店へ入ると、先刻の女が店の奥で出刃庖丁《でばぼうちょう》を手にして立っていた。厄介なところへ入り込んだ。店を出ようとすると、

「周さんじゃないか」

と突然名前を呼ばれた。

白いシャツに蝶《ちょう》ネクタイをしたバーテンダーが笑って私を見ていた。顔に見覚えがなかった。

「周さん、俺だよ、俺。姫木輝夫だよ」

あらためてバーテンダーを見直すと、小倉《こくら》で出逢《であ》った姫木輝夫だった。

「こっちへ来てたのか……。おかしいな、競輪場では逢わなかったな」

姫木は店の隅で庖丁を握りしめたまま血走った表情で立っている女を気に止めるふうでもなく小首をかしげていた。女の前に痩せた男がぶつぶつと何事かを小声で囁《ささや》きながら座っていた。男が亭主なのだろうか。

「放っときゃ、いいんだ。毎度のことだから。どうせ泣いて幕を降ろして、御開《おひら》きだから」

と姫木は酒をこしらえはじめた。

落雷の音が響いた。小石をばらまいたような雨音が天井から聞こえてきた。

「今夜は承知はせんとよ。九州のおなごばなめると、どうなるとか教えたる」

女が怒鳴り声を上げた。

「わ、わかったから、おまえもそれを置け。さあ、酒ば飲もう」

男が両手で女を拝むような仕種《しぐさ》をした。

「雪矢、放っとけ」

姫木が言うと、

「やかましか、あんたにうちの人を呼び捨てにされるおぼえはなか」

女が姫木を睨みつけた。

男が立ち上って、女の方へ近づいた。

「痛、痛い」

男がかん高い声を出した。

「ああ、血が出た。血が出たじゃなかか」

男は手の甲をおさえて大袈裟《おおげさ》に飛び跳ねている。

「ほう、あんたの身体の中にも赤い血が流れとるか。うちはあんたの身体には、血は流れとらんと思うとったがね。この恩知らずのろくでなしが……」

「けいこ、もういい加減にしとかんか。雪矢が出血多量で死んでしまうぞ」

姫木が叱ると、女は急に心配そうな顔で男を見た。男は姫木の言葉に促されたように、顔をしかめてカウンターの上にあったおしぼりを手の甲に当てた。

女が男の傷の具合をたしかめるように覗いた。

「痛、痛か」

「何が痛かよ。そんくらいの怪我《けが》で大の男が騒ぎさんな。どれ、見せてごらん」

女は男のそばに近寄ると、庖丁を手にしたまま男の手を取って傷の具合を見ていた。

「ふん、阿呆《あほ》らしい」

　姫木は鼻を鳴らして、目の前のグラスの酒を飲んだ。

「どの酒でも好きなだけ飲んでくれよ、周さん。やっぱり俺とあんたは縁があったんだな」

　と背後の棚からウィスキーのボトルを二本摑んでカウンターの上に置いた。

「どうせ今夜でおしまいだ。ある酒皆飲んでくれよ」

　姫木が投げ遣《や》りに言った。

「いつからここにいるんだ」

「周さんと別れて熊本へ打ちに行ってよ。ほらっ、俺の留守番電話に青森へ行くとあんたの伝言が入ってたろう。よほど青森まで追いかけて行こうかと思ったが、この武雄で、女に引っかかっちまってよ。まあ商売の方は家の者にまかせて、俺は、そのこれとここにしばらく居ついたってわけだ」

　姫木が小指を立てて私に話しかけるのを、怪我をした男がじっと見ていた。

　女はいつの間にか、男の隣りに座って酒を飲んでいた。

「この店はその女の店なんだが、そいつが肝臓をやられっちまってね。こっちは体良くこき使われちまってるってざまだ。まあ、ここらが潮時だろうな。上手い具合にあんたが顔を出してくれたから、俺にすりゃあ救世主《メシア》ってとこだ。武雄の次はどっちへ行くんだい？」

「別に決めちゃいない」

「相変わらずだな。どうだい競輪の方の調子は」

「…………」

私は黙っていた。

「青森の方はどうだった」

私はグラスのウィスキーを飲み干した。

「輝さん」

カウンターの男が囁くように声をかけた。見ると女はカウンターに顔をつけて眠り込んでいた。

「俺、一度こいつを連れて帰るから」

「そのまま失《う》せろ」

姫木がぶっきらぼうに言った。

「そんなふうに言わないでくれよ。さっきの話、本当じゃなく、違わないだろう」

早口で喋り出すと、男の言葉が少しおかしくなった。

「うるさい。とっとと女房を連れて帰れ」

「出て行かないでくれ」

「馬鹿野郎、そんなことといちいちおまえに指図されることじゃない」

姫木は本気で怒りはじめていた。

「頼むよ。何でも言うことを聞くから」

「うるさい。とっとと失せろ」

姫木の怒鳴り声に女が顔を上げた。

「さあ、けいこ帰ろう」

男は女をかかえ私の背後を、お騒がせしましたと小声で言って通り過ぎ、すぐに戻ってくるから、と姫木に囁いた。

ドアが閉まる音がした。

「馬鹿な野郎だ……。あいつ密航者でよ。と言っても、ここんところの密航者とは違ってな。十年前に中国から唐津《からつ》に入ってきて、あの女につかまっちまったんだ。元々日本へは勉強しに来たらしいんだが……」

男が早口になると、日本語のイントネーションが少しおかしくなる理由がわかった。

「ここらあたりにゃ、密航してくる奴がまだわんさかいるらしい。そりゃそうだろうな。江蘇省《チアンスー》あたりから船が追い風と黒潮《くろしお》に乗りゃあ、一晩で九州のそこらの島に辿《たど》り着けるんだからな。ああ見えて、あの野郎、あっちの学校じゃエリートだったんだとよ。ここらあたりの古墳や遺跡を説明させたらやたらと詳しいんだ」

姫木の説明にはどこかあの男を自慢しているようなところがあった。

「このあたりじゃよ、上手いことに戸籍まで金でこしらえるってんだから、たいしたもんだ。ほれっ、さっきのあの女、けいこっていうんだが、あいつがあの男に惚《ほ》れたのよ。男と女の道にかけちゃ、あの男はかなりのもんでよ。あの女を完璧にたぶらかしやがった。とにかく裸になりゃあ、あいつは相手に尽くしまくるんだ。この俺もそっちの方にかけちゃ、相当の自信はあったんだが、あいつが女を抱いているのを一度覗いてみたらこれがご立派なんてもんじゃなかった。あそこまでやられたら、そこらの女はもう二度とあいつから離れられやしないだろう」

そこまで言って、姫木はクックックと鶏が鳴くような笑い声を上げた。

「どうしたんだ?」

「あいつの名前、雪矢っていうんだが、あの女がつけたのよ。女があいつに出逢った夜にここらあたりじゃ珍しく雪が降ったらしい。それを、大阪の方で勉強していたあいつが窓を開けて、雪や、と叫んだんだとよ。それをそのまま名前にしたってんだから、間が抜けた話だろう。とにかく俺は周さんがここへ来たのをこの街を出て行く誘いだと決めたよ」

「俺はおまえを誘っちゃいない」

「周さんがどう思おうがいいんだ」

二本目のウィスキーを飲みはじめようとすると、ドアが開いて先刻の男が入ってきた。衣服がずぶ濡れだった。

「雪矢、表の看板をしまいな」

姫木が言うと、男は表へ出ていった。

「ここだけの話だが、俺はあいつとも寝ちまってるんだ」

そんなことだろうと思った。

「けいこを競輪場のそばの野っ原で手込めにしたら、あの女、俺を家の中に誘いやがって、そこにいたのがあいつで、三人でやりまくったのよ。そうしたらあいつ俺にも興味を持ちやがって、ちょっと勉強させたら、えらい才能でよ。どうだい周さんも試してみないかい？　あいつは本当に上等な身体をしてるんだ」

雪矢が看板をかかえて入ってきた。

ちらりと顔を見ると、なるほど長い睫毛《まつげ》が他人の目を逸《そ》らさせない色気を持っている。

「雪矢、この人は俺の大事な友だちで、周さんというんだ」

「初めまして、貝賀雪矢です」

雪矢は右手を差し出した。私はうなずいたままグラスを雪矢にむかって上げた。雪矢が私の隣りに座った。

「さあ店をしまうぞ」

「本当にやめてしまうの？」

「ああ、この街もそろそろだろう」

雪矢がカウンターに置いた姫木の手を取った。その手を姫木が払いのけた。

「周さん今夜は飲もうか。雨が上ったら、さぞいい風も吹いて、外で一杯やりゃあ気分がいいだろう」

雨がおさまるまで飲んで、私たちは外へ出た。

私は雪矢の運転する車で橘町《たちばなちょう》にあるおつぼ山へ行った。車を降りて、山径《やまみち》を少し登り、雑木林に入った。たちまち衣服が雨滴に濡れた。林を抜けると、そこだけが長方形の原っぱになった奇妙な場所に出た。

よく見ると足元には方形の石が一列に並べられていた。

雪矢は草を掻《か》き分けて石を叩きながら、これが「神籠石《こうごいし》」と呼ばれる山の城の跡だと説明した。

雪矢の話だと、この城跡は文献資料には何ひとつ残っておらず、築城された時代も目的もわからないらしい。北九州、中国、四国にかけて十二ヶ所ほど、これと似た城跡があり、ここと同様に山の八合目付近を切り石がぐるりと囲んでいるという。

「霊が降りて来る場所だという説もあるんです。夜、ここに来て石の上に座っていると気持ちが落ち着くんです」

雪矢が言った。

「うそをつけ。おまえはここでけいこ以外の女をたらし込んでいたんだろう。周さん、夏にこの石の上で女を抱くと、これが結構いけるんだよ」

「もう女なんかと寝ないよ」

「俺がいなくなりゃ、また女が戻って来るからよ」

姫木が口笛を吹きながらぶらぶらと歩いて行った。

私は雪矢が古代の遺跡と説明してくれた石の上に座って、持ってきたウィスキーを開けてラッパ飲みをはじめた。

喉が鳴る音に、雑木林から吹き寄せてくる風音が重なった。

左手を見ると、姫木と雪矢のシルエットが重なっている。

髪を鷲摑《わしづか》んでいるのが姫木で上半身をのけぞるようにして相手にしがみついているのが雪矢なのだろう。ふたつの影が重なったむこうに山の頂きがかすかに稜線《りょうせん》を浮かび上らせている。その彼方《かなた》に星がまたたいていた。

原始の光景とはこんなものだったのだろうか。二人は星明りでお互いの顔をたしかめるように、上半身を離しては抱擁を続けていた。やがて全裸になったのか、男たちのシルエットはふくらはぎや臀部《でんぶ》の筋肉さえもが見える気がした。何をささやき合っているのかはわからないが、風に乗ってため息交りの甘い声が、途切れ途切れに聞こえてきた。

アルコールがゆっくりと身体の中を巡るのがわかった。山の稜線が少しずつ波打ちはじめた。星座が光の尾を引きながら回り出している。耳の奥底からかすかに金属音に似た乾いた音が聞こえてくる。と同時に周囲の雑木林を踏み分けて、近寄ってくる足音がしはじめた。夥《おびただ》しい数の生き物の群れだ。恐怖感はない。足音がだんだんとこちらに近づいてくるのがわかる。私は目をしばたたかせて、雑木林の中を凝視した。いるわ、いるわ。木々の間から無数の目が光っている。背後をふりかえると草叢《くさむら》に身を隠すようにして、私の方を見つめている目が取り囲んでいる。私はもう一度、山の頂きにむかってひろがる雑木林を見た。木々の間から無数の人間の手が出ていた。肉付きのいい手の群れだった。女の手のように思えた。何を、誰を手招いているのかわからなかった。すると背後から一斉に蟬時雨《せみしぐれ》に似たざわめきが聞こえてきた。大勢の人間がいちどきに話をはじめたような声だった。その声は泣きわめいているだけで言葉にはなっていなかった。私はわめき声が押し寄せる背後をふりかえった。何百、何千という数の赤児《あかご》が草叢の中から這《は》い出してきた。泣いているように聞こえたのは彼等の笑い声だった。どの赤児も皆同じような顔で笑っていた。赤児たちはたちまち私の周囲にあふれ、雑木林から手招く無数の手にむかって進んで行く。耳を劈《つんざ》くような言葉にならない声とともに、やわらかな肉の塊りが次から次へ私のそばを通り過ぎる。先頭の集団はすでに雑木林の中へ入り山頂にむかっている。周囲に乳の匂いが漂っている。赤児の河が山頂にむかって逆流している。私はそっとひとりの赤児の尻をさわった。マシュマロをつまんだような心地良い感触がした。誰かひとりを捕えて、膝の上に乗せてみたくなった。ところが赤児を捕えようとすると、彼等は巧みに身体をよじらせて逃げてしまう。私は必死になって、河の流れを塞《せ》き止める要領で赤児を掬《すく》い上げようとした。それでも赤児たちは私をからかっているかのように肩を飛び越え、腕の間をすり抜けて行く。ざわめきが少しずつおさまって、最後の赤児たちも雑木林の中に消えて行った。

私は姫木たちのいる岩場を見た。彼等は横たわって交情を続けていた。雪矢の声だろうか、艶やかな声が尾を引くように聞こえた。苦痛に耐えている泣き声に似ている。

――泣くんじゃねぇよ、泣いたらただじゃおかねえぞ

ふいに頭の隅から男の低い声がした。

誰の声だ？

私は聞き覚えのある声に耳をすました。泣き声が聞こえた。さめざめと泣く女か子供の声だ。

――泣くんじゃねぇって言ってるだろう

男の顔がはっきりと浮かんできた。

どす黒い顔をした労務者風の男だった。

そこは煉瓦《れんが》工場があった廃工場跡だった。ほとんどの建物が崩れた工場の一角に、そこだけがわずかに屋根が残った場所があり、私たち少年の恰好《かっこう》の隠れ家であり秘密の遊び場だった。

私が遅れて廃工場へ着いた時、男は少年たちを壁に並べて、ひとりひとりを吟味するように顎に手を当てて、少年の顔を覗き込んだり胸元をまさぐっていた。

その男がこの界隈にあらわれたのは一ヶ月程前で、近所の食堂や料亭の残飯箱を漁《あさ》って歩いているのを何度か見かけたことがあった。いつも大人たちの前をおどおどと歩きまわっていた浮浪者だった。

少年たちは泣きべそをかいていた。ひとりの少年が大声で泣き出した。その少年は弟と同級生の近所の時計屋の息子で普段からよく泣く少年だった。

「泣くんじゃねぇって言ってるだろう」

男が怒鳴り声を上げた。

私はどうしようかと思いながら、崩れかけた壁に身を隠して事の成り行きを見ていた。

男が弟の顎に手を当てた。遠目にも弟が歯を喰《く》いしばって耐えているのがわかった。握りしめた弟の手が小刻みに震えていた。弟は泣くのを必死でこらえていた。隣りで肩をしゃくり上げている時計屋の息子を弟がちらりと見た時、男が弟の横面を張った。乾いた音が廃工場に響いた。

「おまえたちが良さそうだな」

男が弟に言った。

「おい、おまえら、そこの隅にひとかたまりになってろ」

他の少年たちがそこから逃げないように隅に集められた。

「上着を脱げ」

何がはじまるのだろうか、と私は二人をじっと見た。弟は上着を脱がなかった。

「脱げって言ってんだ」

男が弟のシャツを引き裂こうとした。ボタンが飛んだ。弟は黙って上着を脱ぎはじめた。肋骨《ろっこつ》が浮き上った痩せた上半身が震えていた。

「壁の方をむけ」

弟の目は恐怖で怯《おび》えていた。弟がうしろをむいた。

「両手を上げて壁につけろ」

黒く煤《すす》けた壁に両手をつけた弟の背中は、それでなくとも普段から少女のように白かった肌が白鳩の羽毛のように白くかがやいていた。

「そのまま動くんじゃねえぞ」

男は、素早くコートを脱ぎ捨てて上半身裸になった。弟の肩が小刻みに揺れていた。

――いったい何をしようとしてるんだ……

今弟を助けに行かなくては取り返しがつかないことになるような気がした。

男はゆっくりと弟の背後に近づくと、白い背中に両手を当て撫《な》ではじめた。そうして背中に頬をすり寄せたかと思うと、両手を弟の胸の方へ差し入れて背後から抱きしめた。

弟が手を下ろした。

「手を上げてろ。でないとこのまま絞め殺すぞ」

弟の手がぎこちなく上った。男は弟のうなじに舌を這わせている。弟はむずがるように身体をよじらせた。男は笑って、弟の身体を抱き寄せる。やがて、男は犬が交尾をするように下半身を動かしはじめた。

突然、大声で弟が泣き出した。弟の声が周囲に響いた。

「泣け、もっと泣け」

唸《うな》るように男が声を上げた。ヒヒヒッと男は笑いながら、腰を小刻みに前後させる。

弟は泣き叫んでいる。

やがて男ががっくりと動きを止めて、弟から身体を離すまで、私はそこで男のすることを見続けていた。

弟は泣きながらシャツを拾い上げると、逃げ出した少年たちを追いかけて行った。

——犯されたのだ

少年だった私は、弟があの浮浪者に身体を穢《けが》されたのだと思った。弟を助けに行かなかった罪の意識より、私には穢された弟の身体がどんなふうになってしまったのかに興味が湧いた。

その夜、弟は夕食の間中押し黙っていた。母は弟にどこか身体の具合でも悪いのかと聞いていたが、弟の沈黙が何を語っているか、私だけはわかっていた。

私は弟に先に風呂に入れと言った。弟が湯を使う音をたしかめてから、私は湯屋の中へ入った。弟はあわてて湯船の中にかがんだ。

「おい、悠《ゆう》。背中を洗ってやるから、出てこいよ」

弟は黙っていた。

「出てこいって言ってるだろう」

私が声を荒らげると、弟はうつむいたまま湯船から出てきた。

「ほら、そこに立って壁に手を当ててときな」

私の声に弟は驚いたように立ちつくした。

「いいから、言われたようにしろ」

弟は私の目を見ると、仕方なさそうに壁に手を当てた。弟の背中には、どこにも傷痕もなければ変わったところも見つからなかった。

「いいか、湯をかけるぞ」

私が弟の背中に湯をかけると、弟は何が可笑しいのか、笑い出した。

「笑うんじゃないよ」

「けど、くすぐったいんだもの」

「これでもくすぐったいのかよ」

私はいきなり弟の背中に抱きついた。すると弟は驚くほど大声で泣き出した。逃れようとする弟をはがいじめにしたまま私は抱擁し続けた……。


姫木と雪矢が何事かを話しながら近づいてくる気配に、私は目を開けた。

「そろそろ夜が明けるぜ」

姫木が言った。

視界の中に立つ姫木の姿がおぼろに揺れていた。

「それにしても飲むな。よく身体がパンクしないものだ」

「周さん、さっき誰か隣りに居なかった？」

雪矢が言った。

私は雪矢の方を見た。

「そう言やあ、話し声が聞こえた気もするな。こっちは慰められっ放しで、そっちに気が行かなかったからな。寝言でも言ってたんじゃないか」

「そんなことはない。周さんの隣りに誰か座っていたもの」

私は雪矢を睨んで、

「どんな奴だった？」

と聞いた。

「黒いかたまりみたいな人……、そうそう帽子をかぶっていた。野球帽じゃなくて、こういうふうにふちがついた帽子。それにマントみたいなものを着てた」

――ソフト帽だ
私は周囲をうかがった。

「おまえ、幽霊でも見たんだろう。今時そんな恰好をした奴がこんな山の上までのこのこやって来るか。周さん、引き揚げようや」

私は四つん這いになって、ウィスキーのボトルが転がった草叢を見回した。立ち上って、背後の草叢に入った。

「何を探してるんだ？」

先刻ここを行進して行った赤児たちの足跡なり、手の跡がないかと思った。

「ウィスキーなら、ここにあるが、もう空っぽだぜ」

私は足早に姫木の横をすり抜けて、雑木林の中に入って奥を覗いた。

「まったく、飲み過ぎなんだよ。俺たちは引き揚げるぜ」

「おい、貝賀とか言ったな。おまえたしかにその帽子をかぶった奴を見たんだな」

私が雪矢に言うと、

「見た気がするんだけど、たしかに居たのかって言われると、姫木さんの方に夢中だったから……」

と雪矢は頼りなさそうに言った。

「だからこいつはいい加減だって言ったろうが、周さん」

姫木が声を荒らげた。

「赤ん坊は見なかったか？」

「えっ、赤ん坊。こんな夜中に、その方がもっと怖い」

雪矢が姫木の二の腕を摑んだ。

「見なかったかと聞いてるんだ」

私は怒鳴った。雪矢は首を横に振りながら、

「この人、少しおかしい」

と言った。

「馬鹿野郎、俺のポン友をおかしいとはどういうことだ、この野郎」

姫木が雪矢を殴りつけた。私はウィスキーのボトルを拾い上げると、それをくわえたままボトルの底のウィスキーの滴が垂れ落ちてくるのを待った。かすかに舌先に滴がつ

いた。

ボトルを投げ捨てると、方形の石に当って鈍い音を立てた。私は周囲を見回した。有明の海があろうあたりの空が白みはじめていた。山の頂きを見ると、星が雲にまぎれて失せようとしていた。

私は深いため息をついた。


競輪場へ行くと、富樫が寄ってきた。

「なんだよ。昨夜《ゆんべ》はどこへ行ってたんだ。まさかあの大酒飲みの女としけ込んだんじゃないだろうね」

富樫はにやつきながら私の顔を覗いた。

競輪新聞を読みはじめると、急に眠くなってきた。

「よう、ここにいたのか」

姫木がけいこと雪矢を連れてあらわれた。

「何か狙い目があってのお出ましなんですかね、周さんは」

姫木が小声で言った。

「何もないが、こっちの連れが様子を見て回ってる選手がひとりいるらしい」

私は姫木に富樫を紹介した。二人は新聞を見ながら話をはじめた。

「昨日は私、えらい酔うてしもうたようで、すみませんでした」

けいこが言った。

「昨日はどうも遅くまでつき合ってもらって、ありがとうございました」

雪矢がぺこりと頭を下げた。

「うちの人まで世話になったみたいで、ほんなこつありがとうございました」

雪矢はけいこの肩に手を回している。けいこが肩に回った雪矢の手に右手を重ねている。何喰わぬ顔で走路《バンク》を見ている雪矢の顔には、密航者という暗い影もなければ、昨夜姫木とあんな場所で交情をしていた形跡は微塵《みじん》もうかがえなかった。たいしたものだと思った。つい今しがた聞いたこの男の日本語にも他所者《よそもの》の気配はまるでしなかった。

この男には私の想像を越えた順応性があるのだろう。ひょっとしたら中国から密航してきたということも虚言であって、日本のどこかにちゃんとした家族を持ち、何かの事情でこの町へ流れて平気な顔で生きているのかもしれない。雪矢が天才的な詐欺師であっても、けいこも姫木も驚かないような気がする。けいこはけいこで、雪矢を拾い上げたつもりでいて、姫木は姫木で雪矢に悦楽を教え込んだと思っていても、彼等の手の中の玩具は、ぜんまい仕掛けのモンキーのように白い歯を出してシンバルを叩いて舌を出しているのではなかろうか。

「周さん」

富樫が走路の方へ顎をしゃくって言った。場内に音楽が流れて敢闘門《かんとうもん》から、次のレースに走る選手たちが顔見せ周回をはじめた。富田悠勝《とみたゆうしよう》は七番車、五枠の黄色と黒の勝負服を着ていた。

私は富田の表情を見た。唇を嚙《か》んで走路をゆっくりと回る富田の顔は凜々《りり》しかった。

「勝負をするのかね」

姫木が言い寄ってきた。

「三着、九着ときて、ここは絡んで来るものかね」

姫木の言い方からは、彼がこのレースに気がむいていないことが伝わってきた。

ひとりの競輪選手を追いかけて、旅打ちをして行く時に一番大切なのは妙な同情心や連帯感をその選手に対して抱かないことだ。いざ賭博の中に入れば、相手はただの駒でしかないのだから、選手がそのレースに命を賭けていようがいまいが、そんなことはどうでもいいことで、冷静にその選手の能力と好不調を判断することである。

富樫はすでに窓口に走っている。おそらく彼はこのレースに賭けるのだろう。おかしなもので、ひとりの選手に狙いをつけて三日間の成績が一着、一着と続いて、又一着を狙う時より、このレースのように三着、九着といった成績の後の方が狙うにしても安心できる時が多い。これはギャンブルを確率から眺めた均等性に寄りかかっているだけで、実際の賭博は三着、九着のあとに永遠に九着が続いても何の不思議はないのだ。

「入れたか？」

富樫が窓口から帰ってきて聞いた。

私は何も返事をしなかった。富樫は富樫で己の金を賭すればそれでいいのだ。放り投げた金はそこからはじまるものの行方がどういう結果になろうと、他人が関与するものではない。

「あら、月が出てるわ」

かたわらでけいこが素っ頓狂な声を上げた。

見ると奇妙な形をした山の上に真昼の月が出ていた。薄い半紙を半月型に切って、それを水に浮かべたような月だった。

私は富樫と二人で佐賀へ向かう途中に見た月蝕《げっしょく》を思い出した。

「なんかあそこだけ空の青色が消えとって、穴が開いとるみたいに思えるがね」

けいこの声に、

「ＤＩＭＰＬＥ《ディンプル》」

と雪矢が言った。それは発音のしっかりした英語だった。私は雪矢の横顔を見た。

「何よ、それ？」

「英語でえくぼのことったい」

「ふん、賢ぶって、うちがなんも知らん思うて……」

――えくぼか……

私は胸の中でつぶやいた。たしかに昼間の月は空にできたえくぼに見えなくもない。

すると、かたえくぼができる悠の笑顔がよみがえってきた。

それは弟がまだ赤ん坊の時に、笑うと左の頰にできる愛らしいえくぼだった。私は弟が生まれたばかりの頃、よく弟のことを見ていたことがあった。

「あなたもこれからはお兄さんになったのだから、しっかりしなくてはね」

母は弟を見ている私にそう言った。

湯上りの弟は、真裸のままタオルの上に寝かされて、私の方を珍しいものでも見るようにじっと見ていた。

天花粉をまぶされて気持ち良さそうにしている顔。ちいさな指に手を当てると、そっと握り返した時の感触。足首を持つと屈伸をしながら蹴り返す時の可愛《かわい》い仕種……。

――ねぇ、悠がお尻に怪我をしてるよ
私は弟の臀部に大きな痣《あざ》があるのを見つけて、あわてて母へ知らせに行ったことがあった。

祖母と母が飛んできて、

――どれ、どこに？

と聞いた。

弟の尻の真ん中を指さすと、二人は大声で笑い出した。

――ほら、ここだよ
――それは蒙古斑《もうこはん》といって、誰にだってあるのよ。周さんにだって赤ん坊の時にはあったんだから
と母は涙を流しながら笑って言った。

——けど、周は弟思いでやさしい子だわ
と祖母が私の頭を撫でながら言った。

私はとうの昔に忘れ去っていたはずの弟の記憶が、どうしてよみがえってきたのかわからなかった。

もう一度弟の尻の蒙古斑が浮かんだ。

「まさか」

私はつぶやいた。私の声に気付いた雪矢が私の目を見た。雪矢の目を見ながら、彼があの古代遺跡で、私の隣りに見たものは、ひょっとして弟の亡霊だったのかもしれない、と私は考えた。そうだとすると、無数の赤ん坊も、男色の幻想もすべて符丁が合う。

——いや、違う
ソフト帽は弟なんかじゃない。この競輪場のどこかで私を見ているはずだ。私は競輪場の群衆を見回した。

打鐘《ジャン》が響いた。

目の前を黄色と黒の勝負服の七番車が風を切って通り過ぎて行く。

「富田、まだだ。まだ踏むんじゃないぞ」

富樫の声が聞こえた。

第七話　蘭《らん》　鋳《ちゅう》

フェリーは別府湾《べっぷ》を出た途端大きく揺れはじめた。

「おう、さすがによく揺れるな」

姫木《ひめき》がスポーツ新聞を読みながら銜《くわ》え煙草《たばこ》で言った。

豊予《ほうよ》海峡を渡ろうとするフェリーは豊後《ぶんご》水道からの激しい潮流と海風にローリングをはじめた。

台風が近づいていた。

先刻フェリー乗り場の待合室で休んでいる時、午後の便は欠航になるかもしれないと、屯《たむろ》した連中が話していた。

「鹿児島の方へ直撃すっらしかよ」

「ほなごつ大きい台風のようじゃの」

そう言えば昨夜、別府に着いた時も風が生暖かかった気がする。

「周《しゅう》さんは船には強いのかね」

姫木が聞いた。

私は目を閉じて、黙っていた。船の揺れが心地良かった。

「俺はこうして平気そうに話してるけど、実は海の上が苦手でね」

元々話好きの姫木だが、さっきからどうでもいいようなことを喋《しゃべ》り続けている。

「まあ、松山《まつやま》に着いたら温泉にでもつかってゆっくりしような、周さん」

フェリーは潮の流れに逆らって進んでいるのか、女の悲鳴に似たエンジン音を立てている。その音に耳を澄ますと、機械音に隠れて誰かが囁《ささや》く声が聞き取れる。それは歌うような囁きで、声質から察するに女の、しかもかなり高齢者の声のような気がする。何やらわらべ歌を口ずさんでいるふうにも聞こえる。どこかで聞いたような旋律だが、何の歌かはわからない。

急に、黙りこくっていた姫木が立ち上った。気分でも悪くなったのだろう。何事かを私に言い残したが耳の神経は奇妙な囁きに集中していたので、姫木の言葉は聞き取れなかった。エンジン音にまぎれているせいか、その声は再生テープから流れる音にも似ている気がした。

閉じた瞼《まぶた》の裏にぼんやりと一台のテープレコーダーがあらわれた。古いレコーダーである。ゆっくりとプラスチックの輪が回転し黄土色のテープが流れ出す。雑音がする。集録マイクが悪かったのだろう。

――雑音が多くて聞き辛《づら》いでしょうが、もうすぐ語りがはじまります
落ち着いた老人の声がした。

テープレコーダーの周囲に数人の若者が集まり、中央に白髪の老人が座っている。二

十数年前の大学でのゼミの光景だった。女の声が流れはじめた。何を言っているのかまるでわからない。紙を捲《めく》る音がした。隣りの女がテキストのようなものを捲っている。女は手にした鉛筆でテキストの文字を追っていた。どうやらテープの声とテキストの文章を照らし合わせているようだ。

——この詠《うた》うような語り口は御所《ごしょ》言葉の特徴のひとつでして、味噌《みそ》のことをこの老婆はムシと呼んでいますが、これも飲食物に異名をつけて呼んだ御所言葉の特性が出ています。昔、この島は流刑地でしたから、都の偉い人が流されてきて、その言葉遣いがそのまま伝承されているのです

——なら、このお婆《ばあ》ちゃんも公家《くげ》さんの血が流れているのかしら……

隣りの女が面白がるように言った。女の顔を見直すと、ネネであった。ネネは私にむかって鼻に皺《しわ》を寄せるようにして笑った。

——そうかもしれないね、早坂《はやさか》君

中央に座った教授が言うと、皆が笑い出した。ネネは照れたように白い首をすくめる。ネネはまだ若く愛らしかった。私が出逢《であ》ったばかりの頃の彼女が微笑していた。ネネの目がじっと私を見返している。私は居心地が悪くなって立ち上った。ネネも一緒に立ち上った……。

私は首を激しく振って、目を開けた。エンジン音は遠ざかり、代わりに波音と風音が聞こえた。この頃、睡魔に急に襲われる。ほとんどは過去に体験した状況が唐突にあら

われるのだが、いったんその中に入り込むと抜け出すまでがひどく厄介だった。苦しそうな顔をして眠り込んでいた、と姫木は言った。その姫木も、疾《と》うに過ぎてしまった過去の中で戸惑いながら揺さぶられている。私も唐突にあらわれる過去が平穏なものや何か楽しい時間ならいいのだが、忘れていたような平凡な時間の中に、面倒を起こし人間関係を放り出した厄介な相手が決ってあらわれる。目を覚ました瞬間は身体《からだ》中に汗を掻《か》いていて、ぐったりとしたまま立ち上る力も失《う》せてしまっている。ただ幻覚の中で過ごした時間が数日間に及んでいても、目覚めるとほんの数分しか経過していなかったりする。

私はコートの中からウィスキーの小瓶を出して飲んだ。酔っていればこの厄介な状況はあらわれなかった。

「おい、周さん、ここにあった鞄《かばん》を知らないか」

姫木が私を見下ろしていった。私は首を横に振った。

「畜生、やられた」

姫木が舌打ちした。彼はすぐに周囲の客を見回した。

「馬鹿な野郎だぜ。こんな海の上で、それもこの俺様のお宝に手を出しやがって……、さて箱《はこ》師の顔を拝むか」

姫木は周りの客たちに聞こえよがしに言った。

「周さん、誰かここへ来なかったかい？」

姫木が小声で聞いた。私の顔をじっと見て、何だよ、また眠り込んでたのか、と眉間に皺を寄せて言った。肌着の下の上半身が汗にびっしょりと濡《ぬ》れていた。額を拭った。汗粒が滴り落ちた。立ち上って洗面所へ行った。姫木は箱師を探して船内をうろついている。男便所は鍵がかかっていた。私はドアの前で胸元に触れた。べっとりとした汗がシャツまで湿らせている。女便所から若い女がひとり口元にハンカチを当て青冷《あおざ》めた顔で出てきた。男便所のドアが開いて、肥えた男が楊枝《ようじ》を銜えてあらわれた。私は中へ入って、肌着を脱いだ。出ると姫木が立っていた。目が血走っている。

「周さん、中に俺の鞄は捨ててなかったか」

私が小首をかしげると、姫木は男便所の中へ頭を突っ込んだ。そうしてすぐに女便所のドアを叩《たた》いた。激しい音に女の不愉快そうな声が返ってきた。女便所が開いて中年の女が出てくると姫木はそこに入って、鞄を片手に持ち、

「野郎待て」

と今出たばかりの女に怒鳴った。

「何だね。痴漢か、おまえさんは」

と女が毒付いた。

「この鞄、どうしたんだ手前《てめえ》」

「何のことかね？　そんなもの知らないよ」

姫木は中年女の二の腕を摑《つか》むと、彼女が手にしていたハンドバッグを取り、中身を覗《のぞ》

こうとした。

「何すんだよ。この泥棒。お巡りさん。強盗だよ」

と女は大声を出した。

「うるさい。どっちが泥棒かわからしてやる」

船内の客が一斉にこちらを見た。女の乗務員がやってきた。

「どうしたんですか」

「この婆アが俺の鞄を盗みやがったんだ。警察がいるなら警察を呼べ」

姫木は女のハンドバッグを開けると、形相を変えて、このアマと叫び、女に抱きついて衣服をまさぐろうとした。女の悲鳴が客室に響きわたった。

「よせっ姫木。こいつじゃない」

と私が言うと、姫木は唇を嚙《か》んで女を突き放した。

「何かあったんですか？」

乗務員が怪訝《けげん》そうに聞いた。

「うるさい。おまえは黙ってろ」

姫木が怒鳴った。

「船の中で暴力をふるったら、松山で警察に引き渡しますよ」

「うるさい。警察でも何でも呼べ」

姫木は乗務員に怒鳴って、

「周さん、あの婆アじゃないって、どういうことだよ」

と私の顔を見た。

「やられたのは金だけか？」

姫木は鞄の中を覗いて、

「時計もやられてる」

といまいましそうに言った。私はゆっくり船内を見回した。先刻のハンカチ女の姿がなかった。

「見たのかよ、そいつを」

私は船尾の方へ行った。女がひとり船酔いをしたように額にハンカチを当て、顔を隠すようにしゃがみ込んでいた。女がちらりと私の顔を見て、すぐに目をそむけた。大きな手提げを背中のうしろに隠すようにしていた。

姫木が私の顔を見てから、女を見下ろした。面倒に巻き込まれたくなかったので、私は座席へ戻った。背後で女の呻《うめ》くような声がした。

ほどなく姫木が女の手を引いて戻ってきた。彼は笑いながら腕時計を嵌《は》めていた。女は青い顔をして姫木の隣りの席に座った。

私は目を閉じた。

姫木の口笛が聞こえる。機嫌のいい時の彼の癖だった。女の声はフェリーが松山港に着くまで一度も聞こえなかった。

栈橋に降りてタクシー乗り場へむかった。姫木は女の手を夫婦のように引いて前方を歩いている。細い女の両肩は観念したように落ちているが、赤いスカートの腰のあたりの張りにはふてぶてしさがうかがえた。常習犯なのだろうか。仲間がいるとしたら、そろそろ女を助けにくるはずである。姫木はそれを百も承知しているのだろう。その証拠に姫木は、肩をいからせながら歩いているのに、その目は用心深く周囲をうかがっている。女は姫木と同じ歩調で進んでいる。サンダル履きの女の足音がどこか楽し気にも聞こえる。臙脂《えんじ》色のセーターから出た腕は肉感的でさえある。腰を振るような歩き方からすると掏摸《すり》だけを仕事としているのではないのかもしれない。突風が横から吹きつけ、女の白いうなじがあらわれた。

「周さん、先に宿の方へ行くかい？　それとも真っ直ぐ競輪場にするかい」

姫木は陽気だった。

「適当にしてるさ」

私が答えると、女はその時だけ私の顔を見た。知らぬ間に眼鏡をかけていた。細い眉尻が私を見てぴくりと上った。

「なら俺も、適当に追いかけるよ」

姫木は腕に回した女の手を叩いた。乾いた音がした。女の口元がかすかに微笑《ほほえ》んだ。

打鐘《ジャン》の音で目覚めた。

　顔を上げると、ガラス越しに雨が煙っている走路の中をずぶ濡れになった黄色や赤や青の勝負服の競輪選手が鮮やかな絵のように流れていた。スタンドから怒声が聞こえた。向こう正面で先頭を走る七番車の後位で三人の選手がもつれた。あっ、転倒すると思った瞬間に二人の選手が横転し、後からきた一人がそこへ乗り上げるようにして転倒した。水しぶきが上った。スタンドから悲鳴に似た声が上る。あっ畜生、やりやがった。あの馬鹿が……、こりゃ、七番の押し切りだ、スタンドの中が騒がしくなる。黄色と黒の勝負服がゴール板前を先頭で通過した。やや遅れて白の勝負服の一番車が流れ込んだ。

　ずっと眠っていたようだ。もう何レース目になるのだろうか。審議のランプが点《とも》って、場内に審議を告げるアナウンスが流れた。どうやら次が最終レースらしい。手元の新聞を見ようとするとメンバー表の上に額から汗が落ちた。

――また厄介な幻覚を見ていたのか

　今しがたまでどんな夢を見ていたのか、まるで記憶にない。しかしこんなに汗を掻いているのは夢の中でよほどうろたえていたに違いない。

上着のポケットをさぐって煙草を探したが見当らなかった。どこかに煙草を忘れたのだろうか。ボックス席の周りを探したが落ちていなかった。内ポケットに手を入れると持っていたはずの現金がない。私はあわてて周りを見た。寝入っているすきに盗まれたのだろうか。いや、そんなはずはない。いくら寝入っていても、他人が自分の身体に少しでも触れればわかるはずだ。ましてや内ポケットのふたつに分けて仕舞った現金をいかに巧みな技量を持ち合わせた掏摸でも盗み出せるはずはない。もう一度ポケットを探すと、マッチ箱がひとつ出てきた。見知らぬ宿の名前が記してあった。どうしたんだ？と古めかしい宿の名前をつぶやいていると、おぼろにその宿の玄関先の風景があらわれ、着物姿の女将《おかみ》の顔までが浮かんできた。ズボンの後ポケットがふくらんでいた。手を差し入れると、十万円単位でまとめたお金が出てきた。十万円をふたつ折りにしてその束を綴《と》じた外の一枚の万札の角をちいさく三角に折っているのは私の金のまとめ方である。

——たしかに私の金だ。記憶がおかしくなってきたのか

私は穴場へ車券を買いにむかった。突然、宿の女将の愛想笑いが浮かんだ。

最終レースが終り、帰りのタクシーを拾おうと城跡の道を電車通りにむかって走り出すとあっという間にずぶ濡れになった。タクシーはなかなか拾えなかった。仕方なしにやってきた路面電車に飛び乗った。濡れた身体でシートに座ると、この電車に乗れば終着駅が道後《どうご》温泉駅なのだと安心している。初めて乗る電車のはずだが、と訝《いぶか》しく思った。なのに誰か若い女と二人で歩いて電車に乗り、県庁前駅で降りた自分のうしろ姿までが鮮明に見えた。

——おい、これはどういうことだ？

既視感にしては少し具体的過ぎる。きっと何かの拍子に数時間前の記憶が喪失し、それを今少しずつ取り戻しているのだろう。

電車が道後温泉駅に着いた。見覚えのある駅だ。むかいのホームに電車が停車し、数

人の乗客が出発を待っていた。

私は電車から降りて、アーケード街の中へ入ろうとした。その時妙な気配を感じて背後を振り返った。

停車した電車がゆっくりと動き出していた。ゆるやかなカーブを描いて去ろうとする電車の中にソフト帽が座っていた。私は一瞬ソフト帽の横顔を見た。ちいさな顔だった。尖《とが》った顎をして女っぽい顔付きをしている。私は雨の中を走り出した。電車は私が追いかけはじめると急に速度を増した。

「待て、待ってくれ」

私は大声で叫んだ。対向車線から車が一台私にむかってきた。急ブレーキを踏んだ音がして、車は横すべりをしながらガードレールにぶつかる寸前のところで停止した。

「馬、馬鹿野郎」

運転手が窓から顔を出して怒鳴った。電車は坂道を下りながら右へカーブして消えて行った。私はしばらく道端に立ちつくしていた。

すごすごとアーケード街へ引き返した。乾いた衣服がまたずぶ濡れになっていた。アーケードの中へ入ると、通りのむこうから浴衣姿の女二人が並んで歩いて来るのが見えた。

「お客さん、競輪どうだった？」

小柄な女が言った。見覚えがない女だった。なのにじっと私を見上げているつぶらな

目を見つめているうちに、

「金魚」

と私は口走った。

「あら、覚えていてくれたんだ。なら今夜、姐《ねえ》さんたちとお座敷にうかがうことを忘れちゃいやですよ」

女はそう言って、私の胸をぽんと叩くと、ちいさく会釈して去って行った。狐《きつね》につままれたような気分だった。

「ああ、そうだ。君」

私はふりむいて女を呼んだ。女は立ち止まって、私を見て笑っている。電車の駅まで私を送ってくれたのはたしかにこの女だと思った。ならこの道を真っ直ぐ行けば、宿はあるはずだ。

「いや、何でもない」

「じゃ、後でね」

女は愛想笑いをこしらえ、胸元でちいさく手を振った。その仕種《しぐさ》がいかにも顔見知りふうで馴《な》れ馴れしかった。

私は歩き出した。坂道にさしかかるとふた手に分れた道の角に一本の大きな柳の木がそびえていた。柳は横殴りの風にあおられ右に左に揺れていた。たっぷりと葉をつけた柳が揺れる姿は、逆上した女が髪を逆立てて暴れているようだった。柳を見上げている

と、

「旦那さん、そんなところでぼんやりしてちゃ風邪を引きますよ」

と背後から声がした。ふり返ると半纏《はんてん》を着た短髪の男が金歯を光らせ傘を差し出していた。半纏の襟を見ると、マッチ箱と同じ宿の名前が染め上げてあった。口元から覗いた金歯のせいか男の顔は獅子舞《ししまい》の面のようだった。

「女将さんから旦那さんをお迎えに行くように言われまして……。どうでした競輪の方は？」

男は上目遣いに私の顔を見た。

恐ろしい勢いで雲が流れていた。

庭の中央に一本だけ塔のように伸びた欅《けやき》の木があった。そのむこうに月が皓々《こうこう》とかがやいている。

台風は外れたと、先刻芸妓《げいぎ》たちが話していた。それでも風はまだ強く吹いている。庭の池の水が、突風に外へ吹き出される。

千切れた雲が次から次に流れてきて月を横切って行く。その度に庭は明暗をくり返す。

――少しずつどこかが狂ってきているのだろうか……

私は胸の中でつぶやいた。

酒に酔ってあらわれる羽虫や百足《むかで》や鼠《ねずみ》、蛇、猿といった類いのものには何の恐れも感じないのだが、今日のように数時間前の記憶を突然喪失してしまうことに漠《ばく》とした恐怖を感じはじめていた。例えば歩いて行く先から、私の足音が喪失してしまう。それは私にとって唯一確かなものを喪失することで、死とは全く別のかたちの私自身の消滅のような気がした。死に対する恐怖は、さして感じないのだが、時間を喪失することに私は不安を感じた。時間の喪失は私に、明確な終結を迎えさせてくれない予感がした。肉体が少しずつ漂泊されて行き、白い影のようなかたちで私は彷徨《ほうこう》し、永遠にこの世の中から立ち去ることができないとしたら、これほど残酷なことはあるまい。

「白い影か……」

つぶやいた瞬間に私は少年の頃、母と弟の三人で見学した広島の原爆記念館に展示してあった原爆投下で一瞬に影と化した被害者の、あのコンクリートに残った不気味な人影を思い出した。あの日弟は見学の途中で泣き出し、母に連れられて外へ出てしまった。私も逃げ出したい衝動にかられたが、先にある展示物への好奇心で震える足を踏みしめながら最後まで見通した。

「何も怖いことなんかありはしないよ」

弟に帰りの電車の中でそう言ったものの、祖母の家へ戻り、その夜弟と二人で寝た蚊帳の中で、私は思いつく限りの原爆の恐怖を弟に語った。弟はその夜からひどい発熱が何日も続き、祖母が連れてきた口寄せの老婆が弟に憑《つ》いた霊を祈禱《きとう》して除いた。除霊の間中弟は真っ裸にされたまま熱の湿疹《しっしん》で斑《まだら》になった身体を痙攣《けいれん》させていた。私は老婆の鬼のような形相を見ながら、弟がこのまま死んでしまうのではないかと思った。

――あの時、弟に憑いた霊は何だったのだろうか
私が頭の中で思いつくままに弟に話した恐怖がそのまま悪霊となって、弟の身体に宿ったのではないのか。しかし今私が漠然と抱いている恐怖は安易に人間の中に憑き人間の手で取り除くことができる相手ではなく、もっと曖昧で、人も獣も知らぬ時刻に森の奥に忽然《こつぜん》とあらわれる霧に似ていた。己の意志や情念を一切閉塞されたまま彷徨し続け、存在さえもはっきりしないものへ追いやられてしまう得体の知れない不安であった。

――あのソフト帽はどうなのか？

あいつはたしかに私が死を確認した弟の、悠《ゆう》の具現化した存在なのではないのだろうか。しかし数日前に佐賀の城跡で雪矢《ゆきや》が見たというソフト帽の印象は弟の姿とはかけ離れていた。そういえば夕刻初めてソフト帽の横顔を見た。ちいさな顔だった。それも子供のようなちいささだった。尖った顎は少女のようにも思えた。

――ソフト帽はひょっとしたら女ではないのか？

ソフト帽が目の前にあらわれはじめたのはいつのことだったろうか。たしか夏の終りの、青森か盛岡《もりおか》だった。盛岡から京都へむかう夜行列車にあいつは乗り合わせていた。向日町《むこうまち》競輪場のスタンドでも見かけた……。

ソフト帽を思い出して行くうちに私は奇妙な安堵《あんど》を覚えはじめた。己の記憶が鮮明なことにも安心したが、ソフト帽が自分のそばにいる限り、私の時間は喪失しない気がし

た。ソフト帽はいずれ正面をむいて私の前に登場してくるのだろう。その時には私がおぼろに望んでいる終結を迎えられるのではないだろうか……。ひょっとするとソフト帽は、私を恐怖から解放してくれる唯一の存在かもしれない。

酒を飲みたくなった。ウィスキーボトルを手に縁側に戻った。

雲は依然夜の空を滑るように流れていた。

ビールが飲みたくなった。冷蔵庫を開けたが芸妓たちとの宵の宴会で皆飲みつくしてしまったらしい。私は縁側に腰を下ろしウィスキーを飲みはじめた。

「まだ寝ないの？」

声がして、庭の東側を見ると夕刻アーケード街で出会《でくわ》した芸妓が浴衣姿で立っていた。明暗をくり返す月明りの下で、女の顔だけが白く浮かんでいる。

「おまえか……」

「おまえかはないじゃないの」

「他の客のところにいたのか」

「こんな夜中に宴会なんか、やってませんよ。お客さんが今夜は泊っていけって言ったんじゃありませんか」

「そんなことを言ったか……。じゃどうしてそばにいないんだ」

「私はお客さんとは寝ないんです」

「身持ちがいいってわけだな」

「別にそんなんじゃありませんよ。この世界に入る時の、それが条件だったんです」

屁理屈《へりくつ》を言う女だと思った。

「私の名前、覚えてます?」

「金魚だったな……」

「当り」

女は私の隣りに座って、ウィスキーを注いだ。

「こんなにたくさん飲んで大丈夫なんですか。宴会の時だって、ひとりでボトルを二本近く空けちゃったんですよ。姐さんたちびっくりしてたもの。あの人はアル中だって」

「アル中か……」

私が笑うと、

「そうなんですか」

と金魚が私の顔を見た。

「そんなことはどうでもいい」

「お客さんを見てると、自分から毀《こわ》れるのを待ってるみたい」

「俺は毀れたりはしないさ。毀れるのなら、とっくの昔にそうなってるさ」

「死ぬってことですか?」

「それもあるが、もっとばらばらになっちまって訳がわからなくなるってことだ」

「狂っちゃうってこと?」

「狂うかどうかは俺にはわからん。案外と人から狂ってるって言われてる方がまともなことがあるしな」

「お客さん、仕事は何をしてるの？」

「何もしてない」

「何もしてなきゃ、競輪やったり、遊んだりはできないでしょう」

「そういう奴もいるんだ」

「金持ちなんだ」

「金なんか、どうでもいいんだ」

クスッ、と金魚が笑った。私は金魚の顔を見た。

「ごめんなさい。笑ったりして。でもお客さんのそんなふうに投げ遣《や》りなところ、私は好きだよ」

私は金魚の手を取った。すると彼女は素早く私の伸ばした手をはねのけた。叩かれた手の甲が脇に置いていたウィスキーのボトルをはじいて、三和土《たたき》にボトルが落ちた。

「あっ、ごめんなさい。怪我《けが》はしなかった」

金魚が身体をかがめて足元のガラスを拾おうとした。襟元から胸のふくらみが見えた。私は襟に手を差し入れて乳房を握った。

「嫌、嫌だったら」

と彼女は大声を出して、兎《うさぎ》のように横へ跳んだ。金魚はその場に立ちつくしたまま、眉間に皺を寄せ仇《かたき》を見るような目で私を睨《にら》んでいる。

「酒を持ってこい、それとビールを二、三本。早く行け」

私が怒鳴ると、金魚はちいさくうなずいて小走りに消えて行った。

金魚は盆にビールとウィスキーを載せて戻ってきた。それからは押し黙ったように隣りに座っていた。

月は西の空へかたむこうとしている。

ウィスキーが半分空いた頃になって私はようやく平静になってきた。先刻、記憶がどうこうと思いあぐねていた自分が滑稽に思えた。

「少し落ち着いた？」

金魚がぽそりと言った。

「何がだ」

「さっきひどく怒っていたから」

「別に怒っちゃいないさ。おまえも俺の相手などせずに寝ろ」

「いいの、ここが楽なんだもの」

金魚はそう言って、袂《たもと》からちいさな包みを出して膝の上にひろげた。

「食べない？」

金魚が指先でつまんで見せたのは乾いた小魚だった。

「炒り子《いりこ》。私、骨が弱いからこうして時々食べるの」

私は金魚の手から小魚をひとつ取って手のひらに載せた。それは鰯《いわし》の子を炒って乾燥させたもので、昔祖母から母のところへよく送ってきていたものと同じだった。乾涸《ひから》びて歪《いびつ》に曲がった魚体と目だけが異様に大きな小魚は、よく見直すとグロテスクなかたちをしていた。

「子供の頃から骨が駄目なんだ、私……」

「おまえ何歳だ？」

「何歳に見える？」

「若い女の歳《とし》はよくわからない」

「ねえ、本当に何も仕事をしてないの」

「…………」

ウィスキーが空になった。金魚はまた小走りに酒を取りに行った。

「私ね、子供の頃は絵描きさんになりたかったの」

私は金魚を見た。前歯で炒り子を嚙むようにしている顔にどこかあどけなさが残っている。

「母さんは私がそう言うと、馬鹿にしてた。でも父さんは私の好きにさせてくれたわ」

「いいおやじじゃないか」

「でも死んじゃった」

「人はいつか死ぬものさ」

「父さんは母さんを道連れにして死んだの」

「世間じゃよくあることだ」

「そうかな……、でも可笑《おか》しいでしょう。私みたいな仕事をしている女が絵描きさんになりたかったなんて」

「別にそうは思わんよ。俺の弟も絵描きだったしな」

「そうなの。何ていう人なの。有名な人？　私、偉い絵描きさんの席にもついたことがあるし」

「有名でもなんでもない。訳のわからない絵を描いてた」

「今も描いてるの？」

「死んだよ」

「可哀相《かわいそう》、若いのに……。病気で？」

「俺が殺した」

金魚は一瞬驚いたような目をして私を見つめ、それから口元をゆるめた。

「うそばっかり」

「本当だ」

「じゃ刑務所に入ってたの、お客さんは」

「いや」

「なんだ、冗談か」

「俺は冗談は言わん」

私が金魚を見ると、彼女は私の目を覗き込むようにしていた。

先客があると言うので、私と金魚はその家の庭先に置いてあった長椅子に座っていた。私は庭の池に泳いでいる錦鯉《にしきごい》をぼんやりと見ていた。白と赤の斑の鯉のそばにふわりと大きな班模様の魚が浮かんできた。気味が悪いほどの大きさだ。

金魚はじっと生垣越しに見える稲田を眺めていた。秋の風が金魚の髪を揺らしている。

私は宿を出る前に女将が耳打ちした言葉を思い出した。

「あの子はちょっと変わったところがありますから……」

何がどう変わっているのかはわからないが、金魚はあの夜から二日間ずっと私のそばにいた。そう言えば彼女の姐筋に当るという芸妓も、

「お客さん、金魚と寝たの？」

と好奇の目をして聞いた。私が否定すると、

「でしょうね。あの妓《こ》はきっとまだ処女ですよ。こんなふうにお客さんとつき合ってることが珍しいんだから。あの子と寝たら表彰もんですけどね」

と宴会の席で耳打ちした。

私は金魚に対して特別な感情を抱いたわけではなかったが、そばにいて邪魔にもならないし、私のことを干渉しない彼女の気質《たち》が一緒に酒を飲んでいて楽だった。

「しょうがないよね。お酒が御飯代わりだものね」

宿の女将が少し食事を摂《と》った方が、とすすめても金魚はそう言って、私に勝手に酒を飲ませてくれていた。

「私、お客さんといるとなんだか安心する」

私は競輪から戻ると金魚と二人で酒を飲んでいた。ぽつぽつと話す私の独り言を聞いているうちに、金魚が口寄せに行ってみようと言い出した。

金魚が言うには、そこへ行けば無理心中につき合わされた彼女の母親と話ができるらしい。成仏できないでさまよっていた母親をちゃんとしてくれたのも、そこの老婆だから、私の弟のこともきっとそうしてくれると言う。見物がてら金魚につき合うことにした。

「さなえ、さなえ」

母屋の方から声がした。

「あっ、私の番だ」

はーい、と大声で返答をして、金魚は私の手を取り母屋の方へ歩き出した。

そこはどこにでもあるような何の変哲もない居間だった。卓袱台《ちゃぶだい》に頬杖《ほおづえ》を付き立て膝をした老婆が金魚の顔を見るなり、

「元気にしとったかや、さなえ」

とぶっきらぼうに聞いた。金魚はこくりとうなずき、私の方を見て、

「この人が逢いたい人がいるって言うから……」

と老婆に言った。年齢はわからないが手や足に浮き出たしみの様子からするとかなりの高齢だろう。しかし彼女の髪は黒々として艶があった。老婆は煙草を銜えて、

「生き別れかや、死に別れかや」

と聞いた。

亡くなったの、と金魚が言った。

「死に別れか。死に別れは骨が折れるからの」

金魚はバッグから封筒を出して、よろしくお願いします、と丁寧に頭を下げた。老婆はその封筒を受け取ると、

「相手は家族かや」

と煙草の煙を私の方へ吐き出しながら聞いた。

「弟さんなの」

「なして死んだ？」

「病気だよね」

金魚が私を見て言った。

「死に方はどうでもいい。呼べるんならやってみてくれ」

「どうでもよくはない。弟がどんなふうに死んだかは大事なことじゃ」

「俺が殺した」

私が言うと、老婆はじっと私の顔を見ていた。

「冗談よ、おばさん」

金魚が言っても、老婆は私から目を離そうとしなかった。

「おまえは人殺しかや」

「そんなことはどうでもいい。呼べるのか」

「弟の名前はなんという？」

「ユウだ」

「どんな字を書く？」

「悠久の悠だ」

「何じゃ、それは、この紙に書け」

私が卓袱台の上にある紙に名前を書く間も老婆は私から目を離さなかった。

「おまえの目は死んどるがの。ほんとうにおまえは弟を殺《あや》めたのかもしれんの」

老婆は立ち上って背後のカーテンを開け、薄暗くなった部屋の中央に正座をし、目を閉じた。

悠、悠よ、悠ちゃん、あんた今どこにおるよ。悠ちゃん、悠ちゃん、どこにおるよ。ほれ、知らん顔しとらんでここへ出ておいでや、兄ちゃんも来とるからよ。悠ちゃん、悠ちゃん、ほれ悠ちゃん、怖がらんで出ておいで、兄ちゃんがあんたを探しに来とるよ……、老婆の声が少しずつ大きくなって行く。

金魚は目をしばたたかせながら真剣な顔で老婆を見つめている。私は笑い出しそうになった。

悠ちゃん、よう悠ちゃん、そんなところへおらんで、こっちへおいで。まあまあ、そんなずぶ濡れになって。どこへおったかや。何とや？　何を言うたかや？　大きな声で話してもらわんと聞こえんがの。ほれ、もっとこっちへおいで。何をそんなに濡れて、こっちは暖かいからの、そうそう、おう元気そうじゃないかや、兄ちゃんが来とるぞ、ほれ、ここにおる、悠ちゃんを探しとったらしいぞ、何がどうしたってや？　怖いのか、何も怖いことはありはせんて、兄ちゃんも心配して来とるぞ。ほれ、もっとこっちへ来て顔を見せてくれ。何が嫌なんじゃ、誰も何もしやせんから、そうそう、あれまあこんなに濡れて、ほれ拭いてやるから……。老婆は両手で目の前の宙を撫《な》でるようにしている。

雨でも降っとったかや、海にでも行っとったのか、うん、もうちっと大きい声で話してもらわんと、この婆アは耳がもう遠いからのう、おう、そうかそうか、皆とボートに乗っとったのか、楽しかったか。そうかそりゃ良かったの。ほれ、兄ちゃんがおまえに逢いに来とるで、何が、どうした？　恥ずかしいて？　兄弟じゃないかよ。恥ずかしいことがあるものか。ひさしぶりに逢うじゃろうて、兄ちゃんは変わっとるかや、そうじゃや、昔と同じよの。ほれ少し兄ちゃんと話してみろや——老婆はそれまで宙にむかって手を握ったり肩を撫でるような仕種をしていたが、急に背筋を伸ばして黙りこくった。

老婆は畳に両手を付いて、爪の先で畳を掻き毟《むし》りはじめた。

「兄ちゃん」

それは喉の奥から絞り出すような声だった。

「兄ちゃん、兄ちゃん」

「返事をしてあげないと……」

金魚が言った。私は黙っていた。老婆の喉がぴくりと動いた。そうしてまたかん高い老婆の声に戻った。

悠ちゃん、悠ちゃんて、行ったらあかんって、兄ちゃんは悠ちゃんに逢いに来とるんだから、何が？　どうしたって？　そんなことはないて、兄ちゃんは何も怒っとらんて、悠ちゃんのことを心配してここへ来たんじゃから。悠ちゃんにいろいろ謝らにゃならんと思うて来とるんよ。そうそう、だから何も怖いことも心配することもないて……。

老婆は見えない相手の手を握りしめて手のひらを摩《さす》るような仕種をしている。

「声をかけてあげないと」

金魚が私の膝を揺さぶった。

「悠ちゃん、悠ちゃんもお兄ちゃんに逢いたかったんでしょう」

金魚が言うと、老婆が激しくうなずいた。

「悠ちゃんは元気にしてるの？」

老婆の顔が泣きそうに歪《ゆが》んだ。

「どうして？」

死に、死に……、と老婆が唸《うな》るように言った。

「死に、死に切れん」

「そんなことないわ、大丈夫よ。ねえ、周さん、話をしてあげてよ。悠ちゃん、今どこにいるの」

「水、水の中」

「水の中にいるの。冷たいの？」

老婆がうなずいた。

「寒くないの、大丈夫なの。どうしてそんなところにいるの？」

すると老婆の手が小刻みに震えながら、私を指さし、恨めしそうな顔で、

「兄ちゃんが、兄ちゃんが、置いて行った」

と叫んだ。

「いい加減なことを言うな」

私が言うと、

「ネネが、ネネが……」

と老婆が口走った。

私は驚いて、老婆の顔を見直した。老婆の目から大粒の涙が流れ出している。

「猫がどうしたの」

金魚が言った。老婆は泣き続けている。

私は立ち上った。その気配に老婆が目を開けた。金魚も私を見上げている。私は部屋の隅にあった籠枕《かごまくら》を蹴飛ばして表へ出た。


その夜、私は松山の街へ出た。

繁華街の外れにあったバーで飲みはじめた。中年の女ひとりがカウンターの中にいる店で、夜の八時を過ぎても客は誰も来なかった。女は初めのうち私に声をかけたが、何も返事をしないでいると、カウンターの奥に座って雑誌を読みはじめた。

ウィスキーの二本目が残り少なくなる頃、女連れの男が入ってきた。男は女とカラオケを歌いはじめた。私はビールを注文して、そのグラスに残りのウィスキーを入れて一気に飲んだ。勘定をして店を出ると、また雨が降っていた。霧雨のような雨だった。私はかまわずに路地を歩いた。キャッチバーの女たちが声をかける。路地を歩き続けた。この街のどこかをソフト帽が私と同じように徘徊《はいかい》しているような気がした。しかしソフト帽と出会うことはなかった。考えてみれば私の方からソフト帽を探したことは一度もない。放っておけばむこうから私に逢いにやってくる。私は路地の隅にある居酒屋で閉店まで飲んで、宿へ引き揚げた。少し歩き過ぎたせいか、心臓の調子がおかしかった。

「まあ、こんなに濡れて……」

宿の女中が私の衣服を手拭いで拭きながら言った。

「部屋に酒を持ってきてくれ」

「金魚ちゃんがずっとお待ちですよ」

私は離れの部屋へむかう階段を上った。途端に動悸《どうき》が激しく打ちはじめた。かまわず階段を駆け上って渡り廊下を歩いていると、急に背中を誰かに押されたような感触がして、胸が重くなった。どうしたんだ？　と立ち止まって胸元を手でおさえると胃が絞り込まれたように縮んで嘔吐《おうと》した。私は廊下にしゃがんで吐き続けた。呼吸がうまくできなかった。廊下を走る足音が背後から聞こえた。私は目を閉じた。身体が揺れはじめた……。

目を覚ますと、天井の豆電灯の朱色の灯《あか》りが見えた。

「目が覚めた？　よかった」

耳元で女の声がした。顔をそちらへむけようとしたが、身体が縛られたように重くて動かない。視界に女の顔があらわれた。金魚だった。

「飲み過ぎたのかもしれない……」

金魚は私の額に冷たい手拭いを載せた。

「宿に着いてから倒れて良かったよね」

喉が渇いていた。ビールと言おうとしたが舌がもつれてうまく喋れない。口をぱくぱくさせていると、

「何？　何か欲しいの」

と金魚の顔が近づいてきた。私は唾を飲み込んで、

「ビ、ビール……」

と言った。

「お水にした方がいいわ」

私は蒲団《ふとん》から手を出して畳を叩いた。激しく叩いたつもりだったが、振り上げた手は力なく畳に落ちただけだった。大きく息をすると針を刺されたように胸が痛んだ。顔を歪めると、

「どこか痛いの」

と金魚が心配そうに私の顔を覗いた。しばらく眠ったり目覚めたりをくり返しているうちに、身体は少し軽くなった。私は起き上ると、金魚にビールを持ってこさせた。

「寝ている間は水も飲むのに、目を覚ますとお酒じゃなくちゃいけないのね」

ビールを飲むと、少しずつ胸の痛みが失せて行った。

障子を開けて縁側に出た。夜が明けようとしていた。雨は上っていたが欅の枝から滴が落ち、それが池の水面に波紋をこしらえている。金魚が隣りに座った。

「昼間ごめんなさいね。無理にあそこへ連れて行っちゃって」

池の水面が斜めに切れた。水澄《みずすまし》でもいるのだろうか。

「でもね、変な人じゃないんだよ。あのおばさん。やさしいところもあるんだもの。私、身寄りがないから、あそこで母さんや父さんと逢って話すの……」

東の空が少しずつ明るくなっていく。

「殺したなんて、うそだって言ってたよ。弟さんもお客さんのことを好きだって言ってたって……」

寝汗を掻いたせいか肌着が濡れていた。寝間着の襟を開けて風を入れるようにすると、

「ねぇ、少しお湯に入ったら、私、背中を流してあげるから……」

湯屋へ入ると、湯煙で何も見えなかった。岩風呂の石の上に座ると、珍しく汗が吹き出してきた。目を閉じると、打ち湯の水音が湯屋の中に響いた。木戸が開く音がした。

「あら、煙だらけね」

金魚の声がした。宿の浴衣を着た金魚が煙の中に立っている。

「そんなとこに座って、湯船に入らないと駄目ですよ」

近寄ってきた金魚を見上げると、巻いた帯でくびれた腰が美しい流線型を描いていた。

「じゃ先に背中を流しましょう」

よいしょと声がして湯を汲《く》む音が背後でした。

「熱いようなら言ってね」

背中に湯をかけられて、私は背伸びをした。フフフッ、熱かった、と金魚が笑った。

やわらかな手が私の肩に触れた。

「さあ、お酒を皆身体から出しちゃって、それから……」

金魚が話している時、私は肩に置いた彼女の手を握りしめて胸元に引き寄せた。

「あっ、いけません」

私はかまわず手を引き寄せて振りむきざまに金魚を抱きすくめた。嫌、駄目なの、後ずさろうとする金魚を強引に抱き寄せた。痛、痛いから、口走る金魚の唇を唇で塞いで、私は馬乗りになった。駄目です。お客さん。かんにんして下さい。襟元からこぼれた乳房を鷲掴《わしづか》むと、金魚の顔が歪んだ。金魚は必死になって身をひるがえし岩床の上に這《は》い上ろうとした。私は太股《ふともも》を摑んで、両脚を押しひろげた。声を出しますよ。やめて下さい。私は金魚の横っ面を張った。ちいさな悲鳴を上げた。それでも逃げようと踠《もが》く金魚の上半身が湯船に入りそうになっている。水を叩いて、お願いですから、やめて下さい、と金魚は声を上げる。おとなしくしろ、と私はもう一度頰を叩いて覆い被《かぶ》さった。その瞬間私も金魚も湯船の中に頭から落ちた。浮き上った金魚の口を片手で塞いで、私は背後から浴衣を脱がせた。ごつごつした感触がした。湯船の奥にある岩まで金魚を押し出し、そこに身体を押しつけた。嗚咽《おえつ》が聞こえてきた。私はかまわずに金魚の腰をかかえて性器を押し込んだ。あっ、と短いため息がこぼれて金魚の身体が伸び上った。口を塞いでいた手を外して身体を引き戻し、私は性器をさらに奥へ突いた。荒い息が聞こえた。観念したように金魚は岩に俯《うつぶ》せている。海老《えび》のように曲げた背中を見て、私は息を止めた。右の肩胛骨《けんこうこつ》から腰のあたりまでにメロンを半分に割ったような瘤《こぶ》がふたつ突起していた。指先で触れると、痛い、痛いから、そこに触らないで下さい、と言って金魚は泣き出した。これが金魚が客と寝なかった理由なのだと、瘤を見直した。

「痛いのか、触ると」

私が聞くと金魚はうなずきながら、

「お願い、見ないで下さい」

と懇願した。湯の中にいるせいか抗《あらが》って興奮したせいか、その瘤はあざやかな桃色に染まっていた。天井の灯りに揺れる肉塊は背中に描かれた波模様のように彼女が息をするたびに揺れていた。指先でそっと触れると、表面はやわらかだった。私は昂奮《こうふん》した。金魚の胸に両手を回して彼女の身体を起こした。胸元に奇妙な感触がする。性器を突き上げると、金魚が艶やかな声を上げた。湯船の中に立つ金魚はかたむきそうになる身体を私の二の腕を摑んで支えている。また金魚が声を上げた。その声は長く尾を引くように湯屋の中に木霊《こだま》していた。


高松《たかまつ》の市内へ入った頃、私は目を覚ました。

「お客さん、競輪場のある場所はわかりなさるかね？」

運転手が聞いた。

「誰かそのあたりの人をつかまえて聞いてみろ」

運転手は信号で停止した時、隣りに並んだ車の運転手に声をかけた。

「ようわかりましたわ。この国道を真っ直ぐ走ってしばらく行ってから右折だわ」

見上げると雨雲が垂れ込めていた。

「また降るんですかね、これは」

運転手が言った。

「どうだかな、それにしてもよく降るな」

「松山にいらっしゃる間はずっと雨だったかね。しかし競輪場を巡っていなさると、金がもたんでしょうが……」

私は雨雲を見上げた。あの雲を誰かが何かの拍子に棒かなんかで突《つつ》くと雨水が一斉にこぼれて来そうな気がした。そう思うと、私は自分が池の水底にいる気がしてきた。競輪場も酒場も、この車も実は水底でせこせこと蠢《うごめ》いているのではないだろうか。

——そうかね。ボートで遊んどったのかね

耳の奥からあの老婆の声がした。

私も弟もボートが好きだった。弟は仕事に疲れるとよくひとりで別荘からボートを出して、ひとりで湖の上にいた。

——まさか……

私は首を横に振った。

——ネネが、ネネが……

老婆の声が耳の底に響いた。その声を遠ざけるように、どこからともなく水音が聞こえてきた。ゆったりとした水音だった。櫂《かい》が水面を叩く音に似ている。遠い日、この水音を聞いた気がする。いや、遠い記憶の中に聞こえていたものではないかもしれない。

すると見つめていた雨雲の中をゆっくりと泳いで行く一匹の鮮やかな妖魚《ようぎょ》の姿が見えた。白鱗《はくりん》と紅鱗《こうりん》を光らせながら、その魚は黄金の瘤を揺らして西へむかっていた。

「お客さん、着きましたで……」

遠くで運転手の声がした。

第八話　野《の》火《び》止《どめ》

宿は競輪場のむかいにある公園の端にあった。古い木造の二階建てで、内田《うちだ》を見ると宿の者が愛想を言った。

私は部屋に案内されるとすぐに風呂へ行った。身体が冷えていた。心臓の調子が少しおかしかった。

ちいさな湯屋だった。湯煙のむこうに鯛《たい》を釣り上げている恵比寿《えびす》の絵がおぼろに見えた。湯は熱過ぎて入れそうもなかった。私がタイルの上にしゃがみ込んでいると、内田と少年が入ってきた。

「おう、入ってんのか」

内田の右足は膝から下の部分が切断されていた。内田は器用に飛び跳ねながら、湯船のふちに摑《つか》まりそばに突っ立った少年に湯をかけてやった。

「熱いの」

少年は甘えたような声で言った。

――親子なのだろうか

「はよう入れや、風邪を引くでよ」

少年が湯船に飛び込んだ。水しぶきが散った。熱い、熱いと言いながら少年は湯船に立って身体をこすっている。

湯船の中ではしゃぐ少年の笑い声が湯屋の中に反響した。競輪場で鬱々として話していた大人びた声と湯屋の中に流れる少年の声はまるで違っていた。衣服を脱いだ分だけ開放的になったのか、あるいは本来がこんなふうに明るい性格なのかどうかはわからないが、その声には歳《とし》相応のあどけなさがあった。

それにしても二人の囁《ささや》き合うような会話は異様に思えるほど仲睦《なかむつ》まじかった。狭い湯船の中で何がそんなに可笑《おか》しいのかわからないが、二人は笑い続けている。湯煙のむこうに揺れる二人の影は猿や犬の親子が戯れる姿に似ていた。

ようやく汗が額から滲《にじ》んできた。競輪場や屋台にいる間ずっと耳の奥で響き続けていた不快な雨音も失《う》せていた。

私は湯屋を出た。背後でまだ二人の笑い声が響いていた。

雨の中を外へ出るのも億劫《おっくう》だったので、私は宿の者に酒を持ってくるように言った。

「お客さんは内田さんのお連れさんかね」

と髪にスカーフを巻いた宿の女が聞いた。

「いや、競輪場で逢《あ》っただけだ」

「そうかね。あの人には気を付けられた方がええですよ」

「何がだ？」

「普段はおとなしくてええ人じゃが、酒が入ると少し気が大きくなるから」

女はピーナッツの入った皿を出しながらうつむき加減に言った。

「別に連れじゃないから関係ない」

「ならいいけど……」

「窓を閉めてくれないか、雨がうるさくてしようがない」

「お客さんは神経質なんだね」

女は立ち上って窓を閉めた。

私は次にむかう競輪場のことを考えながら酒を飲んだ。そろそろ北へむかいたかった。

一本目のウィスキーが空になりそうになった。私は代わりのウィスキーを注文した。

障子のむこうから女の声がした。障子が開くと女の背後に浴衣姿の内田が立っていた。

「ひとりでやっとるのか。ちょっと一緒にやるか」

「内田さん、お客さんはゆっくりなさっとるところじゃから」

女が言うと、いきなり内田は女の頭を音がするほど強く叩《たた》いた。

「何をいらんことをぬかしやがる。早う下へ行って酒を持って来い」

「は、はい」

女は怯《おび》えたように答えた。

「けどおまえもよう飲むな」

内田が私の前に胡坐《あぐら》をかいた。すぐに障子のむこうから、ウッさん、ウッさんと少年の声がした。

「おう、マサか。入って来いや」

少年は下着姿だった。

「浴衣を着んかよ、風邪ひくぞ」

少年は甘えたように首を横に振って内田の膝の上に乗った。内田は嬉《うれ》しそうに少年を抱き寄せた。

「ほれ、これが明日のレースの前夜版じゃ。メンバーはほとんど残っとるで。俺たち、明日は競艇じゃから」

と内田は浴衣の袂《たもと》から予想紙を出した。私が目もくれないで酒を飲んでいると、

「おまえは変わっとるの。競輪場じゃ眠ってばかりおったらしいの、何をしに競輪場へ行っとるんだ」

私は内田の言葉を無視して新しいウィスキーの封を切った。

少年が内田の耳元で何事かを囁いている。

いつの間にか少年の姿が毛むくじゃらの猿の姿に変身していた。

女が酒を持って入ってきた。

「悪いが窓を閉めてくれ」

私が言うと、女は、

「窓はさっき閉めましたけど」

と怪訝《けげん》そうな顔をした。

「いいから、ちゃんと閉めろ」

「客が言う通りにせんかい、この女は。焼きを入れるぞ」

内田が怒鳴ると膝の上の猿がケタケタと笑った。女が窓辺に行って引き返してきた。

「ちゃんと閉めたか」

「はい」

見ると女の頭の上に兎《うさぎ》が乗っていた。兎は女の頭上で何かを両手で摑み、それを前歯で食べている。

「蒲団《ふとん》はどうしましょうか」

女が言った。

「いいから、もう行け」

内田の声にそちらを見ると、内田の胸元に白い猿が一匹しがみついていた。猿は私に対してあきらかな敵意をもっているようで白い歯を剝《む》き出していた。

「おい、一杯つき合わんか」

内田は猿を抱いたまま盃《さかずき》を私に渡そうとしている。猿が盃を取り上げた。

障子を引っ搔《か》く音がした。見ると兎が二匹入口の障子の隅に居る。一匹は障子に足を上げて爪を立てている。もう一匹はじっと座ったままピーナッツを食べていた。

私はウィスキーをグラスに注いだ。

笑い声が聞こえた。内田の頭の上に猿が乗り、髪の間から何かを拾い上げて口の中に入れる。猿が髪の毛をかき分けるたびに内田は腹をかかえて笑う。

私は雨音にふりむいた。カーテンが揺れている。

──あの女、窓を開けたままにして行ったな
私は逆上して窓辺に歩み寄った。すると開け放った窓から白い大蚯蚓《おおみみず》がいっせいに闖入《ちんにゅう》してきた。よく見ると蚯蚓は淡いピンク色のぬるぬるした表面から彼等の子供か分身のような蚯蚓を次から次に畳の上に吐き出し部屋の中を蠢《うごめ》いている。兎は渦巻いている蚯蚓の群れを器用に飛び跳ねて避けながら障子戸のそばを離れずにいた。

内田と猿は蚯蚓を身体《からだ》に巻きつけて喜んでいる。内田が引き千切った蚯蚓を猿はバナナの皮を剝くように美味《うま》そうに食べている。

部屋は闖入してきた蚯蚓の群れで壁も障子も外側にむかって膨らみはじめていた。ふりむくと厖大《ぼうだい》な数の蚯蚓が次から次に窓から流れ込んでくる。

「窓を閉めろ」

私は叫んだ。

「うるさい。静かにしろ」

内田が怒鳴った。私は内田にウィスキーのボトルを投げた。内田が立ち上って私に突進してきた。それはひどくスローな動きだった。私は相手の下腹を蹴り上げた。内田があおむけに倒れた。蚯蚓が一斉に撥《は》ね上る。猿が歯を剝き出して襲ってきた。私は猿の

頭を鷲摑《わしづか》みにした。猿は巧みに頭をずらして私の手に嚙《か》みついた。鈍痛がした。猿は倒れた内田のそばに駆け寄って泣き叫んでいる。内田と猿がゆっくりと私の周囲を回りはじめた。彼等は蚯蚓のかたちを失い、白蛇のように変身した大きな化け物の胴体の上に乗って部屋の中を回っている。胴回りが一メートル以上はありそうな奇怪な化け物である。蛇ではない。私はそいつの頭を探した。それは一匹の巨大な魚だった。薄茶色の魚体の上に内田も猿も兎も乗せて、私の周囲を静かに泳ぐ。魚の目は濃い緑色で発光するような視線で私を見据えている。私は机を持ち上げて魚の頭にむかって投げつけた。机は岩石に当ったように撥ね返された。私は咄嗟《とっさ》に窓を閉めなくてはと思った。窓辺に行くと外には水族館の水槽をのぞいたようにゼリー状の水が波打っており、部屋にいるのと同じ魚がじっとゼリーの中から私を睨《にら》んでいた。私は渾身《こんしん》の力を込めて窓を閉めた。鍵をかけ終えた途端に化け物は失せて、私の手からは血が流れていた。

泣き声がした。ふりむくとひっくり返った机のむこうで倒れたままの内田の胸にすがって少年が泣いていた。

私は肩をしゃくり上げる少年の背中と浴衣から片足だけを伸ばして畳に倒れている内田を見つめていた。

すると音もなく障子戸が開いて、宿の女が入ってきた。女が悲鳴を上げた。私は女にむかって走った。女は叫び声を上げて外へ駆け出した。

「待て、何が、どうしたんだ」

私は廊下へ出ようとして自分が何かを手にしているのに気付いた。見るとそれは血まみれになった人間の足だった。毛むくじゃらの足を私はしっかりと握りしめていた。私は足を放り投げた。足は乾いた音を立てて転がり壁際で止まった。

廊下へ出ると、階段のある踊り場に黒い影が立っているのが見えた。私は立ち止まって影をじっと見た。

――ソフト帽だ
「待て。貴様、俺に何をした」

私はソフト帽にむかって突進した。ソフト帽は一瞬私にむかって白い歯を見せ足音も立てずに階下へ去った。

「待て、貴様」

私は階段を駆け降りた。宿の一階は玄関の戸が半開きになっていた。外にソフト帽が立っている。私は素足のまま外へ飛び出した。ソフト帽の姿はない。私は雨の中で表通りの左右を見渡した。公園の入口にそこだけが異様に黄色に光る大きな銀杏《いちょう》の木が聳《そび》えていた。その木の下にソフト帽が立っている。私は銀杏の木にむかって走った。ソフト帽は木によじ登って行く。銀杏の木の下に辿《たど》り着いた私は木を見上げてソフト帽の姿を探したが、ソフト帽は巧みに身を隠しているらしく姿を見つけることができない。

「よし、そこで待ってろ」

私は木に登りはじめた。雨に濡《ぬ》れた木は登り辛《づら》かった。中程まで登ると、ソフト帽は幹からふたまたに岐《わか》れた枝に背をむけて股がっていた。

――とうとう追い詰めた
私は内心喜んだ。

「おい、こっちをむけ。でなきゃ、そこから突き落とすぞ」

ソフト帽は私の声を無視し、枝をゆっくりと揺らしながら何かを見上げている。

「よし、ならそこへいろ。貴様の化けの皮を引っ剝がしてやるからな」

私はソフト帽が股がる枝へ渡ると少しずつ近づいて行った。細い枝が私とソフト帽の重さで撓《たわ》んだ。指先があとわずかでソフト帽の背中に届くところまで近づいた。首筋を摑んでやろうと思った時、ソフト帽の背中に艶やかに伸びた長い髪が見えた。

――こいつ女だったのか
と背中を見直した途端に私の身体はゆっくりとかたむいて行った。

――あっ、落ちる
と思った瞬間に私の身体は宙で停止した。誰かが右手を握って支えていた。相手は私を引き上げようとするのだが、持ち上らない。必死の思いで顔を上げた。

「おまえ」

私は相手を見て思わず声を上げた。

「お客さん、お客さん」

女の声で目を覚ました。ぼんやりと瞼《まぶた》を開けるとカーテンの隙間から差し込む陽差《ひざ》しがまぶしかった。

「お客さん、お連れさんはもうお出かけになりましたよ」

入口の方を見ると宿の女が半開きにした障子戸の隙間から覗《のぞ》いている。

「何時だ？」

「もう十一時過ぎです。お風呂が沸いてますけど……」

「わかった。ビールを一本持ってきてくれ」

「お風呂のあとですか」

「いや今すぐだ」

「はい」

ビールを飲みながら昨夜のことを思い出そうとしたが断片的なことしか浮かんでこなかった。

右手がかすかに痛んだ。小指の付け根から甲にかけてちいさな傷があった。薄《うす》らとかさぶたができている。

――どうしたんだろうか？

触れるとまだ痛みがある。部屋の中を見回した。昨夜と窓の位置が違うような気がする。

「失礼します」

男の声がした。障子戸が開いて、宿の主人だと名乗る男が挨拶した。

「実は昨晩《ゆんべ》のことですが……」

主人は困ったような顔をしている。

「昨日の夜がどうしたんだ？」

「隣りの〝あやめの間〟でお騒ぎになった分のご請求ですが」

「騒いだ？　誰がだ」

「お宅さまとお連れさまがです」

「俺が……。どうしたっていうんだ」

「昨晩、ずいぶんとお酔いになってお連れさんとえらく騒がれたもんですから。先程お立ちになったお連れさんがお宅さまの方へ勘定をと申されました」

「騒いでどうしたんだ」

「はい、少々部屋が破損しまして……」

私は立ち上って隣りの部屋の様子を見に行った。

脚の折れた卓袱台《ちゃぶだい》が隅に立てかけてあり窓辺の椅子も毀《こわ》れている上に障子のほとんどは穴が開き、ところどころに血の痕のようなものまで滲《にじ》んでいた。

「俺がやったのか？」

「ええ、お連れさまといさかいを起こされまして……」

主人はコードが引き千切られた電話機を見せながら、

「で、うちの方も警察に届けましてもしようがありませんし、弁償をしていただけるんならそれで結構ですから」

と顔色ひとつ変えずに言った。

「どうして俺はこの部屋へ来たんだ？」

「元々、お宅さまの部屋でございましたから」

「ここが俺の？」

言われて見回すと窓の位置にも見覚えがある。私は窓を開けた。黄色に染まった銀杏の木が階下から伸びていた。

「で、最後はどうしてあの部屋で眠ったんだ」

「私がお運びしました」

「この部屋からか」

「いいえ、大声を上げて外へ飛び出して行かれまして、見つけましたのはむかいの公園で」

「公園でどうしてた？」

「ベンチで寝てらっしゃいました」

「そうか……、わかった」

私は部屋を出て隣りに戻ろうとした。背後で、お支払いいただけますね、と丁寧な主人の言葉が聞こえた。

飛行機はゆっくりと羽田沖《はねだ》を降下して行く。

東京の街の灯が黄昏《たそがれ》の中にきらめいている。

先刻から同列のシートに座る母親が抱いた赤児《あかご》が火のついたように泣いている。その泣き声に昨夜の少年の泣きじゃくる声が重なった。

早くこの機内から降りてしまいたい。数日前から私は、自分が些細《ささい》なことで苛立《いらだ》つことが怖くなっていた。高松《たかまつ》の旅館の部屋の無惨な姿が浮かんだ。

――またはじまったのか……。

私は東京湾に浮かぶ船を見ながらつぶやいた。

――どうして憶《おぼ》えていないんだ
以前にも昨夜と同じようなことがあった。たしか東北のホテルで朝目覚めてみると、部屋の中の家具をすべて積み上げて要塞のようなものを作り上げていた。まるで蓑虫《みのむし》が己を守るために小枝を集めて巣をこしらえたような奇妙なかたちをしていた。私はそれを見て呆然《ぼうぜん》とした。いったい何から自分を守ろうとしたのかはわからなかった。何者かに怯えて必死でベッドをバラバラにし椅子を毀しそれらを電気のコードや電話のコードで繋《つな》いで囲んでいた。部屋の隅に安全なスペースを作ったに違いなかった。おそらく何者かから逃れようとしていたのだろう。

――誰から逃れようとしていたんだ

しかし私が今回のことを怖れるのは、東北のホテルの状況とは正反対のことが起きているからだった。何かから逃れようとしていた東北と違って、昨夜の私はあきらかに暴力的な行動を取っていた。あの障子に付着した血痕は私のものではないだろう。内田と名乗った男のものか、それともあの少年のものか……。

記憶にないのだ。

それは数年前にも頻繁に起こった現象だった。その結果私は大勢の人を傷つけ、そして最後に悲惨な結末を迎えた。

女の声が耳の底から聞こえてきた。それは私が通っていた病院のセラピストの声だった。

「たぶんそれは記憶が失われているだけではないと思われます。その時あなたがなさった行為を起こすきっかけになった衝動、つまり意識が失われているんです。おそらくあなたも気付かない、無意識下に存在するもうひとりのあなたがいるのかもしれません」

セラピストは私に淡々と言った。

「それは俺が狂人ということなのか」

「そうとは言えません。あなたは普段はごく普通の方ですし、たとえばコントロールができない別の意識の中に入っていても、あなたは正常なはずですから」

「もうひとりの俺が存在するのか」

「たぶん、そうでしょう。もうひとりの人格があるんです。でもそれは決して急にあらわれたものではなくて、あなたがこの世に生まれた時から少しずつ成長していった人格のはずです」

「どうすればいいんだ。そいつにそんな行為はやめるんだと言い聞かせるには」

「ご自分をよく観察して、いつも冷静に行動をなさることでしょう」

「いい加減なことを言うな。そんなことでそいつをコントロールできるのならとっくにそうしている」

「あなたをよくご存知の方に冷静に見てもらって何もかも打ち明けるのです。あなたの中に閉じ込められたまま解決されずにいる人格があるのです」

「うるさい」

私は彼女の言葉の中に問題に対処するひとつの方法を見つけた。

時間を消滅させて行く。

それ以後、私は積み上げて行く時間というものをいっさい否定する方法でバランスを取ってきた。私はすべての行動の基準を、過去と因果関係を持つものを排除することで解消できた。必要以上に感情を昂揚《こうよう》させることをやめた。だから何かを望むこともなければ、目の前で起きたことに失望することもなかった。感情の起伏を抑えることでここ数年の私の生のバランスは保たれてきた。

――いったいどこからおかしくなったんだ

飛行機が着地し、滑走路を滑り出した。

——いや、待て。昨夜どうしてあんな行動を取ったのかを考えてみよう

少年に出逢《であ》った。それはよくあることだ。話しかけてきたのは少年からだ。おそらくあの少年は自分の話に乗ってきそうな大人を捕えて、いくらかの小銭を得ることができればよかったのだろう。少年の顔が私の過去に関わった誰かに似ていたのか。そうではあるまい。あの男……、内田と言った。右足のない男。松葉杖《まつばづえ》……。何かがありそうな気がする。あの筋肉質の腕、拳、目つき……、どこかで似た人間と逢ったような憶えがある。

しかしそれが誰なのか思い出せない。

芝《しば》公園にあるTホテルにチェックインすると、フロントマンが愛想良く迎えた。羽田から予約の電話を入れた時に断わられると思っていたが、すぐに部屋を用意してくれた。このホテルの部屋代を八ヶ月分余り滞納していた。

電話を取ってフロントマンを呼んだ。

「マネージャーはいるか」

ほどなくマネージャーに替わった。

「俺の未納の部屋代だが、いくらになっているか今わかるか」

「少々お待ち下さい。折り返しご連絡します」

数分後に電話が鳴った。

「未納分はございません」

「ない？」

「誰が支払ったんだ」

「それは今すぐにはわかりませんが……」

「至急調べてくれ。それと預けておいた衣服を持って来てくれ」

電話を切って、ルームサービスを待ち切れず、私は部屋を出ると階下のバーへ行った。

顔馴染《なじ》みのバーテンダーから声をかけられた。

「ウィスキーをストレートで、トリプルだ」

一気に飲み干した。

「もう一杯くれ」

「相変わらずお強いですね」

「いらぬことを言うな」

もう一杯をあおって、私はバーを出た。エレベーターに乗り込むと、急に何かに怯えはじめた。

「どうしたって言うんだ、俺は」

部屋に戻ってウィスキーを飲み続けた。少しずつ壁が迫ってくる。幻覚がはじまりそうだった。電話が鳴った。

「お支払いは、ユウ・コーポレーション様になっています」

聞いたことのない会社名だった。

私は着替えて外へ出た。タクシーに乗ると材木町《ざいもくちょう》にあるバーの場所を告げた。タクシーを降りて、地下にあるバーの階段を下りた。店の中は混み合っていた。弓枝《ゆみえ》はカウンターの隅に腰かけた私に気付いたがすぐにそばには来ようとしない。

「ボトルを一本入れろ」

「銘柄のご指定はありますか」

「ウィスキーなら何でもいい」

「水割りになさいますか」

「いいから早くウィスキーとグラスを出せ」

弓枝がやって来た。

「ここにはもう来ないって約束じゃないの」

「今夜でもう顔は出さない」

「この前もそんなことを言ってたわ」

弓枝の眉間に皺《しわ》が寄っていた。

「ネネの連絡先を教えてくれ」

「知らないわ」

「うそをつくな」

「知ってても教えない。もうネネはあなたとは無関係なんだから。彼女もはっきりそう言ってたわ」

「無関係な奴が俺の旅先の宿代やえらくたまっていたホテル代を精算するのか」

「そんなこと知らないわよ、私」

「いいから教えろ。ひと言、礼を言いたいだけだ」

「うそ。あなたは自分が手に入れたいものがあれば平気でうそをつくから」

私は弓枝を睨んだ。弓枝は目を逸《そ》らして客を見回している。

「ねぇ、私の煙草《たばこ》を取って」

弓枝がバーテンダーに言った。バーテンダーが黒いバッグを手渡した。弓枝がバッグから煙草を取り出した。バッグをバーテンダーに返そうとした時、私はそのバッグを横から奪い取って一気に階段を駆け上った。


ノビドメ×丁目×番地という住所を見つけた時は深夜の二時を過ぎていた。

タクシーの運転手はようやく探し当てた住所に大きくため息をついた。

その建物は奇妙なかたちをしていた。半円形の屋根から光を採るガラス窓が十字架のように四方に伸びていた。外壁は打ちっ放しのコンクリートでできていた。周囲に塀はなく芝生と幾何学模様のコンクリートの板が建物を囲み、欅《けやき》の木が建物と同じ高さに一本だけぽつんと聳えていた。

月が建物の背後にある大きな松林のむこうに浮かんでいる。冷たい月明りだった。

私は建物にむかって歩いて行った。正面入口に大きな木製の扉があった。扉の中央に〝YOUGALLERY〟と描き文字がレリーフにしてあった。インターフォンを押してみたが返答はない。

私は建物を一周した。ドアをノックした。裏手に通用口のようなドアがあった。ノブを回したが鍵が掛かっている。ドアをノックした。どうやら誰も住んではいないようだった。

通用口の横手にトイレか何かの窓があった。私は松林へ入って手頃な石を拾ってきた。窓ガラスを割り、内鍵を外して窓を開けた。中に入ると、そこは炊事場だった。炊事場のドアを押すと螺旋階段の途中に出た。階段を上ってホールに出た。月明りが斜めにホールの床に差し込んで壁にまで伸びている。その壁に一枚の絵が掛けてあった。

悠の絵だった。

弟が初めて地中海旅行へ出かけて描いた北アフリカ海岸の港町の絵だった。それは弟の出世作のひとつで、本人もひどく気に入っていた作品だった。黄土色を基調とした海岸線が海と空の間を横に連なり、真昼の空に月が浮かんでいるシュールな構図の作品だった。

「いい絵じゃないか、なにか人を誘い込んでしまうような、不思議な魅力があるよ」

「兄さんにそう言われると嬉しいな」

初めてこの絵を私に見せた時の弟の恥じらったような表情がよみがえってきた。

月明りの下で眺めるせいか、目の前の絵が光彩を放っているように見えた。

弟の絵を彼が死んでから、こんなふうに真っ直《す》ぐ観《み》るのは初めてのことだった。

私はしばらく絵の前に佇《たたず》んでいた。奇妙な安堵《あんど》感につつまれた。その感情がどこから来るものなのかはわからなかった。ホールの闇に目が慣れてくると、他の作品の輪郭が少しずつ判《わか》ってきた。

ホールの中央の台の上に展示してあるのはブロンズ製の馬の像だった。弟がこの像を制作するために一ヶ月余り軽井沢《かるいざわ》の牧場へスケッチに行った夏のことを思い出した。

――たしか三頭の馬の像を悠は制作したはずだった……

ホールの中でその像と対になる位置に同じように馬の像の影が浮かんでいた。ここにある彫刻はそのふたつの作品だけだった。

――当り前だ。残りのひとつは俺が毀してしまったのだから……

私は室内灯のスイッチを探した。ここに弟のどんな作品があるのかをたしかめたかった。スイッチはほどなく見つかった。

弟の作品群に私は囲まれていた。ひとつひとつを見て歩きながら、あらためて弟の才能の豊かさを認識した。螺旋階段を上ると中二階のスペースがあった。そこには弟の後期の作品が展示してあり、ひとりの女性を描いた作品が並んでいた。

ネネだった。

海を見つめているネネ。バイオリンを弾いているネネ。読書をしているネネ。笑っているネネ。もの思いに耽《ふけ》っているネネ。いきいきとしたネネの表情がすべて、そこに描かれてあった。それは弟とネネの至福の時間でもあった。

——ネネが一番美しかった時だ

私は胸の中でつぶやいた。

中二階ホールを降りようとして、カーブをえがいた壁にぽつんと一点だけ絵が掛けてあるのが目に止まった。

その絵に歩み寄ろうとして、私は思わず足を止めた。

その絵には松葉杖をついた男の肖像が描かれていた。肖像の主が誰かということが、私にはすぐにわかった。

母の義弟だ。升田一慧《ますだいっけい》。忘れもしない男の肖像だった。私の母を苦しめ虐《しいた》げ、死に至らしめた男だ。父を亡くした母に言い寄り執拗《しつよう》に母を弄《もてあそ》んだ叔父である。

——なぜ、弟はあんなに憎んでいた叔父の肖像を描いたのだろうか

絵を見つめているうちに私は指先が震え出した。

——あの男と瓜《うり》ふたつだ

少年を連れていた内田と叔父の顔が重なった。

「あなたが閉鎖しようとしている過去が顔をのぞかせる時、もうひとりのあなたの人格があらわれるのです」

セラピストの女の声が耳の奥でした。

私は驚愕《きようがく》して絵の前から後ずさった。階段を転がるように降りて正面の扉を開き、私は建物を出た。

どちらへ駆け出したらいいのかわからなかった。ただ月明りのある方へ逃げようと思った。コンクリートの板を乗り越えて松林の中へ入っていく。枯れ松葉を踏む音が周囲に響いた。風が松葉を鳴らしていた。その音が人の声のように聞こえる。何を言っているのかはわからないが、私を嘲笑《ちようしよう》している気がする。ただどこまで走ってもその声は止《や》むことがなかった。

ようやく林を抜けると、そこは寺院の境内のようだった。池の水に月が映っていた。正面に見える本堂の陰には何か恐怖が待ち受けているような気がした。私は本堂を背にして走り出した。どこへ逃れていいのかは見当がつかなかった。

前方にようやく灯《あか》りが見えた。辿り着くとそこは、自動販売機が数台置かれた場所だった。灯りの下で私は膝をついた。腹の底から突き上げるような吐き気がした。喉が鳥のような音を立てて、私は嘔吐《おうと》し続けた。黄土色の液体をすべて吐きつくして、私は周囲を見回しよろよろと歩きはじめた。電信柱を抱くようにして身体を預けた。柱の標識に見慣れない文字があった。

「野火止《のびどめ》……」

私はその言葉をちいさくつぶやいた。

＊

「なんだ、その面はよ。不服でもあるって言うのかよ」

「…………」

「おまえ、これだけでも取り込めたってことの意味がよくわかってないんじゃないのか」

「…………」

「紙クズ同然の手形で現金が拝めたんだから御《おん》の字だろうが。本来ならおまえはお天道さんを拝める立場じゃなかったんだぜ。まともな身体でいられんのは誰のお蔭《かげ》か、わかってんだろうな」

「…………」

雀荘《ジャンそう》の隅から霧生《きりう》の事務所の若衆の低い声が聞こえる。取り立てた金のことで揉《も》めているのか、先刻から小三十分話が続いている。一方的に片割れの男が喋《しゃべ》っている。押し黙ったままの男の表情は背後にいてわからないが、彼が少しずつ形勢を変えようとしているのがわかる。

卓の対面にいる霧生の牌《パイ》を切り出すタイミングが三巡前からおかしくなっていた。それはよほど注意を払っていないと見逃してしまう微妙な気配で、鳥打ちが獲物に気付かれないように仕掛けたカスミ網の場所をずらす姿に似ていた。背を丸くして草叢《くさむら》を動く霧生が見える。しかし狡猾《こうかつ》さを隠そうとすればするほど捕えようとするものの気配は捕われる側に伝わってくる。それなら早目に鳥は草叢から飛び立てばいいように思えるが、飛び立った瞬間に、そこへ二重三重のからくりが仕掛けてあって、無惨に網に掛かってしまうものだ。

例えば繁殖期の雲雀《ひばり》は己のこしらえた巣に何通りかの帰巣ルートを用意し巣の場所を敵にさとられないようにする。同様に何通りかの離巣ルートも持っている。そのふたつを巧妙に組合わせて雲雀は卵を孵化《ふか》させ雛《ひな》を育てる。鳥打ちは鳥打ちで雲雀の飛翔《ひしょう》ルートを長年の経験と勘で分析し、裏をかいて行く。しかし裏をかけば、鳥はそのまた裏をかき、かかれた鳥打ちはまた裏を……と、表になったり裏になったりすることをくり返しているだけなのである。それでも或《あ》るレベルにまで技術が進んだ鳥打ちが仕掛けをすると、勝負はひどく単純に片がついてしまう。それは相撲で言うと、一見あっけない取り口に見えたものに、高度なレベルの掛け引きが隠されていることに似ている。罠《わな》は所詮罠でしかなく、小手先で行なわれたことは勝負を分ける決定的な要素にはなりえない。麻雀《マージャン》というゲームにはそれが顕著にあらわれる。霧生はおそらく網を仕掛けている。それがブラフであったとしても私にも残りの二人にも伝わっている。誰かひとりが霧生の威嚇に反応して戦うフォームを変えると、展開はまるで別のものになる。麻雀は相手のフォームを崩すゲームである。

「それじゃ、何か、手前はこれじゃ引けないってわけかよ」

背後の若衆の口調が変わった。

霧生の上半身が一瞬動いた。

威脅は相手にそれが通じる間だけのもので、効力を失った瞬間から愚行にしかならない。チンピラの喧嘩《けんか》と同様に声高な方が敗れる。

「斉藤《さいとう》、静かにしろ」

霧生が低い声で言った。

「すみません。よし、なら河岸《かし》を変えて少し話を聞きましょうか」

若衆の立ち上る気配がして、白いスーツ姿の男が狭い雀荘の壁際を身体を斜めにして霧生の背後を会釈しながらすり抜けた。少し間を置いて、ジャンパー姿の若い男が出て行こうとした。男の身体が霧生の左肩に触れた。

「あっ、痛えな」

霧生が間が抜けたような口調で言った。男が立ち止まった。霧生は口をすぼめて、右手でゆっくりと左の肩を揉んだ。男は霧生の背後に立ったままじっとしている。私は男の顔を見た。色の白い男だった。三十歳前後にも見えるし五十歳近くにも思える。男を若く見せているのは彼の肌の白さだが、霧生を見下ろしている目には、或る領域をくぐり抜けないと付着しない垢《あか》のようなものがこびりついていた。

「邪魔だよ。どけ」

上家《カミチャ》の男が突っ立った男に言って牌を切り出した。

「和了《ロン》だ。これでひっくり返ったろう」

霧生が上家の切り出した牌に手牌《テハイ》を倒した。三人が和了牌と霧生の手役《テヤク》を見た。顔を上げた時に背後の男は失せていた。

私は壁の時計を見た。私の視線に気付いたのか、霧生が腕時計を見て言った。

「もう少し遊べるだろうよ」

「次で抜けよう」

私が言うと、

「もう少しつき合えよ」

と霧生が私の目を見た。

「ここらが仕舞い時だ。喉が渇いたな」

「お飲みものお持ちしましょうか」

従業員の声に、私は首を横に振った。

「周《しゅう》さん、この先に面白い遊び場があるんだが行ってみないか。あと小一時間もすりゃあちょうど良くなる」

時刻は夜の一時を少し回ったところだった。私は黙って、手牌を伏せた。

ホテル街の入口のビルの地下にあるカジノに霧生は私を連れて行った。私は酒を飲みはじめた。

カウンター越しの鏡に映っている霧生はバカラのテーブルの中央に座って、前のめりになっている。麻雀を打っている時の霧生は構えにこれといった力みもなく、彼の手の内で押し引きを捌《さば》いているのに、テーブルから身を乗り出している姿には危なっかしい気配が見えた。

三日前に新宿へ来た。顔見知りの雀荘へ行くと、霧生がまたこの街へ戻っていると言われた。

「あの女の件は忘れてやるよ」

私が霧生に連絡を取った時、彼は受話器のむこうで言った。

「つまらないことを口にするな」

私が言うと、

「おまえにとってはそうでも、俺にとっちゃあ結構大事なことなんだ」

と青森で関わった女の話をした。

「あの女、死んだよ」

「そうか……」

「どんなふうに死んだか聞きたくないか」

「別に興味はない」

「相変わらずだな。ところで何の用だ」

「捌いて欲しいものがある」

「モノは何だ?」

「絵だ」

「何だって」

「だから絵だよ」

「骨董《こっとう》か」

「そんなもんだ」

「少し時間がかかるぞ」

「それはかまわん」

「ところで今どこにいるんだ。電話の感じじゃ近いな」

「新宿だ」

「同じハコにいるのか」

弟の絵を取りに来たのは霧生の若衆だった。私はホテルの部屋の隅に置いていた絵を渡した。

「で、いくらお入り用で?」

私は片手をひろげた。ほどなく霧生から連絡があって、言い値ほどになるかどうかわからないと言ってきた。

霧生はバカラのテーブルに紛れていた。私は空になったグラスを差し出した。バーテンダーの姿が見えず、替わりにホステスがウィスキーを注いだ。

「ヘビー・ドリンカー」

北欧系の顔立ちをした金髪の女が愛想笑いをしながら言った。両肩が露出した女の肌には無数のしみが浮き出ている。天井のスポットライトに浮かぶ体毛が猫柳の芽のように光っていた。

「一度、休みだな」

霧生が隣りにやってきた。鏡に映った霧生の顔は先刻とは別人のように赤みをおびている。

「この手の種目はやらないのか」

「気が続かない」

「相変わらず飲んでるんだな。よくそれで身体が持つもんだな。おい、コーラをくれ」

霧生は出されたコーラを一気に飲んでから、急に噎《む》せたように咳《せき》をした。

「ここで……」

咳がとまらなかった。

「ユー、オーケー」

先刻の女が笑いながら聞いた。

「うるせえ……」

ようやく咳がおさまると、

「ここで待ち合わせたんだが、遅えなあ」

と舌打ちをしながら言った。霧生の口ぶりから、彼がすでに絵を処分し代金も受け取っているような気がした。

「今夜、片付くんだろうな」

「だから呼んだんだよ。ちょっと飲みに出るか」

霧生は下戸だったはずである。

「おかしなことになってるんじゃないだろうな」

「何がだよ」

「絵の話さ」

「俺は、そんなちんけな男じゃねえよ」

「おまえの器量の話じゃない」

「俺にそういう言い方をするのか」

霧生が私を睨んだ。面倒なことになりそうだが、今夜中に片付けておきたかった。

「取り敢《あ》えずの金を用意させるか」

「取り敢えず？」

私は霧生の顔を見た。

「二百ほどすぐに持って来させる」

やはり取引は終っている。霧生は誰とも待ち合わせなどしていないのだろう。

「三百持って来い」

わたしは霧生を睨んだ。霧生も目を逸《そ》らさない。霧生が目を閉じた。

「相手が周さんじゃしょうがねえ、そうするか」

霧生はカウンターの隅で電話をかけた。

「ここじゃ何だから、近くにこれのやっている店がある。そこへ行こう」

彼は右手の小指を立てて言った。

店は雑居ビルの三階にあった。ちいさなカウンターとボックス席が三つ。暗い照明の下で客がカウンターに三人、ボックスに一組いて、数人の女が声をひそめるようにして相手をしていた。ホステスは皆東南アジア系の女性のようだった。

「いらっしゃい、パパ」

ピンクのワンピースを着た色黒の女がぎこちない日本語で言った。

「ママは？」

「さっき出かけた。すぐ帰る、言ってた」

「マリーン、ここに座れ」

女が座ると、霧生はスカートの中に手を突っ込んで、抗《あらが》おうとする女の肩をおさえつけた。女も笑っているし霧生も笑っているのだが、抗う女の脚や腕の筋肉には力がこもっており霧生の女をおさえつけている手も尋常の力ではなかった。ダメ、ダメ、ママ怒るよ。女の明るい声と霧生の笑い声が異様に聞こえた。スカートの中の霧生の手が女の性器を摑まえたのか、急に女の脚から力が失せた。霧生が女にキスをしている。霧生の肩に乗った女の指がピアノの鍵盤を叩くように動いていた。

ほどなく小太りの女が店に入ってきた。霧生の隣りに座っている女が反射的に立ち上った。女がテーブルにやってきた。彼女はハンドバッグの中から封筒を出して霧生に渡した。霧生はその封筒を私の前に差し出した。小太りの女は私が封筒を内ポケットに仕舞うまでじっと見ていた。

「俺はカジノに戻るから、ここで少し飲んでいてくれるか」

霧生が出て行くと小太りの女は不機嫌そうに舌打ちをして、先刻の女を私の席に呼んだ。

「何飲むの？　このままビールか」

「ウィスキーを一本くれ」

「ママ、ボトルキープ」

女は明るい声で言って、私に愛想笑いをした。

「パパの友達？」

私は返事をせずにウィスキーのボトルを摑むとグラス一杯に注いだ。

「強いね、ヘビードリンカー」

私はグラスを一気に飲み干した。ここ数日私はこの街で飲み続けている。ほとんどが夜明方というより昼近くまで酒場にいた。時折闇の中から、野火止で見た叔父の升田一慧の姿があらわれた。私は升田に逢ってみたい気がした。遠い過去に起こったことを今さら蒸し返して恨みごとを言うつもりはなかった。しかし今升田がどんなふうに生きているのかには興味があったし、弟がなぜ升田の肖像画を描いたのかも知りたかった。しかし頭のどこかに、過去と関わることを拒絶するべきだという思いもあった。

——逢えば面倒なことになる

そんな予感がしていた。私がそう感じた時はこれまで必ずと言っていいほど面倒が起こった。私は己の中にある物事に対する異常な警戒心や厄介事を避けて通る臆病な性格をよく知っている。なのに気が付いた時は泥や血にまみれて立ちつくしている自分を見る結末になってしまう。

——叔父にも、私の身体の中にも流れている血のせいなのかもしれない

平気で他人を甚振《いたぶ》り、苦しんでいる姿を見て納得している己を、私はこれまで何度も見てきた。

——あなたはわざとそうしてるのよ

昔の友人や彼女の知り合いを騙《だま》し毟《むし》り取りはじめた私を見て、ネネが言った。

——俺はそうしたくてしているんだ

——違うわ。あなたはそうしたくてしているんじゃない。誰かの目に追い詰められているのよ

——誰が俺を追い詰めるというんだ

私はネネの襟元を摑んだ。ネネは苦しそうな顔をして言った。

――悠よ。死んだ悠の目にあなたは追われて、怯えているのよ
夜中の四時を過ぎた時刻に女がひとり入ってきた。

「ほら、あの人よ。あの人いろんなものが見える人よ」

霧生とふざけていたマリーンという名前の女が耳打ちした。先刻、女は霧生に身体を触れられるのが嫌だと言った。

「どうしてだ？」

「パパの顔にはシソウが出てるのよ。パパはもうすぐ死ぬんだって。パパと寝た女は皆死んでるのよ」

女の言葉のシソウが、死相のことを言っているのだとわかった。

私はカウンターに座った黄色のスーツを着た女を見た。痩せた女だった。女がゆっくりとふりむいた。女は私の顔をじっと見つめていた。

「あら、もう空になってるわよ。お客さん、ほんと、強いね。ママ喜ぶよ」

女が立ち上ってカウンターへ行った。

「すみません、あと三十分で店を閉めるけどいいかしら」

ママがカウンター越しに言った。もう店には今しがた入って来た女と私しかいなかった。カウンターの女とまた目が合った。

「お客さん、この子も一緒に飲んでいい」

女がテーブルにやって来た。

「今晩は」

笑うと八重歯がこぼれた。細い指が煙草を弄ぶように動く。組んだ脚の膝頭が照明に透かされて黒いストッキングが光っている。檸檬《レモン》イエローの上着の下に黒いブラウスが見え、胸元からは下着が覗いていた。蠟燭《ろうそく》のように鎖骨が浮き上っている。鎖骨から首筋に斜めに光るものが見えた。

私が女のグラスにウィスキーを注ごうとすると、白い指がグラスを塞いだ。

「自分でやるわ」

「ナオミさん、お酒強いよ。ナオミさん、このお客さんも強いよ」

とマリーンが嬉しそうに言った。ナオミはグラスにウィスキーを注ぐとストレートのまま飲みはじめた。

「霧生はもうすぐ死ぬんだって？」

私が言うと、ナオミは隣りのマリーンを見た。

「ごめんなさい」

とマリーンは謝ってから、急に小声で、

「だって今夜、パパがどこかへ行こうって言うんだもの」

とカウンターを片付けているママの方をうかがいながら言った。

「あいつはいつ死ぬんだ？」

「知らないわ」

とナオミは素っ気なくこたえた。

「まあいつだっていい。あいつが死んだら喜ぶ人間も多いだろうからな」

「その話はよしましょう」

ナオミは面倒臭そうな顔をした。

「ねえ、ナオミさん、マリーンの最近の顔はどう？ また好きな男《ひと》ができたの。今度は真面目でいい男なの」

ナオミがちらりとマリーンの顔を見て、笑った。

「ねえ、ちゃんと占って」

マリーンがナオミの手に指を搦《から》めた。ナオミの指に嵌《は》めた金色の指輪と赤い石が光った。

「さあ、ぼちぼち時間だよ」

カウンターから声がした。

「ビールを持ってこい。それからチェックだ」

私はマリーンに言った。マリーンは立ち上ってカウンターへ行った。ママの不機嫌な声が聞こえた。

「よくこの店に来るの？」

「初めてだ」

「新宿は？」

「昔、遊んでいた時期がある」

「そう……」

「おまえはこの街で働いているのか？」

「ホステスじゃないわ」

「じゃ何なんだ」

「娼婦《しょうふ》よ。身体を売ってんの」

ナオミの言葉に、私は持ち上げようとしたグラスを宙に止めた。女はうつむいた拍子に頬にかかった髪を煙草を持った指で掻き上げた。突き出した顎の先が照明に浮かんで、卵の先のように見えた。

「毎晩働いているのか？」

「時々よ。気がむけばね」

女はまるで自分が男を買っているような言い方をした。しかし虚勢を張っているふうでもなかった。

「この店にはよく来るのか？」

「たまにね。詮索好きなのね。あなたは何をしているの」

「俺か、俺は何もしてない」

「じゃ私も、そう答えればよかったわ」

「身体を売ってるんだろう」

「話さなきゃ、わからないもの。ただ相手に話しておかないと恋愛と間違う男がいるから」

私が笑うと、女はちいさくうなずいた。

「はい、お勘定」

マリーンが勘定書きを渡した。相場よりかなり高い金額だった。私が金を渡して、釣りはいいと言うと、マリーンが手を出して、チップと笑った。私は一万円札を一枚日焼けした手に握らせた。女が舌を出してウィンクした。

「もう少し飲みたいんじゃないの」

ビールを飲んでいる私にナオミが聞いた。

「どこか適当な店に入るさ」

「つき合ってあげようか」

「俺はおまえを買うつもりはないぞ」

フフフッとナオミが笑った。

景気が悪い悪いって言ってもね、そりゃやり方がいけないわけよ。バブルが弾《はじ》けた言うてもね、儲かっとる奴はちゃんと儲《もう》かっとるわけ。要はここ、頭の使い方で何とでもなるのよ、オツムの悪いのが不景気不景気と愚痴るわけ。その点僕なんかそこらの人とオツムのできが違うからね、先週も二千万円儲かったよ……、マリーンの連れてきた男が延々と喋り続けていた。

「マリーンも頭がいい人好きよ。お金持ちも大好き」

勿論《もちろん》僕はお金たくさんあるのよ。お金いうものはあるところに集まってくるものよ。貧乏しとる奴はやっぱり、ここが、オツムが悪いのよ……。脂ぎった顔をした男からは鼻を突くような整髪料の匂いがした。

ねえ、あんた商売は何をしとるの？　男が私の方をむいた。しかし、先刻から私の目には店の片隅に置いてある人形を抱擁している一匹の猿しか見えていなかった。

無愛想な人よね、この人は。男がそう言うと、彼女とだけ話してればいいんじゃないのとナオミが返事をしていた。

猿は人形の左腕を引き千切り、口に銜《くわ》えて笑っていた。そうして時折私を見ては白い牙を剝き出して敵対心を見せた。私が猿を捕まえようと手を伸ばすと素早くボトルの置いてある棚へ飛び移る。立ち上って猿を睨みつけると、冷蔵庫の上やカラオケの機械の上に移動する。私が諦めて席に座り直すと、またそばに来て、人形の首を回したりする。

悲鳴が聞こえた。それが人形の悲鳴にも思えるし、店の中で誰かが大声で泣いているようにも聞こえる。私はウィスキーの中にジンやウォッカを混ぜて飲み続けた。いっこうに酔いが回ってこない。グラスの中を覗くと無数の蛆虫《うじむし》が蠢いている。酒に酔えば失せるはずの虫どもが私から離れようとしない。

「店を替えようか」

耳元でナオミの囁く声がした。

私は立ち上った。ガラスの割れる音と女の悲鳴が聞こえた。

外はミルクを水で薄めたような色の霧が立ちこめていた。街が水の底に沈んでいるような錯覚を起こす。今しがたまでこの路地にあったはずの店が消えていた。近くから喧騒《けんそう》が聞こえた。かすかに太鼓の音や笛の音色がする。パレードか何かがはじまっているような騒々しさだ。私は路地を抜けて大通りに出た。真っ白なかたまりが道幅一杯にひろがって進んで行く。目を凝らすと、それは夥《おびただ》しい数の羊の群れだった。太鼓の音は聞こえるが、鼓手もいなければ笛伶《てきれい》の姿も見えない。騒々しい羊の鳴く声があふれているだけだ。私はいつの間にか群れの中に入っていた。羊とぶつかりながら大通りを渡ろうとした。しかしいったん羊の群れの中に入ると、通りのむこうは見えなくなり、引き返そうとすると来たはずの路地の入口も消え、ナオミの姿も失せていた。立ちつくしている私を次から次にやってくる羊たちが鼻先や角で押して行く。私はよろけながら、どけどけ、と大きな声を上げて羊を蹴り上げ殴りつけるのだが、羊はあとからあとから無数に押し寄せてくる。私は羊たちの進む方角に逆らって歩き出した。すると頭上から耳を劈《つんざ》くようなサイレンの音が周囲に鳴り響いた。一斉に羊が狂ったように走り出した。私は突然はじまった羊の暴走に、その場に頭をかかえてしゃがみ込んだ。背中を頭の上を踏みつけながら羊が駆け抜けて行く。やめろ、やめるんだ。私は大声で叫んだ。しかしその声は羊たちの鳴き声にかき消された。後頭部で鈍い音がした。手を触れると、手のひらに鮮血が付いている。私は四つん這《ば》いになって、羊たちの進む方へと這いはじめた。私は必死で羊と同じ速度で這い続けた。左右の羊を見ると、それは羊ではなく私と同じように四つん這いになって進んでいる人間だった。おい、止まろう。こんな馬鹿げたことをして何になるんだ。私は両隣りの男に言った。ところが彼等は私の声が聞こえないのか、それとも私と同様に恐怖心にかられているのか、ただ夢中でこの馬鹿げた行進を続けていた。私は大声を上げて立ち上った。すると羊の群れも人間たちもどこかへ失せていた。あたり一面に白い霧がひろがっていた。霧はゆっくりと波打ちながら漂っている。足元を見ると、大通りのアスファルトも消えて、自分の身体が宙に浮いていた。私は身が竦《すく》んだ。両手や顔は自由に動かせるのだが膝から下が硬直している。いったいどこへ迷いこんだのだろうか。私は周囲を見回した。

霧のむこうに見覚えのある看板があらわれた。映画館の看板である。どこかで見た建物だ。館の前にぽつんとひとつの人影が立っているのが目に止まった。

——悠だ。夢を見ているのか、俺は

目を凝らして人影を確認した。ソフト帽を被《かぶ》っていた。

——あいつだ。ソフト帽だ

私はソフト帽に気付かれないように慎重に近づいて行った。ところが一歩一歩たしかに進んでいるはずなのに、じっと立っているはずのソフト帽との距離はいつまで経《た》っても縮まらなかった。私は駆け出した。足音に気付いて、ソフト帽が一瞬ふりむいた。ソフト帽の目だけがはっきり見えた。ソフト帽が走り出した。映画館の前は坂道になっており、ソフト帽は早足で道を下ると隧道《すいどう》の中に入って行った。

「待て、待つんだ」

私は叫びながら駆けていた。

電話の音で目覚めた。

起き上れなかった。手も足も痺《しび》れたままで受話器が取れない。何分か鳴り続けて電話は切れた。

身体中が膨らんだようになっている。天井のスプリンクラーのそばにちいさな虫が見える。蜘蛛《くも》だろうか、じっとして動かない。顔をゆっくり動かした。ベッドサイドにウイスキーのボトルが転がっている。中身は空だ。背後から光が斜めに差し込んでいる。カーテンの隙間から洩《も》れているのだろう。洩れた光がボトルに反射しプリズムになってあざやかな光を発散させている。わずかに残ったウイスキーの琥珀《こはく》色に青色や朱色が混ざった粒子がボトルの中でかがやいている。美しい光彩だ。遠い昔にこれと同じような光彩を見たことがあるような気がする。しかしそれをどこで見たのか思い出せない。誰かがそばで笑っていた。誰だろうか。待てよ、あれはこんなボトルではなく万華鏡じゃなかったか。そうだ、たしか万華鏡を、こんなふうに寝転がって覗いたことがある。たしか俺はまだ子供だった。いつ、どこでだ？

ボトルが一瞬動いた。すぐに電話が鳴りはじめた。私はやっとの思いで左手を伸ばし受話器を取った。

「目が覚めたの？」

女の声だった。少し嗄《しやが》れた声に聞き覚えがあるような気もするがはっきりとはわからない。

「私がわかる？」

「いや……」

「たいした酔っ払いね。あれだけの面倒をかけておいて」

「………」

私は黙って女の声を聞いていた。

「まるで覚えていないの、昨日のことを？　なら床を見てごらんなさい。羽が散らばっているでしょう」

床を見ると、たしかに羽毛のようなものが散らばっていた。

「ひどいでしょう？」

「ああ、どうしたんだ、これは」

「あなたが枕を引き裂いたのよ。枕の中に鼠《ねずみ》がいるって叫んでね」

「そうか……」

「右手の怪我《けが》は大丈夫？」

私は右腕を見た。二の腕のあたりに血の滲んだ布が見えた。

「何かしたのか」

「右の二の腕をグラスで切ったのよ。私が枕カバーを裂いて包帯をしてあげたの。とにかく大丈夫なのね？」

「大丈夫だ。迷惑をかけたのか」

女の笑い声がした。

「どこも怪我はしなかったか」

「してないわ。してれば警察へ突き出してるわよ」

「そうか……」

胃の奥から何かが突き上げてきた。胃が痙攣《けいれん》したように縮んだ。喉が鳴った。

「どうしたの？」

「吐きそうだ。悪いが一時間後にもう一度電話してくれないか」

「これから、私出かけるの」

「じゃ連絡先を教えてくれ、夜にでも電話をしよう」

「すぐ夜になるわよ。もう陽が落ちはじめてるのよ」

胃が痙攣しはじめて、口の中に異臭がひろがった。

「とにかく連絡してくれ」

私はたまらずに電話を切った。激しい痙攣がはじまって、床の上に黄土色の液体を吐き出した。

ドアをノックする音で目覚めた。

目は開いたが、起き上れない。ドアをノックする音は続いている。返事をしようとすると、口の中が糊《のり》か何かで密着されたように開かない。ノックの音が続いていた。金縛りに遭ったように動きが取れない。やがて音がやんだ。私は目を閉じた。

――どうしたっていうんだ
左手をゆっくりと持ち上げた。腕に汚物のようなものがこびりついている。目が闇に慣れてきた。電話が鳴り、受話器を取ると、男の声がした。ホテルのフロントだった。

「すみません。佐藤様とおっしゃる方がフロントに見えていまして……」

すぐに女の声がした。

「私よ、どう身体の調子は。起きられないのなら、今ドアを開けてもらうから」

先刻の女だった。私はフロントの男に少し体調が悪いから、鍵を開けて女を入れてやってくれるように頼んだ。

女は部屋に入ってきた。明りを点《つ》けた女は呆《あき》れたような声で、

「臭い。どうしたの？」

と言った。嘔吐したものが悪臭を放っているのだろう。女はバスルームに入った。水の音が聞こえた。喉が渇いている。口が開かない。女は数枚のタオルを手にバスルーム

から出てきて、ベッドの下を拭きはじめた。

「悪いが……」

「何よ」

女は床を拭きながら怒ったように返事をした。

「ビールを、持ってきてくれないか」

「まだ飲もうって言うの？」

女が私の顔を覗き込んだ。

「どうしたの？　口の周りが汚物だらけじゃないの」

女は水の入ったグラスを持ってきて、私に飲ませた。水が喉を通ると噎せ返った。水を吐き出した。女はそれでも私に水を飲ませた。私は大きくため息をついて天井を見た。天井の蜘蛛はどこかに失せていた。

「あなた、このままじゃ、死んでしまうわよ。酔うと、あなたおかしくなってしまうわね。まるで幽霊でも見てるみたいに……」

私は起き上ろうとした。女が私を抱き起こした。

「ビールをくれ」

女は黙って冷蔵庫から缶ビールを取ってきて私の鼻先に差し出した。私はそれを摑んで飲んだ。女は壁に背をもたれて、私をじっと眺めていた。ビールを飲むと昨夜のことを思い出しはじめた。たしかナオミという名前だった。右腕の包帯を取ると、血がこびり付いた五センチほどの傷があった。裸のままベッドに入っていたところを見ると、私はナオミに衣服まで脱がせてもらったのかもしれない。いや、たぶんそうなのだろう。

——娼婦よ。身体を売ってんの

ナオミの言葉がよみがえった。

壁にもたれているナオミを私は見返した。彼女は腕の時計を見た。ベッドサイドのデジタル時計は夜の九時を過ぎていた。

——これから仕事へ行くのだろうか

「おい、今夜は少しつき合ってくれないか」

私が言うと、ナオミは返事もしないでソファーに腰をかけ、長い髪を掻き上げた。

ひろい窓からは新宿の街が見渡せた。

ナオミはリビングの隅にあるテーブルの脇に座り込んで、カードをしていた。少年がしゃがみ込んだような座り方だった。女ひとりが暮らすには贅沢《ぜいたく》過ぎるスペースだった。月を描いた絵画が三方の壁にかかっていた。同じ画家の作品だった。外国の雑誌で見るような趣味のいいインテリアに囲まれた部屋の端っこで、貧相な野良猫のように黒い下着のままカード遊びをしているナオミの姿には妙なせつなさのようなものが漂っていた。それでもナオミの折り曲げた膝の側面から見える白い筋肉には、先刻まで私との快楽を貪っていた雌の本性のようなものがのぞいていた。

私は空になったグラスを揺らした。乾いた氷の音がした。眼下に見える新宿の街灯りが生き物のように揺れている。窓の外はテラスになっていた。風に当りたい気がしたが、この部屋に入ってすぐ窓辺に寄った私に、

「その窓は開かないから」

とナオミは言った。

「どうして？」

「外へ出ると危ないから……」

「柵が毀れているのか」

「そうじゃないの。変な気分になる時があるから」

「変な気分？」

「ええ、飛び下りると楽になるかなって考え出すの」

ナオミは笑いながら言った。先刻、ホテルの部屋で私が近づいた時、

「やめて、ここじゃ嫌。監視されてるような気がするから」

と私の顔を押し返した。

「誰も居やしない」

と私は部屋を見回して笑った。

「そんなことはないわ。あなただって昨日、壁の隅にむかってグラスを投げつけていたもの。ここは怖いわ」

私は彼女の部屋へ行くことにした。

部屋へむかう途中のタクシーでナオミは窓を全開にして外を見ていた。風が容赦なく車内に入ってきた。

「こうしてなきゃ、私、車にさえ乗れないのよ。電車だってそう。窓を開けて座るの。だから新幹線も一度しか乗ってない。飛行機はまるで無理なの。息苦しくなって身体が震え出してしまう」

長い髪が風に揺れていた。

「だから新宿の街から出られないの」

「この街で生きて行けるんなら外へ出る必要もないだろう」

「あなたって変わっているわね」

「…………」

「お酒を飲んでいる時のあなたと、今こうして話しているあなたはまるで違う人みたいに思えるわ」

「どっちも、俺だ」

「そうだけど、人はそんなに変わるものじゃないわ。お酒を飲んでる時のあなたは哀《かな》し過ぎるわ」

「同情するようなことを言うな」

「怒ったの？　きっとあなたにもどうすることもできないのね。皆そんなものをかかえて生きているものね」

私はナオミの言い方に腹が立った。しかし頬杖《ほおづえ》をついて外を見ている彼女の横顔には、他人の私に同情する余裕などないような切羽詰まった表情が見えた。

「そうね、どっちのあなたも、あなたなんだものね」

ナオミは私を部屋に招き入れると、裸になってくれと言って、広いバスタブに私を入れた。バスから上って大きなバスローブを着せられた時、私は彼女がこの部屋で客たちとセックスしているのだろうかと想像した。しかしそれはどうでもいいことだった。私がナオミに今夜つき合ってくれと言った時から、私たちは客と娼婦の関係になっていた。

ナオミの身体には大きな傷痕があった。それは喉元から左の鎖骨にかけて鋭利な刃物で抉《えぐ》ったような傷で、その傷には躊躇《ためら》いの痕が微塵《みじん》もなかった。他人から受けた傷にせよナオミ本人が傷つけたにせよ、歪《いびつ》に波打った傷痕は、それが一瞬の内にできたものではないことを物語っていた。少なくとも息のひとつやふたつはできるくらいの時間がかかった傷だった。左の手首にも傷があった。それもはっきりとした深い傷痕だった。

快楽の波がナオミをつつんだ時、彼女は尖《とが》った顎を突き上げるようにして上半身を震わせて起き上った。その瞬間にベッドサイドの灯りに頸動脈《けいどうみやく》を断ち切ろうとした傷痕が浮かび上った。透きとおるように白い肌が鎖骨まで伸びた傷をよけいになまめかしく見せた。快楽に声を上げて首の筋肉が硬直すると、傷はいまにも裂けて鮮血を吹き上げそうに思えた。ナオミの過去がどんなものかは想像がつかないが、焼け跡で発見された針の停止した時計のように残酷な過去がそこに消えずに生きている気がした。私はナオミの首にキスをするふりをして、傷痕に耳を当てた。ひょっとしてわずかに開いた傷痕から、ナオミの嗚咽《おえつ》や、悲鳴、罵声……といったものが聞こえてきて、その凄惨《せいさん》のむこうにあったであろう純粋、無垢《むく》、永遠……といった幸福の周辺にあったものまで耳にできるのではと思った。

——身体を売ってんの

ナオミは平気でそう言った。その言い方は身体を売るという行為を蔑んでいるふうでもなく、自慢しているふうにも聞こえなかった。一見、痩せていて貧相に見えたナオミの肉体は裸身になると、見惚《みほ》れるほど肉感的であった。肉が付くべきところには強靱《きょうじん》とも思える肉が付いていたし、その上驚くほど柔軟な身体をしていた。ナオミの身体は私の性器を引き入れた時から、私の肉体すべてを彼女の中へ巻き込んで行った。それは彼女のヴァギナの構造とか形状がそうさせるのではなかった。ナオミのセックスは自由で、解放されていた。セックスをしている時のナオミの目や唇、鼻、指先、乳房、下腹、脚……すべての肉体が饒舌《じょうぜつ》で、多様な反応をした。一度ナオミと交情した客は他の娼婦たちが物足りなくなる気がした。

「ナオ……」

快楽に浸っている時に彼女の口から何度かその言葉が洩れた。最初、ナオミは悦楽の中で彼女自身の名前を呼んでいるのだろうかと思ったが、私はそれはナオキなりナオトと呼ばれる男へむけて発せられているような気がした。

「ねえ、生年月日を教えて」

カード遊びが一段落したのか、ナオミはテーブルに頬杖をついて、私を見ていた。私がそれを告げると、次に生まれた時刻を聞いた。

「たしか難産で、夕刻には生まれるはずが夜になってやっと生まれたって言ってたな……」

「夜に生まれた人は、夜に目覚めて夜に死ぬって言うのよ。私も同じ。だから私は月が好きなの」

ナオミはひとり言のように言った。

「どうして？」

「俺の未来を見てるのか？　よした方がいい」

ナオミはカードをめくっている。

「今言った生年月日は出鱈目《でたらめ》だ」

「そうかしら、ここには私が想像していたあなたが出てるわ」

私はリビングへ行った。見下ろすとナオミの顔が黒いガラスのテーブルに映っていた。めくったカードを見つめているナオミの目が異様にかがやいていた。

「家族の人は皆亡くなったのね……」

ナオミがつぶやいた。私はテーブルの上のカードを払った。ナオミが私の顔を見上げた。その目には私に対する怒りがあらわれていた。

「やめろ、そんなことをして何が面白いんだ。霧生の死がわかったところで、おまえが何かをしてやれるわけじゃないだろう。そうして他人のことを覗いてどうしようというんだ」

ナオミが立ち上った。彼女は黙って、バスルームに行った。私は衣服を着けはじめた。バスルームから悲鳴が聞こえた。物が毀れる音がした。私はバスルームのドアを開けた。バスルームの床にナオミが目を閉じてあおむけに倒れていた。乳房にガラスが刺さって血が流れ出していた。見ると右の手のひらからも血が滴り落ちていた。

私はナオミを抱き起こした。

「何をしてるんだ、おまえは」

私はうつろな目をしたナオミの頰を叩いた。それでもナオミは目を開かなかった。

ライトの灯りにテーブルの上においたウィスキーのボトルが白く光っている。

私はソファーに身体を埋めて、目の前の絵を見つめていた。十数人の男たちが砂漠のオアシスで身体を洗っている。或る男はしゃがんで頭に水をかけ、或る男は立ったまま背中を洗っていた。何もせず水面をぼんやりと見つめている男もいる……、月光が注いで、水場にいる男たちをあざやかに浮かび上らせている。奇妙な絵だった。月が出ているのだから夜なのだろうが、周囲の椰子《やし》の木や建物は青白い光をおびて真昼のようにかがやいている。

それは左の壁に掛けてある絵も同じだった。その絵は正面の絵の半分の大きさしかなかったが、やはり月明りの下で少女がひとり岩の上に佇んで横笛を吹いていた。右の壁の絵は砂丘と月だけが描いてあった。同じ画家の絵がキッチンに一点、寝室に一点あった。

私は寝室の絵が気に入っていた。それは素描で、何となくモデルはナオミのように思われた。ワンピースを着た若い女がスカートを両手でたくし上げて、靴の先をじっと見つめている。ドガの踊り子を描いた作品とどこか似ていた。私は少し小首をかしげて足元を見つめる若い娘の表情が好きだった。買ったばかりの靴を見ているようにも、足首に触れた蝶《ちょう》か草を見つめているようにも見えた。そこには彼女がこれから迎える思春期への期待や希望のようなものが感じられた。どことなく出逢った頃のネネの表情を思い起こさせた。寝室の絵が見たくなった。立ち上ろうとした時、電話が鳴った。すぐに留守番電話に吹きこんだナオミの怠惰な声が録音テープから流れ出した。テープが終って信号音がなった。男の声が聞こえる。電話をかけてくる男たちはナオミの客だった。若い男からのものはほとんどなかった。一日置きに電話をしてくる声もいた。電話してきた男とナオミは必ずしも寝るわけではないようだった。ただすべての男が一度はナオミと交情している気がした。

あの夜から、私はずっとこの部屋にいた。あの夜、ナオミは逆上したように自分の乳房にグラスを突き刺した。何がナオミを死に駆り立てるのかわからない。死にたがっているものは死なせればいいと思ったが、ナオミと一緒にいると、私は彼女を蘇生《そせい》させたいと願うことがあった。それが私を不安にさせた。

妙な時間がこの部屋で過ぎていった。

私は一度、ナオミが路上で客を拾うのを見に行ったことがあった。新宿から新大久保《しんおおくぼ》へむかう暗い路地にナオミは立っていた。その路地には大勢の娼婦が屯《たむろ》していた。ほとんどが外国の女たちだった。彼女たちは陽気だった。ナオミも他の女たちから声をかけられると手を上げ笑って言葉を交わしていた。地回りの男にナオミは金を渡していた。小一時間、私は電柱の陰から彼女を見ていた。やがてひとりの労務者ふうの男がナオミに声をかけた。二人はしばらく話をしてホテル街へ消えて行った。

その夜私はナオミの部屋を出ようと思った。それはナオミに対する嫉妬ではなかった。娼婦をすることで、ナオミは生きて行くバランスを取っているのだろう。誰かと暮らすことは、そのバランスを崩すことになり、またいつかナオミが死のうとするのではないかという気がした。

新宿の酒場で飲んでいる私を探して逢いにきたのはナオミだった。私はナオミの部屋へ連れ戻された。

私たちはほとんど毎夜、朝まで二人で酒を飲んだ。セックスをする夜もあったが、二人とも執拗にそれを求めることはなかった。

奇妙な関係が続いていた。ただ私はナオミに対して漠《ばく》とした不安を抱いていた。

私は自分の右腕の怪我が何となくナオミのしたことではないかと思った。腕の傷痕は彼女の首筋の傷と同様に微妙に波打っていた。路上に立つナオミと部屋の中にいる彼女は別の女だった。ナオミはひどく臆病だった。彼女と寝た夜に肩から落ちたシーツを掛けてやろうとすると、ナオミが悲鳴を上げ、目覚めてからもしばらく震えていた。

「嫌な夢でも見てたのか」

ナオミは首を横に振って、

「うしろから急にさわられると怖いの……」

と消え入りそうな声で言った。眠っている間も、この女は安住することがないのだと思った。私はナオミが体験した恐怖を想像した。死ぬような目に遭ったのか、いや死ぬことよりももっと恐ろしい状況を彼女は見たのだろう。私が自分の過去を他人に話さないように、彼女も過去を語らなかった。しかしナオミも私も同じような場所へむかって歩いている気がした。ナオミは何かから逃れるために踠《もが》き苦しんでいる。それは決して逃れることのできないもので、日々の行動はその何かから逃避しているように映るが、実際は何かを探して彷徨《ほうこう》しているのだ。ひょっとして、ナオミは彼女自身を探しているのではないだろうか。見知らぬ男に捕われることで、毎夜彼女はちいさな死と遭遇しているのだろう。死を凝視することだけがナオミの生の証《あかし》のような気がした。

また電話が鳴った。テープが終ると、ナオミの声がした。

「私、そこに居るなら聞いて、今夜は帰らないから。今夜だけじゃない、ずっと帰らないから……」

そこで電話が切れた。

私はしばらく目の前の絵を見ていた。青い月光が少しずつ翳《かげ》りはじめた。その時、私はこの絵が真昼でも夜でもなく、青い闇を描いていることに気付いた。

私はサイドテーブルにある留守番電話の再生ボタンを押した。テープが巻き戻されほどなく今しがたの彼女の声が聞こえてきた。

「ずっと帰らないから……」

ふりむくと副都心の空に異様な大きさの月が浮かんでいた。皓々《こうこう》とかがやく月色は透きとおった人間の肌の色のようだった。

——夜に死ぬって言うのよ
ナオミの言葉と羞《は》じらうような微笑がよみがえった。

私は生まれてはじめて、月がこんなに恐ろしい形状をしていたのに気付いた。

よろよろと歩きながら、私はコートを探して寝室へ入って行った。

第九話　三《さん》足《そく》蝦《が》蟇《ま》

私はナオミのマンションを出ると駐車場の生垣を抜けて路地に出た。背後で風音がした。ふりむくと今しがたまでいたマンションが鉄塔のような黒い影となって夜空に伸びていた。

ナオミの部屋のある階を見上げた。するとテラスから舞い降りてくるナオミの姿があらわれた。ナオミはゆっくりと降下して駐車場に置いてあった白いワゴン車の屋根の上で大きくバウンドし、自転車置き場の柳の下にうつぶせるように落ちた。両足が倒れた自転車に引っかかり、ナオミは子供に投げ捨てられた人形のようになって風に揺れる柳の下に白く浮かんでいた。柳の枝が大きく風に撓《たわ》むと、ナオミの死体も霧のように消えた。

ビードロを吹いたような風音に空を見上げると、人の肌に似た月が皓々《こうこう》とかがやいた。

私は唾を生垣に吐き捨てて足早に歩き出した。

くねった路地を抜けると路上に立つ女たちが声をかけた。ひどく喉が渇いていた。コンビニエンスストアに入って缶ビールとウィスキーを買い、店先で一気に飲んだ。それでも喉の渇きは癒せなかった。

歌舞伎町《かぶきちょう》へ辿《たど》り着くと、私は霧生《きりう》と待ち合わせた店に入った。雑居ビルの三階にあるその店はカウンターだけの女ひとりがやっている店だった。

「霧生に連絡をつけてくれ」

「あの人、今夜新宿にはいないよ」

「いいから連絡しろ」

「私、電話番号知らないもの」

「なら事務所へ掛けろ。ぐだぐだ言うな」

女は不愉快そうに唇を突き出して電話を掛けた。女が受話器を渡した。私は相手に、霧生に連絡を取ってすぐここへ来るように言えと伝えた。女は壁に背をもたれて煙草《たばこ》を吸っている。

「ビールとウィスキーだ」

女は返事もせずビールとウィスキーの入ったグラスをカウンターに乱暴に置いた。私が女を睨《にら》みつけると、女も敵意に満ちたような視線を返した。

電話が鳴った。女は電話を取ると、受話器を私に突き出した。

「周《しゅう》さんか、今横浜《よこはま》にいるんだが、もうすぐ片が付く。飛ばして戻るから、しばらくそこで飲んでてくれないか。それとあの絵、もうないのか？」

と機嫌良さそうに言った。

「どうしてだ」

「上客の買い手が見つかったそうだ。他にも同じ絵描きのがあったら欲しいってことだ」

「どんな客だ」

「さあ、それは知らない。なんなら聞いてみようか」

「ああ、それをたしかめてからだ」

「ということは、まだ手の中にあるってことか。そりゃ、ありがたい。いずれにしてもすぐに戻るから……。ちょっと女と替わってくれ」

受話器を渡すと、背をむけて霧生と小声で話していた。愚図《ぐず》ったような口調が途中から笑い声になった。女は電話を切ると、急に明るい声で、何かおつまみつくりましょうかと笑いながら言った。

「何もいらない。ボトルのままくれ」

「あらっ、もう空なの。強いのね」

女がボトルを取りに奥へ行った。ポケットから煙草を取り出すと、切れていた。

「煙草がないの。いけない、店の買い置きも切れてる。私、すぐ買ってくるから」

女は店を出て行った。ボトルをラッパ飲みした。少し身体《からだ》が落ち着いてきた。そう言えばナオミと一緒にいる間、厄介な連中があらわれなかった。

ナオミは私を救っていたのかもしれないと思った。ナオミの美しい裸体があらわれた。

――ねぇ、見て、見てよ、わたしの身体の奥を……

ナオミはベッドの上で両脚をひろげ性器を右手の指で器用に押し開いている。ベッドのどの位置で性器を露出すれば、そこに寝室の照明が当るか知っているようにナオミは尻を浮かせ顔をのけ反らせて、私にむかって少しずつ性器を押しつけてくる。浅黒い陰唇をめくった性器の奥から桃色の陰核が小指の先ほどの口を開けていた。

見てるの、見てくれているの、ねえ、返事をして。私が返答をすると、それが嬉《うれ》しいように、さらに性器を強くめくった。そうして左手を性器のそばにあてがって小指から順番に薬指、中指と指先をヴァギナの中に入れていった。やがて粘液が性器からゆっくりと溢《あふ》れ出し、ナオミは腰を巧みに動かしはじめた。何だって入るのよ、この中には……。ねえ、何を入れて欲しい。何を入れてみたいの。ねえ、言ってみてよ。ナオミはわたしに卑猥《ひわい》な言葉を要求した。そのたびに彼女の渇きと不安が伝わってきた。それはナオミと身体がひとつになっても言えることだった。彼女の望むエクスタシーは肉体的行為では得られないのだろう。ナオミが彼女の肉体を何か理由を見つけては傷つける行為ですら、単純に被虐症と片づけられない気がした。たしかにヴァギナをペニスで刺激しながら、彼女の髪を鷲摑《わしづか》んだり首を締め上げると、その瞬間は恍惚《こうこつ》に近い表情になるのだが、すぐに快楽はどこかへ失《う》せ、ナオミは宙を醒《さ》めた目で見回していた。あの労務者はどんなふうにナオミをいたぶったのだろうかと想像しても、さして差異はないように思えた。それでもナオミは自分では埋めることができない溝を埋めるために新しい行為を求めて夜の町を彷徨《ほうこう》するのだろう。

ナオミの淫乱な裸体が失せた。その替わりに手にしたグラスの縁から蛆虫《うじむし》と羽蟻《はあり》が溢れ出しテーブルの上に落ちていた。

私は蛆虫を指先で一匹ずつ潰しながら、ちいさな安堵《あんど》に包まれた。羽蟻は腕にもはりついて五月蠅《うるさ》い羽音を立てている。

「死んでしまえばいいのだ。そこにしかおまえの安息はないだろうよ」

私がつぶやくと、

「お客さん、何か言った？」

といつの間にか戻っていたカウンターの中の女が言った。

私は女の顔を見た。女が笑った。左の頬に片えくぼが出る愛嬌《あいきよう》のある顔をしていた。

「今夜、俺とつき合うか？」

「えっ、冗談でしょう」

女は満更でもない顔をしてから、

「私、そういう女じゃないわ」

と羞《は》じらったように頬を赤くした。

――この女にはナオミの持っている厄介なものが微塵《みじん》もない

私はもうナオミのことを考えるのをやめようと酒を飲み続けた。奇妙な笑い声に女を見ると、彼女の肩に見慣れない獣が乗っていた。私は相手の正体をたしかめようと目を凝らした。貘《ばく》であった。貘は身じろぎもせず女の肩に器用に乗っていた。

その時ドアが開いて霧生が入ってきた。

午後になって雨足はさらに激しくなった。特観席のガラス越しに見えるバンクがぼんやりと水の中に浮かんでいるように映る。

時折突風のように吹きつける横殴りの風がバンクの中を走る選手を襲い、選手たちは、転ぶまいと背を丸くしたりペダルを踏む足を一時止めたりした。バンクに水が走っている。

「これじゃ、レースになんねえな」

霧生が隣りの席で言った。若衆が車券を買ってきて霧生に渡した。

「周さん、このレースは先行の一番車のSが本命なんだが、ちょっとした訳があってよ、俺は消したんだ」

霧生が小声で言った。

「実はな、こいつの弟弟子が三日前に交通事故で死んじまったんだ。ほら、新聞に載ってたろう」

霧生の言葉に私はスポーツ紙で読んだ北関東の若手選手が交通事故で死亡した記事を思い出した。たしかまだ二十歳そこそこだった。スピードを出し過ぎてガードレールに衝突したと書いてあった。

「死んだYは若手じゃちょっとした有望選手だったんだ。SはこのYと二人で暮らしていた時期があったんだ。弟みたいに可愛《かわい》がってたらしい……。えらいショックを受けてここがおかしくなっちまってるってことだ」

霧生はそう言って右手のひとさし指で自分の頭を差して笑った。

私は霧生の情報に乗ってみることにした。可愛がっていた弟子の弔い合戦だという発想もできるが、Sの素直な気性も知っていたので、それほど精神的な動揺があるのなら普段の走りはできないと見る霧生の読みは悪くないように思えた。競輪は競馬と違って〝ライン〟と呼ばれる地域または格付けで構成されたグループの戦いで行なわれるから、グループの先頭を受け持つ選手が走らないとわかれば後続する選手は共倒れとなり、残りのグループから車券を買えば的中する確率は多くなる。

私は穴場へむかった。締切りまでわずかしか時間がない。今日はあまり気がむくレースがなかったので、このレースに厚く入れようと思った。私の前の男が何種類もの車券を買っていた。すぐ隣りで、男の低い声がした。私の前の男が、その低い声の男の方を見た。大口の買いを入れていた。周囲の男たちが穴場に入る札束に視線を注いでいる。男の背後にいた若者がバッグから札束を出して穴場に入れた。若者は男の目を確認するように見返した。薄く色の入った眼鏡をかけた男がうなずいた。男は平然と手にした車券を上着のポケットに仕舞ってスタンドに戻った。金を穴場に出した若者だけが周囲を威嚇するような目で睨んだ。男の買い目はSからだった。途端に前の男が同じ目の車券を追加した。

レースは霧生の言葉通り、Sが打鐘《ジャン》でハナを切ったものの九州の若手先行選手にすぐ巻き返され、そのままずるずると後位へ下がった。早目に駆け過ぎた九州勢を中部のベテラン組が捲《まく》り切って三千円近い配当になった。

「ほら見ろ」

霧生は自慢げに私の方をふり返った。

「どうだったい、周さん。少しは乗ってくれたのかい」

私がうなずくと、霧生は満足そうに的中した車券を若衆に渡した。

「腹が減ったな。周さんどうだ、乾杯に行こうか」

と霧生が上機嫌で言った。

私たちは特観席を出て競輪場の裏手にある屋台の飯屋へ入った。奥のテーブルに座ると、霧生は飯屋の女にチップを渡して酒を持ってくるように言った。

紙袋に隠すように出た缶ビールを私は飲んだ。

「気のきいた酒はないのか」

霧生が言った。

「それでご勘弁を……」

「銭はいくらでも出すぜ」

霧生が女を睨んだ。

「おい、えらく景気がいいな」

ふりむくと男が三人立っていた。真ん中の男が霧生を見て笑っている。先程の大口の買いを入れていた男だった。男の背後から目つきの鋭い若者が霧生を睨んでいた。

「ちょっと今のレースがさわってな」

「ほう、あれを取り込めたのか」

男は唇を少し曲げて言った。男と目が合った。薄いサングラスから覗《のぞ》いた男の視線はどこか不自然だった。焦点の定まらないような冷たい目をしていた。

「野口《のぐち》さん、ここはもう少し気のきいた酒は出ないのかい」

「競輪場の酒は法度だ。そう大きな声で物騒なことを口にすんなよ。第一、おまえは下戸だろうが」

「いやね、俺の大事な遊び友だちが好きでね。乾杯しようと思ってさ。時化《しけ》たことを言うなよ」

男は店の女に目配せをした。女がウィスキーを出してきた。

「おう、ありがたいな。紹介しとくよ。俺の友人で周さんと言うんだ。こっちは横浜の野口さんんだ。ほれっ、先夜の横浜は野口さんのところで遊んでたんだ」

野口も座って飲みはじめた。

「どうだい？　野口さん、戦績の方は」

「今日はもう立ち上りだ」

「そうかい。この後はどうするんだ」

「塒《ねぐら》へ引っ込むさ」

「どうだい、少し遊ばないか」

「この間の仇討《あだう》ちか」

「そんなとこだ。どうだい周さん、横浜までつき合ってくれないか」

「俺は引き揚げる」

「何か用があるのか。例の買い主の件なら週明けまでかかるぞ」

私は早くもう一枚の絵を処分して関東を出たかった。それに霧生とつるむ恰好《かっこう》になるのが嫌だった。

「何もなければ、少しどうですか。横浜にも酒はありますから」

と野口は私のグラスにウィスキーを注いだ。

私は野口を見た。丁寧な言葉遣いなのだが野口の目は笑っていなかった。冷血動物のような目をしている。麻雀《マージャン》にしても札にしても、このタイプの男は平気で相手を潰す。そこに己の利となる境界線のようなものを引くことができれば相手を虫けらのように扱うことのできるタイプだ。私を誘おうとしているのは野口の嗅覚が働いているのだろう。

「少し遊んでみるか」

私は酒を飲み干して立ち上った。野口の口元がかすかに歪《ゆが》んだ。

野口の麻雀は押しの強い麻雀だった。局の終盤、野口の手牌《テハイ》にはさほどの手は仕上っていないはずなのに霧生の立直《リーチ》や闇聴《ヤミテン》に対して無筋の牌《パイ》を平気で打ち出してきた。上り切った手役を露牌《ローハイ》するとただの一役の手で突っ張っていたりした。じわじわと相手を押し込んで行き壁に追い詰めてから容赦なく叩《たた》く。霧生も強気の打ち手だから野口の突き出した刃先を正面から受けて対抗する。その夜の流れは野口にむいていた。

夜半まで続けた麻雀で負けが込んだ霧生が種目を変えてカードをやろうと言いだした。

「どうだい、周さん。カードは」

「俺はこんなところだ」

「居間の方で少し飲まれちゃどうです」

「いや、引き揚げよう」

「どうせ酒場へ行くんだろう。どうしようもなく酒が好きな男でね。俺はいい加減酒はやめろと……」

私は立ち上った。

「それならうちの店で飲んで下さい。今迎えに来させますから。どうせ外はまだひどい雨ですし……。迎えが来るまで、居間で一杯やって下さい」

野口が手元に置いた銀製のベルを振った。女があらわれた。私は居間へ通され酒を飲みはじめた。昼間の競輪場でもそうだったが、胃の具合がよくなかった。錐《きり》を刺し込まれたような痛みが時折、鳩尾《みぞおち》から背中に走る。私はウィスキーをラッパ飲みした。女が何事かを口走ったが、かまわなかった。

野口が入ってきた。

「霧生さんは長くなるからね……」

と笑いながら言った。

「あなた霧生さんとはお長いんですか」

野口はテーブルの上の銀製の皿に載せてあった菓子を口に放り込んだ。

私は首を横に振った。

「あの人何度も死んだり生きたりして、面白い人ですよね。普通の人ならもうとっくにお墓の中だ。あなたは霧生さんのお友だちの中では珍しいタイプですよ」

私は酒をグラスに注いだ。

「お酒が好きなんですね。私も昔……」

「迎えはまだか」

「すぐ来ますよ。女の方はどうですか。横浜はいい女がいますよ。うちの店の子で気に入った女がいたらマネージャーに言って下さい」

むこうの部屋から野口を呼ぶ霧生の声がした。

「おう、せっかちな声だ。ギャンブルにせっかちは禁物なのにね。あなたは人と親しくなるのがお嫌いなようですね。私はその正反対です。私はあなたに少し興味があります。ちょっと失礼しますよ」

野口は立ち上って居間の棚の上にある箱を開くと、眼鏡を取って右目に両指で触れた。

そうして取り出した玉を私に見せた。笑っている野口の顔は頬が右半分、陥没したように凹んでいた。口元だけが笑っている醜い顔だった。

——義眼か
「種目交代ですからね」

フフフッと野口は嬉しそうな声を出した。そうして背をむけて別の義眼を入れると、眼鏡をかけて平然とした顔で私の方をむいた。

「あなたにいいものをお見せしましょう。これはね、中国のギャンブラーがお守りにしてる珍宝でしてね。最上級の翡翠《ひすい》で作った三足の蝦蟇《がま》です。これをそばに置いておけば、そのギャンブラーは決して破産することはないのです」

野口は手のひらの上に載せた緑色の蛙《かえる》を見せた。口に銭を銜《くわ》えた蛙は不気味な顔をしている。

「これが私にはついてるんです」

野口は猿のようにヒヒヒイッと笑った。

「あなたさえよろしかったら、この家へ泊っていってください。いろいろお話ししたいことがあります」

私は黙って野口を見ていた。

迎えに来たのは若い女だった。

車は雨の中を走り出した。フロントガラスの先の風景が煙って見えなかった。車は赤い派手な門をくぐり抜けて中華街に入った。

「どこか適当なところで降ろしてくれ」

「それは困るわ。社長に叱られるもの」

女が迷惑そうに言った。

「いいからどこか盛り場で降ろせ」

そう怒鳴った時、ふいに鳩尾のあたりを棒で突かれたような感触がして胃が急に膨らんだ。ウッと喉の奥から声とも曖気《おくび》ともつかぬ音が出た。

胃が激しく痛んだ。私は思わず前かがみになった。その途端、胃の奥が突き上げられ嘔吐《おうと》した。キャーッと女が悲鳴を上げて、急ブレーキを踏んだ。車の床に汚物がひろがった。激しく咳込《せきこ》んだ。咳込むたびに嘔吐した。右手で口を塞いだ。胃がポンプのように収縮して汚物を突き上げる。指の隙間から汚物が溢れた。私は右手を口から離した。手のひらを見るとどす黒い血が滴っていた。

――血か……

とわかった瞬間、喉に力を込めたが、嘔吐は止まらず、床には黒い血がひろがった。心臓がおそろしい速さで打ちはじめていた。意識が朦朧《もうろう》として行った。

私は車のドアを開けて雨の中を走り出した。女の悲鳴が遠くの方で聞こえた。

そこは床も壁も天井も真っ白な部屋だった。ペンキを塗り終えたばかりなのか、揮発性の溶剤の匂いが充満していた。嫌な匂いではなかった。小学校の帰り道にコールタールが塗られたばかりの板塀を見つけると鼻を寄せるようにして匂いを嗅いだし、バスや車が行き過ぎたあとのガスの匂いも鼻を突き立てるようにして吸い込んだ。吸い込んだ瞬間に何とも言いがたい妙な快感があった。

私の前に白い机がひとつ置いてあり、向かい側に私の座っているものと同じ椅子があった。

もう何度となく見た夢だ。夢とわかっていて同じことがくり返される。

——誰がそこに座るのだろう

誰があらわれるのか知っているのに、少年の私はそうつぶやいてじっと待っていた。窓には鉄の格子がつけられ、そのむこうには空とも雲ともつかぬ白い風景がひろがっている。靴音が聞こえた。硬い廊下を歩く革靴の音だ。長い廊下なのだろう。靴音はしばらく続いた。やがて靴音が止まると、部屋の扉が開き、白衣を着た白髭の老人が姿を見せた。

「やあ、元気かい?」

顔見知りの老人だった。

老人は右手にカルテのようなものをかかえて、正面の椅子に笑いながら腰を下ろした。老人が椅子に着いた途端、私は背後に人の気配を感じてふりむいた。壁際の椅子に母が座っていた。母は臙脂《えんじ》色の着物を着ていた。それは母が好んで着た柄で肩先から大きな牡丹《ぼたん》の模様が織り込まれていた。白い部屋の中で母の着物だけがあざやかな色彩で浮かんでいた。私は母に笑いかけた。母は冷たい目で私を見返した。

「さてお話を聞きましょうか」

老人が言った。私はむき直って、

「何の話？」

と聞いた。

「例の沼の話だよ」

「沼って？」

「君がよく行くという話、ほら人がたくさん沈んでるっていう」

「沈んでるんじゃないんだ。皆その沼に入っているだけで、首から上は出ているよ。そうじゃないと死んでしまうじゃないか」

「じゃあ、皆生きてるんだ」

「さあ、それはよくわからない……」

「どうして？」

「その中の誰とも話をしたことがないもの」

老人は唇を突き出してうなずくと、

「ええと、もう一度初めから聞くよ。その沼はどこにあるんだったかな？」

「どこって？」

「例えば、山の方とか海の方とか、君の家からどっちの方角に行けばあるとか……」

「そういう場所にあるんじゃなくて、僕の身体の中にあるんだよ」

老人がちいさくため息を付いた。

「そうだったね。君の身体の中だったね。そこへはどうやって行くっていうか、いや、どうすれば見ることができるんだろうね」

「目を閉じて、こうして瞼《まぶた》を指で押すと、ほらっ、見えてきた」

「どんな沼だい？」

「黄土色。十円玉と同じ色だよ」

「そう、悪いが目を開けて、こっちを見て話してくれないか」

目を開けると老人が笑っていた。

「で、その沼に人がいるわけだ」

「そうだよ」

「どんな人だっけ」

「いろんな人」

「何人くらいいるんだね」

「初めは一人だったけど、今はもう数え切れないほどいるよ」

「一人だけだったのはいつ頃かな」

「ずっと前」

「そう……、その人たちは沼の中でどんなふうにしているの」

「沼につかって、目を閉じてる」

「目を閉じて何をしてる？」

「じっと動かない……」

「君は先週、弟の悠《ゆう》君を苛《いじ》めたね？」

「………」

「どうして、あんなひどいことをしたのかな」

「僕がやったんじゃないんだ」

「誰がやったんだね？」

「その沼にいる誰かが……」

「どうして沼にいる誰かがやったとわかるんだろうか」

「あの人たちは僕の身体を借りてるんだ」

「借りてるって？」

「宿借《やどか》りみたいにだよ。ほら海老《えび》と蟹《かに》の中間みたいなのが巻貝の殻を借りて海の中にいるでしょう」

「ああ、あの宿借りね。先生も子供の時分はよく海辺で捕まえたよ。しかしどうしてその人たちが君の身体の中にいるんだね……」

「それは……。それはね。これから話すことはうそじゃないんだよ。信じてくれる？」

「ああ、信じるとも」

「この世の中には、僕が生きている前からいろんな人が生きてたわけでしょう。そうして皆死んでしまったよね。けどいつかそういう人もまたこの世の中に生まれ変わってくるんだよね。その生まれ変わる間、そういう人たちはみな、生きている人の身体の中に入って休んでるんだよ。だってもう何百年何千年って人間がこの世の中に生きてきたわけだから、死んだ人の数だって大変な数でしょう。今こうして僕が話してる間にも大勢の人が死んで行ってるわけでしょう。その人たちが生きてる人の中にどんどん入ってくるんだよ。善《よ》い人も悪い奴も……」

「悪い奴も入ってるのかね」

「うん」

「その悪い奴が、悠君をあんなふうに苛めたのかね」

「うん……」

「じゃ、その悪い奴を退治するにはどうしたらいいんだろうか」

「僕がこらしめるよ。そんなひどいことをするなって」

「そりゃいい」

「けど……、その中には大人もいるんだよ。人を殺したような奴かもしれないよ。子供の僕にはどうすることもできないよ」

「けど、君の身体の中にいるんだから、君が一番の王様だろう？」

「王様？　僕が」

「そうさ」

「僕が王様だってさ」

私はうしろをふりむいて母に笑いかけた。しかし母の姿はなかった。椅子も消えて白い壁があるだけだった。あわてて前をむくと老人も失せていた。

また靴音が聞こえた。今度は大勢の靴音だった。騒々しい音だった。不快な音だった。靴音は無数に響いている。この部屋にむかって何百何千という数の人が押し寄せてくる気がした。私は急に不安になり窓辺に寄った。鉄格子がはまった窓は摑《つか》むとペンキが剝《は》げ落ちた。

――ここを逃げ出さなくては
大勢の手がドアを叩きはじめた。私は窓に攀《よ》じ登り、大声で叫んだ。

「助けて、だれか助けて……」

私は叫び続けた。背後で扉が開く音がしてまた靴音が響いた。鉄格子を握った私の背中を無数の手が鷲摑んで引きずり下ろそうとする。さあ下ろせ。引きずり下ろせ。弟をあんな目に遭わせる子供は八つ裂きにしてしまえ。釜茹《かまゆ》でにしてしまえ。

「助けて、助けて下さい」

私は意識を失いながらあおむけに倒れて行った……。

かすかに目を開けると、白いものが波打っていた。天井が揺れているふうにも思えるし、雲が流れているようにも見える。

今しがたまで見ていた夢が続いているのだろうか……。目の焦点が少しずつ定まると、揺れているものが大きな布切れだとわかった。

生暖かい風が足元から吹いてくる。背中が小刻みに振動し地虫《じむし》が鳴くような音が響いている。

——ここはどこだ？

顔を左にむけると古いレンガを七、八段組んだ壁になっている。右手はベニヤ板の壁だ。人間ひとりがやっと入り込める四角い穴のような場所に横になっている。

左方からパタパタと足音がした。鼠《ねずみ》が走り回っているようにせわしない音である。笑い声が聞こえた。誰がいるのだろうか、と起き上って覗こうとした時、視界の中に子供の顔が入ってきた。顔に天花粉を塗った丸刈りの男の子だ。

「起きてるぞ」

子供は驚いたように目を丸くして私を見下ろし、顔を半回転させ、

「シューメイ、起きたぞ」

と大声で言った。足音が近づいてきた。

「目が、覚めましたか……」

切れ長の大きな目をした若い女が穴の縁から顔を覗かせてやさしく笑った。少しイントネーションの変わった日本語だった。

「ここはどこだ？」

「ごめんなさい。こんなところしかなかったんです。ボイラー室なんです」

「どこの？」

「勤めているお店のボイラー室です」

見ると足元には大きなボイラーが唸《うな》っていた。

「どうして俺はここにいるんだ」

「店の裏で倒れていたんです」

「おまえが助けてくれたのか」

女がうなずいた。

「どうですか？　身体の具合は」

「大丈夫だ」

起き上ろうとすると背中が痛んだ。

「いけません。もう少し休んでいた方がいいです。熱が下がったのは今朝ですから、二日間熱が下がりませんでした」

「二日？」

私は女の顔を見返した。

「ええ、二日」

「ここはどこだ」

「横浜の、中華街です」

私は上半身をゆっくりと起こした。穴から顔を出すと床の上に子供が三人座って、私の方を小首をかしげて見ている。中のひとりの少女が笑った。

「ここ洗濯場を兼ねているんです」

私は妙な白衣を着せられていた。女はあわてて部屋の隅へ行き、

「あなたの洋服は洗っておきました」

と私の洋服を差し出した。

「シャツもズボンもよく洗ったんですけど、なかなか汚れが落ちなくて……」

女は申し訳なさそうに言った。

立ち上ろうとすると腰が抜けたように、力を込めることができなかった。

「もう少し休んでいた方がいい」

女は心配気に私を見た。

「起きたか。まだ外へ出るのは無理よ」

嗄《しやが》れた声がして老婆がひとり鍋をかかえて入ってきた。粥《かゆ》を私の前に差し出した。女が老婆に礼を言っていた。

「喉が渇いた」

「水ですか？」

女が私の顔を見たので、私は仕方なくうなずいた。女の持ってきた水を一気に飲もう

った。
とすると、胃の中が縮んで噎《む》せ返した。咳が続いた。大丈夫ですか？　と女が背中を摩《さす》
いる。甘い匂いが離れなかった。
「大丈夫だ」
女の手を押し返すと、鼻先に甘い匂いが漂った。女は私の顔を不安そうに覗き込んで
「もう大丈夫だから、仕事を続けろ」
それでも女はそばから離れようとしなかった。私は目を閉じた。
次に目を覚ました時、周囲は暗くなっていた。歌声が聞こえた。中国語のようだった。
子守歌のようなやさしい旋律だった。私は煤《すす》けた天井を見ながら、歌声を聞いていた。
聞いているうちにその歌が物哀《ものがな》しく思えてきた。
私は起き上って声のする方を見た。先刻の女が少女を抱いて歌をうたっていた。少女
は眠っているようだった。足音が聞こえて、でっぷりと太った中年の女が入ってきた。
女は太った女と外へ出て行った。私はゆっくりと立ち上った。何とか立つことができた。
服を着替えたが、上着の中に入れておいた金がなかった。女が戻ってきた。疲れたよう
な顔をしている。私はポケットの中に手を入れて煙草を探した。すると女は私が寝てい
た穴の中へ入って、隅の方から新聞紙の包みを取り出し、私に差し出した。金と煙草が
入っていた。
「おまえが俺を運んだと言ったな？」

女はうなずいた。うつむいた横顔が誰かに似ていた。

「重かったろう」

女は首を横に振った。私は一万円札を数枚抜いて女の前に差し出した。女はかぶりを振って金を私の方へ突き返した。

「いいんだ。取っておけ」

「いらない」

「じゃ宿賃と食事代だ」

「いらない」

女は唇を噛《か》んだまま、また首を横に振った。

「おまえ、名前は何というんだ？」

「楊秀美《ヤンシユウメイ》」

と言って、女は胸に付けた名札を見せた。

「あなたの名前は」

私は床に周と書いた。秀美は覗き込むように私の指先を見た。

「あなた中国人？」

秀美が私を見上げるようにした時、また甘い匂いがした。

「ここで寝泊りをしてるのか」

秀美がうなずいた。美しい目だった。

「家族はいないのか」

「兄さんがひとり一緒に来ました。あとの家族は皆中国にいます」

秀美の顔が曇った。密航者のような気がした。

「ここで何の仕事をしているんだ」

「洗濯と炊事と子守と……あといろいろ、何でもしてる」

秀美は恥ずかしそうに笑った。

「いつ日本へ来た？」

「二年前」

「日本は楽しいか」

秀美が首をかしげた。

「中国の方がいいのか」

秀美は首を横に振ってから、

「香港《ホンコン》がいい」

とその時だけははっきりとこたえた。

「香港か……。香港はいいとこだな」

「香港、行ったことがありますか」

私がうなずくと、秀美は急に明るい顔になって、香港、九龍《ガオロン》、中環《ツオンワン》、銅鑼湾《トンローワン》、維多利亜港《ビクトリアハーバー》、尖沙咀《ツイムサーツイ》……、と香港の名所を謳《うた》うように言った。秀美の表情の中に少女の面影が浮かんでいた。

――誰に似ているのだろうか

「香港はひとりで行った？」

秀美が私の目を覗いた。その瞬間、私は秀美の目がネネに似ていることに気付いた。

私は秀美の顔をまじまじと見つめた。

「どうしたの？」

「いや、何でもない。そろそろ行こう」

私は立ち上った。

「身体、大丈夫ですか？」

「平気だ」

「また来て下さい」

私はうなずいて秀美の肩を握った。何かを言い忘れている気がした。私は秀美の頬を指先で突いて外へ出た。

ホテルの窓に中華街の灯《あか》りが映っていた。ぽつぽつと灯りが消えはじめた。

――香港はひとりで行った？

秀美の言葉が耳の底に響いた。

「ひとりじゃない。三人で行ったんだ……」

私はつぶやいた。

横浜の町の灯りに、五年前の香港の夜景が重なった。

それは悠とネネの新婚旅行代わりの旅だった。

二人の蜜月旅行に私を無理やり同行させたのは悠だった。

「だって兄さん、僕たち大きくなってからは一度だって旅行へ出かけてないんだよ」

「俺たち二人の旅はいつだって行けるさ。ネネのことを考えてやれよ。これは二人のハネムーンなんだぞ」

「そんなことは彼女は気にしないさ。それにネネは兄さんのことを大好きだっていつも言っているもの……」

悠が嬉しそうに言った。

「だから、それと香港へ行くこととは違うんだ」

「僕がネネに頭を下げるよ」

結婚したばかりの悠とネネはしあわせそうだった。

「美味《おい》しい中華料理を食べたいわね、悠」

飛行機のすぐ前のシートで楽しげに言葉を交わす二人の声を聞きながら、私は二人が一緒になったことをこころから祝福すべきだと思っていた。

「案外、人肉スープが出てきたりして……」

「いや、気持ちの悪いこと言わないで、悠」

「ねえ兄さん、そうだよね。叔父さんがそんな話をしてたものね」

悠は前のシートから身を乗り出すようにして私をふり返った。

「あれは冗談さ」

「冗談じゃないって言ってたよ。中国人は世界一、味を探究する人たちだって……」

「だから、そのたとえさ」

「そうかな……」

「そうに決まっているじゃないの、悠は何だって信じちゃうんだから」

ネネの弾んだ声がした。

五日間の旅は行きの飛行機の中から賑《にぎ》やかだった。悠が喜んでいることも嬉しかったが、ネネがそれ以上に幸福そうにしていることが私を安堵させた。

香港に着いてから、私は二人と別行動を取るようにした。それでも初日の夜、三人で食事を摂《と》った時、悠は、

「明日は三人で出かけようよ。その方が楽しいよ」

と言い出した。翌日、私たちは三人で市内見物に出かけた。私の前を腕を組んで歩く二人は仲睦《なかむつ》まじく似合いの若い夫婦に映った。二人のスナップ写真を撮るためにカメラのファインダーを覗くと、悠の笑顔と彼を見つめるネネの横顔はかがやいて見えた。

三日目の夜、香港島で食事を終えてフェリーに乗り込んだ。夜景を見ながらデッキに立っていると、悠がトイレを使いに船室へ降りた。私はネネと二人っきりになった。重

い水音がして、風が頰を撫《な》でていた。二人とも黙ったまま夜景を見ていた。

「明日は最後の夜だから、私たちを二人にして頂戴」

ネネがぽつりと言った。

「そうだな。その方がいい」

「そんなふうにわかったように言うのなら、なぜこの旅行へついて来たの？　私がどんなふうに悠に接するかを見に来たんでしょう」

ネネは水面を見つめて言った。

「そうじゃない。俺はそんなふうにおまえたちのことを考えたことはない」

「いいえ、あなたは悠にいつも私がどうしているかを聞いてるじゃない」

「俺は悠に一度もそんなことを尋ねたことはない」

「偽善者」

ネネが吐き捨てるように言った。

「そんな言い方はよせ」

「あなたは、私も、そして悠も、自分の手の中に入れておきたいのよ」

「それは違う。悠は、あいつは他の奴と違って神経がこまかすぎるんだ。人の言葉の奥まで考え過ぎてしまう人間なんだ。だから二人きりの兄弟の、俺の言葉で揺れ動いてしまう性格なんだ」

「あなたはその悠の性格を利用しているのよ。悠をあなたの都合のいい人間にしようとしているだけよ」

「そんな考え方はよせ。悠はおまえのことを信頼しきっている。こんなことは悠にとって初めてのことなんだ」

「それで私を悠に譲ったってわけ」

「そのことを二度と口にするな。わかったな。いいか二度と口にするな」

私はネネを睨みつけた。

「いや、迷子になっちゃったよ。見つけてみたらすぐそこにトイレがあるんだもんな……。二人で何の話をしてたの」

「ああ、実は俺、明日は香港に海外出張で来ている大学の友人に逢《あ》うことになってるんだ。だから明日は二人で出かけてくれるか」

「そうなの。僕もイタリアで一緒に勉強した友人に逢うことになってるんだ。彼が香港の有名な画商を紹介してくれるというんだよ。その人は印象派のいい絵を持っているコレクターなんだって」

「そりゃよかったな。二人で行って来いよ」

「うん、わかった」

その夜半、悠から部屋に電話が入った。ネネが急に熱を出したのですぐ来て欲しいということだった。ホテルのドクターを呼んで診てもらうと彼女は風疹《ふうしん》にかかっていた。

翌朝も熱は下がらなかった。悠は友人のところへ出かけるかどうか迷っていた。

「いいから行ってこい。こんな機会じゃないと逢えないぞ。それに見たい絵もあるんだろう。ネネの看病は俺がしてやるから」

「でも兄さんは友達と」

「そいつとはいつだって逢えるし、そのうち日本へ戻ってくるだろう」

悠は私にネネのことを頼んで出かけた。しかし私はネネの部屋には行かなかった。昼間二度電話を入れて様子を聞いた。ネネは消え入りそうな声で大丈夫だと返答した。

六時になって悠から電話が入った。コレクターの家へ招かれているのだが、どうしたらいいかと尋ねてきた。弟がわざわざ電話をしてきたのは、彼がコレクターの家へ行きたいからだと察した。

「行ってこいよ。ネネの具合は大分良くなってるみたいだ。彼女の食事は俺がルームサービスを頼んでちゃんとしておくから」

「甘えていいかな」

「かまわないさ」

一時間後、私はネネに電話を入れて、ひとりで食事ができるかどうか尋ねた。

「大丈夫か」

返事がなかった。

「…………」

私は急いでネネの部屋へ行った。ドアは閉じられたままだった。フロントに連絡して鍵を開けさせた。ネネはベッドでぐったりとしていた。ひどい高熱だった。意識も朦朧としていた。運悪く日曜日でホテルが連絡を取れる医師は出かけていた。私はネネの額に氷囊《ひょうのう》を当ててベッドサイドに座っていた。ネネの手が宙を摑むように伸びてきた。私はその手を握りしめた。ネネも握り返した。熱い手だった。ネネは私の手と知って握り返しているように思えた。

「寒い……」

ネネの言葉に私はベッドに近寄った。苦しそうに喘《あえ》ぐネネの顔を見て、私はネネの身体を引き寄せた。乳房のふくらみが伝わった。ネネも私に身体を預けた。ネネの汗の匂いが鼻を突いた。熱い吐息が首筋にかかった。私は火照った顔に頰ずりをした……。目を覚ましたネネが、彼女の身体の上で裸になっている私を見て叫び声を上げた。

「何をしてるの、離れて。鬼、鬼みたいなことをしないで」

ネネは叫びながら私の腕や胸ぐらを叩いて抵抗した。

「そ、それでも人間なの」

私はネネの両手を押さえ、彼女の両脚をひろげた。

「お願い、やめてちょうだい」

「うるさい。静かにしろ」

私はネネの頰を平手で打ち、顔を枕で押さえつけて、彼女の身体を貪《むさぼ》った。

そうしてそれをきっかけに、私はネネの肉体を執拗《しつよう》に求めるようになった。それ以前私とネネが交際していた頃のセックスとは比べものにならないほどの、姦淫《かんいん》としての快楽がそこにあった。しかもそれは私の一方的な快楽ではなかった。ネネの悦楽の表情が、ホテルの窓に溶けて行った。

私たち二人は同じ沼に入り込んで行った。

眼下に見える横浜の街はすでに白んでいた。

中華街のあの女の顔が浮かんだ。穢《けが》れのない女の表情やしぐさが、私を戸惑わせた。純粋、清楚《せいそ》、無垢《むく》……それらのものを犯食してきた私があの女の前では常人に振る舞おうとしていた。

三日後の夕暮れ、私はホテルを出て中華街へ足を踏み入れた。

週末の中華街は家族連れや若い男女のカップルで賑わっていた。ごく普通の人たちが楽しげにしている中に入ると、私は不安になった。見覚えのある路地を通り、あの女のいる店の裏手に回った。背高泡立草《せいたかあわだちそう》の茂る空き地があった。タイヤを外された自動車が錆《さ》びついたまま放置されていた。

——俺はここへ倒れていたのだろうか

窓ガラスも壊れペイントも変色した車の残骸と雨の中で倒れている己の姿が重なった。

子供の声が聞こえた。見ると数人の子供たちが子犬を追っていた。その子供の中に見覚えのある顔があった。

私は店の裏手の木戸を開けた。そこには秀美が座って洗濯物を折り畳んでいる気がした。誰もいなかった。奥へむかって声をかけた。返事は戻ってこない。私は床の上に座って煙草を吸った。

――また来て下さい

女の穢れのない目が浮かんだ。女が私を見つけて大声で何事かを言い出す姿を想像した。三十分ほど過ぎても誰もあらわれなかった。

「そこで何をしてる?」

嗄れた声がした。声のした方を見ると、わずかに開いた木戸から小柄な老婆が覗いていた。

「秀美に逢いにきたんだが……」

「秀美? あの子はもうここにはいないよ」

老婆がおずおずと出てきて、私の顔を見た。

「誰ですか、あなた」

「三日ほど前にここで世話になった者だが……」

老婆が首をかしげた。

「秀美はどこへ行った」

「あの子は死んだよ」

「…………」

「二日前に車に飛び込んで死んだよ。店も迷惑かけられて大変だよ。あなたあの子の親戚か何か？」

「……どうして車に」

「知るものかね。店には関わりのないことだから、秀美の名前なんか出さないで欲しいよ」

　私は老婆の言い方に腹が立った。

「そうかい。使いたいだけこき使ってあとはクズみたいに捨てるのか」

　私が言葉を荒らげると老婆は口をつぐんで奥へ消えた。

　私は部屋を見回した。ボイラーも天井も三日前と何ひとつ変わっていなかった。奥へ行き私の寝ていた場所へ下りてみた。私はそこへしゃがみ込んで周囲を見回した。レンガにいたずら書きのようなちいさな文字があった。文字は読み取れなかった。その文字の書かれたレンガの端に黒い糸のようなものが見える。私はそれを指先でつまんだ。長い髪の毛だった。手のひらの上にそっと載せて頬に当てた。かすかに髪の感触がした。謝礼の金を突き返しながら激しく首を振っていた秀美の顔が浮かんだ。秀美には彼女を守ってくれる何ものもなかったのだろうか。彼女の消滅を食い止める、人間でも、獣でも、石のようなものでもいいから、存在しなかったのか。お守りひとつ持つ智恵《ちえ》も身に付けていなかったのだろうか。すると野口が自慢そうに見せた三足の蝦蟇があらわれた。せめてあの蛙でもあの部屋から盗んで来て、秀美に渡して、やっておけばよかった気がした。

——また来て下さい

秀美の羞じらうような表情が浮かんだ。どうしてこうなることを予期できなかったのかと私は悔んだ。ボイラーの音が響いていた。

私は立ち上って店の裏手へ出た。子供たちはまだ子犬を追いかけている。大通りへ出ると凬が足元を攫《さら》った。私は凬の中で手のひらをひろげた。髪がいつ流れていったのかはわからなかった。

私は電話ボックスに入って、霧生に電話を入れた。

「わかったよ。買ったのは早坂《はやさか》ネネという女だ」

霧生の声が凬にまぎれた。

第十話

虫喰《むしくい》・山疵《やまきず》

「ひどくお痩せになったように思いますけど、健康の方はいかがですか」

セラピストは眼鏡の奥の目を光らせて言った。

「別に……」

「相変わらずの生活ですか」

「生活？　そんなことはどうだっていい」

「そんなことはありません。健全な精神状態は健全な生活の中にあるのですから」

「俺はここに説教を聞きに来たんじゃない」

「勿論《もちろん》ですわ。私はあなたに説教ができる人間ではありません。歳上《としうえ》のあなたの方が私よりはるかに人生のことをご存知ですもの」

「からかっているのか」

「いいえ。あなたがここに見えるのを、私は待っていました」

「俺はあんたに呼び出されただけだ」

「ええ、たしかにそうですわ。来ていただいて喜んでいます」

その時、地虫《じむし》が鳴くような音がした。私は部屋の中を見回した。続いてインターフォ

ンの呼び出し音がして、くぐもった女の声が電話が入ってますと告げた。セラピストは眉間に皺《しわ》を寄せて、

「今、診察中でしょう」

と言った。すぐに女の声が返ってきて誰かの名前を告げた。

「わかりました。そっちへ行くわ。すみません。五分程待っていただけますか」

「いや、もういい。俺は引き揚げる」

私が立ち上ると、

「お願いです。一分だけでいいですから待っていて下さい」

セラピストは、胸の前で両手を合わせ、素早く部屋を出て行った。

私は窓辺に近寄って、眼下にひろがる東京湾を眺めた。霧雨のような天候に霧が埋立地を覆って海面を隠し、湾を横切る橋梁《きょうりょう》が霧の中から唐突にあらわれている。沖合は低く垂れた雨雲に水平線も海岸線も濃灰色に溶けている。羽田《はねだ》を飛び立ったジェット機のエンジン音が耳の底に響くと、一瞬雲間に機影を見せて雨雲の中へ消えて行く。

こういう無機質で、人間の存在を感じさせない風景なら眺めていても安堵《あんど》する。窓ガラスに触れると、冷たいガラスの温度が伝わってきた。ここ数日胸に石を載せているように重かった心臓の痛みが今は失《う》せている。

――セラピストは面談をしてるだけで、病人を癒すことができるのか。そんな馬鹿なことがあるわけがない……

私は胸のポケットから煙草《たばこ》を取り出して銜《くわ》えた。

「禁煙ですよ」

ふりむくとセラピストが笑って立っていた。

「ごめんなさい。私の母が今上京しているんです。田舎の女性で突拍子もないことをしでかすものだから……」

私はまた窓の外を見た。

「今日、ここにお呼びしたのは、去年、最後にあなたと逢《あ》った時、私たちが約束したことを少しお話ししたかったからなの」

——約束？ そんなものはしちゃいない
また耳の底にエンジン音が響いてきた。

「このビルディングはどのくらいの高さがあるんだ？」

「えっ、何ですか」

「このビルはどのくらいの高さだ」

「屋上までは、たしか二百八十二メートルのはずよ。どうして？ 高い場所は苦手なの」

「そうじゃないが、こういう空間に人間が立っているのが奇妙だと思ってね」

「東京は土地が狭いから、どうしても建築物は上空へ伸びるわ」

「どうして地中へは行かないんだ」

「工費がかかるからでしょう。それにここは元々埋立地で地盤が良くないんじゃないかしら」

「大きな地震が来ると一発で終りというわけか」

「耐震構造にはなっているでしょう」

「それだけで安全ということか」

「どうして？　建築物に興味があるの」

「別に、そんなものはどうだっていい。あんたは単純でいいな」

「ああそうか。設計者の予測以上の大きな地震が来た時のことを話しているのね。それを言い出したらすべてのものが無意味なものになるんじゃないかしら」

「そういう考え方が一番楽でいい」

「そう思うわ。どうぞ椅子にかけてくださらない」

「いや、ここでいい。俺もあんたに聞きたいことがあった」

「何かしら？」

「俺が新宿のホテルに居ることがどうしてあんたにわかったんだ」

「それは……」

「あんたに連絡をしてきた人間がいるってことだな」

「ご存知だったの……。それなら正直に言うわ。芝《しば》のTホテルに連絡をしたら、あなたはもういなかったの。連絡先を尋ねたら、彼女のオフィスの電話番号を教えてくれたわ」

「で、あの女と話して取り込まれたってわけか」

「えっ？」

「逢ったのか、あの女に」

「……ええお逢いしたわ。いい方ね。それにとてもチャーミングな女性だわ」

「何を頼まれた？」

「何も依頼されてないわ。ただあなたのことをとても心配なさってたわ」

「あいつの連絡先を教えてくれ」

私がふりむくとセラピストは唇を嚙《か》んで、首を横に振った。

「それはできません」

「そうか、ならこっちで探す」

私が歩きはじめると、セラピストは立ち上ってドアの前に立ちはだかった。

「私はあなたの質問に答えたわ。だから私と少し話し合って」

「そこをどけ」

「約束が違うわ」

「あんたは俺のことを少し誤解してるようだな。あの女がどうして連絡先を俺に教えないでくれと言ったのか、本当のところがわかっていないようだ」

私が眼鏡の奥の目を睨《にら》みつけると、セラピストは唇を舐《な》めてから、

「あなたは、私の患者よ」

とうわずった声で言った。

私はセラピストの肩を摑《つか》んだ。セラピストが私の手を払おうとしたが、私は指に力を込めた。セラピストの顔が歪《ゆが》んだ。

「患者が医師に危害は加えないでしょう」

「精神病棟でもそうかな」

「あなたは正常な人ですもの」

「俺が狂ってないと、あんたは本気で言えるのか」

私はセラピストを引き寄せようとした。彼女は一瞬たじろいで後ずさったが、私の手を取って、

「一時間でいいから、私と話をして欲しいの」

と訴えるような目をして言った。

私はクリニックのあるビルを出ると、芝のホテルにむかった。
海岸通りを歩きはじめると背後でジェット機のエンジン音が聞こえた。金属音に似た音を聞いているうちに、これに似た音をどこかで以前聞いた気がした。
――どこで耳にした音だったか
空を見上げると雨雲が高速度で西から東に流れていた。異様な速さである。たちまち

空全体が墨に染まったように暗くなり、ぽつぽつと星明りに似たものがきらめきはじめた。私は立ち止まって、異様な現象を眺めていた。白日夢のように思えたし、時間が予測以上に速くなっている気もした。やはり星明りだ。耳の奥の金属音が大きくなっていた。東方の空の星がひとつ、ふたつと流れはじめた。やがて東の空は無数の流星群であふれ、その流星群の動きに呼応するように全体の星たちが小刻みに揺れはじめた。何か巨大なものが背後で蠢《うごめ》いている気がした。ふりむくと今しがたまでいたセラピストのビルが、大きな円筒形の発光体になってゆっくりと浮上していた。スポイトからこぼれ出した水銀が、そのまま空中に停止しているような不気味な形状だった。それ自体がひとつの生命体のようでもあるし、何百、何千人という人間を乗せた飛行船にも思えた。奇妙な音を立てて銀白色の表面が不規則に凹んだり膨らんだりして、円錐形《えんすいけい》に変わった。するると突然爆発音が轟《とどろ》いて、発光体は一瞬のうちに夜空に上昇していった。私は両手で耳をおさえ、周囲に押し寄せてきた爆風を避けるように、その場へしゃがみ込んだ。

車のクラクションが聞こえた。顔を上げると、渋滞した海岸通りの脇にある電話ボックスのそばで私は蹲《うずくま》っていた。背後をふりむくと、埋立地のあのビルは消えていた。はるか後方にそれらしき高層ビルが見えた。

下着が肌に貼り付くほど汗を掻《か》いている。喉が渇いていた。周囲を見回すと、フェリー乗り場があり、その隣りにレストランがあった。店に入ると客は誰もいなかった。ビールとウィスキーを注文して飲みはじめた。ビールを飲みながらウィスキーをストレートで流し込むと、ようやく一息ついた。レストランは海に面した側が半円型のガラス張りになって、そこに海へ突き出た桟橋と白波を立てた海面が映っていた。

「おい、ビールをくれ」

私が大声で言うと、女が不愉快そうな顔をした。ウィスキーのハーフボトルをそのままラッパ飲みすると、鳩尾《みぞおち》のあたりが音を立てて凹んだ。女がビールを運んできた。ビールを差し出した指先に、目と口がついている。見ると指は白い蛇に変わっていた。女はテーブルを離れて行ったのに、ビール瓶には蛇が絡みついたままだ。

「おい」

「何ですか」

「これをどけてくれ」

「これって、お客さんがビールを注文したんですよ」

「ビールじゃない。この蛇だ。この蛇をどけろ」

女は返事をしない。蛇はゆっくりとビール瓶から離れてテーブルの上を這《は》い出した。三匹と思っていた蛇は胴体でひとつにつながっていた。蛇はテーブルの中央で半回転し、腹を上にむけて背中を擦《こす》りつけている。私はそっと手を伸ばして、指先で蛇の腹を突いた。蛇は奇妙な声を上げた。笑っているようだった。私はもう一度蛇の腹をくすぐった。蛇は痒《かゆ》くてしかたないふうに身体《からだ》を捩《よじ》らせた。私は可笑《おか》しくなって、指先を腹から首筋へ伸ばした。すると蛇は鋭い声を発して、私の指先に嚙みついた。ひとさし指の爪が半分喰《く》い千切られている。痛みはないのだが、血がどくどくとテーブルの上に流れ出していた。蛇は三つの頭を私の方にむけて牙を剝《む》きだしている。知らぬ間に蛇の身体は倍の大きさに膨らんでいた。私がビール瓶を摑んで殴りつけると、蛇は私に飛びかかってきた。耳のそばで擦過音がして、蛇は後方へ消えた。ふりむいて蛇の行方を探ると、どこかへ失せている。床にしゃがみ込んでテーブルの下や入口のあたりを注意深く探した。

「出て来い。どこに隠れてやがる」

私は大声を上げて、海の方のテーブルを見回した。笑い声が一斉に響いた。すべてのテーブルの上に猿が座っていた。黄色い歯を剝きだして、猿たちは笑っていた。

「おまえたちそこで何をしてやがる。何が可笑しいんだ」

私が怒鳴り声を上げると猿たちは腹をかかえて笑い出す。灰皿を投げつけた。猿はそれを避けようともせず、床に落ちた灰皿の間の抜けたような音を聞いて、また笑っている。

——お客さん、店の中で何を騒いでるんですか

男の声がした。しかし相手の姿は見えない。

——ここは酒場じゃないんだ。警察を呼ぶよ

「うるさい」

私が怒鳴ると、また猿たちが声を上げた。

「こ、こいつらを外へつまみ出せ」

その時、海の方で銅鑼《どら》の音がした。猿たちが一斉にそちらをふりむいた。見ると桟橋の上に人影が見えた。いつの間にか降りはじめた雨の中で、その人影は幽霊のように揺れていた。外は海風が強いのか、インバネスのようにコートがひろがって、影は鳥のように映る。黒い帽子を被《かぶ》っている。

——ソフト帽だ

私は目を見開いて、桟橋に立つソフト帽を睨んだ。

——あの場所なら追い詰めることができる

私は外へ走り出した。レストランの建物を回り込み桟橋に出た。ソフト帽は桟橋の突端に立っていた。私はゆっくりと桟橋を歩き出した。古い木製の桟橋の床はひと足踏み出す度に音を立てた。私の足音に気付いて、ソフト帽がふりむいた。ソフト帽は私をじっと見つめていた。私も目を逸《そ》らさないでソフト帽を見返した。横殴りの雨に相手の顔はよく見えない。

——今日こそおまえの正体をとくと見てやろうじゃないか

私は相手を追い詰めるように用心深く近づいて行った。ソフト帽は海の方へむき直ると、少女がゴム紐《ひも》を越えるように軽やかに宙に飛んで桟橋の突端から海へ消えた。

「待て」

私は走り出した。桟橋の突端から海面を覗《のぞ》いた。そこには海水が音を立てて寄せているだけだった。

走ったせいか、動悸《どうき》が激しくなっていた。胃の中が締めつけられるように捩れた。突き上げるような嘔吐《おうと》感の後、口の中から黒い汚物が溢《あふ》れ出した。吐くだけ吐き出して、口元を拭うと手のひらに鮮血がついていた。

Tホテルのマネージャーから告げられたオフィスは渋谷《しぶや》の松濤《しょうとう》の一角にあった。レンガ造りの落ち着いた建物だった。

玄関は自動ロック式になっていて、「内村産業《うちむら》」と表札が出た下に「オフィス・ユウ」と紙に書かれた札がテープで貼ってあった。部屋番号を押すと、女の声が返ってきた。

「はい、内村産業ですが」

「早坂《はやさか》を訪ねてきたんだが」

「失礼ですが、どちらさまですか」

「いるのか、いないのか」

「お宅さまはどちらさまですか」

「いるなら、周《しゅう》が来たと言ってくれ」

「ちょっとお待ち下さい」

しばらくして女は、ネネはいないと言った。

「居留守を使ってるんだろう。下へ降りて来るように言え」

「ですから、早坂さんはいらっしゃいません。お引き取り下さい」

「ふざけたことを言うな。無理にでも上るぞ」

私は玄関のガラス扉を叩《たた》いた。

「警察を呼びますよ」

「呼べるもんなら呼んでみろ」

中から管理人があらわれた。

「何をしてるんですか。叩いちゃいけません。やめなさい」

私はガラスを叩き続けた。ほどなく女の声がして、扉が開いた。

通された部屋はオフィスというより、住居の居間という感じで、応対に出た女は不愉快そうな顔をして、

「しばらくお待ち下さい。今連絡を取りますから」

とぶっきらぼうに言って、衝立《ついたて》の陰に消えた。

「早坂が来るんだな」

「ですから、連絡が入りますから」

女が衝立の向こうから苛立《いらだ》ったような声を出した。

応接室の黒いソファーにかけて、私はネネが来るのを待った。目の前の壁に抽象画が掛けてあった。煙草を出して火をつけたが、灰皿が見当らなかった。

「灰皿をくれるか」

面倒臭そうに女が立ち上る気配がした。

「あなた、早坂さんとどういう関係なの」

女は灰皿を片手に私を見下ろして言った。大きな乳房をしていた。黄色のブラウスの胸のボタンがはじけそうだった。スカートも必要以上にちいさ目のサイズを着ていて、ウエストから腰のあたりの肉が盛り上っていた。四十歳は過ぎているのだろうが、女は己の肉体の豊満さをわざと他人へ見せつけている気がした。上唇の倍はありそうな下唇が、女の淫猥《いんわい》さを感じさせた。

「おまえの知ったことじゃない」

「うちの方も迷惑してんのよね。会長もあの人に騙《だま》されてんじゃないかしら」

女はネネに恨みを持っているようだった。

電話が鳴った。女は丁寧に応対をしている。

「はい、かしこまりました。ではそちらの方へご案内いたします」

女は電話を切ると、

「早坂さんの件で、うちの会長があなたにお逢いしたいそうよ。ご案内しますから」

と、私をそのビルから少し離れた屋敷へ案内すると言った。

私は女のうしろ姿を見ながら歩いた。雨に濡れた住宅街の道に女のハイヒールの音が響いた。女の臀部《でんぶ》が足を踏み出す度に右に左に揺れる。女に飢えた男が見たらこの女を背後からはがい締めにして、路地に引っ張り込んで犯してしまう気がした。女はそれを計算し、誘っているような仕種《しぐさ》をする。

「逢いたいって奴は、どんな奴なんだ」

「だから、うちの会長よ」

「ずいぶんもったいぶった逢わせ方をするもんだな」

「会長も気まぐれな人だから」

「おまえはその会長とやらにふられたってとこか」

女は急に立ち止まって、私を見た。

「ちょっと変なこと言わないで、私はそんな安い女じゃないわ」

女は私を睨みつけて、また歩きだすと、

「ふん、あんな好色爺《ジジ》イなんか、相手になるもんか」

と吐き捨てるように言った。

大きな門構えの家だった。内村廉太郎《れんたろう》と真鍮《しんちゅう》製の表札がかかっていた。女が玄関脇のチャイムを押した。ほどなく塀の中から足音が聞こえ、木戸が開いて老婆があらわれた。老婆は私の顔をじっと見て軽く会釈をすると、どうぞお入り下さいましと丁寧に言った。案内してきた女をふりむくと、もう姿は見えなかった。

老人は胴衣に袴《はかま》姿で手拭いを手にあらわれた。額に汗を掻いていた。

「ご足労願って申し訳ありません。すぐに着替えてまいりますから……」

「別に着替えることはない。俺は早坂ネネと逢えばそれでいい。あんたと話をするつもりなどないんだ」

老人は一瞬、意外な顔をしてから、少し口元をゆるめて、

「その早坂さんのことでお話があります」

と言った。

「あいつはここにいるのか」

「ここにはいません」

「そうか、ならあいつに言っておいてくれ。俺は新宿のSホテルにいるから連絡をよこせとな」

「早坂さんからあなたに連絡することはないでしょう。彼女はあなたとの縁を断ち切りたいと言ってますから」

「縁？　そんなもんは初めからありはしない。俺はあいつに逢いたいわけじゃない」

先刻の老婆がお茶を運んできた。立ち話をしている私たちを見て、老婆が、

「どうぞ、おかけ下さい。どうなさったのですか、お二人とも怖い顔をなさって」

と笑いながら言った。

「旦那さまもお稽古のあとで、そんな恰好《かっこう》のままでいらっしゃると風邪を召されますよ。さあ着替えて下さいませ。ほら、お客さまも少しだけ腰を下ろしてはいかがですか」

「早坂ネネはここにいるのか」

「ネネさんでございますか。そのお話をこれからなさるんでしょう。まあ、どうぞ。旦

那さまも早くお召しものを……」

老婆は私のそばへ近づくと目くばせをするように椅子の方へ手を差し出した。私がソファーに腰を下ろすと、

「ビールか何かの方がよろしゅうございますか」

と老婆が言った。私がうなずくと老婆が笑って、私を見た。

すぐにビールを運んできた老婆は、

「ネネさんは人気がございますね。いい方ですものね」

私のグラスにビールを注ぎながら言った。

老人があらわれた。白い着物が老人の艶やかな顔を白く光らせていた。

「いや、失敬しました。内村です」

私は黙ってビールを飲み干した。

「おやおや、お強いんですね。もう少し気のきいたお酒にいたしましょう」

老婆が小走りに部屋を出た。その時、庭先から閃光《せんこう》が走り地響きを立てて落雷が二度続いた。雨音がした。庭先を見ると、雨煙が立っていた。広い庭一面に咲いた白い花が、霧の中で蝶《ちょう》のように揺れていた。

老婆が紫色のデカンタを手に戻ってきた。

「このお酒ならお気に召すでしょう」

老婆が切子のグラスに赤い酒を注いだ。私はそれを一気に飲んだ。喉が焼けるように

熱くなった。すぐに老婆がグラスに酒を注ぎ足した。また落雷が響いた。

「おや、まあずいぶんと激しく降りますね」

テーブルの上のグラスが小刻みに震えている。内臓から背中へ、背中から下半身へと、熱湯を浴びせられたように身体全体が熱くなった。息苦しくなった。身体が熱くてしかたがない。私は立ち上って、庭へ出ようとした。雨に当りたかった。

「おやおや、どうなさいました？」

老婆が私を覗き込んだ。能面のようなのっぺりとした顔をしていた。目と鼻と口が少しずつ溶けて、老婆の顔は茹卵《ゆでたまご》のようになった。

——冬薔薇《ふゆばら》でございますよ。花はお好きですか
老人の声が遠くから聞こえた。私はガラス障子の桟を摑んだままゆっくりと倒れて行った。


深い霧が立ち籠《こ》めていた。

私はひとりで歩き続けている。

霧のむこうから、かすかに森がひろがっているのが見えた。足が誰かに引きずられるように重かった。歩く度に靴に濡《ぬ》れた羊歯《しだ》が絡みついた。立ち止まると沈んでしまいそうな泥地だった。

——ともかく、あの森を抜けなくては

私は苛立ちながら一歩一歩進んだ。誰かに追われているわけではなかったが、歩き続けないと、己が永遠にこの場所から抜け出せない気がした。先刻から緩慢な歩行が続いている。進めど進めど、数十メートル先に見える森に辿《たど》り着くことができなかった。森が私と同じ速度で移動しているのだろうか。霧雨に濡れた衣服は水を含んで重く冷たかったし、額からは汗とも雨垂れともつかない滴が流れ落ちてきて、目の中に入った。視界がおぼろになる度に私は手で顔を拭った。時折、私は自分を叱咤《しった》するように声を出した。

ほら、あそこまでだ。何ということはないぞ。あとわずかだ。頑張ってみろ……、一、二、一、二、……、肉体が苦しい時に決ってそうするように、私は口笛を吹こうとした。しかし穴の開いた鞴《ふいご》のように掠《かす》れた息を吐き出すだけだった。しかし声を上げたせいか、私は少しずつ森に近づき、やがて霧が晴れ、目の前に沼があらわれた。

――やはり、ここへ来たか

私は沼の前へ立つと、水辺に四つん這《ば》いになった。乱れた息を整えた。手に触れる草は乾いて、首筋に風が流れた。かすかに水音がした。顔を上げると、ちいさな気泡とともに沼の中から黄土色の球体があらわれた。泥にまみれた球体から蠟《ろう》が溶け出すように黄土色の土塊が流れると、それが人の頭だとわかった。眉や鼻のあたりに泥が付着しているせいか、相手の正体はわからない。ただ目だけが異様にかがやいて、私の方をじっと見つめている。その視線は私に対して敵意があるわけでもなければ、好意を抱いている様子もない。ひどく冷淡な表情をしている。私も相手に声をかけなかった。わかっているのだ、この男の……、いや、男なのか女なのかは定かではないが、目の前にいるのは、私の中に棲《す》む、もうひとりの私だということが……。

——そうだよな、おまえ
返事は返ってこない。これは夢なのだ。もう何千、何万回と私が見続けてきた私の夢の中の出来事なのだ。私は息を殺して、沼の水面を見つめた。気泡が音を立てて、もうひとりの私の周囲に湧きはじめた。泡はあらわれては消え、消えてはあらわれる。ほら、はじまったぞ。左手に大きな泡が浮かんだ。泡は消えずにどんどん膨らんでいく。それが泡ではなくて、二人目の頭だとすぐにわかった。一人目と同様に泥のこびりついた顔の中で、目だけが異様に光ってこちらを見据えている。二人、四人、四人が八人、八人が十六人……、たちまち沼の水面は顔だけをのぞかせた何十人もの私で溢れ出した。

「何てことをしでかしたんだ、おまえは」

顔たちが一斉に声を上げた。

「俺は何もしてやしない」

私は吐き捨てるように言った。

「うそをつけ。俺たちはすべてを見ていたんだ」

「そ、それが、どうしたってんだ。何をしようが俺の勝手だ。おまえたちに関係ない」

「関係はある。そうだ。おおいにある。そうだ、そうだ。おおいにある。おおいにある……」

　顔たちは声を揃《そろ》えて同じ言葉をくり返しはじめた。その声は周囲に木霊《こだま》して、沼の水面を揺らし岸辺の木立を震わせはじめた。私は両手で耳を覆って、

「関係などあるものか、あるものか」

と叫んだ。声が止《や》んだ。私は顔を上げた。沼を見ると水面から顔たちは失せていた。私は大きくため息をつき息を整えながら、それでも用心深く沼の周辺の気配を窺《うかが》った。突然、水柱が上って先刻より数倍に増えた顔がいっぺんに浮上してきた。私はのけ反りながら、

「俺を脅かしても、何にもなるものか」

と足元の草を毟《むし》り泥を摑んで沼へむかって投げつける。

「おまえの役目はもう終りだ。こっちへ戻って来い」

「いやだ。そんなところへ行くものか」

「駄目だ、こいつは。新しい者に換えてしまおう」

「うるさい。俺は俺でやって行くんだ。おまえたちに操られてたまるか」

「操るだと？　こいつ操られているとわかっているぞ。ハハハハッ」

　笑い声がひろがる。何百人と増えた顔が口だけになって、嘲《あざけ》るように笑い出す。水面が大きくうねる。木立が音を立ててざわめく。笑い声が周囲に風を起こし、私の顔に吹きつける。目を開けることも息をすることもできなくなる。私は頭をかかえて、その場

に俯《うつぶ》せる。

「失せろ、失せろ、頼むから失せてくれ」

私は叫び続ける。涙とも鼻水とも涎《よだれ》ともつかぬものが溢れ出す。沼から這いだしてきた無数の足音が近づく。私の髪を摑み、首をおさえ込み、両手両足を引っ張り、性器を引き千切り、骨の間に指先を刺し込んで身体を解体しようとする。

「助けてくれ。やめてくれ」

私が叫ぶと、笑い声はさらに大きくなる。鼓膜が裂ける音が地割れのように耳の奥に響く。私は己の身体が分裂していくのを必死で防御する……。

猫の泣くような声で目覚めた。
目を開けると、そこは闇の中で何も見えなかった。
——まだ夢の中にいるのか
心臓が大きく波打っている。腋《わき》の間を汗が流れた。ひどく汗を掻いている。汗の感触でたしかに目覚めているのがわかった。
声がした。右手の方から聞こえた。女の声のようだった。
——ここはどこだ
指先で探ると、寝具の中に横たわっている。指先の感覚がもどかしい。かすかに痺《しび》れが残っている。足の指は動かない。下半身が麻痺《まひ》したように固くなっている。

——どうしたというんだ
記憶を辿ろうとしても何も思い出せない。また声が聞こえた。艶やかな女の声だ。声のする方角へ身体を反転させようとしたが動かない。

「違うだろう」

鋭い男の声がした。

「何をやっているんだ。勝手なことをするな。ネネさん、最初からやり直させてください」

ネネという男の言葉に、私はそちらを見ようとした。私は顔を上げて上半身を揺らした。左右に上半身を揺らすうちに寝具から転がり落ちて、私は畳の上に俯せに横たわった。指先に障子戸の桟が触れた。障子戸をゆっくりと開けた。わずかに開いた隙間から光が洩《も》れてくる。白い人影がぼんやりと見えた。奇妙なかたちをした人影だった。目を凝らすと、それが二人の女が重なっている姿だとわかった。二人とも裸だった。胡座《あぐら》をかいた女の背後からもう一人の女が片足を絡めてのけ反っている。誰かがこの嬌態《きょうたい》を見つめているに違いない。身体をずらして女たちの周囲を見た。男が一人、イーゼルの前に座って絵筆を持っていた。

「最初からやり直せ。そうじゃない、何度言ったらわかるんだ」

男の背後から赤い服を着た女があらわれて、二人の女に話しかけている。

——ネネだ

遠目で顔付きはわからないが、あの歩き方や話す素振りはネネに違いない。

最後に逢った時と何も変わっていない。髪を掻き上げる仕種も昔のままだ。

――何をしているんだ、あいつは
ネネは女たちの言葉にうなずきながら、時折彼女たちの腕を取って何事かを指示している。女の一人がポーズを取ると、ネネはその女の足の組み方を変えさせ、男のいる方を指さし身体のむきを説明している。もうひとりの女が首を横に振った。昼間逢った女だ。

「もういい。今夜はやめだ」

男が怒鳴り声を上げた。

男はおそらく内村と名乗った老人に違いない。私はようやく自分が昼間この屋敷を訪ねたことを思い出した。庭に咲き乱れていた薔薇の花と紫のデカンタの中の赤い酒の色がよみがえってきた。

背後で足音がした。私は上半身を起こそうと両手を畳について踏ん張った。腕に力が入らなかった。

障子戸が開いて、光が差し込んだ。

「おや、お目覚めになりましたか」

部屋の灯が点《とも》った。老婆が笑って、私の顔を覗き込んだ。

「まだ、お身体がだるうございましょう。すぐにお風呂へご案内いたしましょう」

老婆が手を叩いた。奥の方から男の声がして、丸刈り頭の作務衣《さむえ》を着た若者があらわれた。

「お客さまを湯屋へお連れして」

若者はうなずいて、私に近寄ると肩を摑んだ。私はその手を払いのけた。

「まあ、お元気なんですね。けれどお湯に入らないと足が立ちませんよ。ここを出て行かれるにしても、そうなさった方がよろしいかと思います」

私は老婆の顔を見た。笑っている。

「貴様、さっき何を飲ませた」

「お薬でございます。あなたさまの身体はもう限界まで来ていますよ。もう少しご自分を大切になさった方がよろしゅうございます」

「さあ行きましょう」

と若者が耳元で囁《ささや》いた。

湯船に入ると、足の先に少しずつ血が巡りはじめた。目を閉じると、ふいに意識が薄れそうになる。私は湯の中で足首を摑み、足を屈伸させた。身体の筋肉が少しずつ柔らかくなった。汗が額から滴り落ちてくる。私は湯船の縁を摑んで立ち上った。その時、湯屋の木戸が開いて、煙のむこうから、

「背中をお流ししましょうか」

と女の声がした。若い声だった。

「必要ない。閉めろ」

「はい」

女は急いで木戸を閉じた。

「旦那さまが、お逢いしたいと申しております。着替えは棚に置いてございますので、どうぞ、お使い……」

女の言葉が終らないうちに、私は木戸を開けた。女は驚いたように、私を見上げた。

「俺の服を持って来い」

女はあわてて外へ出て行った。


「弟さんの絵はなかなかのものです」

内村はブランデーグラスを揺らしながら言った。内村の背後のガラス窓に庭灯の光に浮かび上った薔薇の花が映っていた。

「それであんたが買い取ったわけか」

「買い取ったのではありません。芸術作品というものは誰か個人の所有物ではないのです。美しいというだけで、すべての人の目に触れる宿命を持たされているのです」

「俺はあんたから芸術論を聞く気はない。あの女が俺に逢いたくないと言うのなら、それでかまわない。あんたがあの女の後見人なら話が早い」

「後見人ではありません」

「後見人でなきゃ、ただの人買いか？　弟の絵を買ったように、あいつも買ったのか？」

「ネネさんを買う？　あの人は値段が付けられるような女性じゃありません」

「そうかな……」

私はグラスのウィスキーを飲み干した。

「あなたはネネさんをそうやって追い求めているんですよ」

「俺が、あいつを？　それは話が逆だろう。あいつが俺を追い回しているんだ」

「そうですか。じゃ、どんな場所に居てもあなたが何かしらの方法でネネさんに居場所を知らせて来るのはどうしてですか」

「俺が、あいつに居場所を知らせるだと。そんなことを俺がするものか」

「そうでしょうか。だとしたら、おそらくあなたはそれを無意識のうちにしているんですよ。それはネネさんも同じです」

「ふざけたことを言うな」

「うそではありません。その証拠に、ネネさんもあなたの居場所をいつも探している。あなたの行方がわからなくなると、あの人はうろたえて自分を失ったようになってしまう」

「いい加減なことを言うな」

「あなたは弟さんに対して罪の意識をお持ちでしょう。しかしあなたは弟さんを陥れてはいないのです」

内村が唐突にその言葉を口にした。

「何だと？」

「ネネさんも同じです。決してご主人を陥れてなんかいないんですよ」

「あの女が、そんな話までおまえにしたのか」

内村はうなずいた。

「私はネネさんに慰められているのです。ネネさんはもう決してあなたのところへ戻ることはないでしょう。今はもう、私にとってネネさんは大切な存在ですから」

「そうだろうな。あいつと寝ると男は溺《おぼ》れるからな」

「あなたもそのうちの一人だ。ネネさんの、あの背中一面に咲いた花のような肌……。あの肌はもう私には欠くことのできない美體《びたい》です。ほら、そこにある器をご覧なさい。それは白磁《はくじ》の鉢です。金に換えれば人間ひとり楽に暮らしていける価値のあるものです。そこに剝《は》げ落ちた跡が残っているでしょう。それは釉薬《うわぐすり》を掛ける時に胎土《たいど》に釉薬が密着しないで剝げ落ちたのです。おそらく当時はそれを失敗作として打ち毀《こわ》したに違いありません。それ故に、この一見醜い跡が残ったものが希少価値を持ったのです。茶人たちはこれを景色と見て珍重したんです。ネネさんはあの背中をご自分の醜として隠しています。しかし見る人が見れば、それはこよなく美しいものに映るんです。茶人たちはこれを虫喰《むしくい》と呼んでいます。虫が喰ったような跡にさえ、美はあるのです。美と醜は表と裏のように紙一重の場所に存在しているんです。梅花皮《かいらぎ》というのをご存知ですか？梅に花に皮と書いて、かいらぎと読むんですが、鮫《さめ》の皮のことを昔はこう呼んでいたんです。これも骨董《こっとう》の世界では珍重がられています。こちらは釉薬がちぢれてささくれだったところが鮫の皮に似ているところからきています。技術的には焼きが足らなかったのですが、それがいいんですな。私は最初にネネさんの背中を見た時、かいらぎだと思いました。あの背中に触れると私は……」

　内村が恍惚《こうこつ》感に浸るように目を閉じた時、私は立ち上った。かたわらに座っていた若者が立ち上って私の肩を摑んだ。

「ほら、その目は、やはり本性が出ましたね。あなたは私に嫉妬をしている。それと同じように私もあなたをこの世の中から抹殺してしまいたいほど妬《ねた》んでいるんです。ネネさんから手を引いて下さい。二度と彼女の前にあらわれないと約束して下さるなら、あなたの希望をかなえましょう。お金でも何でも差し上げますから……」

　私は若者を払いのけた。

「あいつをどうしようが、おまえの勝手だ。俺の知ったことじゃない。しかしおまえとあいつが俺の金蔓《かねづる》の間はつきまとうことになるだろうよ」

　内村は黙ったまま私を見返して、急に笑い出した。

「あなたはその程度の人でしたか。それは可笑しい。あの霧生《きりう》とかいう男と同類なのですね」

「あの男、自分の分も弁《わきま》えずに、私を脅してきたんです」

「霧生がどうした?」

「霧生が?」

「そうです。私はネネさんに、後ろで糸を引いているのはあなただと言ったのですが、彼女は否定しました。しかしこれならそう変わりはしない。同じ穴の狢《むじな》じゃありませんか」

内村は嬉《うれ》しそうに顔を紅潮させて笑っていた。

私は若者に言った。

「悪いが、ビールを持ってきてくれないか」

若者が手を叩いた。奥から女の声が返ってきた。

「あなたの身体の中に、あの弟さんと同じ血が流れているとは、私には思えませんね。どんなご家庭だったのですか」

私は内村の話を聞いていなかった。程なく障子戸が開いて、老婆が部屋に入ってきた。

「ご兄弟はお二人ですか」

内村は話し続けている。私は空返事をしてうなずいた。老婆が若者と私の間に入った時、私は老婆の持っていた盆の上のビール瓶を素早く取って、若者の頭を殴りつけた。

悲鳴が上った。私はかまわず内村に飛びかかった。

「御託を並べやがって」

私は内村の襟元を締め上げて顔を殴りつけた。内村の鼻から血が吹き出した。私は顔と鳩尾を交互に殴り続けた。内村の身体から力が抜けると、私は横腹を蹴り上げ、床に蹲って呻《うめ》いている若者の後頭部をもう一度殴って、廊下へ出た。

私は廊下を走りながら屋敷中の部屋の障子戸を開けていった。

「ネネ、出てこい」

私は怒鳴り声を上げながらネネを探したが、二人の若い女が部屋から飛び出してきただけだった。

「ネネ、貴様どこに隠れてやがる」

私は廊下に出て大声を張り上げた。その時、廊下のむこうを走り抜ける影が見えた。私は影にむかって突進した。

「お願いです。やめて下さい」

老婆が私にすがりついた。私は老婆を蹴飛ばして庭に出た。

薔薇の花が月光に浮かんでいた。この花壇のどこかにネネが息を殺して潜んでいるような気がした。

「ネネ、どこにいる。出てこい」

背後でガラス戸が開く音がした。

若者が頭をふりながら、竹刀のようなものを手に、庭へ出ようとしていた。私は玄関の方へむかって歩き出した。

フェリーは東京湾の中ほどまで出ると銅鑼を鳴らした。

デッキに立つと、湾を囲む工業地帯の灯が無秩序にきらめいていた。ふりむくと東京の高層ビルの群れに点滅する夜間灯が、闇の中にじっと佇《たたず》む鳥たちの目のように映った。

――セラピストのビルはどのあたりだろうか

埋立地のビルは東京湾を横切る橋梁の灯にまぎれておぼろだった。

私は船室に戻って、ウィスキーを飲みはじめた。右手首の傷口に巻きつけたナプキンが黒く滲《にじ》んでいた。痛みはなかった。

ウィスキーを喉に流し込んだ。熱い吐息が口の中に戻ってきた。

目を閉じると、松濤で見た薔薇の花がよみがえってきた。あの花影のどこかに、ネネは隠れていたに違いない。しかし、ネネを見つけ出してどうしようとしたんだ。話すことは何もないし、ネネに関わるつもりもなかった。唇を震わせながら、身をかがめているネネを見つけ出し、私は何をしようとしたのだろうか。血迷ったのか……。

「ですから、あなたとネネさんで力を合わせて、贖罪《しよくざい》の意識を捨て去ることです」

セラピストの声が耳の奥から聞こえてきた。

「贖罪？　どうして俺が罪をあがなわなくちゃいけないんだ」

「いいえ、あなたはそう思い込んでいるのです。弟さんを死に追いやったのはご自分のせいだと思っていらっしゃいます」

「馬鹿なことを言うな。弟は事故で死んだだけだ。弟の死は俺とは無関係だ」

「あなたが本当にそう考えていらっしゃるなら、私も安心です。けれどその言葉にうそはありませんか」

「あるわけがないだろう。あんたは俺に何を言いたいんだ」

「そうですか。だったら、これから私が話すことを冷静に聞いて欲しいのです。いいですね」

　セラピストは立ち上ると、私が立っている窓辺と反対側の壁に背をもたせた。

「三年前の夏、芦ノ湖《あしのこ》で起こった事故の話をします」

　私はセラピストを睨んだ。彼女は眼鏡を外しフレームの先を顎に当てて、私の様子を窺っていた。

「そんな話をして何になるというんだ」

「何になるかは私が判断をします。さっきのあなたの言葉があなたの本心なら、この話は最後まで聞いていただけるはずでしょう」

　セラピストの目が光っている。眼鏡を外した彼女の視線には鋭さが感じられた。

「八月二十一日、その日は朝から箱根《はこね》一帯に、とても濃い霧が立ち込めていた。その日だけではなくて、霧は数日前から続いた雨のせいで三日の間湖を覆っていた。ひとりの青年がその朝、霧が晴れたわずかな合間に別荘からボートを出して漕《こ》ぎ出した。青年は湖に来て、ボートに乗るのがとても好きだった。それもまだ、木々も鳥たちも覚めやらぬ早朝の湖に出て、湖畔の風景を眺めることをこよなく愛していた。勿論、霧の湖にボートを漕ぎ出すことが危険だということを十分に承知していた。なのに彼は別荘の中で眠っている妻と兄を目覚めさせぬように静かに、一人でボート小屋へ行き、湖に漕ぎ出した。いつもなら妻にそのことを告げ、兄にもボートを出すことを話すはずなのに、なぜかその朝に限って、青年はそうしなかった。その理由はまもなく東京で行なわれる青年の絵画展にむけて、どうしても仕上げなくてはいけない一枚の絵があったから……」

「もういい、やめろ」

「その絵は一度完成したはずなのに、青年は絵の中の或《あ》ることが気になって、それをたしかめるために出て行った。何をたしかめたかったのか？　それは……」

「もうよせ。そんな話を今さらして何になるっていうんだ。それを話して何かが解決するのか。死んだ者が戻ってくるわけじゃないだろう。それともあんたは悠《ゆう》の死が前もって準備された計画的犯罪で、それを証明してくれるとでも言うのか」

「いいえ、その逆のことを私は言っているんです。あの事故はいくつかの偶然が重なっただけのことでしょう。少し冷静に眺めれば、偶然がおかしいほど重なり合っているだけで、誰にも罪がないことは誰が調べてもわかるわ」

セラピストは両手の拳をふり上げて、強い口調で言った。

「偶発だって、偶然が重なり合えば、そこには何らかの必然が潜んでいるかもしれないだろう。子供が道端でたまたま石に躓《つまず》いて倒れた。そこに割れたコーラの瓶がぱっくりと口を開けて少年の喉仏を狙って待っていただけのことだと言うのか。あの事故はそんなに単純な事故じゃないんだ。いや事故とはまるで違うものだ」

「それはあなたの思い込みです。私は三人の目撃者に逢って話も聞いたわ。皆が口を揃えて、あれは悲しい事故だったと断言しています。あなたは何を否定しようとしているの。それを私に教えて欲しい」

「あんたに話すことは何もないよ」

「うそです。あなたはそれをネネさんにはちゃんと話したはずです」

「あの女がそう言ったのか」

「いいえ、彼女は何も話してくれませんでした」

「ならそれ以上、このことであんたが詮索する必要はない」

「詮索しているんじゃないわ。私は真実が知りたいの。それがあなたを救う唯一の方法だと思うから」

「俺を救うだと？」

セラピストがうなずいた。彼女の目から涙が濡れていた。

「笑わせるな。人が人を救えると本気で思っているのか」

セラピストは唇を嚙んで、ゆっくりとうなずいた。

「いいか、これ以上、俺に関わるんじゃない。俺はもう二度とここへは来ないし、あんたと逢うつもりもない」

私はドアにむかって歩きだした。背後で嗚咽《おえつ》が聞こえた。

——あのセラピストはなぜあそこまで俺に関わろうとするんだ……

ウィスキーのボトルが空になっていた。先刻からフェリーは大きく揺れている。外界は時化《しけ》ているのだろう。頭の中でゼリーのようなものが音を立てて流れはじめている。新しいボトルの栓を開けた。船体が揺れて栓が手元を離れて床に落ちた。乾いた音を立てて栓は机の下へ消えていった。

絨毯《じゆうたん》にインクを落としたようなシミが付着していた。シミを洗おうとしたのか、そこだけ絨毯が毛羽立っていた。

——かいらぎという言葉を知っていますか。梅に花に皮と書きましてね。骨董の世界では井戸茶碗などにこの梅花皮があると珍重されるんですよ。表面がちぢれてささくれている状態です。女の肌でいうと鮫皮というものですよ。ネネさんの背中は、私にとって美體そのものなのですよ。美と醜は表と裏のように紙一重ですからね

絨毯のシミから、ネネの裸体が浮かび上ってきた。背中の肩胛骨《けんこうこつ》から臀部にかけて、淡灰色の鮫の皮の色に似た斑《まだら》な皮膚がひろがっていた。

「誰にも見られたくなかったのに……」

ネネは私と寝た夜に闇の中に横たわり、哀《かな》しい声で言った。

誰にも見られたくない肌を、ネネはどうして内村に見せたのだろうか。ネネはもう、私が知っている彼女と別の人格になっているのかもしれない。それでいいのだろう。あ

の薔薇の花の中で、悠の絵を守り、ネネの中に潜在していた本当の彼女を開花させれば、それはそれで新たな時間を見つめることができるだろう。

「それでいいのだろう」

私は声に出してつぶやいた。

絨毯のシミから、ゆっくりと毛むくじゃらの手が伸びてきて、机の下にあったウィスキーの栓を見つけて器用に回しはじめた。笑い声が聞こえた。これ以上、嬉しいことはないというような奇妙な笑い声だった。フェリーがローリングをはじめた。重い波音が耳の底に響いた。

私は静かに目を閉じた。

＊

私は老婆と二人で山径《やまみち》を歩いていた。

紺絣《こんがすり》のもんぺに地下足袋《じかたび》、腰からは手拭いを下げて、手をうしろに組んでやや前屈みになった老婆は私の数歩前を歩いていた。強い陽差しが老婆の腰で揺れている手拭いを光らせていた。夏の終りのような陽差しだが時折風に葉音《ひざ》を立てる林の葉色を見ると、秋も終る頃の季節に思えた。

しばらく私たちは黙って山径を登っていた。径がやや左へカーブする時突然右手の雑木林で何かが蠢く気配がした。私は立ち止まって薄暗い林の奥を窺った。私の様子に気付いて老婆がふりむいた。

「何かおりましたかの？」

「今、この雑木林の奥で物音がしたような」

「狐《きつね》か狸《たぬき》でございましょう。それとも山女かもしれませんの……」

――山女？

私が怪訝《けげん》そうな顔をしていると、

「男が独りで山に入るのを見つけると、山女はずっとその人のそばを付かず離れずついて来ると言います。こころあたりのある女の人はおりませんか？」

私が驚いたように老婆の顔を見ると、彼女は手を口元に当てて、冗談でございますよと笑い出した。老婆は笑いながらまた山径を登りはじめた。私は雑木林をちらりと見て、あわててあとを追いかけた。

なぜ老婆と二人して山の中にいるのかわからなかった。

――夢を見ているのだろうか……

たとえ夢の中のことであっても、私は老婆とはぐれてはならない気がした。やがてせせらぎの音が聞こえて、私たちは渓流に出た。老婆は岩の縁に腰を下ろし水を両手で掬《すく》い顔に当てていた。どこかで滝が落ちるような音が耳に届いた。私も顔を洗った。ひんやりとした水の感触が心地良かった。

「さっきの話だが……」

私が言い出すと老婆は私の顔を見返し、

「何の話でございますか？」

と言った。

「山女の話だ。男のそばを付かず離れずずっとついて来ると言ったが、その姿を見たことはあるのか」

「狙われた男の方は何となく勘づくものだそうです。男と女には、その二人にしか聞こえないものがあると言いますからね」

「このあたりにはそんなものがよくあらわれるのか」

「ええ、このあたりは霊山でございますから」

「そうか……」

私は渓流の周囲を見回してから足元の水面に目を落とした。水に映った顔を見ていると、私の肩口から女の顔がにょきっとあらわれた。私は驚いてうしろをふりむいた。誰もいなかった。

「おい、今、あらわれたぞ」

あわてて老婆に声をかけた。ところが先刻まで岩に座っていた老婆の姿は失せて、彼女が佇んでいた水辺に一匹の魚が魚鱗《ぎょりん》を光らせて飛び跳ねた。波紋がゆっくりとひろがって私の足元の水を揺らした。

「おい、どこへ行ったんだ。からかっているのなら悪い冗談はよせ。おい、どこへ行ったんだ」

するとと私の足を誰かの手が水底から引きはじめた。私は岩にしがみついた。

「何をする。よせ、やめてくれ」

私は大声で叫んだ……。

水音で目覚めた。目を開けると、頭上に歪んだ水の波紋が幾重にも重なって揺れていた。耳の底を水のせせらぐ音が通り過ぎて行く。

——水底にいるのか

波紋が黄土色に変わって行く。

チッチチッチッと奇妙な音が聞こえる。誘蛾灯《ゆうがとう》に飛び込んだ蛾や羽虫が焼け死ぬ時に発する音に似ている。チッチチッチッ、音は遠くの方から聞こえてくる。波紋は止まったまま木目のような平坦《へいたん》なかたちに固まって浮かんでいる。

身体が硬直している。指先すら動かすこともできない。目と耳の神経だけが働いている。

——ここはどこなんだ？　まだ夢の続きを見ているのだろうか

濁った河の中を流されているようだが、息苦しさもなければ水温も感じない。

——死んでしまったのか……

そうではないだろう。死んでからもなお意識があってはたまらない。たぶん先刻の夢の続きを見ているんだ。この頃、夢の中で、夢から目覚めて安堵する夢を見ることが多い。どれも皆厄介な夢ばかりだからそうなるのだろう。たぶんこれもそうに違いない。

トントントン、と乾いた音が聞こえてきた。木琴の音色に似ている。音は左手から響いてくる。音のする方を見てみたいが顔が動かない。指の先に力を入れた。少しずつ指の関節が曲がりはじめる。親指の爪を人さし指の腹に立てて力を込めた。指の力がないのか、痛みを感じない。トントントンと水を叩く音が続く。追い立てられるような不愉快な音だ。うるさいと声を出そうとしたが、唇はおろか舌の先も動かない。唾も出ない。どうしたものかと頭上を見直すと、先刻の波紋は失せて木目に細い桜木が浮き上っていた。どうやらどこかの家の天井らしい。部屋の中は薄暗く、今が夜なのか昼なのかもわからない。頭を持ち上げようとしたが、やはり動かない。おかしい。指の先は動くのだが、両手は胸の上で固定されたまま肘のあたりの感覚が失せている。

ペタペタと足音が聞こえてきた。障子戸の開く音がして、光が部屋の中に入ってきた。まぶしくて目を閉じた。枕元に誰かが座り込んだようだ。

「まだ眠ってんのか」

女の声がした。

「よく眠んな」

私の頬を指で突《つっ》いている。

私が目を開けると、ヒャーッと悲鳴を上げた。

える。顔はすぐに視界から消えて、姉さん、二階の人が起きたよ、と大きな声が響いた。女の顔が視界の中にあらわれた。焦点が合わないせいか、女の顔は白い鞠《まり》のように見せわしない足音が聞こえて、部屋の中に人が入ってくる気配がした。家が古いのか建て付けが悪いのか、人が動くたびに私の身体は揺れた。

「まだ眠ってるじゃねえか」

「いや、たしかに目を開けてたって」

「またいい加減なことを言ってよ」

「本当に目を覚ましたって……」

「そろそろ起きてもいい頃合いじゃあるけどな」

皆、女の声である。最初に大声を上げた女が不満そうに、

「こいつ眠ったふりしてるんでないの」

と私の頰を叩いた。

「どれ、ミサコちょっと退《の》いてみろ」

野太い女の声がして、いきなり私の瞼《まぶた》を指で開けようとした。

「本当だ、起きてるわ」

目の前に三人の女の顔が浮かんでいた。

「ほらね、起きてたでしょう」

「また暴れるんじゃないの、姉さん」

「そうかもな。ミサコ、盆の水を持ってきな」

長姉らしい女が私の首に手を回して、私を抱きかかえた。グラスを口元につけた。水が口に流し込まれると、私は噎《む》せ返して咳込《せきこ》んだ。

「ほれ、ちゃんと飲みなって」

咳が止まらない。鼻水が出てきた。

「泣いてるよ、この人」

「泣いてるんじゃねえ。水が気管に入っただけだって」

女がまたグラスを口元につけた。

「ほら、しっかり口を開けろ。唇が乾いてんだから水を飲まなきゃ、声も出ないぞ」

私がなおも咳込んでいると、女はあきらめたように首に回した手を離した。鈍い音がして、私は床に頭を打ちつけた。女たちの笑い声が響いた。

「しばらくこのままにしときな。トモコ、あんた薪《まき》はもう出したの。何をやってたの。昨夜《ゆうべ》から言っといたでしょうが」

「ミサコ、蒲団《ふとん》は干したの。おまえたちはどうして言われたことができないの。ほれ早いことやっちまわないと昼から天気が崩れるよ」

あわてて部屋を出て行く女たちの足音がして、また床が揺れた。

「ほれ、目を開けてみな」

女は丸い顔に黒豆のようなちいさな目をして私の顔を覗いていた。大きな女だ。セーターからのぞいた二の腕の太さなど男のようである。

「私の言ってることは聞こえるの」

私は目をしばたたいた。

「そう、聞こえるならいいわ。あんたの身体は私が縛りつけたの。何もあんたを取って喰おうってんじゃないんだよ。あんたが昨夜隣りの部屋で暴れ出したの。部屋を滅茶苦茶に毀してくれたんだよ。警察に突き出すのは簡単だったけど、それじゃ修理費がもらえっかどうかわからないからね。それに修理費くらいの金をあんたから預かってるし、私が勝手にこうしたの。その目付きなら大丈夫なんだろうけど、もう少し様子を見るから……」

舌の感覚が戻ってきた。私は口を半開きにして舌先を出した。

「水が欲しいんだろう。あんだけ酒を飲めば身体だって乾涸《ひから》びるわ。私たちは子供の頃から酒が気違い水に変わる男をずっと見てきたから……」

女は私を抱きかかえてもう一度グラスを口に近づけた。また噎せ上げた。

「ろくに水も飲めないのに、酒だけはよくあれだけ飲めるもんだね。皆同じことをしてるよ、酒浸りの男は」

女は私の喉が鳴ったのをたしかめるようにして手を離した。鈍い音を立てて頭が枕についた。乱暴な女だ。私は女の顔をじっと見つめた。女は指先で私の口元を拭って部屋を出て行った。階段を駆け下りる足音が遠ざかった。チッ、チッ、チッと鳥の鳴き声が聞こえた。トントントントンと啄木鳥《きつつき》の木を突く音が重なった。カーンと乾いた音がした。先刻の明るい声をしたトモコという女が裏庭で薪を割っている姿が浮かんだ。そのむこうに小屋があり小川が流れている風景までが想像できた。

——山の中に迷い込んだか

だとすれば、これはまだ夢なのかもしれない。しかし老婆といい三人の女たちといい、逢ったこともない女が夢の中にあらわれるものなのだろうか。

また眠くなって、私は目を閉じた。

次に目を覚ました時、老婆がひとり部屋の右手にある窓ガラスに叩《はた》きをかけていた。

「目が覚めましたか、お客さん」

老婆は叩きを動かすのを止め枕元に座ると、頭に被った手拭いを取って水をグラスに注いだ。私は起き上り老婆からグラスを受け取って飲んだ。手足の関節が痛んだ。

「どうですか？　少しは具合が良くなりましたかね」

私はうなずいてから、

「ここはどこだ？」

と聞いた。

「弥彦《やひこ》村ですがね」

——弥彦に来たのか……

「十時に起こしてくれと言われたので、何度か起こしたんですが……。競輪はもうはじまっとるんと違いますか」

老婆は壁に掛けてある古い柱時計を見上げた。時計の針はもう一時を回っていた。

「ここは弥彦の旅館か」

「ええ」

「俺はいつここへ来た」

「四日前ですがね」

「ずっと寝てたのか」

「いいえ、三日前に競輪場へ行かれて、戻ってみえたのは昨夜です。どこへ行ってらっしゃいましたか」

「…………」

私は盆の上の水差しを取ってグラスに水を注いだ。

記憶の中に鮮明に残っている三人の女たちのことを老婆に聞こうと思ったが、口にしなかった。

「お茶を持ってきましょう」

老婆は、ヨイショと言って立ち上り部屋を出て行った。

私は蒲団の上に胡座をかいたまま部屋の中を見回した。女たちがいた宿の部屋のようにも思えるし、まるで違う場所のような気もした。私は着ていた宿の浴衣を見た。襟元からのぞいた肌着は見覚えのないものだった。手首を撫《な》でた。わずかに痛みがある。二の腕を擦ると縛られていたような跡がある。頭が混乱した。私は目を閉じた。水音が聞こえてきた。せせらぎの音に老婆の足音が重なった。障子戸の開く音がして、

「食事はどうなさいますか」

　と老婆の声がした。

「ビールを持ってきてくれるか」

「はい、一本でいいですか」

「二、三本持ってきてくれ」

「じゃ二本ほど。一緒に食事を持ってきましょう」

「食事はいい」

「少しお腹の中に入れた方がいいと思いますが……」

「ビールだけでいい。それとタクシーを呼んでくれ」

「競輪場ですか」

　私がうなずくと、老婆は部屋を出て行った。

　私は宿の表に立っていたが、タクシーは三十分経《た》っても来なかった。私は老婆にもう一度電話をするように言った。

「すみません。もう二十分かかるそうですが」

老婆がすまなそうに言った。

「早く来るように言ってくれ」

宿の前は下り坂になって、狭い山道が林の中へカーブしながら消えていた。宿のある場所だけがわずかに開け、裏手は山が迫っているのが瓦越しに見えた。あとの三方は雑木林で囲まれている。

――こんな山の奥の宿までどうやって来たのだろうか
弥彦村なら競輪場のすぐ近くに岩室《いわむろ》、弥彦の温泉宿がいくらでもあるはずなのに、わざわざこんな辺鄙《へんぴ》な場所を選んでいるのは奇妙だった。

私は宿の裏手に回った。老婆が裏の小屋の軒下に薪を積み上げていた。夢で見た風景そのままだった。夢の中にはあの若い女がいた。

「まだ車は来ませんか」

老婆が言った。

「こっちに小川があるのか」

「はい、この小屋の裏に流れてますが……」

私は薪の積んである小屋の脇を背をかがめて通り抜け裏へ出た。そこは岩場になっており人ひとり降りることができるように苔《こけ》の生えた岩に足場のような窪《くぼ》みが見える。首を伸ばして下方をのぞいたが生い茂った草に隠れてせせらぎは見えなかった。勢いのある水音が周囲に響いていた。

宿の裏に戻ると、老婆の姿はなかった。裏庭に蒲団が干してあった。陽差しが蒲団に当っていた。赤い花柄が濡れたように光っている。見覚えのある風景だ。すると花のひとひらがふわりと浮き上った。見ると蒲団に止まっていた一匹の蝶が飛び上ったところだった。

「車がまいりましたよ」

老婆が手を振りながらあらわれた。

私は表の方へ歩き出しながら老婆の顔を見た。夢の中で山径を登った老婆に似ていた。

「ここはあんたひとりでやっているのか?」

「いいえ、普段は娘が二人おりますが、四日前から出かけていまして……」

「俺が来た時は娘さんはいたかな」

「いいえ、お客さんが見えたのは夕刻でしたから二人とも出かけてましたわ」

表からクラクションの音がした。

グラスを持つ手の震えがようやく止まった。

身体がぬくもってきたせいか、背中から下半身に感じていた悪寒が失せた。最終レースが終って払い戻し所を出ると、雨はどしゃ降りになっていた。神社の境内を抜けて酒場に飛び込む間にびしょ濡れになっていた。

「つまんない競輪だったぜ、まったく」

競輪場へむかう途中、道の中央で両手をひろげて私の乗るタクシーを止めた、湯川《ゆかわ》という男がビールを飲みながら吐き捨てるように言った。

「本当だべな」

カウンターの隅にいた中年の男が湯川を見て言った。

「うるせえ、手前《てめえ》なんぞに聞いてねえや」

湯川が毒づくと男は眉根に皺を寄せて唇を突き出した。

「あんたの車券の買い方は、その頭のどのあたりから出てるんだよ。ひとつあの最終レースのことを解説してもらいたいもんだね」

私は黙ってウィスキーを飲んだ。

最終レースは湯川が私に奨《すす》めた〝甲信越《こうしんえつ》ライン〟の連携は決らなかった。レースがはじまると湯川が言うように八番車は地元四番車の前にポジションを取った。しかしその二人のラインに付くかと思われた群馬の九番車は本戦の千葉勢の四番手に回った。千葉勢の先頭を走る若手先行選手は八番車と実力の差はなかったが、同じ千葉の先輩が後位に二人付けている分だけ仕掛けも早くなった。捲《まく》り上げる形になった甲信越勢は千葉の二番手を走る本命選手に呆気《あっけ》なく撥《は》ねのけられた。ギャンブルの情報ほど不確かなものはない。情報に賭ける側の心情が入り込むとがんじがらめになって、マイナスの要素がまるで見えなくなる。冷静に状況を判断することだけがギャンブルにとっての必須条件ではないが、的中と不的中の間にあるのは人間の欲望がこしらえる盲目的な思い込みだけなのだ。そうかと言って思い込みが失せれば、ギャンブルはただの銭の投げ込みにしかならない。

　私はカウンターの中の主人に空になったウィスキーの瓶を振った。主人は空瓶を見てからひとさし指を立てた。私がうなずくと湯川は私の手から空瓶を取って振りはじめた。

「よくもまあ、そんなに飲めるもんだ。それでくたばらないのかよ。よっぽどお迎えに嫌われてるんだな、あんたは……。あれっ、もうこんな時間かよ。どうだい、俺の宿へつき合ってくれよ。風呂だってなかなかのもんだぜ。それよりもっといいことがあるんだ。こんな寂れた田舎の温泉で有難がることができるのは、湯と人肌しかないじゃないか」

　私は黙ってウィスキーの蓋を開けグラスに注いだ。グラス一杯に注いだウィスキーを喉仏に浴びせるように流し込んだ。胃の中が音を立てて凹む。鼻を抜ける熱い匂いが気持ちを落ち着かせた。ブリキ屋根に当る雨音も心地良かった。

「あんた身体はどこも大丈夫なのか？」

　湯川が私の指先を見ている。

「俺にかまうな」

「チェッ、たいそうな口のききかただ。俺にかまうなってか」

　湯川が舌打ちをした。私は湯川の顔を見た。湯川が睨み返した。左半分の顔がひきつったように歪んでいる。グラスを握った左手の指先も小刻みに震えている。歪《いびつ》になった顔ではなく、湯川のどこかが正常者と違っているような気がするのだが、それが何なのかわからなかった。

「俺の身体は半分がいけなくてな……」

湯川がぶつぶつとひとり言をつぶやいていた。

先刻から湯川の話は雨音にまぎれて、ただのうわ言にしか聞こえなかった。湯川が身体のことを口にしたせいではないが、カウンターの上はすでに羽虫で溢れていた。指先から蛆虫《うじむし》が次から次にあらわれてグラスの縁や小皿の中の牛蒡《ごぼう》や蒟蒻《こんにゃく》の上で器用に蛹《さなぎ》に変身し羽をひろげて飛び立って行く。羽音をうるさく思いはじめていた。見るとカウンターの奥に吊《つ》るした裸電球の周りに無数の羽虫が飛んでいる。背中をむけて庖丁《ほうちょう》で臓物を切り捌《さば》いている主人の肩や調理場の床に落ちた肉片に羽虫が群がっていた。

私は知らぬふりをして酒を飲み続けた。店の客は大方引き揚げて、カウンターに俯している湯川が鼾《いびき》をかいていた。

湯川の肩の上に一匹の猿が乗って、頭髪を掻き分けていた。猿は湯川の頭髪を抜いてはしきりにそれを私の方へ吹きかける。

「したいようにしていろ」

私は猿にむかって言った。

「何かおっしゃいましたか、お客さん」

主人が言った。顔を見ると主人の顔もすでに人間のものではなくなっていた。

――この顔は何だったか？

主人もきょとんとした目で小首をかしげ妙に長くて黒い鼻を動かしながら私を見ていた。

「貘《ばく》か、その顔は貘だな。おい、おまえうしろをむいてみろ」

主人は庖丁を持ったままの手で頭を掻きながらくるりと半転した。案の定白い仕事着の間から牛のような尾がのぞいていた。

私はその尾に触れたくなった。立ち上ってカウンターの中へ入った。貘に身を変えた主人は私が近づくと笑いながら調理場の中を逃げはじめた。私はその尾を追い回した。鍋やフライパンが騒々しい音を立て、皿やグラスが床に落ちて毀れた。

「いいからじっとしていろ」
キ、キ、キィキィーッと主人は嬉しそうに尾を振りながら逃げ回る。毛むくじゃらの手を摑んだかと思うと相手はするりと身をくねらせて離れて行く。ガス台の上に飛び上ったりカウンターの上を越えて店の中を跳ね回る。私はだんだん苛立ちはじめて、椅子や灰皿やグラスを男に投げつけた。私は背後から羽交い締めされた。ふりむくと大きな狒狒《ひひ》が私を抱きかかえていた。キィキィーと笑い声がした。見ると店の中は獣たちで溢れていた。テーブルの上に椅子の上に猿や狒狒や貘が黄色い歯を剝き出して笑っている。鴨居《かもい》にぶらさがっているのも数匹いる。
「何が可笑しいんだ、貴様たち」

私はカウンターの中に駆け込み出刃庖丁を摑んで戻った。

「貴様等、一匹ずつ殺してやる」

私は獣たちにむかって突進して行った。


——何をいつまで眠ってるの、ほら起きなよ……

遠くの方で女の声がする。

耳の奥から水音が聞こえる。同じような夢を今朝方見ていた気がする。

——姉さん、この人起きたみたいだよ。姉さん、早く来て
女の声が響いた。ガラッと木戸の開く音がした。

——起きたって、この酔っ払い
野太い女の声がして、身体が持ち上った。頭が揺れている。誰かに腰のあたりから担ぎ上げられているようだ。顔に冷たいものがかかった。目を開けると白いものが揺れていた。肩から下がった私の両手だった。

「目を覚ましたな」

女が私の髪を鷲摑《わしづか》んで顔を覗いた。朝方夢に出た、あの女だった。

女の顔が消え、身体が宙に浮いたかと思うと私は放り出されてその場にしゃがみ込んだ。眩暈《めまい》がした。

「ほら、これを飲んで」

背後から私は髪を摑まれ、顎を突き出すような恰好で口を開けさせられた。塩水だった。ウッ、と胃のあたりが膨らんだ。すぐに嘔吐した。

ヒャーッと女の悲鳴が聞こえた。また嘔吐した。咳込みながら吐き続けた。咳が止んで私はうっすらと目を開けた。四つん這いで床についた私の手の甲が赤い血に染まっていた。

「何よ、この人、病人なんじゃないか」

「病人であるもんか、あの人をあんな目に遭わせて……」

その時背後で戸が開く音がした。

「何をやってやがんだ、手前等」

聞き覚えのある声だった。

「何をやってるって、あんたをひどい目に遭わせた男を折檻《せっかん》してるんだよ」

「馬鹿野郎、この男は俺の大事なダチなんだよ」

湯川の声だった。

「大事な人がどうしてあんなことをするんだよ。こいつはただのアル中だよ。あんたは騙されてんだよ。私は酒飲みの気違い水はうんざりするほど見てんだよ」

「うるさい。このあばずれが……」

湯川の怒声のあとに鈍い音がして、女の悲鳴が続いた。

「どうしてそんなひどいことを姉さんにするのよ」

「やかましい。勝手なまねをしやがったら手前等皆叩き殺すぞ」

女の泣き声がした。私は嘔吐と咳を繰り返しながら、その場に倒れ込んだ。

湯川は上機嫌で肩から吊るした包帯を巻いた手をかたわらの女の襟元に差し込んでいた。湯川の倍もありそうな女だった。

「いや、どうなることかと思ったぜ。あんたが急に庖丁を持って暴れ出したものだからよ。止めに入った俺は斬りつけられるしよ。なあ、寸前のところで殺《や》られっちまうところだった」

私は隣りに座ったミサコという女がこしらえてくれたウィスキーの湯割りを舐めていた。女は浴衣の袂《たもと》から手を入れて、私の腕をさわっていた。もうひとりの女が酒の肴《さかな》を運んできた。女は伏し目がちに湯川を見て、すぐに奥へ消えた。湯川がその女を舐めるような目で見ていた。胃が痛んだ。胃というより身体の中のすべての臓器が溶け出しているような痛みだった。半年前から痛みには慣れていたが、酒を口にしてもすぐに嘔吐することに苛立った。

私は立ち上った。

「おや、どこへ行くんだい？　用足しか？」

私はうなずいた。

「ほれ、ミサコ、案内してやれ」

隣りの女が立ち上った。

廊下に出ると、冷たい風が浴衣の袂から胸の中へ抜けた。

「この先を左に曲がって」

女は私の袖を握って先に立った。

「もういい。あとはわかる」

便所に入ると、また吐き気が込み上げた。腹の底から誰かの手で突き上げられているような感触がする。黄色い粘り気のある汁のようなものがとろりと口元からこぼれ出した。血はわずかしか混じっていなかった。別に吐血が止まったことは安堵に繋《つな》がらないが、あの血の色を見ると腹立たしくなる。吐血が止むと、また痛みがはじまった。

水道の蛇口を捻《ひね》って顔を洗った。水に両手を浸すと冷気が身体に伝わってくる。鳥肌が立ち、顔が青ざめて行くのがわかる。顔を上げた。鏡の中に痩せ衰えた顔があった。目の玉だけが動いている。その目とてよく見ると、白目は黄ばんで瞳孔はグレーがかっている。

――もう半分は死んでいるのか……

覗いていた鏡の中に突然女の顔があらわれた。湯川の隣りに座っていた女だった。

「あんた、湯川さんとどういう関係なの？」

「………」

私は黙って手拭いで顔を拭った。私が洗面所を出ようとすると、女が腕を摑んだ。

「悪いけど具合が良くなったんなら、早いとこここを出て行ってよ」

「おまえに言われるまでもない。これから引き揚げるところだ」

「そう、ならいいわ」

女は急に機嫌が良くなったように笑った。

廊下を歩き出した私のうしろから女は、

「あんたそれ以上酒を飲まない方がいいわよ。あの店で暴れてたあんたは人間の顔をしてなかったもの。そのうちあんたは取り返しのつかないことをしでかすわよ」

と言った。

私は立ち止まって、女の方を見た。

「何が言いたいんだ」

「い、いいえ、そうじゃないけど……。何さ、その言いぐさは。こっちは親切で忠告してやったんだよ」

女が毒づいていると、湯川が廊下に出て来た。

「何をしてたんだよ。こっちへ来て飲み直せばいいじゃないか」

「この人もう帰るってさ」

女が言った。

「帰るって、どこへだよ。宿へは誰かに荷物を取りに行かせるから、しばらくここで身体を休めて行けよ」

私は着替えの置いてある部屋にむかって歩き出した。

「ま、待ってくれ。なら俺もその宿につき合うから、おい丹前を持って来い」

湯川が怒鳴った。

「駄目よ、こんな時間から外にでちゃ、風邪をひいちまうよ」

「うるさい。俺につきまとうんじゃねえ」

私が部屋に入ろうとすると、女が先に障子戸を開けて中へ飛び込んだ。女は私の着替えを抱きかかえて私を押しのけるようにして部屋を出ていった。

「たいした惚《ほ》れられようだな」

私が言うと、湯川が苦笑いをしていた。

「あれでサキコはいい女なんだ。馬鹿な妹二人の面倒を見てるんだから。あんた、湯にでもゆっくり入って行ったらどうだい？　ミサコでもトモコでも好きにさせるから……」

半月が山影のむこうに沈もうとしていた。冷たい風が吹き抜けているせいか、月明りは皓々《こうこう》として人の肌のように明るかった。先刻まで寂し気な鳴き声を立てていた野鳩《のばと》の気配が失せて、露天風呂の周囲には静寂がひろがっている。

――私は湯川に何をしたのだろうか
競輪場の帰りに湯川と寄った店で起こったことを覚えていなかった。どうやってこの宿へ運ばれたのかも湯川の左腕に傷を負わせたことも思い出せなかった。

ホテルや旅館で部屋の中を毀すことは仕方ないにしても、他人に何か危害を加えてしまうことは怖かった。他者との関わりを拒絶することでその危うい衝動を最小限度に抑制しているが、その抑制がきかなくなると私は自分で予測できないような行動をし滅んでしまうのだろう。しかし自分では抑制しているつもりが実際は抑制すればするほどその力と相反する抗力が、私の内で膨脹《ぼうちょう》している気がする。自虐に陥れば陥るほど他虐に焦がれてしまう。ひょっとして私はこうして旅を続けながら、もうひとりの自分の骨を強靱《きょうじん》にし筋肉を鍛えているのかもしれない。

正面の庭の中央にある湯屋の灯が点った。湯川がむこうの湯に入っているのだろう。

背後で人の気配がした。

庭の方から露天風呂に続く小径を歩く足音が聞こえた。落葉を踏む下駄《げた》音だった。

「お湯加減はどうですか」

女の声がした。ミサコだった。

「いい湯加減だ。そろそろ上ろう」

「背中でも流しましょう」

「いや、身体はもう洗った……」

「ならお話し相手にでも……」

生垣の横からあらわれたミサコはすでに全裸になっていた。

私はぼんやりとミサコを見上げた。ミサコは羞《は》じらう様子も見せずにちいさな湯船の正面に身体を沈ませた。

「ご気分はどうですか？」

「大丈夫だ」

フフフッとミサコが笑った。口元を手拭いでおさえた拍子に白い二の腕の間からふくよかな乳房が半分、水をはじくように勢いよくのぞいた。

「何が可笑しい？」

「だって宵の口とは別の人みたいだから」

私はあらためてミサコの顔を見た。姉と同じように丸顔だが妹には姉ほどの刺々《とげとげ》しさがなかった。胸元に湯をかけ口を半開きにしていた。ミサコがちいさな目をわざと見開くようにして、ちらりと私を見た。その視線に何か含みがあるように思えた。ミサコはじっと目を離さない。勿論、こんな時刻に男がひとりで入っている湯屋にやってくるのだから覚悟はできているのだろうが、ミサコの目からは好奇とは別の野放図さに似た奔放な女の性格が感じられた。ミサコは顎の先を水につけて泳ぐようにゆっくりと近寄ってきた。湯に浮いていた黄色の葉がミサコの顎にへばりついた。それが彼女の唇からのぞいた舌のように映った。ミサコの指が私の胸板に触れて、その指は水の中で私の脇の間を抜け背中に回った。やわらかな女の乳房が胸板に触れて弾んだ。

「姉さんは湯川さんのところへ行ってしまったから……」

ミサコが誘うような目で私を見上げた。

——湯川はこの女とも交情しているのだろう
私はミサコの肉体から湯川の臭いを嗅いだ。

「俺は湯川のように役に立つ男じゃない」

「あの人は駄目よ。からかうばかりで姉さんのような人がお似合いなのよ」

水の中のミサコの手が私の股間に触れた。

「姉さんは口ばかりは偉そうにしてるけど、男と女のことはまるっきり子供なんだから」

「おまえは立派な女というわけか」

「さあ、どうかしら。あなたが試して……」

私はミサコの乳房を掴んだ。鼻にかかった甘えるような声を出した。

その時、山側の方から声が聞こえた。狐か狸が吠《ほ》えたような声だった。私の指を口に含んでいたミサコが一瞬動きを止め、背後へ視線を送って口元をゆるめた。

「狼《おおかみ》でもいるのか、この山の中は」

私が言うとミサコが笑った。すぐにまた声が聞こえた。

「あっちの風呂で姉さんと湯川さんが上手《うま》くやってるのよ。毎晩うるさくて眠れやしないわ」

ミサコが言うように二人の交情の声は周囲に響き渡った。獣が吠えているような声だった。

——器用な男だ……

どんな男にだって思いがけない才能がある。ましてやギャンブル場へあらわれる男たちは傍目《はため》では想像もつかないような生きる術《すべ》を持っている。湯川の場合はそれが他人と肉体を繋ぎ合うことで活《い》かされているのだろう。なまじ頭や口先を使うよりは、湯川のやり方のほうがよほど自然で解《わか》り易《やす》く思えた。

「ねぇ、どうしたの？　感じないの」

ミサコが不満気に言った。

私は先刻から湯川がいる湯屋を見ていた。障子越しに人の影が映り込んでいる。

「何よ、覗き趣味があるの、助平ね」

「静かにしていろ」

「命令しないでよ」

「黙っていろ」

月明りが翳《かげ》ってから、湯川たちのいる湯屋の障子に三つの影が映っていた。湯川が女二人を相手にしているのだろうと思った。

「湯屋の中にはもうひとりの妹もいるのか」

「トモコは私と違って生真面目だもの、婚約者だっているんだから……、けど湯川さんはトモコに手を出そうとしてるのよ。あんな身体でさ」

ミサコの言葉に私は目を凝らして障子の影を睨んだ。男と女が重なっている影から少し離れた場所に帽子を被ってマントを着たような影がじっと立っていた。私は唇を嚙んだ。

あの影にはたしかに見覚えがある。あのじっと動かずにいる立ち姿は……。

「あいつだ。ソフト帽だ」

私は思わず叫んだ。

「何て言ったの？」

私は立ち上って湯屋へむかって歩き出した。

「やめて、姉さんに叱られるわ」

私は湯屋の手前にある濡《ぬ》れ縁に手をかけた。ソフト帽は湯川たちの交情に見とれて、私がこんな近くまで接近していることに気付いていないのかもしれない。

サキコの艶声が一段と高くなった。湯川に馬乗りになっているのだろう、サキコの影が乳房と一緒に揺れている。あんた、あんた、いいよ、すごくいいよ、あんた……。

私は障子を蹴破って湯屋の中に飛び込んだ。

ギャアーと悲鳴がして、サキコと湯川が壁の方へ飛びのいた。その拍子に一瞬湯屋の灯《あか》りが消えた。私はソフト帽が立っていたあたりに腕を振り回して、この野郎、とうとう捉《つか》まえたぞ、正体を見せやがれ、と怒鳴りながら相手を探した。

助け、助けてくれ、俺は何もしちゃいないんだ、と湯川の声が続いた。突然、灯りが点いた。湯川は全裸のままで目をつぶり湯屋の壁に背を付けて震えていた。サキコは床に俯せていた。

「俺は何もしちゃいないんだ。こ、この通りの身体なんだ。女を抱けるものなんかとうの昔にもぎ取られっちまってるんだ」

湯川は顔を両手で覆って泣いていた。

私は両足をひろげたまま股間を見せている湯川を見て目を見開いた。灯りの下に震えながら立っていた湯川の股間は鋭利な刃物で抉《えぐ》られたように性器と左の太股《ふともも》の肉が削《そ》ぎ落とされていた。縫い合わされた傷痕が左の太股から空洞のようになった股間を越えて右下腹まで伸びている。

「おい」

「は、はい」

「俺だ、よく目を開けて見ろ」

湯川が放心したような顔で目を開けた。

「あ、あんたか……」

「今、この湯屋にもうひとり誰かがいただろう」

湯川が首を横に振った。私はすぐに庭へ飛び出した。空はすでに白みはじめていた。誰かが庭のどこかに潜んでいる気配はしなかった。

「この人でなしが、あの人に何をしたんだ」

湯屋の中からサキコが全裸で飛び出して来て、私に摑みかかった。私は彼女を蹴り上げた。走り去る人影が視界をよぎった。生垣を越えて相手を追った。ミサコが浴衣を抱いて庭を走り抜けていた。右の方から物音がした。山手の方角だった。私は裏木戸を開けて山塊がすぐそばまで降りて来ている林の中を睨んだ。何かが傾斜地を登って行く足音がした。私は林の中へ駆け出した。背後で女の叫び声が聞こえた。


目の前に佐渡島《さど》が横たわっていた。

濃灰色の雨雲が低く垂れ込めて、水平線は雲との境にまぎれていた。その中に濃淡に滲んだ墨色の佐渡が浮かんでいる。海の色は雨雲を映して鉛色に揺れている。見ているだけで両肩を押さえつけられているような水景が心地良かった。

日本海から寄せる海風が足元を攫《さら》った。

「このいやひこの山は昔ここいら一帯を通る船乗りたちの守り神だったそうですわ」

かたわらの老婆がひとり言のように言った。

「お客さんはどちらの方ですかの」

「南の方だ。こんなに暗い海は見たことがない」

「この季節、このあたりの海はいつもこんな色をしておりますがね」

「それで鬱陶《うっとう》しくはないいな」

「私もお客さんが言い出されなんだら、今時いやひこ山の上まで登ることはなかったですわ。お蔭《かげ》でいいお詣《まい》りができました。おや、少し降ってまいりましたね……」

老婆が空を見上げた。冷たいものが頬に当った。それは空から降って来るというより、日本海から吹き上げているような雨だった。手のひらに雨垂れが落ちた。見るとそれは雨粒ではなく霰《あられ》だった。

背後で老婆が衣服を叩いた。

「濡れる前に降りましょうか」

私はうなずいて踵《きびす》を返した。老婆はいつの間にか頭に手拭いを被っていた。

「ロープウェイの乗り場までは三十分もあれば着きますから」

今朝方山の中に入った時もそうだが、老婆の足取りは老人とは思えぬほど速かった。

私は足取りを速めて、老婆の隣りに並んだ。

「ご覧になりたかったものは見られましたか」

「いや、ここにはないようだ。まあ失《う》せ物《もの》は本人の目には入らないものらしい。今日は上手くはいかなかったが、そう悪くもなかった」

「万事そんなもんでございましょうな……」

私は老婆の横顔を見た。

昨夜、私が宿へ戻った時、老婆は部屋までやって来て客があったと告げた。

「客？　どんな男だ」

「いいえ、それが若い女性でした。これを忘れて行かれたと届けに来られました」

老婆から渡されたちいさな紙包みの中から、花巻《はなまき》の山麓で拾った隕石《いんせき》の欠けらが出てきた。東京にいる間にどこかのホテルで失《な》くしたと思っていたものだった。私は隕石の重さを確かめるように手にひらの上で転がした。

「何でございますか？」

「ただの石っころだよ」

「そんなものをわざわざ……」

「どんな女だった？」

「もの言いもおっとりしていて、目の可愛《かわい》い人でした」

ミサコだと思った。石は私の衣服のどこかにずっとまぎれ込んでいたのだろう。

私は酒を飲みはじめた。すぐに酔いが回ってきた。ウィスキーをグラスに注ごうとすると畳の上にこぼれた。石を包んだ紙で畳を拭こうとすると、中から御籤《おみくじ》を捻ったような紙片が出てきた。紙を解《ほど》くと中に走り書きがあった。

湯川さんとトモコが家を出て行きました。　ミサコ

私はトモコというおとなしそうだった妹のことを思った。あの男のような偉丈夫な姉をまんまと誑《たぶら》かして婚約者のいる若い娘と遁走《とんそう》した湯川のしたり顔が浮かんだ。何の理由で湯川があんな身体にさせられたかは知らないが、それでもしぶとく生きるフォーム

を変えずに凌《しの》ぎ続ける湯川とそのかたわらで笑っている女の姿が重なった。湯川なら両足を捥《も》ぎ取られれば這ってでも女の身体の上に乗って行くだろうし、両手を千切られれば肉を銜えてでも狙った相手を陥れる気がした。

夜半まで私は酒を飲み続けた。老婆は二度ばかり酒と肴を部屋に持ってきた。

「このあたりに霊山はあるか」

「それは、いやひこの山がそうでございます。山に抱かれて私たちは暮らしているようなものですから」

「それはこの裏手からも登れるのか」

「ええ、少し山径は険しゅうございますが、頂きに出るとそれは佐渡が見事なほど見渡せます」

「その山は登る途中で妙なものに出会《でくわ》したりしないか」

「それは何度もございます。そんな時は目を閉じて両手を合わせれば済みます」

「それで相手はどこかへ失せるのか」

「ええ、私の息子も娘も皆そうします。お客さまはこれまでに何かおそろしい目にでも遇《あ》われましたかね」

「どうだかな……。どうだ、明日俺を山に案内してくれないか？」

「ええ、朝の早いうちに出て昼までに戻る塩梅《あんばい》なら……」

ロープウェイの乗り場が見えはじめた。

霰は海からの横風に尾根の先を白く霞《かす》ませていた。

老婆が立ち止まって、急に手を合わせた。

「どうした？　何を拝んでるんだ」

「あれでございますよ」

老婆が指さした方角に連なる山の片側が白く抉れている沢があった。スキー場かと思ったが、どうも山型が違う。

「何だい、あれは？」

「山疵《やまきず》でございます。なぜあのようなことを平気で人はするんでしょうか。必ず罰が当りますわ」

よく見るとその一帯は、山を巨人の手で削り取ったように沢が醜く崩れていた。

「山は私たちよりずっと長うに生きとりますからの」

抉り取られた窪地と同じようなものをどこかで見た気がしたが、それがどこで何を見たのか、思い出せなかった。

老婆の呼ぶ声がした。下り坂を見ると、老婆の姿は霰の中にまぎれて幽霊のように揺れていた。

余話　茫野

私は横臥《おうが》している。

古いソファーに横臥している。

胎児が羊水の中で目を閉じて、何ヶ月も眠るように、一日中ソファーに抱擁されて、通り過ぎて行くものを見つめている。覚醒の中で見るものもあれば、幻覚の中で見ているものもある。しかし覚醒と幻覚の境は曖昧《あいまい》で、どこまでが現実で、どこからが非現実なのかはわからない。そんなことはどうでもいいことなのだ。

今は目の前の壁に映り込んだ影を見ている。罅割《ひびわ》れたガラス窓に歪《いびつ》に貼られたガムテープの影は先端が天井との境まで伸び下方は床にまで届いて、そこで屈折している。カーテンのない部屋は陽差《ひざ》しに晒《さら》されて壁も天井も赤茶けている。今は斜陽の朱色にさらに赤く染まっている。

影の先端は尖《とが》ったままふたつに分れていて、それが昆虫の触角に似ている。影の中央はラグビーボールのように太く膨らんで、昆虫の胴体に見える。その胴体のすぼんだあたりから影は床にむかっていくつも枝《し》のように分散している。

――鳥の尾のようだな……。……始祖鳥《しそちょう》

頭の隅の方から唐突に化石でしか見たことのない古代の鳥の名前が浮かんできた。

「始祖鳥とは違うな。始祖鳥なら羽があるはずだ」

私は影にむかってつぶやいた。

この壁に映る影を見ながら、私は同じ問答をもう何十、何百回とくり返してきた気がする。

やはり昆虫に似ている。影の周囲に映り込む光の色彩が少しずつ赤みを増して行く。その赤い光が建物全体が震動するたびに揺れる。それが沼の水面の波紋を思い起こさせる。

——水域に棲息《せいそく》する昆虫だな……

私は水域に棲《す》む昆虫の名前と、その姿を思い出そうとする。水澄《みずすまし》、源五郎《げんごろう》、川蜻蛉《かわかげろう》、水蟷螂《みずかまきり》、田鼈《たがめ》、水蠆《やご》、川螻蛄《かわげら》、太鼓打《たいこうち》……。

——そうだ太鼓打に似ている
しかしその虫の正確な形状が思い出せない。確か茶褐色のおそろしいかたちをしていたのだが、壁の影からはそんな恐怖は襲ってこない。

影から黒い斑点のようなものがあらわれて左方へ移動した。蠅《はえ》だ。蠅の羽に光が当って黄金色にきらめいている。蠅は建物が震動するたびに少しずつ左へ移って行く。壁が揺れて光の波紋がひろがる。蠅が波紋をこしらえているようだ。その光景が今しがた思い出した昆虫のどれかに似ている。何だろうか。

——水澄だ
水澄を飼育したことがあった。

高価な特別製の水槽の中に捕獲してきた水澄を放って飼っていた。水澄を飼う以前は源五郎がその水槽にいた。源五郎が水澄に替わったのは、源五郎が水槽の中で共喰《ともぐ》いをしはじめたからだ。共喰いを初めて見た時の印象は鮮烈だった。私は初め二匹の源五郎がじゃれ合っているのだと思った。しかし一方の源五郎の様子がおかしくなったかと思うと、残りの数匹がその源五郎に一斉に襲いかかった。脚の先一本まで彼等はその犠牲者を食べ尽くした。

水澄の餌には蠅を捕まえてきてその羽を毟《むし》り取って水の中に投げてやる。水澄たちは争うように集まって来て蠅の胴体に尖った口先を刺し込む。水澄は蠅を吸い尽くす。あとには表皮だけになった蠅が水に浮かぶ。

一度水槽の中に生きた蝶《ちょう》を投げ入れたことがあった。水槽には金網の蓋がしてあり金網と水面の間はわずかしかなかった。蝶は最初のうち金網にしがみつくようにとまっていたが、己が置かれた場所に、戸惑い、錯乱したように水際を飛んでは金網にとまる動きをくり返した。やがて蝶の羽が少しずつ水に濡れて、最後には力尽きて水面に落ちた。それを待っていたように水澄たちは蝶に襲いかかった。蝶の頭部、胴体に水澄の数だけ残酷な棘《とげ》が突き刺さる。水面に青白い蝶の鱗粉《りんぷん》がゆっくりとひろがって行った。それを見てそばで弟が泣き出した。

建物の震動が変わった。地の底から突き上げるような揺れが数十秒ごとに起きる。外の作業場でスクラップの圧縮がはじまった。窓ガラスが軋《きし》み出す。部屋の隅やソファーの下に転がっているウィスキーのボトルやビール瓶が音を立てる。これから小一時間この揺れが続く。喉が渇いた。私は立ち上って背後にある冷蔵庫の方へ歩く。足元がおぼつかない。一日中横になっているせいか、歩き出すと眩暈《めまい》がする。冷蔵庫はキッチンの入口に大人二人分の死体を入れられるほど大型のものが二台並べて置いてある。右のグレーの冷蔵庫には白く凍りついたビニール袋がいくつも入っている。中身は牛、豚、羊、鶏等の肉、臓物、足……、そして一緒にゼラチンの入ったバケツほどの大きさの缶、固形スープの入った缶が仕舞ってある。

左の冷蔵庫には奇妙ながらくたが入っている。こちらは電源が切ってある。私は右の冷蔵庫の冷蔵室を開けた。ビールはなかった。キッチンの奥へ行ってまた別の冷蔵庫を開けた。下半分は野菜が詰まっている。こちらにもビールはなかった。私は青年を呼ぼうと思った。先刻から圧縮機の作動する音に重なって、青年が打つハンマーの音が聞こえていた。私は青年の盛り上った肩の筋肉を思い浮かべた。陽焼けして褐色になった青年の肌を、汗とも粘液ともつかないオイルのような液体が覆っていた。青年の皮膚は乾くということを知らなかった。深夜、彼が夢に魘《うな》されている時に見た半裸の肉体は、まるで驟雨《しゅうう》の中を駆け抜けて来たように濡《ぬ》れていた。

窓の桟にワインのボトルが置いてあるのが見えた。私はよろよろと足を引きずりながら、窓辺に寄った。コルクを抜いて、半分残っていたワインを一気に飲み干した。胃が痛む。肩で息をしながら、痛みが治まるのを待った。

震動が止まった。作業が終ったのだろう。

私は窓ガラスに頰を付けて外を見た。

青年がスクラップの山に登って行く。朱色に染まった空にスクラップの山がなだらかな円錐形《えんすいけい》のシルエットをこしらえていた。その頂きに青年の黒い影が立った。青年が上着を脱ぎはじめた。一日の仕事終りに青年は決って頂きで上半身裸になり、沈んで行く夕陽を眺めていた。

顎を少し上げて、胸を太陽の方へ突き出し、仁王立ちになっている姿は奇異に映った。たしかに彼の行動は奇異ではあったが、時折ひどく美しく映る瞬間があった。それは決って天気の良かった午後の終りで夕陽があざやかに鉄屑《てつくず》に光を当てる時間だった。工場は街から少し離れた丘陵地帯の小高い丘の上にあり、周囲数キロ四方には民家もなく、鉄屑の山の頂きからはぐるりと連峰が見渡せた。鉄屑の山は実際近寄ってみるとまぎれもない屑の山でおまけにひどい悪臭を放っていた。だがそれがシルエットになって朱色の色彩の中に浮かんだ光景は叙情さえ感じた。円錐のシルエットの頂きに立つ青年は神聖な塔そのものに見えた。

遠目で青年の表情はわからないが、至福の悦《よろこ》びの中で彼が満ち足りた表情をしている気がした。

大きな牛の肋《あばら》が解体されて行く。肋骨《ろっこつ》と肋骨の間に刺し込まれた細身の庖丁《ほうちょう》が肋肉《ばらにく》の中を滑って行く。よほど刃先が鋭く研いであるのだろう。肉は豆腐のように見事に分れる。青年は左手で肋骨の先端を抱くようにして庖丁を持った右手を巧みに動かしている。時折、骨と骨を離す時に不気味な音がするだけで、あとは機械を解体するように丁寧な作業をくり返す。肋骨の付いた肋肉が綺麗《きれい》に外れた。青年はそれを布で拭く。拭かれた肉が大きな机の左端に置かれる。肋肉の隣りには先刻毛を毟り終えた鶏の手羽が二本きちんと縦に並んでいる。たっぷり数日分のリブステーキになる残りの肋がナイロン袋に仕舞われる。青年の手が右端に置いてあった別のナイロン袋の中をまさぐり、数本の豚足が音を立てて机の上に放られる。その豚足の一本一本を鼻を付けるようにして確かめた後に、三本の豚足が残ってあとは袋に仕舞われる。豚足も布で拭かれる。爪のあたりを執拗《しつよう》に拭いている。何か爪の間に詰まっているのか、アイスピックで爪先を掻《か》きはじめた。ようやく納得したように豚足が鶏の手羽と牛の肋肉の隣りに並べられる。次に足元に置いてあったバケツを机の上に運ぶ。プラスチックの俎板《まないた》が布で拭かれる。バケツの中に両手を入れて赤黒い臓物が俎板にひろげられる。大きなレバーだ。レバーの端に付いた黄色い管がちいさなナイフで取り除かれる。青年は足元に置いてあったもうひとつのバケツにレバーを入れて洗う。洗われたレバーが俎板に載り、また丁寧に布で拭かれる。レバーはまだ生きているかのように左右に揺れている。拭き終えたレバーを青年は作業の手を止めてつかの間見つめている。青年の手が長い庖丁に伸びる。庖丁がレバーの上に置かれたかと思うと刃先は水の中に沈むように静かに内臓の中に入って行く。分けられたレバーの身はいったん左右に離れるがすぐに引き寄せられるように元に戻る。庖丁が引き抜かれる。俎板の上のレバーは元のかたちをしたまま赤黒く光っている。青年の右手がレバーを分ける。レバーは小刻みに揺れながらふたつになる。そのレバーを布で拭く。残りのレバーはナイロン袋に仕舞われる。切ったレバーが豚足の隣りに置かれる……。

私はソファーに横たわってウィスキーを飲みながら青年の夕食の支度を眺めていた。机のむこう端にあるライトが机の上の食材と青年の逞《たくま》しい上半身を浮かび上らせている。ここへ来てもう何度も見た光景だ。青年は毎夜こうして食事の準備をする。並べられた動物たちの肉や骨や臓物のそばに玉葱《たまねぎ》、馬鈴薯《じやがいも》、菠薐草《ほうれんそう》、長葱《ながねぎ》、人参《にんじん》……などの野菜が下ごしらえをされて並んでいる。その隣りに香辛料、束になった大蒜《にんにく》、バター、調理用ワイン、オイル、ヴィネガー、ブルーチーズが置いてある。夕食というより晩餐《ばんさん》と呼ぶ方が相応《ふさわ》しい。この食材の量を青年はひとりで調理しひとりで平らげる。スープから煮込んだ臓物を一気に平らげ、肋骨まで舐《な》めつくすようにして見事に食べてしまう。

余分な食材を冷蔵庫やキッチンの棚に収め、準備を終えた机の上の食材を、しばし青年は眺めている。ライトに浮かんだ食材の色彩は肋肉の深い赤、レバーの赤紫、骨の灰色、豚足の淡い白、鶏の手羽の桃色がかった白、人参のオレンジ、茹《ゆ》でられた馬鈴薯の黄色、菠薐草の濃い緑、セロリの明るい緑……、と奇妙な美しさがあった。青年の顔がかすかに動く。食材を丹念に眺めているのだろう。青年には机全体が一枚の絵画のように見えるのかもしれない。青年が立ち上った。それぞれの食材がボウルや鍋に放り込まれる。先刻までの丁寧さと打って変わって鍋やフライパン、ボウルに肉や野菜が無造作に投げ入れられる。調理がはじまる。青年は酒を一切飲まない。キッチンの奥には大きなタンクがあり、その中にここから車で数時間かけ、山奥の渓流からわざわざ汲《く》んで来たという山の水が入れてある。青年は週に一度、その水を深夜に車を飛ばして汲みに行く。彼は喉を鳴らしておそろしい量の水を飲む。

鍋をかかえてキッチンへ行こうとする青年と目が合った。青年は立ち止まって、ソファーに横臥する私を見下ろし指先で私の胸のあたりをさしてから、

「身体《からだ》、いい？」

と聞いた。

私がうなずくと、青年は白い歯を見せて笑った。

「美味《おい》しいレバー、食べる？」

青年はまだ汁の滴るレバーを鍋から取って差し出した。私は首を横に振った。

「大蒜と食べる、元気になる」

私はまた首を振った。青年が小皿を持って戻って来た。薔薇《ばら》の花模様が描かれた皿にチーズがふた切れ載っていた。そうしてウィスキーのボトルを摑《つか》んだ片方の手を天井の

灯《あか》りに透かすようにし、残りの酒の量を確かめ、ボトルを指さし、

「これで終り」

と言った。私はうなずいた。

しかし青年は私がそれからどれだけ酒を飲もうと放っておいてくれる。目の前のチーズに私が手を付けなくても文句を言ったことは一度もなかった。青年は寡黙だった。言葉を知らないということもあったが、彼は彼の世界の中で生きていた。

この部屋に私が入って来た時の記憶はないので、闖入者《ちんにゅうしゃ》に彼がどんな反応をしたのかは定かではないが、私が周囲の出来事や自分自身のことを自覚できる状態になってからの青年の態度には嫌味なところが微塵《みじん》もなかった。軀《からだ》付きや私を見る目付きからするとと二十歳前後に思えるのだが、時折青年がもう四十歳を過ぎているように見えることもあった。青年は食料の買い出しに出かける時と山奥まで水を汲みに行く以外にはこの鉄屑に囲まれた場所から出ることはなかった。月に一、二度階下の事務をしている女が発情して青年を誘い出しセックスをする時を除いては、この部屋を離れることはなかった。

部屋はプレハブ建ての二階にあり、青年と私のスペースの境にカーテンがあった。しかしそのカーテンも青年が自慰行為をする時の他は開け放たれてあった。居心地は悪くなかった。ここへ来てから私が数度暴れたと青年は言っていたが、そんなことはまるで気にしていないふうだった。

キッチンから調理の音が聞こえていた。ほどなく青年は机の前に座り、水の入ったデ

カンタで喉を鳴らしながら水を飲み、Zライトを引き寄せ背中を丸めて何かを見つめていた。

——今夜は何を見つけてきたのだろうか

青年が指先で今日の拾得物をつまんでライトに晒している。ライトの灯りに反射してそれが光る。真空管か何か機械の部品のようだった。青年は解体作業の合間に鉄屑の山からいろんなものを見つけ出しては部屋に持ち帰り、深夜まで観察を続けていた。ひとつのものを数日間見続けることもあった。青年の背中の気配で、その日の拾得物への関心が伝わって来た。

今夜はいいものを拾ってきたのだろう。青年の背中の筋肉が膨らんでいる。ランニングシャツの下からでも青年の隆々と盛り上った筋肉の素晴らしさがわかる。青年の肉体はボディービルダーのように他人に見せるために発達しているわけではなかったが、日々の重労働は彼の軀を鋼のような筋肉に変えていた。牛の太い骨をこともなげにへし折ることができたし、拾得して来た鋼鉄のパーツが気に入らないと飴《あめ》のように折り曲げていた。

青年は温和だった。時折青年を誘惑する女が二階へ上って来て、彼の無知や頭の回転の悪さをからかうようなことを口にしても決して怒ることはなかった。

「いい加減にしろ」

私が女を諭すと、女は私のソファーへ近寄ってきて、

「こいつは馬鹿だから、怒るってことを子供の時から知らないんだよ」

と耳元で囁《ささや》いた。

食事の終った後二人が階下へ消え、女の獣のような艶声を聞いていると、私の知らない場所で二人が仲睦《なかむつ》まじくしているように思えた。

その女は人と話したり電話の受け答えはできるようだったが、文字を書いたり計算をすることが苦手なようだった。よく階下から女を怒鳴りつける男の声が響いた。そんな従業員を働かせている男の気持ちがわからなかったが、或《あ》る雨の午後、私は階下の事務所の机の上に女の上半身をおさえつけて男が彼女と交情している現場を見たことがあった。長い雨が続くとこの工場の作業は停止した。男と女が昼間から交情することは決して珍しいことではなかった。女の声が薄い一階の天井板を通して聞こえてきても、青年はその声には関心を示さなかった。青年はどこかで他者と関わらない術《すべ》を体得したのかもしれないが、それをこの先ずっと実践するには、彼は若過ぎる気がした。

キッチンで音がした。拾得物に夢中になっていた青年は上半身を起こしてキッチンへむかった。あとには机の上にデカンタの瓶ときらきらと光る拾得物が残っていた。

青年は私に臓物の煮込みの入った皿を持って来ると、ひとりで机の前に座り長い晩餐《ばんさん》を摂《と》った。食事が終り片付けを済ますと、彼は机の上を丹念に拭いた。そうして左の冷蔵庫を開けて中に入っている、いくつかのコレクションを机の上に並べた。

私は青年を見ているうちにうたた寝をしていた。目を覚ました時は部屋の中の灯は消えていた。立ち上ってウィスキーを取りに行った。青年の寝息が聞こえた。机の上には何もなかった。私は窓辺に寄って鉄屑の山を見た。円錐形のシルエットがかすかに浮かんでいた。その上空に星がきらめいていた。ここにもうどのくらいの時間いるのかはわからなかったが、私には行きたい場所もなかったし、何かをしなくてはという感情も湧いて来なかった。ここにこのままいることができればそれでもかまわなかった。星光が青年の机の上をほのかに照らす。いつかこの机の上で見た青年の拾得物の陳列が浮かんで来た。

それは美しい陳列だった。

螺旋《らせん》状に巻いた赤銅色のスプリング、モスグリーンのトランジスター、扇子の骨のように開いた銀色にかがやくパイプ。対になった真空管とその中できらめく白い光。メタリックグレーの半円球。大小のベアリングの玉。ショッキングピンクのキャップ。絵具のチューブから出たばかりのレモンイエローをしたL字型とオレンジ色のS字型のコード。黄金色の蝶番《ちょうつがい》。黒曜石色をした菱形《ひしがた》の石。ニクロム線で縛られた雲母《うんも》の束。毛糸の玉のように絡《からま》った赤や黄色の細い金属線。槍《やり》の先のように尖った円錐形のアルミニュウム。メビウスの帯に似た白銀色の金属板。乱数表のように数字が打ち込まれた計器。羅針盤に似た針の付いた茶褐色の盤。水銀色の液体が入ったL字の管。義眼に似た中に六角錐《ろっかくすい》の金属を閉じ籠《こ》めたガラスの玉。卍形に繋《つな》がったブローチのような螺子《ねじ》。紫色に着色されたプラスチックのカプセル。銃弾に似た金色の部品……、ひとつひとつは何かの部分に使用されていたものなのだろうが、青年が屑の山からわざわざ見つけ出し、それだけを拾得し、夜通し眺めるに相応しい美しい形状をそれぞれのパーツは単体で持っていた。しかしそれ以上に私が驚いたのは、百種類を越えている部品が机の上に並べられた時の見事過ぎるほどの、その組合わせの美しさだった。その配置はどこかに中心があるわけではなかった。ひとつのパーツを見ていると隣りに並べられたパーツとの関係が微妙にバランスが取れていて、次のパーツに目を移すとその隣りに並べられたパーツとの関係が、なるほどと納得できるように配置されてあった。それでいて目線を離して机全体を眺めると、それ自体がひとつの生命体のように私の目に迫って来る。青年の頭脳の中に、どんな設計プランが描かれてあるのかはわからないが、それを見た時、私はひどく動揺し、興奮した。

私は今は何もない机の上を指でなぞってみた。数時間前までここでパーツを観察していた青年の温《ぬく》もりのようなものが残っていた。

声が聞こえた。

見ると青年は粗末なベッドの隅に膝をかかえるようにして眠っていた。

――夢でも見ているのだろうか

月明りに浮かんだ青年の横顔には少女の清らかさがあった。どんな夢を見ているのかはわからないが、あの見事なパーツの陳列のように、美しく満ち足りた夢であって欲しいと私は願った。そう思った瞬間、私はこの青年のそばに居るべきではないとわかった。

私は壁にかけたコートのポケットにウィスキーのボトルを突っ込んで、よろよろと外へ出た。

＊

雪が地面から舞い上る。

四方から吹き寄せた風が旋毛《つむじ》を巻いて私に襲いかかる。頬に当る雪片が肌を凍らせる。強《こわ》ばる皮膚を私は奥歯を嚙《か》みしめ、鰐《わに》のように口を開いて柔らげる。開いた口に、雪片は容赦なく飛び込んで、舌先を凍らせようとする。

——もうここらで進むのはやめようか。いっそこの曳《ひ》き綱を放してしまおうか

私は舟を曳いている。ちいさなべか舟だが、降り積む雪はたちまち曳き綱を重くし歩行を妨げた。つい今しがたまで私の目の前には見渡す限り白くかがやく雪野がひろがっていた。曳き綱を肩から担いで、遥《はる》か彼方《かなた》の澄んだ青空を眺めて歩いていた。舟の重みもさして感じなかった。陽差しに溶けはじめた雪面は舟底を滑らせ曳航《えいこう》にも程良い固さだった。それがほんの一瞬の内に、風が吹きはじめ、雪が舞い、数メートル先の視界さえおぼろにした。

私は立ち止まった。これ以上歩けそうになかった。足元を見ると靴は錘《おもり》のように膨らんで固く凍っている。綱を握りしめている手にもざっくりとした手袋のように雪片がこ

びりついていた。

——何をしてるんだ、こんなところで……

私は背後を振りむこうとしたが、背骨も脛骨《けいこつ》も凍ったように動かない。それでも舟の様子を見たくて無理に首を捻《ねじ》った。皮膚が裂ける音がする。べか舟は巨軀《きょく》の白熊を何頭も乗せたように白い塊に変わっている。どんな荷が雪に覆われてしまっているのか、私にはわからなかった。それまではいつ振りむいてもこのべか舟には黒皮がかぶせてあったからだ。曳き綱を放してしまいたかった。私は目を閉じて深く息をした。気管に入る息は微少で薄いものだった。私は喘《あえ》いだ。こんな思いまでして舟を曳き続けなくてはならないのか。もう何年もこの奇妙な場所に来るたびに、私はべか舟を曳いていたような気がする。それでも私は曳き綱を放さなかった。この嵐が過ぎればまた美しい雪原が、あの湖が視界の中にひろがるに違いない。

——その雪原がどうしたというんだ？

耳の底で声がする。

「雪原がどうなどとは言ってやしない」

私は凍った口の中でつぶやく。

——天候が回復すればどこかに目的地が見えるとでもいうのか？

「目的地？　そんなものは初めっからありゃしない。そんなことはどうでもいいんだ。ずっと昔にこの舟を曳きはじめた時から目的地なんてないことはわかってる」

私が怒鳴り返すと、耳の底に響いていた声は嘲笑《あざわら》うような笑い声に変わった。風音の中に甲高い笑い声が木霊《こだま》する。私は立ち止まったまま綱を握った手を握り返す。指先が動いているのかどうかもわからない。凍死？　その方が楽な気もする。ともかく歩き出そう。木偶《でく》のように立っていてもしかたない。足が動かない。瞼《まぶた》が凍りついて開かない。こんなふうに立ったまま死を迎えるのか……、かすかに耳の中に音を感じる。鐘の音だ。踏切の警鐘だ。こんな雪野に汽車が走っているのか。ひょっとして私は線路の上に立っているのではなかろうか。汽車に轢《ひ》き殺される己と粉々に散るべか舟の無惨な姿が浮かぶ。私は上半身を揺らした。夢中で腕を振った。氷の裂ける音がして、私の手から曳き綱が離れた。その途端に呪縛されていた身体がゆっくりと動き出した……。

目をうっすらと開くと視界に濃灰色の雲が垂れ込めた空が見えた。

「いやあ珍しか。この時期に雪が降って来っとはよ」

野太い男の声がした。

「痛、痛か、こいは雪じゃなかとよ。兄貴氷たい」

前方座席に座る二人の男の甲高い声が続く。目をしばたたくと男たちの背中が揺れて競輪場の走路が真昼のように白く浮かび上った。白日夢かと思う間もなく大きな地響きがしてスタンド全体が上下した。悲鳴が聞こえた。私は目を見開いた。また閃光《せんこう》が夕刻の空に走り雲をオレンジ色にきらめかせた。息を飲む間もなく激しい落雷が続いた。スタンドがどよめいた。

よ」
「おう兄貴、おいもそう思うたい。ほれ見てみい、この雪の塊は節分の豆ごとあるが
「ほなごっつ派手な顔見世じゃの。こりゃ次のレースは大荒れになるごとよ」

男が差し出した手の中に豆粒ほどの大きさの白い塊が見えた。

「雹《ひょう》よの、これは。いまどき雹が降るの、ほんま珍しかよ」

「兄貴、ほれ見てみんかよ。顔見世の選手がまごついとるわ」

走路を見ると次のレースの選手が空を見上げて恐る恐るペダルを踏んでいた。

「いや待てよ。わしは一度、雹が降ったレースをここで見た覚えがあっぞ。あれはいつのことじゃったかの……」

兄貴と呼ばれている赤いジャンパーを着た男は大きな額に皺《しわ》を寄せて何かを思い返そうと金ぶちの眼鏡の奥の目で遠くを見ていた。

八年前の小倉《こくら》競輪祭の決勝戦直前に激しい落雷とともに雹が走路に降ったことがあった。その決勝戦に勝ったのは東京のマーク屋だった。二着には九州のマーク屋が飛び込んで来た。出目は②―④か④―②……、死に目であった。死に目を忌み嫌う人間もいれば好んで買う者もいる。西洋ではカードやルーレット、競馬や宝くじのナンバーに好んでキリストの磔刑《たつけい》された日とされる13の数字を選ぶ者もいる。それが賭者にとっては不吉な数字ではなく幸運な数であることが多々あるのだ。

私はコートのポケットをまさぐった。ウィスキーの小瓶を入れておいたはずだ。瓶は

なかった。足元を見ると空の瓶が転がっている。空瓶を見ると、喉の渇きを覚えた。穴場へ寄って死に目をさわりがてら表の食堂へ行こうと立ち上った。足元がふらついた。前のめりになりながらしゃがみ込んだ。その拍子に赤いジャンパーの男の肩に手が触れた。

「おい、あんちゃん、なんばすっとかよ。勝負師の肩に気安うに手をかけてよ」

男が振りむいて睨《にら》んだ。と同時に隣りの大柄な男が私の肩を押した。私はもんどり打って後方に倒れた。女の悲鳴が聞こえた。

「気い付けんかい、この酔っ払いが」

若い男が怒鳴り声を上げた。私は頭を振りながら身体を起こした。若い男は私を見下ろしている。私は男の目を見てから膝に両手をつき大きく息を吐いた。

「おい、兄貴にちゃんと謝らんとかよ」

頭上で男の声がする。どうしたものかと足元の空瓶を見た。

もう、ええから放っとけ。そいでも兄貴、こげな男はちいと締めとかんといかんばい、いいから放っとけっち……。

「あれ、お客さん。手の包帯から血が滲《にじ》んどるけど大丈夫ですか？　顔にそんな怪我《けが》しとる時は酒はほどほどにしとった方がよかですよ」

カウンターの中から女が言った。

「いいからもう一本出せ」

私はグラスでカウンターを叩《たた》いた。

「そげん乱暴はせんといてよ。ひどかことしよったら出て行ってもらうよ」

女が怒ったように言ってウィスキーを出した。グラスを差し出すと、女は、そげん飲み方が一番身体に悪かよね、と嫌味を言いながら酒を注いだ。一気に飲み干した。水のように手ごたえがない酒だった。病院で打った麻酔がまだ身体に残っているのだろう。唇にも感覚がない。縫合をした直後に看護婦が手鏡で傷痕を見せてくれた。乱暴な手術だった。痛みはなかったが、左の耳元から顎にかけて裂傷があった。鏡に映った傷痕はひどく醜かった。

表戸が開いて数人の客が店へ入ってくる気配がした。カウンターの女が嬉《うれ》しそうに手を叩き馴染《なじ》みの客の名前を呼んだ。女は私に隅の方へ移ってくれと言った。私は立ち上ってトイレへ行った。トイレの割れた鏡を覗《のぞ》くと左の耳から首へ当てたガーゼと茶色のテープが、道化の仮面のように見えた。左の目元が黒ずんでいた。鏡に唾を吐きかけると血が混じったような唾液がゆっくりと壁に流れ出した。ズボンのジッパーを下ろして性器を出すと小水が溢《あふ》れ出た。右腕を通していないコートに小水がかかった。点滴を打たれたせいか小水が止まらない。濡れたコートを見るとあちこちに血糊《ちのり》が付いている。

私はトイレを出ると、女に金を渡して店を出た。

路地を歩きはじめると眩暈《めまい》がした。立ち止まると下着の中が生温かくなった。小水が零《こぼ》れ出している。私はその場に立ち止まったまま目を閉じて小水が出終るのを待った。内腿《うちもも》を生温かい液体が伝わって行く。

——なんてざまだ

競輪場で諍《いさか》った男の顔が浮かんだ。足元の空瓶を拾い上げて男にぶつかって行った瞬間の相手の形相は覚えていたが、それから先は記憶になかった。若い強靱《きょうじん》な、しかも素面《しらふ》の相手にどうしてむかって行ったのか自分でもよくわからなかった。しかし勝ち目のない状況で感情だけで相手にむかって行ったことへの奇妙な充足があった。自分の中の狡猾《こうかつ》が失《う》せていることが可笑《おか》しかった。

小便を垂れ流してる男のすることか、口にすると己の滑稽さに笑いが込み上げて来た。笑い出すと耳元の傷口が膨らむ気がした。

車のクラクションが鳴って左方からライトが光った。二、三歩後ずさると私の背中を誰かが摑んだ。

「おっと、兄さん大丈夫ですか？」

声に振りむくと小柄な男が私の顔を覗き込んでいる。帽子のひさしから覗いた目がネオンの灯りに鋭く光っていた。

「派手な恰好《かっこう》だね」

男の口元が歪《ゆが》んだ。相手が笑っているのかどうかわからなかった。

「遊んでいきませんかって、声をかけるにはその恰好は怖過ぎるよね」

私は男を見た。男は目を逸《そ》らして立ち去ろうとした。

「おい」

男を呼び止めた。私は胸のポケットから一万円札を一枚出した。

天井の隅に守宮《やもり》が一匹じっと動かずにいる。私は円型のベッドにあおむけになり、守宮を見つめていた。右手のバスルームから水音が聞こえてくる。ベッドサイドに手を伸ばしてウィスキーのボトルを掴みラッパ飲みした。素裸だったが寒くはなかった。バスルームの引戸が音を立てて開き、スリッパの跳ねるような足音が近づく。視界の中に赤毛の浅黒い女の顔が入って来た。

「下着は血がちょっとしか付いとらんから洗い切れたけど、シャツと上着の血はここの石鹼《せっけん》じゃ取れんよ」

女は下着姿になっていた。痩せた胸元に肋骨《ろっこつ》が浮いていた。貧相な身体の女だった。

「捨てていいんだ」

「けど上着とかコートはもったいないよ」

「いいから捨てろ」

「なら上着はもらってもいいかしら」

私がうなずくと、女は白い歯を見せて笑った。

「それとお客さん、もう一時間過ぎたから延長なら連絡せんといかんのだけど……。ここに来てまだ洗濯しただけで、何もしとらんから」

「じゃ引き揚げろ」

私が言うと、女は唇を突き出し身体を少し捩《よじ》るようにして、

「このまま戻っても、今は不景気じゃし客もおらんもんね。身体をもう一回拭いてあげようかね？」

とベッドからはみ出した私の足に手をかけた。私は女を見ずに、

「ビールを持って来てくれ」

と言った。女は大きくうなずいて、ビールを取って来た。栓を抜くと泡が飛び出した。ヒーッと女は声を上げて、

「私も飲んでいいかな」

とベッドサイドに座った。私は起き上って女がビールを注ぐのを見ていた。女の下着は部屋のピンクの照明に薄赤く染まっていた。骨の目立つ女で、浮いた下着の隙間から尖った骨が見えた。女は喉を鳴らしてビールを飲むと、美味《うま》かと言って大きな噯気《おくび》を出した。

「買うて来た服を着てみんでいいの？　店の人はサイズが合わなけりゃ替えてくれると言うてたよ。サイズは調べて買うたけんどね」

私がうなずくと女は延長の電話のことをまた口にした。女が帳場から外に電話をしている間に私は先刻の男に頼んでおいた競輪新聞の前夜版を開いた。今日のレース結果を

目で追った。第九レースに④—②の出目があった。八千円台の穴が出ていた。

「おい、今日雹が降ったろう。あれは何時位だった?」

「ヒョウって何?」

女が首をかしげて私を見た。鎖骨がベッドの灯りに笛のように浮き上っている。

「私、黒崎《くろさき》に住んどるから、山ひとつ越すと小倉とは天候が違うのよ。でも雨は少し降ったよ」

「何時位だった?」

「三時過ぎかな、四時だったかな」

競輪場の二人連れの男のひとりが言っていた言葉がよみがえった。あの時私は②と④の死に目を買おうと立ち上ったことを思い出した。

女がそばに寄って来た。お客さん、東京の人でしょう。そうよね。私、東京に少しおったからわかるもの……。女は話しながら私の内腿に手を滑らせた。私は女のするままにさせておいた。女遊びはせんのかね、そんなふうには見えんけどな、女は手を伸ばして私の性器に触れた。私はウィスキーをラッパ飲みした。お酒強いんだね。お酒ばっかり飲んどると、インポになるらしいよ。

ウィスキーを含んで口の中をゆすぐようにした。酒の香りが鼻に抜けても酔いを感じなかった。女は股間に顔を埋めている。いつの間にか裸になっていた。少し丸めた背中は首元から尻の割れ目まで背骨が異様に突起している。痩せた女の背中に青蛇がへばりついているようだった。股間で蠢《うごめ》く女の髪が照明に当って朱色に光っていた。いつまで経《た》っても勃起しない私の性器を女は何度も口に含んでいた。

目を覚ました時、女は背をむけて寝ていた。軽い鼾《いびき》が聞こえた。枕に沈むようにしていたせいかうなじの髪が逆立ち、そこだけ染め忘れたのか黒い髪がのぞいていた。それがシーツからのぞく女の肌の色には不釣合いに思えた。私はこの女の本当の肌の色は違っている気がした。今急に女を襲って性交をしても性器の中でさえも別の被膜で覆われているのではなかろうか。皺だらけのシーツ、粗雑なホテルの内装……、女をつつんでいるすべてのものが無機質なものに思えた。私は部屋の中を見回した。以前この部屋に誰かと来たような気がする。たぶんそれは錯覚なのだろう。ここ数ヶ月、私の時間は崩れはじめていた。自分が数秒前にした行為がひどく遠い過去の記憶になったり、十数年前にしでかした行為を今しがたしたように思い込み、感情を揺さぶられていた。身体が熱を持っていた。左耳に鈍痛が走りはじめた。立ち上ってバスルームへ行った。窓が半開きになり鏡の前に下着が干してある。夜風に当ろうと窓から外を覗いた。左下に墓地があり、そのむこうに大きな黒い影が見えた。重い葉ざわめきが耳に届いた。揺れ動く木影に見覚えがあった。

私は桜の皮を格子に編んだ古びた天井を見つめていた。

墓地のある東の窓のカーテンは片方が寸足らずで床から浮き上った部分から陽差しが

洩《も》れている。寝所の間に障子戸があるが、これも建て付けが悪く戸の隙間から差し込んだ光が部屋を斜めに横切っていた。

寝つけなかった。眠れないのは今日に限ってのことではなかった。横になってもただ朦朧《もうろう》とするだけだった。昨夜ラブホテルで見た女の背骨が天井に浮かんだ。どこかで見たような気がするのだが、それが女の裸体なのか、あの女をつつんでいた粗末なホテルの雰囲気からそう思えるのか、わからなかった。昨夜、ホテルを出て私は葉のざわめく大樹の下に立った。巨大な樟《くすのき》の木が聳《そび》えている。仰ぎ見た木のかたちも以前のままだった。

「まだ生きていらしたかね」

宿の主人は深夜に訪れた私の顔を見て言った。部屋に通されてビールを飲みはじめるとほどなく夜が明けて、宿の女将《おかみ》が部屋へ挨拶に来た。

「また競輪で来なしゃったと？」

女将は半袖のピンクのセーターにスラックス、その上にオレンジ色の大きな向日葵《ひまわり》の柄がプリントしてあるエプロンをかけていた。一年前より若返っている。女将はテーブルの上のビール瓶を片付けながら、

「相変わらずよう飲んどられるね。それで身体がもっとるからおそろしいもんよ。その怪我どうなさったと？　酒場の階段でも踏み外したとね」

私はウィスキーのハーフボトルを振って、

「大きいのを一本持って来てくれ」

と言った。

「目はもう死んどるのにたいしたもんよね。手の包帯が汚れとるから替えようか」

「いや少し横になる」

「横になるのに酒がまだいるとはね」

「早くしてくれ」

しばらくして私は横になった。階下は静まりかえっていた。昼過ぎまで休んで競輪場へ行こうと思った。身体は手も足も痺《しび》れていたが意識ははっきりとしている。途中女の声がして新聞を置いていくと言ったが、私は天井を見つめたままあおむけになっていた。ほどなく天井に青い水平線があらわれた。次第に天井は失せ水平線の境から濃い青空がひろがりはじめた。

私は舟に乗っていた。乗っているのは少年の私だった。背後で水音と時折コツン、コツンと石が落ちるような音が聞こえた。それは船尾に座る老漁師が沼から掬《すく》い取った蜆《しじみ》を木箱に落とす音だった。漁師の手から黒と白の縞《しま》模様の蜆が濡れた箱の中に転がる光景が浮かぶ。ほどなく音は失せるはずだ。漁師は漁を終えて陸《おか》に上ってしまう。私は水の中に入り、曳き綱を手に舟を曳き出した。背後からトントンと船縁《ふなべり》を叩く音がする。ちいさな乾いた音だ。誰が叩いている音かはわかっていた。

「ねえ、葦《あし》のない方へ行ったら危ないって祖母《ばあ》さまが言ってたよ」

私は右手を上げて、そんなことはわかってると、舟の上の弟にいつもの仕種《しぐさ》をする。私は自分の半ズボンが濡れるぎりぎりの深さまで舟を曳き、そこから一気に綱を曳き舟を寄せる。怖いよ、と弟が声を上げる。私の横を泣きそうな顔をした弟が通り過ぎる。舟がゆっくりと沼の中心にむかい私の持つ綱の限界まで進むのを確認すると、そこから思い切り綱を引き戻す。舟は同じ場所をローリングする。怖いよ、兄さん、弟の声に私は笑い声を上げる。兄さん、助けてよ、弟が叫び声を上げる。大声を出すんじゃない、私は弟を威嚇しながら沼の周囲に老漁師の姿がないかを窺《うかが》う。

ここまではもう何度となく見て来た夢だ。夢だとわかっているのに私にはあのべか舟の曳き綱を放すことができない。それを放せば私は沼の中を進み対岸へ渡り、そこであの厄介なもうひとつの沼へ辿《たど》り着く。ちいさな水紋が沼の底から湧き出しその波紋がひろがるかひろがらないかのうちににょきりと頭があらわれる。泥まみれの黄土色の男の顔は目の玉だけ私を見据えたまま視線を逸らさない。その目に釘付《くぎづ》けになっているとたちまち沼は無数の顔で一杯になる。やがて男たちは沼から這《は》い出して私を捕えようと突進して来る。私は逃げまどう。これも何度となく見ている夢だ。それが耐えられないから私は夢とわかっていても曳き綱を握りしめたまま放さない。

しかし、ここ数ヶ月前から私の曳く舟に弟が乗ることがなくなった。その替わりに私の曳航には果てがなくなった。どうしてそんな幻覚がはじまったのかはわからない。沼は美しい湖に変わっていた。対岸の見えないどこまでも水を湛《たた》えた湖である。私は舟を曳きながら湖の上を延々と歩き続ける。風もなく波も立たない鏡のように平坦《へいたん》な湖だ。精緻《せいち》な水準儀《すいじゅんぎ》で計ったような水平が目の前にひろがっている。初めてこの湖が夢にあらわれ、曳航しはじめた時いっさいの曲線を拒絶したような光景に私はひどい恐怖心を抱いた。目的地もなければ出発点も見えない、起伏もなければ濃淡もない、ただ曳航を続ける己がいるだけだった。過去も未来も時間の経過すら確認できない、哀《かな》しみもなければ喜びもない……、しかし私はこの水平にしかひろがりのない世界にいつしか安堵《あんど》に似た充足を見つけるようになった。それを発見した時から綱を手放すことが現実に戻るただひとつの方法だと自覚した。私は現実の中でさえ湖に身を置く術を修得しはじめた。それは白日夢とは異なるものだった。私は次第に曳航を続けている時の自分だけが本当の私なのではと思うようになった。そこは生の終焉《しゅうえん》の時に人間が訪れる場所とは違う。生の行き着く場所などはありはしないのだ。生は誕生の瞬間から消滅にむかって進むことでしかない。死が次の世界への境界点であることはないし、死に尊厳を持たせることはまやかしであり、死を迎えることに喜びなどあろうはずがない。私はそれを知っている。私が人間らしいと感じた、男も、女も、少年も、少女も、死を、本能的に恐れもっとも嫌悪していた。死の周辺には敬愛もなければ慈愛もない。死を、消滅を恐れながら歩いている人こそ、私が抱擁を望む人たちなのだ。

　私は湖水の中にいる。私は舟を曳いている。果てしない水平が目の前にひろがっている。歩き続けても辿り着くことのない行為だけが、私をこの上もなく満足させる。

――この至福は他の何ものにも置き換えられない。この安堵は他の何にも増して悦びがある。これが快楽の行き着いた姿なのではなかろうか。舟の上の荷がなにものであれ、私には関わりはない

――この美しい光景を見よ。あざやかな色彩を見よ。湖水の色と空の色は溶解して限りなく無彩にむかっても、私が溶解することはない。その証拠に今は湖水が雪となり、かがやく雪原を私は舟を曳いて進んでいる

「起きて、起きて、目を覚ましなさい」

耳の底で私を呼ぶ女の声がする。身体が揺れている。私は曳き綱を放さない。

「起きて、目を覚ましてよ、お客さん。姉さん、大変、お客さんの様子が変よ」

――ちっとも変なんかじゃないんだ。私は今満ち足りているんだ。邪魔をしないでくれ

階段を駆け下りる足音がする。

――静かにしてくれ。私を放っておいてくれ

かすかに風音が聞こえて来た。雪原がひび割れる音がする。風が吹きはじめた。雪片が舞い上りだした。身体が凍って行く。曳き綱を握る手から感触が失せてしまう……。

「お客さん、大丈夫とね。お客さん」

私は目を開けた。

女二人と男が一人、心配そうに私を覗き込んでいた。

「ああ、やっと目を覚ましたか。死んでしもうたのかと思うた」

女将の妹が私の手を安心したように取って言った。

私は不機嫌だった。しかしいったん目を覚ましてみると今しがたまで見ていた湖水も曳航もひどく陳腐なことのように思われた。

──何をたかが夢のことにこだわっているんだ
私は自嘲した。

「しかしあんたのやっていることは一から十まで馬鹿がやることじゃね」

女将は吐き捨てるように言って立ち上った。妹がひとり部屋に残った。

「今何時だ？」

「夕方の五時を過ぎたとこ」

知らぬ間にずいぶんと眠り込んでしまっていた。

「途中、二度ばかり様子を見に来たんだけど起きなさらんかったと。それにずいぶんと汗を掻いて苦しそうだったわ」

──苦しそうだった？

私は女の顔を見た。

「ええ、何度もうなされてたと。誰かの名前を呼んでた。呼ぶっていうのかな、あれは叫んどるふうに聞こえたわ。少し胸が悪いとじゃないですか。何度も両手で胸を掻き毟るようになさっとったもん……」

——至福の場所にいたはずだが……

「ともかく替えの肌着を乾かしとったから、風呂に入って着替えて下さい」

女が立ち上った。

「俺は、どんな名前を呼んでいた?」

女はドアの前で立ち止まると、私を見て口元に笑みを浮かべ、

「お客さんは独り身じゃなかとね。女の人の名前を呼んでたわ。ジュンって言ったかな……」

——ジュン?

と意味あり気に言って出て行った。

聞いたことのない名前だった。私は起き上ってビールを飲みはじめた。女が食事を持って戻ってきた。

「もうビールにしなさっと。身体のことを注意しても止《や》めやせんだろうって、義兄《にい》さんが言ってたわ。だから味噌《みそ》汁くらい飲ませろって……、これ身体にいいから、蜆の汁」

私は卓袱《ちゃぶ》台《だい》の上に置かれた味噌の色を見つめた。蜆は底に沈んでいて見えないが、沼の底に沈む貝が殻の中で粘液に浸ってじっと生きている姿が浮かんだ。

「何か言いなさったと、お客さん」

身体の大きな鍋屋の主人が聞いた。

「独り言たい。こん人はひとりで話すことが好きでな」

隣りの席に座った宿の主人が言った。

「どうかね、明後日《あさって》から佐世保《させぼ》へ一緒に行かんとね。女房には墓参りということで出かけて競輪ができるんだが、な。考えてみてくれんか」

主人は競輪がしたくてしかたないふうだった。私は空になったグラスをかかげた。

「ほんま酒が強かね」

鍋屋は手元に置いたウィスキーを私のグラスに注いだ。

「わしも酒には相当自信があるかごとですが、お客さんのように飲みっぷりのいい人はひさしぶりよ」

「うちの常連さんだ。ひとりで見えた時もよろしく頼むとよ。こいつはわしの幼な馴染みで元相撲取りをしよったから、ここのチャンコは本場の味ですわ」

目の前で煮えている鍋に私はほとんど手をつけていなかった。

「怪我の方はどうですか？　今日、抜糸をしたそうだね」

「もう大丈夫だ」

私は包帯を取った右手を眺めた。親指が上手《うま》く動かなかったが、痛みは失《な》くなっていた。

「喧嘩《けんか》でもしなさったとですか。この町は気の荒か者が多かですからね。まあ所詮チンピラばかりですが……」

鍋屋は自信があるような口振りで言った。

「何も用がないのなら、宿《うち》へゆっくりとおってください。九州は競輪場が七場もあります。いつもどっかでチャリンコは走っとりますから。博打《ばくち》は競輪が一番とよね」

「ほうっ、競輪で来なさったと……、儲《もう》かりますか」

体力が少し回復したせいか、酔いが回りはじめていた。酒が回って来ても、あの厄介な生きものたちはあらわれなかった。それが彼等の私への、見限りの暗示のような気がした。私は立ち上った。

「もう行きなさるとね。まだ雑炊がありますがね。店《うち》の雑炊は美味かと評判なんじゃけど」

「勘定してくれ」

「ここはわしが持ちますから」

「いいから勘定だ」

「水臭かこと言わんで……」

私は二人を見た。グラスを投げつけたい衝動にかられた。金をカウンターの上に置いて店を出た。

路地を歩き出すと、客引きの男たちが声をかけて来た。どこかで酒を買ってひとりで飲みたかった。酒を売っている店を探して歩きはじめた。しばらく歩いていると、路地の暗がりから手が伸びて来て、私のコートの袖を引いた。

「今晩は、こないだはなんも言わんで帰ったのね。水臭かね。今夜は、暇とね？」

先夜の女だった。派手なオレンジ色のワンピースを着て、暗がりに立つ浅黒い女の顔が幽霊のように映った。

「どこかで酒を買って来てくれないか」

「お店で飲めばよかじゃない。すぐそばに私の知っとる店があるの。安いし食べ物も美味かよ」

「いや、どこか静かなところがいい」

「そこは静かとよ。こんな早い時間ならまだ誰も来てないもの」

薄暗い店だった。排水が悪いのか泥の臭いが鼻を突いた。店には誰もいなかった。

「その酒を出してくれ」

私は棚の上の瓶を指さして言った。

「勝手に飲んだら叱られるよ。ビールを飲んでようね」

女はビールを飲みながら彼女の身の上話をはじめた。一度肌を触れたせいか女はラブホテルで逢《あ》った時より饒舌《じようぜつ》だった。ドアが開いて男が顔を突き出した。

「誰もおらんのか。千代《ちよ》は？」

男が女を見て言った。

「千代さん、買い出しやないかな」

男は店の奥を覗き込むようにして、

「おまえ、ジュンを見なかったか」

と、女に聞いた。女は首を横に振った。

「見つけたらすぐ報《しら》せてくれ」

「うん、わかった」

ドアが音もなく閉まると、

「あの男、好かん。私らの身体をオモチャみたいにしよるから」

女が吐き捨てるように言った。裏口から物音がして老婆がカウンターに入って来た。

「表にパトカーがおるけど、何やまた騒ぎがあったのかね」

老婆は私の顔をちらりと見て言った。

「知らん。千代さん、私のお客さんで……、あんた名前何って言うの」

私は黙っていた。ねえ名前教えて、女が私のグラスを持つ手を取って揺らした。グラスからビールが零れた。私はグラスを置いて女の横面《よこつつら》を打った。女は椅子から転げ落ちた。

「何するとね。店の中で暴力振るわんといて下さい」

老婆が怒鳴った。女は床に俯《うつぶ》せている。私は立ち上ってカウンターに金を置いた。

「ボトルを一本くれ。持って行く」

倒れていた女が立ち上って、毒づきはじめた。何ね、人がやさしゅうしとけばつけあがってからに、このインポが、ここで待っとき、男を連れて来て焼きを入れたるから……。その時裏の戸が開いて女が二人入って来た。真っ赤な服を着た女と、もうひとりの女はコートを肩から掛けていた。コートの襟元から下着しか身につけていない上半身が覗いた。赤い服の女はおどおどしながら店の中を見回した。そうしてもうひとりの女を抱くようにして奥のボックスに座らせた。

「ちょっと千代さん、店の鍵掛けてくれる？」

赤い服の女が言った。

「何があったの、アケミ？」

毒づいていた女が赤い服の女に聞いた。女は私の顔を怯《おび》えたような目で睨んで手招いた。女二人が話してる間にコートの女が足を開いて天井を見ていた。下着をつけていない女の股間が覗いた。

ヒヒヒッ、突然その女が猿が吠《ほ》えたような声を上げ、コートの前を開いて身体を見せびらかすようにした。あわてて赤い服の女がコートのボタンをかけた。女が急に立ち上った。何？　おしっこなん？　赤い服の女が聞くと、コートの女がこくりとうなずいた。女はテーブルとテーブルの間を無理矢理進んでトイレにむかおうとした。女が立ち止まって、私を見た。女は少し小首をかしげてからトイレのドアを開けて中へ入った。

女二人が奥で声を潜めて話していた。

「ちょっと、あんたらこの店で面倒は困るからね」

老婆が釣り銭をカウンターに置きながら女たちに言った。

「お客さんも、勘定済んだから出て行って下さい」

私は背後で老婆の声を聞きながらトイレのドアが開くのを待っていた。

「こら、インポ。もう出て行けや」

先刻の女が言った。ドアが開いた。女の髪が濡れていた。女は私の顔をじっと見た。そうして私を指さすと、ハハハッと大声で笑って、

「知っとう、知っとう」

と大声を上げた。

「覚えているのか?」

私が言うと、女は返答せずに、また私を指さして笑った。コートの下にブラジャーをつけただけで笑い転げていた。


女は鼾をかいて寝ていた。

女は私の膝の上でしばらく股間を擦《こす》りつけながら喘ぎ声を出していたが、赤い服を着た女が渡してくれた薬を二錠飲ませると、肩の上に頰を置くようにして目を閉じた。

私は女の寝顔を見ていた。先刻まで目を覚ましていた時の異常な行動がうそのようだった。

抱いて、抱いて、抱いて……、女は宿にむかうタクシーの中でその言葉をくり返して

いた。宿について二階へ連れて行こうとすると、女は階段を上ることを嫌がって廊下を逃げ回った。宿の女将も妹も下半身素裸の女が大声を上げて暴れるのを驚いて見ていた。主人と二人して女の手足を摑んで部屋へ上げた。女は泣きながら手と足をばたつかせるかと思うと、股間を見ていた主人に気付いて性器をわざと押しつけるようにし、抱いて、抱いて、とひとつの言葉をくり返していた。部屋に入って二人きりになると、女は壁にもたれかかって両足を開き、性器を捲《まく》り上げて、私に見せびらかした。私は女のしたいようにさせておいた。それが女の気に入らないのか、いきなり飲んでいたビール瓶を取り上げてそれを性器の中に押し入れようとした。私が瓶を取り上げると、女は泡だらけになって濡れた性器を、両手でピチャピチャと音を立て、その指先を舌を出して舐め、嬉しそうに笑い声を上げた。私は女を蒲団《ふとん》に横たわらせた。すると女はコートをたくし上げ乳房を片手で揉《も》みながら、抱いて、抱いてと叫んだ。

「いいから、そこで休んでいろ」

声をかけても女はまるで私の言葉が聞こえていないふうで、畳の上に四つん這いになって部屋の中を動き回り私にむかって尻を突き出した。そうしてまた、抱いて、抱いてと言いながら、指で性器を押し開き、尻を犬のように振った。胡坐《あぐら》をかいていた私に女は抱きついて膝頭に股間を押しつけて来た。私が身体を抱き寄せると、女は安堵したようにおとなしくなり、私の耳元で意味のわからないことを囁きながら一度、二度とちいさく喘ぎ声を上げた。私は女の髪を撫《な》でながらビールと一緒に薬を飲ませた。女はしばらく自慰を続けていたが、果実が地面に落ちるように顔を肩の上に置いて寝息を立てはじめた。蒲団に寝かせた。股間から血が流れ出している。私の膝頭から内腿にも血が付いていた。性器を傷付けているようだった。帳場に電話をして湯を持ってこさせた。

「拾って来た女なら早いとこ帰してもらわんとね」

電話のむこうで女将が言った。

「部屋代は出す。ちょっと知っている娘だ」

「そう、ここは連れ込みと違うからね」

女将が不愉快そうに言った。主人が湯を持って来た。

「寝ましたか？　えらい元気な女じゃな。どこで捕まえて来られました」

主人は横たわっている女の身体をじっと見ていた。

「ちょっとこっちがおかしいのかね。それともシャブでもやっとるんだろうか。シャブは打っとる間はあれが気持ちええらしいからね。おうっ、怪我をしとるな」

主人が女の股に鼻を付けるように覗き込んだ。私は主人のうしろ襟を鷲摑《わしづか》んだ。

「いいから出て行け」

主人が私を見返した。私は主人を睨んで、

「ウィスキーの新しいのを一本持って来い」

と言った。主人は唇を突き出してひとり合点が行ったようにうなずき部屋を出て行った。

私は女の身体を拭いた。身体中痣《あざ》だらけだった。どれも激しく殴られたり蹴られたりしたような痣だった。それも乳房の下や腋《わき》といった、その時の痛みが伝わるような部位が多かった。古い痣もあれば昨日今日暴行を受けたと思える痣もあった。私が傷痕を撫でると女は身体を反応させて顔を歪めた。左の乳房から腋にかけてと、右の鎖骨の上に切り傷を縫合した痕があった。こんな傷痕は以前にはなかった。

——いったい何をして来たんだ……

股間を拭こうとして私は手を止めた。下腹部から性器にかけて釘か何かで引き裂いたような傷痕が内腿まで残っていた。縫合の痕がなかった。まだ盛り上ったままの傷痕は生皮を剝《は》いだピンク色の蝮《まむし》が女の性器に頭を突っ込んでいるふうに見えた。

——誰がこんなことを……

女が何ごとかを口走って顔を横にむけた。口元にかすかに笑みが浮かんだ気がした。その表情に、この町の川沿いの径《みち》で星を見上げながら羞《は》じらうように両手をひろげたあどけなかった少女の面影が浮かんだ。タオルに付いたあざやか過ぎる血の色は異様に膨れ上って黒ずんだ性器とは別の肉体から流れ出しているものに思えた。

私は女の身体を拭き終えると毛布を掛けた。すると女はまた声を出して首を振り、私の方に顔をむけた。ちいさな声で聞き取れなかった。胸元を押さえるようにして毛布の端から白い指先が覗いていた。わずかに曲がった指が可愛《かわい》らしかった。睫毛《まつげ》が動いた。星を見上げていた少女の瞳が浮かんだ。あの夜の会話がよみがえった。

「ねえ、人間が怖くちゃ、生きて行けないのかな……」

「そんなことはないさ。臆病な人間の方がちゃんと生きて行けるもんさ」

「どうして」

「怖がることを知らない奴は何だって平気で進んで行くだろう。俺たちの周りには気付かないほど危険なものが溢れてるんだ」

「一番危険なものは何なの」

「人間さ」

「やっぱり、そう」

あの時の少女の目にはどこか希望を見つめている光のようなものが感じられた。

――冬になれば、きっとふたご座が私にいいことをプレゼントしてくれるいたはずだ。

少女はどんな冬を迎えたのだろうか。生きることが残酷であることを少女はわかっていたはずだ。それを避ける術を人は持って生まれているのだ。適応できないものを容赦なく踏み潰すことを知っていたから、少女は人間を怖がっていた。少女は何を見てしまったのか。私は腋の下や性器を傷付けたのは少女自身のような気がした。

――そうに違いない
少女は彼女が見つめる灯りに向かって生き続けるには繊細過ぎたのだろう。生きていくための狡猾な舵《かじ》を持ち合わせていなかったのだ。船縁で目指す陸景を見つめることしか出来なかったに違いない。

「おまえは正常であり過ぎたんだよ」

私は少女の指に触れた。白い指先が私の指を押し返した。


「お客さん、高速道路から関門橋《かんもんきょう》を越えていいんですかね」

バックミラー越しに運転手が言った。

「ああ、かまわんよ。できれば橋はゆっくり渡ってくれるか」

「なんなら橋の袂《たもと》か途中で停車してもかまいませんよ。燃料も入れて来たし、行けと言われれば東京までだってこのまま走りますよ……」

運転手は声を弾ませて言った。車はゆっくりとカーブし急な勾配の道をエンジン音を高めて登って行く。

私は海峡の灯りを見た。少女にもこの光景を見せてやりたい気がしたが、私の肩に頬を付けて眠っている彼女を起こす気になれなかった。赤い服の女が少女のアパートから持ってきたという黒いマントと黒いソフト帽を目深に被《かぶ》った少女は、少年のように思えた。橋の上から覗くと、岸に点滅するコンビナートの灯りが深い海の底に蠢く深海魚たちの魚鱗《ぎょりん》のようにきらめいていた。

ここからが中国自動車道ですよ、運転手の声が遠くで聞こえた。

道の両端に雑木林が黒い影をこしらえていた。中国地方特有の壮年期を終えようとする山々が連なる。あの雑木林の中に佇《たたず》んでいた遠い時間がよみがえってきた。私は林の中に入ることが好きだった。林の中から木々の隙間を通して見つめる竹林や沼には奇妙な美しさがあった。

少女の手が私の膝の上に乗っていた。私はその指をそっと握った。かすかな温もりが伝わって来た。私は雑木林を見つめながら目を閉じた。やがて瞼の裏に白い雑木林がひろがって来た。

私は少女を背負って雑木林を歩いていた。眠っている少女の寝息が耳元に熱くかかる。この雑木林を抜けるとひろがりのある場所へ抜けられそうな気がした。少女の重みをまるで感じなかった。最初から少女を背負って歩くことが私に課せられていたように思えた。しばらく歩いて行くと黒い影が蹲《うずくま》っているのが見えた。ちいさな影だった。

——悠《ゆう》なのか

私は立ち止まって影を見つめた。ソフト帽をかぶってマントを美しい円錐形に立てた少女であった。私は背後の少女をのぞいた。少女は穏やかな顔で眠っていた。

——あのね、私って人は世の中に二人いるって知ってる?

いたずらっぽく笑った少女の笑顔が寝顔に重なった。蹲っていた少女は鼯鼠《むささび》のように宙を舞ったかと思うと、マントの裾で私の髪を撫でながら背中に止まった。その瞬間に檸檬《れもん》の香りに似た甘酸っぱい匂いがした。出逢った夜に少女の身体から匂っていた香りだった。私はまた歩きはじめた。もう躊躇《ちゆうちよ》することはなかった。どの方角にそれがあるのかがわかっていた。ほどなくして林が切れると目の前に雪原がひろがっていた。私は立ち止まって、白い地平を眺めた。青く澄み渡った空は果てしなく上昇し、陽差しに溢れた雪原は銀色にかがやいていた。私は肩の曳き綱を握りしめて一歩目を踏み出した。背後でべか舟の滑る心地良い音が聞こえる。何の不安も感じない。どこにも恐怖は存在しない。ここから先はもう何も目的にむかって進む必要がないのだ。

耳の底からかすかに音が聞こえて来た。金属音に似た乾いた音だ。音は少しずつ近づいて来る。見上げると左方から白銀の光が地平と平行して飛翔《ひしょう》しているのが見えた。私は曳き綱を握り返して歩き続けた。

＊

どうやって工場へ辿り着いたのか、私は覚えていなかった。

女の話では、スクラップの山の途中にボロ屑のように引っかかっていたらしい。雨に濡れて息も絶え絶えだったと言う。青年が私を二階へ運んで看病してくれた。

「八日間もずっと眠りこけてたよ。あんた二ヶ月もどこへ行ってたの？」

——二ヶ月の間、どこへ行っていたのだろうか
考えてみたが思い出せなかった。青年の寝顔を見て、ここを出たのは思い出せても、そこから先の記憶が喪失していた。

外は雨が続いていた。工場は圧縮機が停止し、青年が打つハンマーの音だけが響いて

いた。

私は以前のソファーに横臥していた。覚醒してからも、数日起き上ることができなかった。夜半目覚めると、青年は私のかたわらにベッドを寄せていて、私の顔をじっと覗いていた。夢で魘されて目覚めるのだが、何を見ていたのか憶《おぼ》えていなかった。

青年は相変わらず厖大《ぼうだい》な量の食事を調理しそれを平らげ、机を丹念に拭いて彼の宝物を並べて眺めていた。青年の逞しい背中の輪郭がライトの光に浮き上っていた。そこだけがこの部屋で息衝《いきづ》いているように思えた。

「おい」

何日目かの深夜に私は青年に声をかけた。それまで私から青年に声をかけたことはほとんどなかった。青年が振りむいて近寄って来た。彼は私の顔を覗いて、床に置いてあったスープの皿とウィスキーの入ったグラスを交互に指さした。

「そうじゃないんだ。今夜も机の上にはたくさんのものが並べてあるのか？」

青年が大きく頷《うなず》いた。

「見せてもらってもいいか」

青年は恥ずかしそうに目をしばたたかせた。

「悪いが壁に掛けてある俺のコートを持って来てくれないか」

青年がコートを持って来た。私は横になったままコートの内ポケットを探した。ポケットのボタンを外して中に指を入れると指先に固いものが触れた。私はそれを取り出して青年に差し出した。

「これは東北の山の奥で拾ったものだが、うそか本当かわからないが隕石《いんせき》だと言われたんだ。もし気に入るようならおまえにやるよ」

「インセキ?」

青年が首をかしげて言った。

「そうだ、隕石だ。空から星の欠けらが地球に落ちて来るだろう。あの星の石だ」

青年の差し出した大きな手に私は小石を落とした。青年はそれをじっと見ていた。

「気に入りそうか?」

青年は大きくうなずいた。そうして立ち上ると机の前に座って、私の渡した石にライトの光を当てて見つめていた。私は青年の背中を眺めながらウィスキーの入ったグラスを舐めるように飲んでいた。青年が椅子から立ち上って、再び私のところへ来た。

「どうした?」

青年は石を指でつまんで、

「綺、綺麗だ。ありがとう」

と言って、丁寧にお辞儀をした。

「礼を言われるような代物じゃない。気に入ってくれて良かった」

私がうなずくと、青年は私の顔を指さして、

「笑ってる」

と言った。

私は青年の言葉に狼狽《ろうばい》して、目をしばたたかせた。持っていたグラスのウィスキーを飲み干した。青年がキッチンからウィスキーのボトルを持って来て、私のグラスに注いでくれた。グラスに満たされたウィスキーを私が飲むのを青年はじっと見つめていた。

「見る？」

青年が机を指さした。私がうなずくと、青年は私を抱え上げて机のそばに連れて行った。以前見たものと机の上のパーツの配置は違っていた。青年がライトの光量を上げた。パーツは机の上から浮遊したように私に迫って来た。以前見た時よりも、さらに美しくなっていた。

「綺麗だな」

私が言うと青年は照れたようにうつむいた。青年が机の中央に置いてあった銀色の金属を閉じ込めたガラス玉を取って、そこに私が渡した石を置いた。そこだけが間が抜けた空間に思えた。

「少し変じゃないか」

私が青年の顔を見ると、青年は激しく首を横に振ってから、二度ほど力強くうなずいた。それから私たちはしばらくの間、机の上のオブジェを黙って眺めていた。

私は何度か、モスグリーンのトランジスターとレモンイエローのL字型コードの間に置かれた濃灰色の石を見た。Zライトの光に細かい金属鉄の粒のようなものがきらめいていた。コンドリュールのちいさな粒が石に閉じ籠められた人間の頭のように思えた。あの沼の頭とは違って、それは少女や、少年や、男や女たちが仲睦まじく身が寄せ合っているように映った。この石の中には無限にひろがる空間があって、悠もネネも、ソフト帽も、そして、私の狂気さえもが凝固している気がした。青年が力強くうなずいたように、石は終焉の場所に安置されたのかもしれない。

夜が明けようとしていた。雨は続いている。スクラップの山は煙っていた。

三日後の午後、私は起き上って部屋の中を歩いてみた。

歩けるようならここを出て行こうと思っていた。なんとか歩けそうだった。窓辺に寄ると外はまだ雨が降っていた。山の稜線《りようせん》は雲とも霧ともつかない濃灰色の色彩にまぎれていた。私は着替えを終えると、青年に伝言を置いて行こうと筆記用具を探した。部屋の中にはそれらしきものが見当らなかった。私はキッチンに行った。すると冷蔵庫の脇に銀製のフラスコがあるのが目にとまった。フラスコはキッチンの窓から差し込む淡い光に当って銀色の光彩を放っていた。柔らかな光だった。私はフラスコを手に取った。冷たい感触がした。

階下へ下りると女がひとりで弁当を食べていた。女は私を見て、飯の入った口を開けて何かを言おうとした。外に出ると霧雨のようなこまかな雨が降っていた。私は青年に別れを告げるべきかどうか迷った。建物の裏手にある工場の方から青年の打つハンマーの音が聞こえる。私は裏手にむかって歩き出した。鉄屑の山の左手から青年が振り上げるハンマーの先が見えた。私は建物沿いに進んだ。青年の姿が見え、そこで私は思わず声を上げた。ハンマーを打ち下ろしていたのはソフト帽の男だった。背中を誰かに叩かれたような感覚がして胸の動悸《どうき》が速まった。私は足元に落ちていた鉄パイプを拾い上げた。背後でガラス窓を大きく開く音がした。

ねえ、あんた、ここを出て行くの、ねえ、そこで何をしてんのよ。そんなもの持って……、女の声が遠くで聞こえた。私は鉄パイプを握ってソフト帽にむかって走り出した。ソフト帽は作業に夢中になって、私のことに気付いていない。あと数メートルという距離まで近づいた時、私は足元にあった空缶を踏みつけた。乾いた音がして空缶の山が崩れ落ちて来た。ソフト帽が振りむいた。私は声を上げて鉄パイプを振り上げた。黒い雨合羽に黒いビニールの帽子をかぶった青年が怪訝《けげん》そうな顔をして私を見ていた。私は鉄パイプを手にしたままその場に立ちつくしていた。

数万人の観客がバンクを取り囲んでいた。

異様な熱気に競輪場はつつまれている。陽はすでに西空に沈んで薄暮がひろがっている。バンクの中を疾走する選手にカクテル光線が当っていた。

青板表示が示されて九人の選手の動きが一変した。最後尾にいた二人の選手が上昇した。それに合わせて中団に位置していた三人が並走しながら先頭に躍り出た。ゆっくりとしたテンポで打鐘《ジャン》がはじまった。スタンドのあちこちから声がかかる。黒いレース服の選手が二人の選手を引き連れて大外《おおそと》から踏み上げた。その三人に飛びつくようにインにいた白いレース服の選手が踏み込んだ。打鐘のテンポが速くなり激しい音が鳴り響く。スタンドが揺れている。後方にいた緑のレース服の選手が2コーナーから捲り上げて来た。先頭を走る黒い選手が緑の選手をバンクの外側へ押しやろうとする。緑の選手は黒い選手に身体を預けるようにして踏ん張る。二人が並走して4コーナーを回る。その時ほんのわずか開いたインコースを青と白のレース服が切り込んで来た。スタンドから轟《とどろ》きのような喚声が湧き上る。球型のバンクが膨れ上る。ゴールの反射板の前を九人の選手が一斉に通過した。スタンドの大きなため息がバンクの中に流れ出す。レースを終えた選手たちがうつろな目をしてゆっくりとバンクを走る。勝者と思われる青と白のレース服の選手に赤のレース服の選手が近寄り勝者の手を天上に突き上げる。勝者は歓喜に顔を歪めながら二度、三度とうなずいていた……。

私は流れはじめた人の群れの中をよろよろと歩き出した。今しがた終ったレースの話をする男たちの声が耳に届く。その声が耳の中に響いて、それが羽虫の羽音に変わる。眩暈がしてきた。私は人の流れから逃れて、ベンチに腰を下ろした。耳鳴りのする頭をかかえ背中を丸めた。何百、何千という数の足音が響く。目を閉じると、無数の獣たちが押し寄せる光景が浮かぶ。私は肩を抱くようにして身を縮める。もうひとりの私が馬の蹄《ひづめ》や羊の足に頭や背中を踏まれながら泣き叫んでいる姿が浮かぶ。獣たちの群れはあとからあとから絶えることなく続く。誰かに助けを求めたいが、誰も私を救済できないことは私自身が一番良く知っている。恐怖はそれが通り過ぎて行くのを、じっと耐えて見送るしか逃れる方法はない。私はベンチで蹲っている。獣たちに踏み潰された無惨な私の亡骸《なきがら》が風に晒されているのが見える。ベンチに蹲っているのはあの沼から這い出したもうひとりの私で、風に晒されている亡骸こそが本当の私のように思えた。

お客さん、大丈夫ですか。そろそろ引き揚げてもらわないと、頭の上で男の声がする。私は立ち上って歩き出した。木枯しが足元を攫《さら》った。競輪場を出て表通りにむかった。背後から風音が通り過ぎる。風音に人の声が乗ってくる。声はやがて私を嘲笑う声に変わった。

「旦那、競輪はどうでしたか？　少し遊んで行きませんか」

暗がりから声がした。見ると路地の間から小柄な男がひとり、私をじっと睨んでいた。私は立ち止まって男の顔を見つめた。どこかで男に逢ったような気がする。

「若い素人の娘《こ》がいるんですがね……」

男はサングラスをしていた。

「悪いが、その眼鏡を取ってくれないか」

「えっ、何だって？」

「その眼鏡を取って顔を見せてくれないか」

「なんだ、この野郎、頭がおかしいのか」

男は言い捨てて路地に消えた。私は男の消えた路地を見つめた。男の姿はどこかに失せていた。路地のむこうにはかすかに店の灯りが点《とも》っていた。そこに黒い影があらわれた。影はじっと立ったまま動かない。私は頭を振って、影を見直した。帽子を被っている。インバネスのようにひろがったコートのシルエット。私は影を睨みつけた。影も私を見つめている。私はゆっくりと路地の中に足を踏み入れた。影は私を誘うように動かない。私は少しずつ近寄って行った。相手の顔がたしかめられる距離まで近づいた。その時、ソフト帽子が白い歯を見せて笑った。私は叫び声を上げてソフト帽子にむかって行った。

ソフト帽子は私との距離を保ちながら走って行く。私が疲れて立ち止まるとソフト帽子も立ち止まり、私が歩調を速めるとソフト帽子も走り出すということをくり返した。風景はいつの間にか街から丘陵に変わっていた。

雑木林の中を私は歩いている。先刻から前を歩いていたソフト帽子の姿が消えていた。

――この林を抜ければたしか湖に出るはずだ

耳の奥でさざ波に似た水の音がした。私は歩調を速めた。そこには私を待っている一艘《そう》の小舟が繋留《けいりゅう》してあるはずだった。

――そうだ。私はあの舟を曳かなくてはならないのだ

やがて雑木林のむこうから白い煌《きらめ》きが溢れ出して来た。私は走り出した。雑木林を抜けた。目の前にひろがっていたのは濃灰色の吹雪につつまれた曠野《こうや》だった。私は狼狽し

ながら凍りつくような風景を見つめた。人の悲鳴に似た風音と頬を切るような冷気が私をつつんだ。振りむくと通り抜けたはずの雑木林は失せて、そこには雪が吹きすさぶ峰々が続いていた。私はその場に立ちつくしたままどこかにあるはずの道標《みちしるべ》を探した。かすかな光さえ目の前の茫野にはなかった。私は耳を澄ました。何かが聞こえるはずだ。水音でも、鳥の声でも、何かがいつも私の耳には届いていた。しかし何も聞こえて来なかった。

私は大きくため息をついた。息は白く変わり背後に流れて行く。私はうしろを振り返った。峰々は失せて濃灰色の闇がひろがっているだけだった。ゆっくりと目を戻すと、私の周囲は白い闇に変わっていた。

ふいに安堵につつまれた。闇以外の何ものも存在しないことが、私に恍惚《こうこつ》をもたらした。私は奇妙な充足を感じて、数歩前へ足を踏み出した。

しかしたしかにそれが前へ進んでいるのかどうかはっきりとしなかった。

本作品には一部に、今日では不適切な語句、あるいは表現と思われる箇所が含まれております。

しかし故人である著者が当時描こうとした世界観や人間観を読者に正確に伝えることが出版に携わる者の責務と考え、原文のまま収録することにしました。

もとより私たちは、差別やそれを生み出す社会状況に反対の意を表明し、これらの表現にみられるような差別や偏見が過去にあったことを真摯に受け止め、今日そして未来における人権問題を考える一助としていく所存です。

（集英社文庫編集部）

本書は雑誌掲載時の表題「闇の石」を改題の上、
一九九六年十一月、文藝春秋より単行本として刊行されました。

初出 「オール讀物」
一九九三年十月・十二月号、九四年二月・四月・六月・八月・十月・十二月号、
九五年四月・六月・八月・十二月号、九六年三月・四月号

伊集院　静の本

機関車先生

瀬戸内海に浮かぶ小島の小学校に赴任してきた、病気で口がきけない先生は、たった7人の生徒を相手に授業を始める。豊かな自然を背景に、心の交流を描く感動の物語。第7回柴田錬三郎賞受賞作。

集英社文庫

伊集院　静の本

いねむり先生

妻の死後、無為な日々を過ごしていたボクが出会ったのは、小説家にしてギャンブルの神様。色川武大との交流がボクを絶望から救ってくれた――。ドラマ化もされた自伝的長編の傑作。

集英社文庫

伊集院　静の本

愚者よ、お前がいなくなって淋しくてたまらない

妻の死後、酒とギャンブルに溺れていたユウジ。まっとうな社会の枠組みで生きられない〝愚者〟たちが、ユウジにもたらしたものとは。不器用な男たちの切ない絆を描く「再生」の物語。

集英社文庫

伊集院　静の本

ごろごろ

昭和40年代、ベトナム特需に沸く横浜港に流れついた男たちの遊びは決まってひとりが抜ける三人麻雀だった――。寂寥と流浪を描いた傑作長編小説。第36回吉川英治文学賞受賞作。

集英社文庫

でく

2024年9月25日　第1刷　　　定価はカバーに表示してあります。

著　者　伊集院《いじゅういん》　静《しずか》

発行者　樋口尚也

発行所　株式会社　集英社
東京都千代田区一ツ橋2-5-10　〒101-8050
電話　【編集部】03-3230-6095
【読者係】03-3230-6080
【販売部】03-3230-6393（書店専用）

印　刷　株式会社広済堂ネクスト

製　本　株式会社広済堂ネクスト

フォーマットデザイン　アリヤマデザインストア　　マークデザイン　居山浩二

ISBN978-4-08-744691-3 C0193